정지용 전집 2 산문

# 정지용 전집

# 산문

권영민 엮음

## 2

민음사

# 『정지용 전집』을 다시 펴내며

정지용(1902~1950)은 시적 언어와 기법에 대한 자각을 통해 한국 현대시의 발전에 크게 기여했다. 정지용의 문학 세계는 김학동 교수가 1988년 민음사에서 펴낸 『정지용 전집 1, 2』에서 그 전체적 윤곽이 드러나게 되었다. 김학동 교수는 정지용 시인의 시집이나 산문집에 수록되지 못한 일본어 시를 비롯한 여러 작품들을 발굴하여 함께 소개했다. 이 전집은 시와 산문을 발표 당시의 원문 중심으로 구성 편집하였으며 원문의 한자를 그대로 노출시켰다. 그러므로 이 전집은 일반 독자들이 쉽게 접근하기 어렵다는 불만이 제기되곤 했다. 더구나 이 전집 발간 이후 많은 연구자들이 정지용의 시와 산문을 새롭게 발굴 소개했다. 새로운 자료를 추가한 완결된 전집이 다시 만들어져야 한다는 의견도 많았다.

편자는 이러한 문제를 해결하기 위해 새로운 형태의 전집 발간 계획을 세웠다. 정지용의 모든 작품을 총망라하여 정지용 시의 '정본'을 확립하고, 전문 연구자들뿐 아니라 일반 독자들도 쉽게 접할 수 있도록 하는 새로운 전집을 꾸민다는 목표도 정했다. 일찍이 편자는 정지용의 시 작품만을 대상으로 하는 『정지용 시 126편 다시 읽기』(민음사, 2004)를 펴낸 바 있는데, 이 책의 내용 구성과 그 편집 방식을 전집 작업에서도 적용했다. 특히 정지용 시의 정본을 확립하기 위해 원문의 정밀한 대조와 세밀한 주석을 붙인 것은 이 선행의 작업이 있었기 때문에 가능했다. 이러한 작업을 거쳐 정지용의 시와 산문을 전체 3권의 책으로 구성했고, 『정지용 전집 1 시』, 『정지용 전집 2 산문』, 『정지용 전집 3 미수록 작품』을 완결하게 되었다.

　『정지용 전집 1 시』는 정지용이 생전에 발간했던 시집 속의 작품들로 구성했다. 널리 알려진 대로 정지용은 생전에 세 권의 시집을 펴냈다. 첫 시집은 1935년 10월 서른네 살 때 시문학사에서 간행한 『정지용 시집』이다. 이 시집에는 1920년대 후반부터 시집이 발간될 때까지 등단 초기 10년에 가까운 시작 활동을 총망라한 작품 89편이 수록되어 있다. 이 시집의 발문을 쓴 박용철은 정지용을 두고 "그는 한 군데 자안(自安)하는 시인이기보다 새로운 시경(詩境)의 개척자이려 한다. 그는 이미 사색(思索)과 감각(感覺)의 오묘한 결합을 향해 발을 내디딘 듯이 보인다. 여기 모인 89편은 말할 것 없이 그의 제1시집인 것이다."라고 말한 바 있다. 둘째 시집은 1941년 9월 마흔의 나이에 문장사에서 펴낸 『백록담』이다. 첫 시집을 간행한 후에 발표했던 33편의 작품이 실려 있다. 이 시집의 작품들은 흔히 정지용의 후반기 시로 지칭되기도 한다. 광복 직후 정지용은 1946년 6월 시선집 『지용 시선』을 펴냈다. 이 시선집에 수록한 작품은 모두 25편인데, 『정지용 시집』과 『백록담』에서 자신이 직접 가려 뽑은 것들이다. 이 세 권의 시집은 정지용이 발표했던 대부분의 작품들을 망라하고 있는 데다 시인 자신이 직접 선별 편집한 것이기 때문에 '정본'으로서의 성격을 지니고 있다. 새 전집에서는 이 세 권의 작품들을 기본 텍스로 삼고 신문 잡지에 발표했던 원문을 찾아 함께 수록했으며, 일반 독자들의 편의를 위해 모든 작품을 현대어 표기로 바꾸어 별도로 실었다.

『정지용 전집 2 산문』은 정지용이 펴낸 산문집의 작품들로 구성했다. 정지용은 광복 직후 두 권의 산문집을 펴낸 바 있다. 하나는 1948년 2월 박문출판사에서 간행한 『문학독본』으로 37편의 시문과 수필 및 기행문이 수록되어 있다. 다른 하나는 1949년 3월 동지사에서 펴낸 산문집 『산문』이다. 총 55편이 실려 있는바, 시문, 수필, 역시(휘트먼 시) 등으로 엮었다. 이 전집에서는 앞의 두 산문집에 수록된 작품들을 일반 독자들의 편의를 위해 모두 현대어 표기로 바꾸었다. 편자의 판단에 따라 필요한 경우 한자를 병기했고 주석을 덧붙였으며, 원문의 발표 지면을 확인하여 표기하였다.

『정지용전집 3 미수록 작품』은 세 권의 시집과 두 권의 산문집에 수록되지 못한 작품들로 구성했으며, 시와 산문으로 크게 구분해 놓았다. 정지용이 자신의 시집에 수록하지 않은 시는 그리 많지 않다. 하지만 광복 직후의 몇몇 작품들은 주목할 만하다. 미수록 시 작품의 대부분은 일본 유학 시절에 발표했던 일본어 시이다. 이 가운데 상당수는 한국어로 개작되어 국내 잡지와 신문에 다시 발표되었다. 이 전집에서는 정지용의 이중 언어적 시 창작 내용을 확인할 수 있도록 하기 위해 일본어 시의 원문을 모두 수록했고, 이와 관련되는 한국어 작품도 함께 실었으며, 편자의 초역도 붙였다. 정지용의 산문 가운데에는 광복 직후 펴낸 두 권의 산문집에 수록되지 못한 작품들이 많다. 특히 《경향신문》에 근무하면서 발표했던 신문 칼럼은 제대로 찾아내지 못한 것들이 남아 있을 것이다. 미수록 작품 가운데 시는 제1권의 편집 원칙을 따랐고, 산문은 제2권의 원칙을 따랐다. 다만 번역시, 번역 산문 등은 모두 발표 당시의 원문을 그대로 옮겼다.

　편자가 정지용 전집 작업을 위해 전체 원고를 민음사 편집부로 넘긴 것은 2013년 봄이었다. 그동안 일본 와세다 대학교 호테이 토시히로(布袋敏博) 교수가 정지용의 초기 일본어 시 원문을 모두 복사하여 전해 주었기 때문에 원문 자료의 수집 정리에 큰 보탬이 되었다. 국내에서는 젊은 학자들이 새로 발굴한 정지용의 시와 산문 등이 신문과 잡지에 소개되기도 했고 새로운 형태의 전집이 다른 출판사에서 발간되기도 했다. 민음사 편집부에서는 3년이 넘는 오랜 기간을 두고 이루어진 까다로운 교정 작업을 끝까지 철저하게 관리해 주었다.

　새로 펴내는 『정지용 전집 1, 2, 3』을 정지용의 시를 아끼고 사랑하는 모든 사람들에게 바치고자 한다. 이 전집이 기존의 정지용 문학에 대한 여러 연구 서적들과 함께 널리 읽힐 수 있기를 바란다. 정지용의 미발굴 자료들을 찾아내어 그 문학의 세계를 더욱 풍부하게 만들어 준 국내외의 여러 학자들에게 깊이 감사드린다. 복잡한 편집 교정 작업을 잘 마무리하여 완결된 전집을 간행할 수 있도록 해 준 민음사 편집부 여러분에게도 고마움을 전한다.

2016년 가을

권영민

# 차례

머리말: 『정지용 전집』을 다시 펴내며                          4

1부   『지용 문학독본(文學讀本)』                            15
      (박문출판사, 1948)

      몇 마디 말씀                                          17
      사시안(斜視眼)의 불행(不幸)                            18
      공동 제작(共同製作)                                   21
      신앙(信仰)과 결혼(結婚)                                23
      C 양(娘)과 나의 소개장(紹介狀)                         24
      녹음 애송시(綠陰愛誦詩)                               27
      구름                                                 31
      별똥이 떨어진 곳                                      35
      가장 시원한 이야기                                    37
      더 좋은 데 가서                                      38
      날은 풀리며 벗은 앓으며                               39
      남병사(南病舍) 7호실(七號室)의 봄                      43
      서왕록(逝往錄) 상(上)                                 47
      서왕록 하(下)                                         51
      우산(雨傘)                                            54
      합숙(合宿)                                            58
      다방(茶房) 'ROBIN' 안에 연지 찍은 색씨들               62
      압천상류(鴨川上流) 상(上)                             66
      압천상류 하(下)                                       69
      춘정월(春正月)의 미문체(美文體)                        73
      인정각(人定閣)                                        76

화문점철(畵文點綴) 1 · · · · · · · · · · · · · · · · · · · · · · · · 81

화문점철 2 · · · · · · · · · · · · · · · · · · · · · · · · · · · · · · 83

안악(安岳) · · · · · · · · · · · · · · · · · · · · · · · · · · · · · · 85

수수어(愁誰語) 1 · · · · · · · · · · · · · · · · · · · · · · · · · · 89

수수어 2 · · · · · · · · · · · · · · · · · · · · · · · · · · · · · · · · 91

수수어 3 · · · · · · · · · · · · · · · · · · · · · · · · · · · · · · · · 94

수수어 4 · · · · · · · · · · · · · · · · · · · · · · · · · · · · · · · · 97

옛글 새로운 정 상(上) · · · · · · · · · · · · · · · · · · · · · · 101

옛글 새로운 정 하(下) · · · · · · · · · · · · · · · · · · · · · · 104

내금강 소묘(內金剛素描) 1 · · · · · · · · · · · · · · · · · · · 106

내금강 소묘 2 · · · · · · · · · · · · · · · · · · · · · · · · · · · · 109

꾀꼬리―남유 제1신(南遊第一信) · · · · · · · · · · · · · · 112

동백나무―남유 제2신 · · · · · · · · · · · · · · · · · · · · · · 114

때까치―남유 제3신 · · · · · · · · · · · · · · · · · · · · · · · · 116

체화(棣花)―남유 제4신 · · · · · · · · · · · · · · · · · · · · · 118

오죽(烏竹)·맹종죽(孟宗竹)―남유 제5신 · · · · · · · · · 120

석류(石榴)·감시(甘柿)·유자(柚子)―남유 제6신 · · · · 122

이가락(離家樂)―다도해기(多島海記) 1 · · · · · · · · · · 124

해협병(海峽病) 1―다도해기 2 · · · · · · · · · · · · · · · · 128

해협병 2―다도해기 3 · · · · · · · · · · · · · · · · · · · · · · 130

실적도(失籍島)―다도해기 4 · · · · · · · · · · · · · · · · · · 133

일편낙토(一片樂土)―다도해기 5 · · · · · · · · · · · · · · 137

귀거래(歸去來)―다도해기 6 · · · · · · · · · · · · · · · · · · 140

선천(宣川) 1―화문행각(畵文行脚) 1 · · · · · · · · · · · · 144

선천 2―화문행각 2 · · · · · · · · · · · · · · · · · · · · · · · · 147

선천 3―화문행각 3 · · · · · · · · · · · · · · · · · · · · · · · · 148

의주(義州) 1―화문행각 4 · · · · · · · · · · · · · · · · · · · · 150

의주 2―화문행각 5 · · · · · · · · · · · · · · · · · · · · · · · · 153

의주 3―화문행각 6 · · · · · · · · · · · · · · · · · · · · · · · · 157

평양 1(平壤)—화문행각 7   161

평양 2—화문행각 8   165

평양 3—화문행각 9   169

평양 4—화문행각 10   174

오룡배(五龍背) 1—화문행각 11   183

오룡배 2—화문행각 12   187

오룡배 3—화문행각 13   191

생명(生命)의 분수(噴水)—무용인(舞踊人)   195

 조택원론(趙澤元論) 상(上)

참신(斬新)한 동양인(東洋人)—무용인 조택원론 하(下)   198

시(詩)의 위의(威儀)   202

시(詩)와 발표(發表)   205

시(詩)의 옹호(擁護)   210


**2부** 『산문(散文)』(동지사, 1949)   219

길진섭(吉鎭燮) 장정(裝幀)


1   머리에 몇 마디만   221

헨리 월레스와 계란(鷄卵)과 토마토와   223

민족 광복과 공식주의(公式主義)   227

산문(散文)   232

민주주의(民主主義)와 민주주의 싸움   243

남의 일 같지 않은 이야기   250

도야지가 사자(獅子) 되기까지   255

동경대진재(東京大震災) 여화(餘話)   263

평화일보(平和日報) 기자(記者)와 일문일답(一問一答)   271

| 2 | 조선시(朝鮮詩)의 반성(反省) | 275 |
|---|---|---|
|  | 시(詩)와 언어(言語) | 290 |
|  | 달과 자유(自由) | 301 |
|  | 비 | 305 |
|  | 봄 | 313 |
|  | 새 옷 | 320 |
|  | 대단치 않은 이야기 | 326 |
|  | 「창세기(創世記)」와 「주남(周南)」, 「소남(召南)」 | 328 |
|  | 한 사람분과 열 사람분 | 331 |
|  | 장난감 없이 자란 어른 | 334 |

| 3 | 기상 예보와 미소공위(美蘇共委) | 336 |
|---|---|---|
|  | 플라나간 신부(神父)를 맞이하여 | 338 |
|  | 남북 '회담'에 그치랴? | 340 |
|  | 쌀 | 341 |
|  | 민족 반역자(民族反逆者) 숙청(肅淸)에 대하여 | 343 |
|  | 스승과 동무 | 344 |
|  | 응원단풍(應援團風)의 애교심(愛校心) | 346 |
|  | 학생과 함께 | 348 |
|  | 여적(餘滴) | 350 |
|  | 오무(五畝) 백무(百畝) | 367 |

| 4 | 알파·오메가 | 370 |
|---|---|---|
|  | '여인소극장(女人小劇場)'에 대하여 | 373 |
|  | 무대(舞臺) 위의 첫 시험(試驗)—여인소극장 첫 공연 「고향」을 보고 | 375 |
|  | 무희(舞姬) 장추화(張秋華)에 관한 것 | 379 |
|  | 정훈모(鄭勳謨) 여사(女史)에의 재기대(再期待)—제7회 독창회를 앞두고 | 381 |

조택원(趙澤元) 무용에 관한 것—그의 도미 383
공연(渡美公演)을 계기로

관극소기(觀劇小記)—'고협(高鋏)' 제1회 공연 385
「정어리」에 대한 것

「어머니」 소인상(小印象) 부기(附記) 390

시집(詩集) 『종(鐘)』에 대한 것 391

『포도(葡萄)』에 대(對)하여 393

서(序) 대신—시인(詩人) 수형(琇馨)께 편지로 397

윤동주(尹東柱) 시집(詩集) 서(序) 401

윤석중(尹石重) 동요집(童謠集) 『초생달』 407

『가람시조집(嘉藍時調集)』에 411

『가람시조집』 발(跋) 413

5        평등(平等) 무종(無終)의 행진(行進)
─────
역시*    눈물

신엄(神嚴)한 주검의 속살거림

나는 앉아서 바라본다

제자(弟子)에게

자유(自由)와 축복(祝福)

대로(大路)의 노래

군대(軍隊)의 환영(幻影)

관심(關心)과 차이(差異)

청춘(靑春)과 노년(老年)

목적(目的)과 투쟁(鬪爭)

*2부 5장의 '역시' 11편은 『정지용 전집 3 미수록 작품』에 수록

## 3부   시집 수록 산문                                           417


1   『정지용 시집(鄭芝溶詩集)』(詩文學社, 1935)


밤                                                              419
램프                                                            422


2   『백록담(白鹿潭)』(文章社, 1941)


이목구비(耳目口鼻)                                              427
예양(禮讓)                                                       430
아스팔트                                                         434
노인(老人)과 꽃                                                   436
꾀꼬리와 국화(菊花)                                              438
비둘기                                                           442
육체(肉體)                                                       446


## 부록                                                           449


해설:『문학독본』과『산문』의 글―시정신과 산문적 글쓰기     451
정지용 산문 연보                                                458
정지용 연보                                                      466

# 『지용 문학독본(文學讀本)』

(박문출판사, 1948)

1

# 몇 마디
# 말씀

학생(學生) 때부터 장래 작가(作家)가 되고 싶던 것이 이내 기회(機會)가 돌아오지 아니한다.

학교(學校)를 마치고 잘못 교원(教員) 노릇으로 나선 것이 더욱이 전쟁(戰爭)과 빈한(貧寒) 때문에 일평생(一平生)에 좋은 때는 모조리 빼앗기고 말았다.

그동안에 시집(詩集) 두 권을 내었다.

남들이 시인(詩人), 시인 하는 말이 너는 못난이 못난이 하는 소리같이 좋지 않았다. 나도 산문(散文)을 쓰면 쓴다. 태준(泰俊)[1]만치 쓰면 쓴다는 변명(辨明)으로 산문 쓰기 연습으로 시험(試驗)한 것이 책(冊)으로 한 권은 된다. 대개 '수수어(愁誰語)'라는 이름 아래 신문(新聞) 잡지(雜誌)에 발표되었던 것들이다.

1947년 가을
지용

---

1    소설가 이태준(李泰俊)을 말함.

# 사시안(斜視眼)의
# 불행(不幸)

조선말엔 꽃이름 풀이름에 흉악하게 쌍스런 것이 많다.

오랑캐꽃, 문둥이나물, 도깨비꽃, 홀애비꽃 등등 창피하여 소개할 수도 없는 것이 많다. 이제 날도 차차 풀려가니 일일이 찾아가 보라. 실상 얼마나 어여쁘고 고운 것들인지! 풀이름 꽃이름에 이렇게 비시적(非詩的)인데 어찌 인권엔들 인정적(人情的)일 수 있으랴?

육체적 불구자에 붙이는 별명은 잔인하기 짝이 없다. 외통장이, 절뚝발이, 코주부, 눈딱부리, 곰보 등등. 사시안(斜視眼)을 '사팔뜨기'라고 한다. 사시안이 좀 휴머러스하기는 하지마는 사팔뜨기라면 먼저 소리가 경멸하는 소리가 된다. 그러나 나는 편의상 이 단문(短文)에서 사팔뜨기란 말을 사용하기로 한다. 사팔뜨기도 일종의 불구인 바에야 일종의 불행이라고 볼 수 있다.

불행한 경우가 많다.

어떠한 때가 불행한 경우이냐?

정면으로 압도적(壓倒的)으로 걸어오는 미인을 만나는 경우에 사팔뜨기는 미인에게 호감을 살 수 없다. 미인이 미인인 바에는 노상(路上)에서 회고(回顧)는 경건치 못한 동작이겠으나 다소 정면주목(正面注目)을 베푸는 것이 미인의 긍지를 조장하는 것이 되겠는데 사팔뜨기는 적의(敵意)로 오해를 사게 된다. 오해가 일종의 불행이 아닐 수 있느냐?

또 다른 경우의 하나는 정면으로 젊은 친구의 부부가 박두(迫頭)하여 걸어오는 때다. 건전한 인사를 먼저 친구인 남편에게 하고 다음에 그의 부인에게 하게 된다. 그다음 노상회화(路上會話)는 주로 친구인 남자와 주고받게 될 것인데 사팔뜨기의 시선은 주로 옆에 비켜 근신(謹愼) 저립(佇立)하여² 있는 부인에게 집중된다. 부인이 불쾌하여 위치를 바꾸는 경우에 어차어피(於此於彼) 이것은 좀 더 중대한 불행이 아닐 수 없다.

다음 이야기는 문호 버나드 쇼우 옹(翁)이 제공한 것이다.

어떤 사팔뜨기가 어떤 안과의(眼科醫)에게 수술을 받았다.

(그 사팔뜨기가 우사시(右斜視)이었던지 좌사시(左斜視)이었던지 나는 모른다.)

수술을 받은 결과 그 사팔뜨기가 낫기는 나았다. 그러나 버쩍 다른 쪽으로 지나치게 붙여졌다. 다시 말하자면 선천적 사시(斜視)는 낫기는 나았으나 다시 후천적 사시로 방향 전환한 것이다. 이 후천적 사팔뜨기의 자제(子弟)가 그 안과의사의 오류를 지적하여 가로되

"우리 아버지의 선천적 사시안의 수축된 신경을 안과의사가 지나치게 신장시킨 결과로 우리 아버지는 마침내 사팔뜨기가 된 것이다."

쇼우 옹이 제공한 이야기는 이것으로 그친다. 이 사팔뜨기가 아들이 있었길래 망정이지 만일 안해가 없었드라면 다시 새로운

---

1    저립하다. 우두커니 서 있다.

비극을 상정할 수 있다. 수술을 받았다는 안도감에서 묘령 여성(妙齡女性)에게 약혼을 제의하야 먼저 제일차로 회견할 처소와 시간에서 직접 대면하는 씨인을 상상하여 보라. 사팔뜨기는 묘령 여성의 정면보담은 창외(窓外) 풍경에 열중한다는 오해로 회견의 결과는 성실ㅎ지 못하고 말 것인가 한다.

오해는 일종의 불행에 그치랴? 이번이야말로 치명적 초중대한 불행이 아닐 수 없다.

이러한 불행에 대하여 다음과 같은 단안을 내릴 수 있다.

(1) 묘령 여성에게는 하등의 책임도 없다.
(2) 사팔뜨기는 선천적 사시안의 책임만은 있으나
(3) 후천적 사시안의 책임은 전적으로 안과의사에게 한하여 있는 것이다.

우리는 이러한 안과의사의 기능에 또 한 가지 기대할 수 있는 것이 있다. 말짱한 정시안(正視眼)일지라도 손만 대면 능히 사시안으로 만들 수 있는 기능을! 이 안과의사가 안과의업을 중지하고 정치적 지도자로 출마하는 경우를 상상하여 보자. 눈에는 육체적 안구(眼球) 이외에 정치적 안목이라는 눈도 있다.

무수한 정치 안목적 사팔뜨기의 대범람(氾濫)!

—《경향신문(京鄉新聞)》(1947. 3. 9)

# 공동 제작(共同製作)

길버슨 국장은 우수한 도자기(陶磁器) 제작가요 조선 고공예 (古工藝) 흠모자(欽慕者)였다.

벽난로에 장작불을 훨석 지피고 전등불을 끊은 날 밤, 우리들 의 대화는 절로 즐거울 수밖에 없었다.

"당신은 이조백자의 피부와 조선의 하늘을, 보고, 생각하고, 할 수 있으시오?"

"나는 이조백자를 안고 아메리카에 돌아가 조선의 하늘을 설 명하기에 힘들지 않을까 하오."

"당신은 백자기의 피부를 찌르면 무슨 혈액이 삼출(滲出)할지 짐작하시겠소?"

"서양 자기에는 혈액이 내비칠 수 없으므로 그것은 육체를 갖 지 않은 것만은 분명하오."

"이조백자의 비뚤고 우그러진 자세를 어떻다 감상하시오?"

"조선의 자연과 함께 이조백자는 한 개의 '자연'으로 보오, 예 술 이상의 '자연'으로."

"예술은 '자연'에 '인간'이 부가된 것이므로, 이조백자적 '자 연'에 '인간'을 제외하심은 무슨 아량이시오? 산맥이 비뚤 듯 백

자가 비뚤고 돌이 우글듯 우근 것이라기보담은 이조백자는 적어
도 이조 신분정치시대에 양반과 광주분원(廣州分院) 상놈 도공(陶
工)과 공동 제작하였던 것이요."

"어떻게?"

"누르고 눌리우고 뺏고 빼앗기던 관계로, 이조백자는 절로 비
뚤고 우그러져 태생한 것이요."

감격성의 아메리카 예술가의 뺨에는 홍조(紅潮)가 오르고 이
조백자기 피부 안에 흐르는 백성의 혈액은 선연하기가 그저 고전
예술(古典藝術)만이 아니었다.

—《경향신문》(1947. 2. 16)

# 신앙(信仰)과
# 결혼(結婚)

X 소좌(少佐)는 뻐어취 중위 사택(舍宅) 칵테일파티에서 농담을 하였다. 자기는 본래 가톨릭 신자가 아니었으나, 자기 부인과 함께 결혼하기 위하여 가톨릭에 귀정(歸正)하였다가 결혼에 성공한 후 가톨릭을 버리었노라.

"You are a profiteer of love! 당신은 연애의 모리배이시구료."

"그러나 나의 안해가 나의 연애 모리(謀利)에 행복한 만족을 느끼므로 나의 모리에는 이득(利得)이 부끄릴 배 없어 하오."

"당시의 연애 모리로 도리어 부인이 행복을 느끼실 바에야 당신네의 결혼에는 모리적(謀利的) 요소가 해소되지 않았소? 남은 것은 신앙에 대한 모리 행위뿐이오."

신앙과 결혼, 결혼과 신앙 사이의 삼십팔도선(三十八度線), 아메리카적 책임(責任).

# C 양(娘)과
# 나의 소개장(紹介狀)

  알아낼 듯도 하고 모를 듯도 하여 망설이는 동안에, 우선 인사
를 받았으니 인사에는 주저할 여유가 없다. 십 년 이래 친한 사람
에게 인사 대답하듯,

  "그동안 안녕하십니까?"

  무의미한 웃음처럼 무의미한 것이 없거니와, 이러한 경우에
'비지니스'적 인물은 흔히 무의미한 웃음을 웃는다.

  내가 편집국에 나온 후 이러한 습관이 붙은 듯하다. 무의미한
웃음이란 그저 잇몸을 노출하는 이외에 다른 의미가 있을 리 없다.

  말(馬)도 웃는다기에 자세히 보니 그것이 말이 웃는다기보담
은 말이 말의 이를 전적으로 노출하는 이외에 아무것도 아니었다.

  "저를 알으시겠습니까?"

  이제는 내가 곤란한 형편에 서서 있다.

  "글쎄요? 뵙기는 뵈인듯 한데 ── ."

  "한번 Y빌딩 3층 R씨 방에서 뵈인 C올시다."

  "네 네 알았습니다, 아아 참 실례하였습니다. 그동안 안녕하십
니까?"

  "저 좀 선생님께 청이 있어서 왔습니다."

"네 화려(華麗)한 손님의 청(請)이신 바에야."

"제가 미국 유학을 가야겠는데 선생님 소개장(紹介狀)을 얻으려 왔습니다."

"내 소개장도 효력이 발생할 시대가 왔습니까? 미국에서 저를 인정할 만한 무제한의 민주주의가 있습니까?"

"놀리지 말으시고 써주십시오."

"네, 다음 월요일 오전으로 오십시오."


월요일 아침에 정서(精書)한 나의 소개장의 내용.


C 양은 내가 알고 이해하는 범위 안에서, 내가 옹호하고 보증할 수밖에 없다.

C 양은 나의 유일의 친우라고 주장할 수는 없다. 왜 그런고 하니, 동양의 관습(慣習)과 예의(禮儀)가 아직까지 이러한 사교적(社交的) 용어를 신임하지 않는 까닭이다.

C 양의 연령은 내가 알고저 아니하나 나의 장녀가 살았으면, 방년(芳年) 22, 22세를 기준하여 30세까지 안으로 적의(適宜)하게 요량할 뿐이다.

C 양의 의지와 정서 또는 건강 상태는 그의 외모와 외양과 함께 적정한 균형을 갖추었을 줄 확신한다.

소개장보다 인물이 직접적이다.

C 양은 그의 가정과 함께 경건한 가톨릭 신자임을 보증한다.

C 양은 서울 X 여전(女專) 문과(文科) 출신임을 보증한다.

C 양의 시(詩)와 문화(文化)에는 결점(缺點)이 있음을 지적할 수 있다. 그의 시와 문화에는 청춘과 애정을 발견할 수 없다.

여학교를 마치고 결혼까지의 사이에 마땅히 있을 만한 시집 (詩集)이 그에게 있기는 있다. 그러나 그의 시에는 애정에 관한 것을 찾아 낼 수 없다.

C 양은 꽃병에 꽃을 꽂아 놓고 시를 썼다.

C 양의 시에 청춘과 애정이 없다는 것은 그의 가톨릭적 엄격에 책임이 있는 것이 아니라, 무릇 동양적 여성 탄압에서 오는 여성 함구령(緘口令) 또는 여성 집필 정지(停止)에서 오는 위선적(僞善的) 전통에 책임이 있다.

위선적 전통에서 쓴 C 양의 시는 다소 위선적일 수밖에 없다.

C 양은 미국 대학에 가서 교육학 전공을 지망한다.

C 양은 올드 미스 일로(一路)로 매진할 위험성이 있다.

소심하고 근신하고 침묵하고 근면한 조건만으로서도 귀국 유학생 되기에 충분함을 확인하고 또 주장하는 바이다.


C 양과 나의 소개장, 춘풍일로(春風一路) 태평양을 건넌다.


—《경향신문》(1947. 3. 6)

# 녹음 애송시(綠陰愛誦詩)

춘잠(春蠶)[1]이 오르려고 한밥 먹고 마금잠[2]을 잘 무렵이면 사람도 무척 곤하다.

누에도 머리를 치어든 채로 잠을 자려는데 누에를 치랴, 애기 젖 먹이랴, 남편 수발하랴, 젊은 안해는 서서라도 졸립다.

때마침 뻐꾸기가 뽕나무 가지 위에서 유심히도 운다.

뻐꾸기 뽕나무 위에 앉아 새끼 일곱을 거나리놋다.

착한 안해요 옳은 남편, 그 거동이 한갈 같으이.

거동도 한갈 같거니 마음이사 맺은 듯 하올시.

鳲鳩在桑 其子七兮

淑人君子其儀一兮

其儀一兮 心如結兮

——"詩傳"

낮에 나가 밭 갈기 밤에 삼 낳기

---

1 봄누에.
2 막잠. 누에의 마지막 잠.

마을 아낙네들 집일이 바뻐이.
아이들 철없어 농삿일 알 리 있나,
뽕나무 그늘 옆에 외 심기 배호는다.
晝出耕田夜績麻
村莊兒女各當家
童孫未解供耕織
也傍桑陰學種瓜

— 范成大


남은 뽕잎이 새로 짙어질 철이면, 다시 보리 가을철로 든다.


돌다리 맷집 후이 굽은 방천에
시냇물 졸졸 두 언덕 사이를 지나다.
개인 날 다사론 바람에 보리가 향기롭고야
푸른 잎 꽃다운 풀이 꽃철보담 나허이.
石梁茅屋在灣碕
流水濺濺度兩坡
晴日暖風生麥氣
綠陰芳草勝花時,

— 王安石


벚꽃이며 살구꽃, 배꽃, 복사꽃은 길지 못하다.
  하룻저녁 모진 비바람에 씻기운 듯 사라지면 산이며 들이며 마을은 붉으죽죽하고 흐릿하고 게슴치레하고 나릇한 누더기를 아주 벗는다.

사월달 맑고 고르와 비 활짝 개고 보니
문에 마주선 남산(南山)이 분명도 하이.
버들개아지 다시는 바람 따라 일지 않거니,
해바라기 꽃만이 해를 따라 도노매라.
四月淸和雨乍晴
南山當戶轉分明
更無柳絮因風起
惟有葵花向日傾

— 司馬光


　해바라기 꽃이 이 철에 핀다기는 그것은 한토(漢土)에 있는 일
이요, 그 대신에 이 땅에서는 몇 날이 아니 가서 석류(石榴) 꽃을
보리라.


석류 꽃 잎에 어울려 봉오리 지고 보니,
느티나무 그늘 침침하니 비올 듯도 하이.
집 적고 휘진 곳이라 오는 이도 없고야,
샅샅이 밟은 새 발자옥 이끼마다 놓였고녀.
榴花映葉未全開
槐影沈沈雨勢來
小院地偏人不到
滿庭鳥跡印蒼苔

— 司馬光


　어디로 둘러보아야 창창(蒼蒼)한 녹음(綠陰)이라, 녹음을 푸른

밤으로 비길지면 석류꽃은 켜들은 붉은 촉(燭)불이요, 녹음을 바다에 견줄지면 석류꽃은 깊숙이 새로 돋은 산호(珊瑚) 송이로다.

—《조선일보(朝鮮日報)》(1938. 5. 21)

# 구름

보들레르는 구름을 사랑할 만한 사람이었던가?

보들레르는 구름을 사랑하였다기보담은 구름에게 흔히 넋을 잃은 것이었다.

애인이 손수 나수어 온 스프를 앞에 받아 놓고도 마실 것을 잊었다.

창밖의 개인 하늘에 구름이 하도 희고 고왔던 까닭이었다.

애인은 그의 등을 치며 스프 마시기를 경고하도록 그는 한눈을 팔았던 것이다.

스프를 마시기란 가볍고 쉬운 노릇을, 그 겨를에도 한눈을 팔아야 하는 보들레르는, 혹은 구름에 인색하고 스프에 등한(等閑)한 사람이었던가?

마침내 구름을 바라보며 스프를 마심으로 그쳤을 것이로되 사나이란 흔히 스프보담은 구름에 팔리는 수가 있고, 애정보담은 스프를 마시는 그러한 슬픈 버릇이 없지도 않다.

보들레르의 애인뿐이랴? 여인은 대개 구름이 그처럼 좋지는 않았다. 그리하여 여인의 살림살이란 스프와 애정을 나름으로 제한되고 만다.

그럴 수밖에 없는 것이, 이 수증기를 달아 올려 세운, 움직이는 건축, 너무도 공상적인 방대한 구성, 허망(虛妄)한 미학(美學), 그러한 것들이 여인의 심미(審美)에 맞을 까닭이 없는 것이요, 마침내 염생이[1] 수염만 한 것일지라도 수염을 가질 수 있는 사나이의 취향에 합하는 것이 구름이 아니었던가!

구름의 무슨 업적이라든가 혹은 그의 행지(行止)의 가지가지를 논의하려는 것이 아니다.

또는 무슨 악의(惡意)와 불길한 징조를 품은 그러한 구름 이야기도 아니요, 바다와 호수의 신경과 표정에 쉴 새 없이 영향을 주는 그러한 구름의 빛깔을 풀이하려는 것도 아니다.

오월 하늘, 말끔히 개인 한 폭이 푸르면 어쩌면 저렇듯이도 푸른 것일까! 땅 위에는 아직도 게으르고 부질없는 장난을 즐기는 사람들이 준동(蠢動)하고 있는 상태라, 예를 들면 낙서와 같은 것이라 무엇으로나 쓱쓱 그어보고 싶기도 한 푸른 하늘에 걸려 있는 무용(無用)한 한만(閑漫)한 흰 구름을 이야기하자는 것이다.

보라! 울창한 송림이 마을 어구에 늘어선 그 위로 이제 백목단(白木丹)처럼 피어오르는 저 구름송이를!

포기포기 돋아오르는 겹치고 터져 나오는 양이 금시에 서그럭서그럭 소리가 들릴 듯도 하지 아니한가?

습기를 한 점도 머금지 아니한 그러한 흰구름이 아니고 보면 우리가 이렇게 넋을 잃고 감탄할 수가 없다.

비는 잠간 사뿐 밟고 지나간 것밖에 아니 된다. 그것도 아침나절 잠깐 사이에.

---

1   염소.

그만만 하여도 산과 들은 청개구리 등이 척추(脊椎)로 이등분되듯이 선연하게도 새로 나서는 것이다. 그저 푸르고 더 푸른 구별뿐인, 푸른 세계가 아주 개이었고나! 그 우에 흰구름이란 그저 호화스런 회화적(繪畵的) 의도 이외에 아무것도 아니고 만다.

구름이 저렇게 희고 선량할 바에야 애초에 나의 일요일을 망치어 놓을 리가 있나?

구름은 자랐다. 모르는 동안에.

구름은 움직인다. 차라리 몽긋몽긋 도는 것이다. 도는 치차(齒車) 위에 치차가 돌 듯이 구름은 서로 돈다.

고대 애급(埃及)의 건축처럼 무척이도 굉장(宏壯)하고나.

금시금시 돈아오르는 황당(荒唐)한 도시가 전개되었고나.

어쩐지 구름은 허세(虛勢)를 피우는 것이라고나. 무척이도 적막한 궁전(宮殿)이고 보니깐 그럴 수밖에?

그러기에 체펠린[2]이고 비행기고 지나가기에 지장이 없게 하는 것이오, 때로는 기구(氣球)와 솔개를 불러올리는 것이다.

구름은 대체 무슨 의미로 저렇게 변화하는 것이냐?

일어섰다가 엄청나게 무너졌다가 다시 흘었다가 주욱 펴는 것이 아닌가.

무슨 이유로 불시로 횡진(橫陣)을 펴는 것일까?

냉큼하게도 아주 숨어 버리는 것이 아닌가!

뒤떨어져서 탱크처럼 굴러가는 한 덩이 구름은 무슨 일일가?

혹은 구석에 홀려 떨어진 손수건처럼 구기어진 한낱 구름!

그보다도 하리잇하게 오오 귀중한 청자기(靑磁器)의 육체에 유

---

**2** 체펠린(Zeppelin). 독일의 군인이자 과학자로 비행선을 제작하는 데에 성공했다. 체펠린이 만든 비행선을 '체펠린'이라고 부르기도 한다.

유한 세월이 흐리우고 간 고흔 손때와 같은 한바람 실오래기 구름!

—《동아일보(東亞日報)》(1938. 6. 5)

# 별똥이
# 떨어진 곳

　밤뒤[1]를 보며 쪼그리고 앉았으려면, 앞집 감나무 위에 까치 둥우리가 무섭고, 제 그림자가 움직여도 무서웠다. 퍽 치운 밤이었다. 할머니만 자꾸 부르고, 할머니가 자꾸 대답하시어야 하였고, 할머니가 딴 데를 보시지나 아니하시나 하고, 걱정이었다.

　아이들 밤뒤 보는 데는 닭 보고 묵은세배를 하면 낫는다고, 닭 보고 절을 하라고 하시었다. 그렇게 괴로운 일도 아니었고, 부끄러워 참기 어려운 일도 아니었다. 둥우리 안에 닭도 절을 받고, 꼬르르꼬르르 소리를 하였다.

　별똥을 먹으면 오래오래 산다는 것이었다. 별똥을 줏어 왔다는 사람이 있었다. 그날밤에도 별똥이 찌익 화살처럼 떨어졌었다. 아저씨가 한번 모초라기[2]를 산 채로 홈켜 잡아 온, 뒷산 솔푸데기[3] 속으로 분명 바로 떨어졌었다.


　별똥 떨어진 곳

---

1　밤똥. 밤이면 누는 버릇이 된 똥.
2　'메추라기'의 사투리.
3　소나무 풀덤풀.

마음해 두었다

다음날 가보려

벼르다 벼르다

인젠 다 자랐소.

─《소년(少年)》1권 6호(1937. 12)

# 가장 시원한
이야기

그날 밤 더위란 난생처음 당하는 것이었다. 새로 한 시가 지나면 웬만할까 한 것이 웬걸 두 시 세 시가 되어도 한결같이 찌는 것이었다. 설령 바람 한 점이 있기로서니 무엇에 쓸까마는 끝끝내 바람 한 점이 없었다.

신을 끌고 나가서 뜰 앞에 선 나무 밑으로 갔다. 잎알 하나 옴짓 아니하는 것이었다. 움직거리나 아니 하나 볼까 하고 갸웃거려 보았다. 죽은 고기새끼 떼처럼 차라리 떠 있는 것이었다. 나무도 더워서 죽은 것이었던가? 숨도 막혔거니와 기가 막혀서 가지를 흔들어 보았다. 흔들리기는 흔들리는 것이었다. 마음이 저으기 놓이는 것이었다. 참고 살기로 했다.

아무리 덥다 해도 제철이 오고 보면 이 나무에 새로운 바람이 깃들일 것이겠기에!

— 게재지 미확인

# 더 좋은 데
# 가서

홍역, 압세기,[1] 양두 발반,[2] 그리고 간기,[3] 백일해, 그러한 것들을 앓지 않고도 다시 소년이 될 수 있소?

그럴 수 있다면 다시 되어봄 직도 하지오.

그러고 보면 아버지 어머니도 젊으실 터이니까 아버지 어머니를 따라 여기보다 더 좋은 데 가서 살겠소.

성당도 있고, 과수원, 목장도 있고, 산도 있고, 바다도 멀지 않고, 말을 실컷 탈 수 있고, 밤이면 마을 사람만 모여도 음악회가 될 수 있는 데 가서 선생이 쨍쨍거리지 않아도, 시험을 극성스럽게 뵈지 않아도 질겁게 질겁게 공부하겠소.

—《소년》2권 1호(1938. 1)

---

1   수두(水痘). 작은마마.
2   발반(發斑). 천연두나 홍역을 앓을 때 피부에 발긋발긋한 부스럼이 돋음. 또는 그 부스럼.
3   간기(肝氣). 어린아이가 소화 불량으로 식욕이 떨어지고 얼굴이 해쓱해져, 푸른 젖을 토하고 푸른 대변을 누며 자꾸 우는 증세.

# 날은 풀리며
# 벗은 앓으며

오면가면 하는 터이요 며칠 못 보면 궁거워[1] 하는 사이나 별로 전화를 거는 일이란 없던 사람이 그때 전화를 걸었던 것을 보면 무슨 대수로운 부탁이 있었던 것도 아니었는데 자기 딴에는 아찔한 고적감을 느끼었던 것인가 생각된다.

수화기에 앵앵거리는 소리로 즉시 그 사람인 줄 알았으매,

"아 언제 왔던가? 그래 춘부장 환후(患候)는 쾌차하신가? 근데 자네 전화 어디서 거는 것인가?"

"나왔다가 거는데, 아버지 병환이 몹시 위중하시다가 겨우 돌리신 것 뵙고 왔네."

"여보게, 하여간 있다가 자네 댁에 감세. 저녁때 감세."

그러자 상학종(上學鐘)이 울자 나는 황황히 전화를 끊었다.

그러나 이제 생각하면 그때 그 사람의 말소리란 전류를 통해서도 확실히 힘없고 하잔한[2] 것임에 틀림없었다.

그러니까 그것이 바로 세브란스에서 심상ㅎ지 않은 진단을 받

---

1   궁겁다. 궁금하다.
2   하전하다. 주위에 아무것도 없거나 무엇을 잃은 듯하여 공허한 느낌이 있다. 죔성이 없어 안정감이 없다. 큰말은 '허전하다'.

고서 암담한 심경에 그래도 벗이라고 전화로 불러 보고 싶었던 것이 아닌가 싶다.

어디서 전화를 거노라는 것은 가벼히 기이고 다만 곧 만났으면 하는 생각이 가까운 벗에게 먼저 옮기었던 것인가 생각하니 고마울 뿐이다.

설마 무슨 일이 있으랴 하고 그날 저녁때 가겠다고 한 것이 그 다음날 밤에야 가게 되었다.

그 사람이 거처하는 방이 볕이 잘 아니 드는 방이라 갈 때마다 마땅ㅎ지 않은 양으로 말을 하여 온 터이지마는 그날 밤에도 좁고 외풍이 심한 방에 불이 빠안히 켜 있는데 그 사람은 목에 풀솜³을 감고 쪼그리고 있었다.

들어가면서 앉기 전 첫인사로

"시골 가서 메기를 잡는 대신 감기를 잡아 왔네그려."

별로 대꾸가 있어야 할 인사도 아니고 보니 그 사람은 그저 빙긋이 웃었을 뿐이요 R 여사는 자리를 사양하고 안으로 들어갔었던 것이다.

자기 어르신네 중환으로 급거히 나려간 후 시탕범절(侍湯凡節)⁴로 밤을 몇 밤 밝히게 되고 한 탓으로 다시 감기가 들리어 목이 아프고 열이 높고 하기에 겨우겨우 올라와 세브란스엘 갔더니 의사 말이 본병(本病)이 아주 악화되었다는 것이요 목에 심상ㅎ지 않은 증후가 일어났다는 것이었다.

"감기로 편도선이 부어 오른 것이지 별것이겠는가."라고 나는 그렇게 바로 짐작하였던 것이다.

---

3   고치를 삶아서 늘여 만든 솜. 설면자(雪綿子).
4   부모의 병환에 약시중을 드는 일의 여러 가지 절차와 법도.

은(銀)주전자에 술이 따뜻이 데워 나오고 전유어 접시가 놓이었었다.

그러니까 그것이 지난 음력 섣달 그믐날 밤이었다.

"자네 부인이 인제 나를 주객(酒客)으로 대접하시는 모양일세 그려. 술을 내가 좋아하는 줄 아나? 술이란 결국 지기(知己)가 될 수 없는 것일네. 역시 괴로운 노릇에 지나지 않는 것이데."

그날사 말고 나의 심기가 그다지 고르지 못한 탓도 있었겠지마는 나의 가림없는 말에 그 사람은 옳은 말인 양으로 머리로 대답하는 것이었다.

은(銀)깍지 잔으로 한 다섯쯤 되는 것을 혼자 기우리게 되었었고 더운 김이 가시기 전 전유어는 입을 당길 만한 것이었다.

혼혼히 더워오는 몸에 나는 그 사람을 중환자라고 헤아릴 것을 잊고, 그 사람 역시 나를 평소에 실없지는 않은 떠벌이로 여기고 하는 터이므로 그날 밤에도 양력 초하룻날 아침에 만물상(萬物相)에를 오른 자랑이며 옥류동(玉流洞) 눈을 밟고 온 이야기를 신이 나서 하였던 것이다.

개골산(皆骨山) 눈을 밟으며 옭아 온 시를 풍을 쳐 가며 낭음(朗吟)해 들리면 자기가 한 노릇인 양으로 좋아하던 것이었다.

일어나 나오는 길에 정황 없는 중에도 대문까지 나와 보내며

"학교에서 나오는 길에 자주 좀 들르게."

그 소리가 전보다도 힘이 없이 가라앉은 소리였음에 틀림없었다.

그날 밤까지도 과연 그 사람의 병이 그렇게 중한 것인 줄은 전혀 몰랐던 것이다.

그러나 그 사람이 여름 가을철보다도 추위로 다가들면선 전보

다 현저히 못한 줄은 나도 살피었던 바이기도 하여서 어쩐지 막연한 불안한 생각이 돌아오는 길에 내처 일었던 것이요 이래저래 그러하였던 것이든지, 나이라고 한 살 더 먹은 보람인지 세상이 실로 괴롭고 진정 쓸쓸히 느끼어지던 것이었다.

　새해로 들어 첫 정월도 다 가고 보니 날씨도 저으기 풀리고 밤바람일망정 품을 헤치고 들일 듯이 차지 않았다.

　"이 사람이 이 해동(解冬) 무렵을 고이 넘기어야 할 터인데……."
중얼거리기도 하며 밤 걸음을 홀로 옮기던 것이었다.

—《조선일보》(1938. 2. 17)

# 남병사(南病舍)
# 7호실(七號室)의 봄

OZONE에서는 무슨 경금속의 냄새가 난다. 배리잇하고 산산한 냄새가 그다지 유쾌한 것은 아니나 호흡이 적이 쾌활해지기도 할 것이렷다. 라디오 장치처럼 된 궤짝에서 한종일 밤새도록 이 유조로운 기체가 새어 나오는 것이다. 냄새뿐이 아니라 푸지지 푸지지 하는 소리가 겨우 들리기는 하나 고막에 가려울 정도로 계속한다.

어찌하였든 앓는 사람의 폐를 얼마쯤이라도 깨끗이 할 수 있는 일이면 무슨 노릇이라도 해야 한다.

R 여사는 아침부터 밤 아홉 시까지 줄곧 서서 간호를 하게 되고 K 군은 밤 아홉 시 이후 아침 출근 시간 전까지 교대로 옆을 뜨지 못하게 되는 것이다. 그 외에 몇몇 친구들이 있으나 모시고 거느리고, 사는 데 매인 신세들이 되어서 잘해야 오후 네 시를 지나거나 혹은 일요일을 타서 잠깐씩 들리어 앓는 사람을 묵묵히 위로하고 갈 뿐이다.

주치의의 이름으로 '면회 사절'이라고 써 붙이었으나 그것이 몇몇 사람들에게까지도 그다지 엄격하게 실행되어야만 할 것이라면 좀 가혹한 일이 아닐 수 없고 평소에 벗을 좋아하던 앓는 사람으로 보아서도 외롭고 지리한 병상에서 몇몇 사람을 대하기란 심신이 적이 밝아질 수 있는 일이기도 할 것이다.

급기야 만나고 보아야 누운 사람과 선 사람들 사이에 별로 말이 있을 수 없다. 목이 착 쉬어 발음을 할 수 없는 사람을 대하여 열심스럽게 회화를 바꾸고 한댔자 그 사람을 그만치 소모시킬 것이 되겠으므로 절로 말이 삼가게 되는 것이다.

그러나 아주 오롯한 침묵이란 이 방 안에서 금(金) 놀음을 할 수 없는 것이 입을 딱 봉하고 서로 얼굴만 고누기¹란 무엇이라 형용할 수 없는 긴장한 마음에 견딜 수 없는 까닭이다.

그뿐이랴. 남쪽 유리로 째앵하게 들이쪼이는 입춘(立春) 우수를 지난 봄볕이 스팀의 온도와 어울리어 훗훗히 더웁기까지 한데 OZONE의 냄새란 냄새 스스로가 봄다운 흥분을 하는 것일지도 모르겠다.

그러나 이 방 안에서 OZONE의 공로를 생각할 때 애초에 불평을 가질 수 없는 것이나 저으기 불안한 압박감을 주는 것이요 삼십분 이상 견디기에 가벼히 초조하여지기도 하는 것이다.

원래 사람의 폐를 위해서는 문을 굳이 닫고 OZONE을 맡는다느니보담은 훨훨 열고 아직도 머뭇거리는 얼음과 눈을 밟고 다정히도 걸어오는 새로운 계절의 바람을 맞는 것이 좋기야 좀도 좋으랴. 그러나 소맷자락으로 일은 바람으로도 이 사람을 상(傷)울사한데 어찌 창을 열 법도 할 일이랴.

조심조심히 입문을 열어 위로될 수 없는 위로의 말머리를 지어 보기도 한다.

---

1  고누다. '마주대어 보다'라는 뜻의 사투리.

미음을 치릅보새기²로 하루에 셋을 마시었다면 그것이 중병에 누운 사람으로서는 차라리 칭찬을 받게 되는 것이요 며칠씩 설친 잠을 다섯 시간 이상 잔 밤이 있을 양이면 그것은 큰 보람을 세운 것인 양으로 키우어 치하하게 된다.

앓는 사람은 어린아이 같은 심정을 가질 수도 있는 것이기도 한가 보다.

무슨 말을 발하고도 싶은 표정이나 아픈 후두가 사리게 하므로 여위고 핼쑥한 뺨을 가벼이 흘어 미소를 보이기도 한다. 저으기 안심하는 양이며 희망이 나타나 보이는 웃음이 아닐 수도 없다.

위로가 반드시 위로의 말이어야만 할 것이 아니라 달리라도 효과를 낼 수 있을 양이면 할 만한 것이니 허우룩히 솟아오른 수염 터전이 하여간 삼각빈(三角鬚)인 것에 틀림없으므로 무장 관우(關羽)의 풍모와 방불하다는 양으로 기식(氣息)이 가쁜 사람을 도리혀 가벼이 희롱하기도 한다. 아니들 웃을 수 없는 일이기도 하다.

남자가 삼십이 지난 나이가 되고 보면 이만한 나룻과 염을 갖출 수 있는 것이었던가, 달포 가까이 입원한 동안에 이렇게 짙을 수 있는 것이런가, 새삼스럽게 놀랍기도 하다.

이러는 동안에도 흰옷 입은 의사며 간호부가 한끗 정숙한 행지(行止)로 맥과 열을 살피고 나가는 것이고 묻는 말에도 대답을 사릴 뿐이다.

잠시를 거르지 못하고 뱉게 되는 침에 목이 실로 아픈 모양이요 눈가에 돌은 주름살과 홍조로 심상ㅎ지 않은 피로를 짐작할 수 있다. 앓는 사람이야 오죽하랴마는 사람의 생명이란 진정 괴로운

---

2  칠홉 보시기.

것임을 소리 없이 탄식 아니할 수 없다. 계절과 계절이 서로 바뀔 때 무형(無形)한 수레바퀴에 쓰라린 마찰을 받아야만 하는 사람의 육신과 건강이란 실로 슬픈 것이 아닐 수 없다.

매화(梅花)가 트이기에 넉넉하고 언 흙도 흐믈흐믈 녹아지고 동(冬)섣달 엎드렸던 게도 기어 나와 다사론 바람을 쏘일 이 좋은 때에 오오! 사람의 일은 어이 이리 정황 없이 지나는 것이랴. 앓는 벗이 며칠 동안에 헌출히 나을 수야 있으랴마는 이 고비를 넘어서서 빠듯이 버티고 살아나야 하리로다.

—《동아일보》(1938. 3. 3)

# 서왕록(逝往錄)
## 상(上)

성(城)안에 들어갈 만한 일이 있음에도 집에 그대로 배기기가 무슨 행복과 같이 여기어지는 일요일 ── 하루 종일 비가 와도 좋다고 하였다.

보릿가을철[1]답게 산산한 아침에 하늘이 끄므레하기는 하나 구름이 포기기를 엷게 하고 빗낱이 듣기는 할지라도 그대로 맞고 나가는 것이 촉촉하여 좋을 것 같다.

오늘은 약현(藥峴) 성당에 아침 일곱 시 미사를 대어 갔다. 돌아오는 길에는 제법 빗발이 보인다. 아주 짙어 어우러진 녹음에 비추어 비껴 흐르는 빗발이야말로 실실이 모조리 볼 수가 있다. 깁실같이 투명하고 고운 비가 푸른 바탕에 수놓이는 듯하다.

비도 차근하게 구주레 오기가 싫여 조찰히 잠깐 밟고 가기가 원이라, 소리가 있다면 녹음이 수런거리는 것으로밖에 아니 들린다.

장끼 목쉰 소리에 뻐꾸기도 울었다.

별로 아침 생각이 나지 않고 부엌 연기 마당에 돌고 도마 똑딱거리는 울안으로 들고 싶지 않다. 내친걸음에 잔등이 하나를 넘고

---

1　보릿가을. 보리가 익어 거두어들일 만하게 된 계절. 여기에서는 초여름에 해당함.

싶다.

퍼어런 속으로 뛰어다니면 밤 자고 난 빈 위(胃)도 다시 청결히 물들어질 듯하다.

그러나 내게는 밀려나려 온 잠이 있다. 늘어지게 자야 한숨이 면 갚을 잠이 남아 있다.

생애에 비애가 있다면 그러한 것은 어떻게든지 처치하기에 곤란한 것도 아니겠으나 피로와 수면(睡眠) 같은 것이 도리어 마음대로 해결되지 못할 것이 무엇일까 모르겠다.

다시 눕기 전에 미리 집사람보고 단단히 부탁하여 두었더니 한밤처럼 자고 일도록 깨우지도 않았던 것이다.

캘린더는 토요일 퍼런 페이지대로 걸려 있다. 그대로 두기로서니 나의 '일요일'에 아무 지장이 있을 리 없다.

아까운 이름이야 가리워 둠직도 하지 아니한가. 일요일도 한나절이 기울고 보니 토요(土曜)가 일요(日曜)보다 혹은 더 나은 날이었던 것일지도 모른다.

강진(康津) 벗 영랑(永郎)[2]으로부터 편지가 왔다. 그동안에 날씨는 씻은 듯 개었다.

……그 이튿날 바로 집으로 왔으나 몸도 고단하고 하여 이제사 두어 자 적습니다. 시비(詩碑)와 유고집(遺稿集) 낼 것은 그날 산상(山上)에서 박군(朴君)[3]의 춘부장께 잠간 여쭈었더니 좋게 여기시는 것이었고 시비(詩碑)는 소촌(素村) 앞 알맞은 곳으로 보아 두었으나 경비(經費)가 불소(不少)할 모양이오며 하여간 유고집만은 원고를 가을까지는 정리하시도

2   시인 김영랑.
3   여기에서는 요절한 시인 박용철(朴龍喆)을 말함.

48

록 일보(一步)[4]와 잘 상의하여 하시기 바랍니다. …… 여름에는 한라산까지 배낭 지고 꼭 함께 동행하실 줄 믿습니다. ……

그날 영등포까지 영구차 뒤를 따라가서 말 한마디 바꿀 수 없는 영별을 한 후로 반우(返虞)[5]에도 가 보지 않은 채 이내 보름이 넘었다. 그러자 영랑(永郎)의 편지를 받고 보니 심사의 한구석 빈 터를 채울 수가 없다.

인사(人事) 겸사 홀홀히 일어나 가 볼까 한 것이 어쩐지 오늘은 문(門)안에 아니 들어가기로 결심을 해야 할 날이나 되는 듯이 의관을 차리고 나서기가 싫었다.

사나이가 삼십이 훨석 넘어서 만일 상처(喪妻)를 한달 것이면 다시 새로운 행복을 기대하기가 매우 어려울 것이리라. 친구를 잃은 것과 안해를 여읜다는 것을 한갈로 비길 것은 아니로되 삼십 평생에 정든 친구를 잃고 보면, 다시 새로운 우정의 기쁨을 얻는다는 것은 진정 어려운 노릇에 틀림없다.

남녀간의 애정이란 의외에 속히 불붙는 것이오 상규(常規)를 벗는 경우에는 그야말로 전광석화(電光石火)의 보람을 내일 수도 있는 노릇이나 우정이란 그렇게 쉽사리 이루어질 수야 있으랴! 적어도 십 년은 가진 곡절을 겪은 후라야 서로 사랑한다기보다도 서로 존경할 만한 데까지 갈 수 있는 것이 아니랴.

우정이란 대체 어떻게 이루어지는 것인지 알 수가 없다. 그러나 우정이란 연정(戀情)도 아니요, 동호자(同好者)끼리 즐길 수 있는 취미에서 반드시 친구가 될 수 있는 것도 아니요, 설령 정견(政

---

4   소설가 함대훈(咸大勳)의 호.
5   장사 지낸 뒤에 신주를 집으로 모셔 오는 일. 반혼(返魂).

見)이 다를지라도 극진한 벗이 될 수 있는 것이 아니었던가. 더군다나 기질이나 이해로 우정이 설 수 없는 것은 너무도 밝은 사실이다.

그러한 것으로 미루어 보면 친구는 안해와 흡사하다. 부부애와 우정이란 나이가 일러서 비롯하여 낫살이 든 뒤에야 둥글어지는 것이 아닐까?

—《조선일보》(1938. 6. 5)

# 서왕록
## 하(下)

『선인(善人)과 선인의 사이가 아니면 우의(友誼)가 있을 수 없다. ─ 시세로』

내가 어찌 감히 선인의 짝이 될 수 있었으랴.

『악인(惡人)도 때로는 기호를 같이할 수 있고 증오를 같이할 수 있고 공외(恐畏)를 같이할 수 있는 것을 보아오는 바이나 그러나 선인과 선인 사이의 우의라고 일컬으는 바는 악인과 악인 사이에서는 붕당(朋黨)이다. ─ 시세로』

내가 스스로 악인인 것을 고백할 수도 없다.

스스로 악인인 것을 느끼고 말할 만한 것은 그것은 선인의 일이기 때문에!

『사람의 일이란 하잘것없는 것이요 또한 허탄한 것이므로 우리는 사랑하고 사랑받는 그 누구를 항시 구하지 않을 수 없다. 그 연고는 인애(仁愛)와 친절을 제거하여 버리면 무릇 희열이 인생에서 제거되고 말음이다. ─ 시세로』

이 논파(論破)로써 내 자신을 장식하기에 주저하지 아니하겠다. 이 장식에서도 내가 제거된다면 대체 나는 헌 누더기를 골라 입으란 말이냐!

『그의 덕이 우의를 낳고 또한 지탱하는도다. 그리하야 덕이 없으면 우의가 결코 있을 수 없으니, 우인(友人)을 화합시키고 또한 보존하는 바ㅅ자는 덕(德)인저! 덕인저! ── 시세로』

고인(故人)이 세상에 젊어 있을 때 그의 덕을 그에게 돌리지 못하였거니 이제 이것을 흰 종이쪽에 옮기어 쓰기도 슬픈 일이 아닐 수 없다.

고인의 부음을 들었던 인사들을 만날 때마다 나는 고인의 형제나 근친(近親)이 받아야 할 만한 조위(吊慰)의 말씀을 들었던 것이다.

그의 덕을 조곰도 닮지 못하였고 우의에 충실하지 못하였음에도 고인의 지우(知友)가 그를 아까워할 때에 내가 그와 함께 기억된 줄을 생각하니 두려운 일이다. 한편으로는 도적도 처(妻)는 누릴 수 있으나 오직 선인에게만 허락되었던 우의에 내가 십 년을 포용되었음을 깨달았을 적에 나는 한 일이 없이 자랑스럽다. 나의 반생(半生)이 모르는 동안에 보람이 있었던 것이로구나!

짙은 꽃에 숨어 보이지 않더니
높은 가지에 소리 홀연 새로워라.
花密藏難見
枝高廳轉新
─ 杜甫


법국[1]이 어디서 저다지 슬프고 맑은 소리를 울어 보내는 것일

1   뻐꾸기.

까. 법국이 우는 철이 길지 못하여 내가 설령 세상에서 다시 삼십 생애를 되풀이한다 할지라도 법국이 슬픈 소리로 헤일 수밖에 없지 아니하랴! 아아 애닲은지고! 고인은 덕의 소리와 향기를 끼치고 길이 갔도다.

—《조선일보》(1938. 6. 7)

# 우산(雨傘)

  아무리 피한대도 비에 젖지 않을 수 있습니까. 미리 우장(雨裝)을 하고 나선 것도 아니고, 남의 상점 문 어구에서 열없이 오래 서기도 계면쩍은 일이요 다시 우줄우줄 걸어나서자니 비를 놋낫 맞게 됩니다. 그래도 비에 아주 내맡길 수도 없어서 몇 집 건너 다른 상점 문 어구에서 축축한 무료를 다시 느끼지 않을 수 없게 됩니다. 요컨대 오늘은 비도 오고 하니 다음날 다시 만나세 한마디로 홱 헤져서 지나는 전차를 잡아타든지 아주 택시에 맡기어 바로 집 문턱에다 대었으면 그만으로 그치고 말 것이 아닙니까. 병은 만나서 떨어지기 싫은 데 있습니다.

  시골뜨기가 아닌 바에야 아침에 나서자 천기(天氣)를 미리 겁내어 우산을 짚을 수도 없습니다. 우산 한 개가 무슨 짐이 되겠습니까마는 쾌(快)한 날씨에 큰 돌을 한 짐 차라리 지는 것이 장쾌하지 말짱한 오후에 우산이란 실로 마뜩찮은[1] 가구(家具)요 내동대치기[2]에도 곤란한 것입니다.

  아침부터 악수(惡水)가 내리는 날이 아니면 우산을 동반할 수

---

1  마뜩찮다. 마음에 들지 않다.
2  내동댕이치기.

없고 악수가 바로 그치면 대개 이발소나 드나드는 출판사에 맡기게 되는데 우산이란 완전히 부서지는 예보다는 흔히 유실되는 경우가 많습니다. 문화 도시에 서식하는 당대 시민으로서 우산 따위한테 일일이 부자유를 느끼게 된다는 것은 그것으로 봉기할 문제야 되겠습니까마는, 문화로서 다소 반성할 만한 거리가 아니겠습니까. 펴 들면 그대로 얼마쯤 면적을 차지하게 되는 우산이기 때문에 교통이 여간 거추장스런 일이 아닐 수 없습니다. 그러니까 이것을 도시 생활에서 아주 절영(絶影)시킬 포부가 없지도 아니하니 차도(車道) 인도(人道)는 지금 시설대로 그대로 괜찮고 가두(街頭) 양측에 즐비한 건축이 표면이 몇 걸음씩 쓱쓱 물러설 것이요 처마가 척척 앞으로 나설 것입니다. 현대 고층 건축이 완비한 것이라면 예전 의미로서의 처마라든지 부연[3] 끝이라든지 그리한 것을 생각할 만한 일이 아닐지요.

생각은 여러 가지로 할 수 있으나 요컨대 변혁이 어려운 노릇이므로 산만한 우산의 풍습을 그대로 유지하기로 합시다. 다만 집집마다 반드시 몇 개를 갖기로 하되 언제든지 대기체재(待機體裁)로 걸어 둘 것이요, 지면(知面)이 있고 없고 간에 들어서면서 손만 쓱 들어도 즉시 내어 공급할 것입니다.

우산에 대한 소유 관념을 일절(一切) 해소하되 그것이 아주 풍습이 되어야만 하겠습니다. 그러자면 있던 우산이 나갈 것이요 다른 데서 들어올 것이요 나갔던 것이 도로 돌아올 것입니다. 낡아서 무용(無用)하게 되면 누가 언제든지 적당한 처소에 쉽게 버릴 수 있게 ─ 그러나 이것이 문 밖으로 나가서 다시 시골로 유실될

---

3  부연(附椽). 처마 서까래의 끝에 덧얹는 네모지고 짧은 서까래. 처마가 번쩍 들리게 하여 모양을 내느라고 쓰는데, 이를 '며느리서까래'라고도 부름.

수도 있으리다마는 일 년에 몇 개씩 없앨 예산으로 하지요. 비오는 거리에서 비를 피하면서 우산 이야기가 너무 길었고 보니 심신이 더욱 구즐구즐하여 다시 껑충거리며 몇 집 뛰어건너기로 하는데 우연히 만나서 도모지 떨어지지 못하는 것이 병입니다. 그렇다고 썰렁한 다방에 들러 탄산수나 홍차를 마시고 있기로 젖은 옷이 가뜬히 마를 수야 있으며 친구도 유(類)가 달라 다방에서 헤어지고 말 수 없는 패가 있으니 자연 몇 집을 더 건너뛰는 동안에 비를 더 맞을지라도 이왕이면 의식하고 서두르지 않을 단골집을 찾게 됩니다. 후루룩 떨며 들어서며 좀 따뜻이 데워 달라는 말이 간단한 인사가 될 뿐이니 그리고 앉아야 몸도 풀어지고 차차 달아오르는 체온으로 비에 젖었던 것을 잊게 됩니다. 봄비에 젖은 몸을 결국 주량(酒量)으로 말리워 다시 입게 되는 것이니 우산을 아침에 아니 갖고 나와서 낭패 본 일이란 실로 근소하고 결국 만나기만 하면 십 년 못 보았다 본 것처럼 좋은 것이 병입니다. 전등이 켜지고 벗의 얼굴은 불처럼 붉어지고 구변(口辯)이 점점 유창하여지고 취기가 바야흐로 산만할 적에 밤이 깊어 가는 것을 잊을 만할지라도 밖에 내리는 봄비가 굵어 가는 것을 들을 수 있습니다. 열두 시 막전차에서 내리어 한 십 분 남짓 걷는 호젓한 길에서 다시 젖을지라도 벗과 헤어진 후 우산이 새로 그리울 것이 있습니까. 그저 맞으며 걷지요. 꽃이 한창 어울리노라고 오는, 춥지 않은 봄비에 다시 젖으렵니다. 젖고 휘즐은[4] 옷이 마침내 안해한테 돌아갈 것인데 나의 풍류가 안해한테는 다소 괴로운 일이 될 것이나 젖은 옷을 말리고 다리는 것이 안해의 즐거움이 아니어서야 쓰

---

4    휘지르다. 옷들을 몹시 더럽히다.

겠습니까?

—《동아일보》(1939. 4. 16)

# 합숙(合宿)

합숙(合宿)이라는 수면(睡眠) 제도는 병대(兵隊)나 운동선수층에 있을 만한 것이지 가련한 여자들이 한다는 것이 특수한 경우 외에는 불행한 제도가 아닐까 생각됩니다.

유학(留學)할 시절에 식사는 공동 식당에서, 잠은 기숙사 방에서, 공부는 도서관에서, 강연 친목회 예배 같은 것은 홀에서, 무슨 대교(對校) 시합 같은 것이 있으면 합숙소에서 밤낮 머리와 어깨를 겨루는 여러 가지 공동생활이라는 것이 지금 돌아다보아 감개(感慨) 깊은 것이 아닌 것은 아닙니다. 그러하였던 생활로 인하여 나의 청춘과 방종(放縱)이 교정되었던 것이며 이제 일개 사회인으로서 겨우 비비적거리며 살아 나가기에 절대 효력적인 것이었을지도 모르겠습니다. 지금도 생활 형태가 공동적인 것이 아닌 것은 아니나 이제 다시 공동 식당에서 설지 않으면 질어 터진 공깃밥을 대한다든지 합숙소에서 밤중에 남의 팔굽이에 모가지가 감기어 숨이 막히어 잠을 깬다든지 발치의 잘못으로 남의 복부를 찬다든지 하는 단체 기거(起居)를 계속하겠느냐 하면 지금 나의 나이를 스물세 살로 바꿀 수 있다 할지라도 사양하겠습니다.

주일날 채플에서 숙숙연(肅肅然)히 혹은 희희연(嬉嬉然)히 열을

58

지어 돌아가는 여학부 기숙생 일행을 볼 때마다 그들 화원의 호접(蝴蝶) 같은 생활을 얼마쯤 선모(羨慕)하지 않을 수 없었습니다마는 그것은 그럴 연령에 그러한 원거리 모색적 그런 심리에서 그렇게 생각되었을 것이지 남학부 기숙사 생활이 얼마나 삭막하였던 것이겠습니까. 한번은 육상 경기 대회날 이날은 경기뿐만 아니라, 전람회 모의점 가장행렬 기숙사 공개 등 여러 가지 주최가 있는데 그중에 기숙사 공개라는 것이 가장 바바리즘을 발휘하는 것이었습니다.

제 몇 호실에서는 도어에 '인축동거(人畜同居)'라고 써 붙였기에 보면 낡아 빠진 다다미방에 난데없는 송아지가 한 마리 매여 있는가 하면 그 옆에서 '도데라'¹ 바람에 공부하는 흉내를 내는 학생들이 없나 또 제 몇 호실 도어에는 '산송장의 진열'이라고 써 붙였길래 열고 보면 냄새가 훅훅 끼치는 더러운 솜이 비죽비죽 튀져 나온 이불을 덮고 대낮에 눈을 허옇게 뜨고 즐비하게 드러누워 구경 온 여학생들을 깜짝 놀라게 하는 장발파 예과생들이 없었나 별별 괴상한 주최가 많았습니다.

그리하여서 퇴역 중좌(中佐)로 학생감 겸 사감이 되신 M 선생에게 침묵의 시위를 하는 것이 연중행사로 되었던 것입니다. 사람은 결국 자기가 경험한 것 이외에 말하지 못할 것이겠는데 공동생활도 학생 생활처럼 약과 먹듯 쉬운 노릇이 어디 있었겠습니까. 여공(女工) 기숙 생활이 퍽 음참(陰慘)한 줄로 다소 면분(面分)이 있는 여공에게 들은 일이었는데 모(某) 직조 공장 견습 여공이 한 푼 아니 쓰면 한 달에 일 원 오십 전이 떨어진다고 합니다. 기숙사

---

1    온포(縕袍). 일본식 잠옷으로 길고 큼직하게 만든 솜옷.

식비 사 원 오십 전을 떼고 말입니다.

일 개월 식비가 매인분(每人分) 사원 오십 전씩이라면 대개 어떠한 영양소가 공급되는 것일지 상상하기 어렵습니다. 제일 숭늉이 뿌옇고 무슨 냄새가 나서 견딜 수가 없다는 것인데 성숙한 여자로서 한 달에 한 번씩은 의례히 있을 신체에 관한 것이 몇 달씩 띄운다거나 있다 할지라도 극히 소분량(小分量)이라는 것을 들었을 때 자기가 경험 못한 것은 결국 모르고 마는 것이니 얼마나 가엾고 무섭게 생각되었는지 모르겠습니다. 창백한 얼굴에 부당한 주름살까지 잡히었는데 그래도 무슨 화장료(化粧料) 같은 것을 베푼 것을 보고 빈한(貧寒)이라는 것이 여자한테는 일층 더 치명상(致命傷)인 것을 느끼었습니다.

그래도 그중에서도 서로 언니 오빠를 정하고 의지하고 위로하고 몇 해 지난다는 말을 듣고 여자를 움직이는 것은 반드시 은전(銀錢) 지화(紙貨)일 것일까. 별로 신기롭지도 못한 반의(反意)를 품게 하는 것이었습니다. 그들은 본시 낭비할 줄을 모르는 사람들이기에 그중에서 한 푼 모이는 재미도 아주 없지도 않을 것이나 십수 시간 되는 근로가 끝난 후에 합숙실에 드러누웠을 때 그들의 보수와 애착은 모두 반작반작하는 은전에 그치고 말 것입니까.

주장(酒場)의 여급들도 복강(福岡) 경도(京都) 동경(東京) 등지나 혹은 평양(平壤) 대련(大蓮) 등지에서 고향과 가정을 떠나서 온 이가 많은 모양인데 대개 소속한 주장(酒場) 이 층에서 자기네끼리 합숙 제도로 기거하며 밤마다 오전 두 시나 세 시에 한 방에 십여 명씩 자게 된다고 합니다. 대체 그들은 무엇에 정진하기 위한 합숙입니까. 그들은 밤마다 받들고 대하여야만 하는 인사가 모두 취하고 떠들고 노래 부르고 외설한 농담을 건너는 남자들뿐이겠는데 그들은 역시 무슨 시합을 위한 운동선수들처럼 남편의 옷도 걸리지 않고 어린아이 울음소리도 나지 않는 이 층에서 밤마다 합숙하고 정진해야 하는 것입니까. 그들은 눈썹을 그리고 머리를 지지고 화장도 몇 겹씩 하고 편신기라(遍身綺羅)²를 감았으며 홍등(紅燈)에 호접처럼 요염할지라도 그들은 어찌하여 애절차탄(哀切嗟嘆)해야만 하는 것입니까. 무부(武夫)의 관심이 반드시 금색 찬란한 훈장에 있지 않겠는데 천생려인(天生麗人)으로서 일체의 애착이 어찌 은화를 모으고 세는 데 있겠습니까.

다소 몽롱한 취안(醉眼)에 비치는 그들의 후두부에 떠오르는 눈물 겨운 서기(瑞氣)가 저것은 무엇입니까. 빈고(貧苦)라는 것은 무슨 덕과 같은 것이어서 그들에게 후광을 씌우는 것이오리까. 절색이면서도 빈한하기에 그들은 냉한 이 층에서 혼기(婚期)를 유실(流失)하고 은화(銀貨)를 안고 합숙하여야 하는 것입니다.

—《동아일보》(1939. 4. 20)

---

2  온몸에 비단옷을 두름.

# 다방(茶房) 'ROBIN' 안에 연지 찍은 색씨들[1]

'ROBIN'은 어린이들 양복과 여자 옷을 단골로 지어 파는 양복 가게였다.

크낙하지도 굉장할 것도 없었지마는 참하고 얌전한 집으로 그 호화스런 사조통(四條通) 큰 거리에서도 이름이 높았었다. 'ROBIN'에서 지은 양복이라야 본격적 양장한 보람이 나던 것이었다.

그 집 진열장이 좁기는 하나 꽤 길어서 으리으리한 속으로 휘이 한번 돌아나오는 맛이 불유쾌한 것이 아니었다.

꽃밭이나 대밭을 지날 즈음이나 고샅길 산길을 밟을 적 심기가 따로따로 다를 수 있다면 가볍고 곱고 칠칠한 비단폭으로 지은 옷이 갖은 화초처럼 즐비하게 늘어선 사이를 슬치며 지나자면 그만치 감각이 바뀔 것이 아닌가.

'ROBIN' 양복 가게에 걸린 어린이 양복에서는 어린아이 냄새가 났었고 여자 옷에서는 여자 냄새가 났었다.

암내, 지린내, 비린내, 젖내, 지저귀내, 부스름딱지내, 시퍼런

1    원제는 '다방 고마도리 안에 연지 찍은 색씨들'《삼천리(三千里)》, 1938. 5)이었음.

콧내, 흙내가 아주 섞이지 아니한 순수한 어린아이 냄새가 있을 수 있고, 기름내, 분내, 크림내, 마늘내, 입내, 퀘퀘한 내, 노르끼한 내, 심하면 겨드랑내, 향수내, 앞치마내, 부뚜막내, 세숫대야내, 자리옷내, 베개내, 여우목도리내, 불건강한 내, 출혈병(出血病)내, 혹은 불결한 정조내, 그러그러한 냄새가 통히 아닌 고귀한 여자 냄새가 있을 수 있는 것이니 그것이 얼마나 신선하고 거룩한 것일까.

적어도 연닢 파룻한 냄새에 비길 것이로다. 'ROBIN' 양복 가게가 흥성스럽던 것은 이러한 귀한 냄새를 풍길 수 있는 옷을 지어 걸고 팔고 하는 데 있었던 것일지도 모른다.

그러나 어린이나 여자의 알맹이가 아직 들이끼우기 전의 다만 옷감에서 오는 냄새란 실상 우스운 것이 아닌가.

드나드는 손님들 중에 반드시 긴한 손이 아닌 듯한 사방모(四方帽)짜리니 여드름딱지 예과생 따위들이 그 앞으로 지나다간 부질없이 들러 휘이 돌아나오곤 나오곤 하는 것이었다.

'ROBIN' 양복 가게는 그만치 번창하고 말았다.

'ROBIN' 주인이 이러한 점을 이용하였던 것인지 양복 가게에 다방이 새로 곁들게 된 것이었다.

다방 이름도 마저 'ROBIN'.

다방 'ROBIN' 입구가 따로 난 것이 아니고 양복점 'ROBIN' 진열장을 들어서서 걸린 옷 사이로 지나 안으로 들어가면 열고 보면 문은 문이나 문이랄 게 대단하지 않은 문이 겨우 붙어 있던 것이니 문이 열고 닫히는 맛이 벨벳에 손이 닿는 듯이 소리가 없어서 들며 나며 하는 손님들도 그림자같이 가벼웠었다.

사박스럽게 돌아가는 축음기 소리도 없었으니 원래 이야기 소리가 죄용죄용하고 소곤소곤들 한 것이었기에 소리판 소리그늘을 빌려야 하도록 치근치근한 말거리도 없었고 통째로 쏟아놓는 사투리도 없었던 것이다.

차야 어늬집에 그만한 가음이 없을까마는 차를 다리는 솜씨와 담긴 그릇이 다른 집과 달랐다. 작은 찻종 빛깔이나 찻빛이나 불빛이나 온갖 장식품이나 벽 빛, 천정 빛, 마담의 옷감이나 모두 꼭 조화를 잃지 않아서 손님들의 품위나 회화도 역시 거기 따르게 되던 것이 아니었던가.

그보다도 그 집의 특색은 차 나르는 아이들이었는데 많아야 열네 살쯤 된 시악시들이 삼사 인이 모두 꼭같은 단발이마에 까만 원피스를 짜르게 해 입고 역시 까만 스타킹이며 까만 신을 가볍게 신었다.

두 볼에 돈짝만큼 동그란 붉은 연지를 꼭같이 찍은 것이 여간 그 집에 밝은 보람을 내인 것이 아니었다.

연지 찍은 것을 온당ㅎ지 못하다고 트집을 잡는다면 할 수 없으나 그 집 아이들은 일체 말이 없었고 설혹 용렬한 손이 있어 엇비딱한 농을 걸지라도 그 아이들은 연꽃봉오리처럼 복스런 볼에 경첩히 웃음을 흘지 아니하였으니 그럴 수밖에 없었던 것이 아무리 어리고 귀엽고 한 색씨들일지라도 여자는 마침내 여자에 지나지 않고 보니 웃음이라도 조심 없이 흘어 놓고 볼 양이면 못나게 구는 손이 없다 할지라도 그만한 일로 다방의 질서를 잃게 되는 것이 아니었던가.

하여간 그 집에 으젓ㅎ지 못한 것이란 하나도 없었으니 그 집에서 지어 팔던 어린애 양복에서 어린아이 냄새 여자 옷에서 여자 냄새가 미리 풍기던 생생한 보람이야말로 그 집 다실(茶室)에서

나비처럼 바쁘기만 하던 볼에 연지 찍은 어린 색씨들로서 나던 것
이나 아니었던가 ── 지금도 그렇게 생각한다.

──《삼천리》96호(1938. 5)

# 압천상류(鴨川上流)
## 상(上)[1]

압천(鴨川, 카모가와)의 수원(水源)이 어딘지는 모르고 말았다. 애써 찾아가 본다든지 또는 문서를 참조한다든지 지리에 취미가 있는 사람이고 보면 마땅히 할 만한 일을 아니하고 여섯 해를 지냈다.

대개 중압(中鴨)에서 하숙을 정하고 지냈으니 하압(下鴨)으로 말하면 도심 지대에 듦으로 물이 더럽고 공기도 흐리고 여러 점으로 있기가 싫었다. 그래서 중압쯤이나 올라와야만 여름이면 물가에 아침저녁으로 월견초(月見草)가 노오랗게 흩어져 피고 그 이름난 우선(友禪)[2]을 염색도 하여 말리고 표백도 하고 하였다. 원래 거기서 이르는 말이 압천 물에 헹군 비단이라야만 윤이 칠칠하고 압천 물에 씻기운 피부라야만 옥같이 희다는 것이었다. 그래서 그런지는 몰라도 거기는 비단과 미인으로 이름난 곳이었다. 그러나 압천이란 내는 비올 철이면 흐르고 그렇지 않으면 아주 말라붙는 내다. 수석(漱石)[3]의 글에도 "압천(鴨川) 조약돌을 밟아 헤어 다하

---

1   《조선일보》, 1937. 11. 13 '수수어(愁誰語)'란 제목으로 발표.

2   유젠. 풀과 본을 뜬 종이를 잘 이용하여 천에 아름다운 그림을 그리는 염색 기법. 교토의 교유젠〔京友禪〕이 유명함.

3   나쓰메 소세키(夏目漱石). 일본 메이지·타이쇼우 시대의 소설가.

였다."라는 한 기행문 구절이 있었던 줄로 기억하고 있지마는 물이 마르고 보면 조약돌이 켜켜히 앙상하게 드러나 있어서 부실한 겨울해나 비치고 할 때는 여간 쓸쓸하지 않았다.

여름철이 되어야만 역구풀이 붉게 우거지고 밤으로 뜸부기도 울고 하는 것을 한번은 그렇지 못한 때 지금 만주에 가 있는 여수(麗水)[4]가 와 보고, 그래 어디가 "역구풀 욱어진 보금자리, 뜸부기 흩어멈 울음 우는 곳"[5]이냐고 매우 시시하니 말을 하기에 변명하기에 좀 어색한 적도 있었으나 어찌하였든 나는 이 냇가에서 거닐고 앉고 부질없이 돌팔매질하고 달도 보고 생각도 하고 학기 시험에 몰리어 노트를 들고 나와 누워서 보기도 하였다.

폭이 상당히 넓은 내가 되어서 다리가 여간 길지 않은 것이었다. 봄 가을 비오는 날 이 다리를 굽 높은 나막신에 파란 지우산을 받고 거니는 정취란 업수히 여길 것이 아니었다. 광중류(廣重流)의 부세화(浮世畵)도 그러한 것이었기 때문에.

마주 서 있는 비예산(比叡山)도 계절을 따라 맵시를 달리하고 흐리고 개는 날씨대로 자태를 바꾸는 것이었다. 이불을 쓰고 누운 것 같다는 동산도 바로 지척인데 익살스럽게 생긴 산이었다.

조선서는 길에서 인사만 좀 긴하게 하여도 무슨 트집을 잡아 말 구실을 펼쳐 놓고 하지마는 거기서야 우산 하나에 사람은 둘이고 비는 오고 하면 마침내 한 우산 알로 둘이 꼭 다가서 가는 수밖에 없지 않았던가. 그래도 워낙 꽃같이 젊은 사람들이고 보니까 그러하고 가는 꼴을 보면 거깃 사람들도 싫지 않을 정도로 가볍게 놀리기도 하던 것이었다.

4  여수 박팔양. 한국의 시인.
5  정지용의 시 「경도 압천」의 한 구절.

다시 상압(上鴨)으로 올라가면 거기는 정말 촌이 되어 늪에 물이 철철 고여 있고 대수풀이 우거지고 물레방아가 사철 돌고 동백꽃이 겨울에도 빨갛게 피고 있다. 겨울에도 물이 아니 얼고 풀도 마르지 않으니까 동백꽃이 붉은 것도 괴이ᄒ지 아니하였다.

노는 날이면 우리들의 산보 터로 아주 호젓하고 좋은 곳이었다. 거기서 다시 거슬러 올라가면 팔수(八漱)라고 이르는 비예산 바로 밑에 널리어 있는 마을이 있는데 그 근처가 지금은 어찌 되었는지 모르나 그때쯤만 해도 거기가 하천 공사가 벌어지고 비예산 케이블카가 놓이는 때라 조선 노동자들이 굉장히 많이 쓰였던 것이다.

이른 봄철부터 일철이 되고 보면 일판이 흥성스러워졌다. 석공 일은 몇몇 중국 사람들이 맡아 하고 그 대신 일공(日工) 값도 그 사람들이 훨씬 비쌌고 평(坪) 뜨기 흙 져 나르기 목도질 같은 일은 모두 조선 토공들이 맡아 하였지만 삯전이 매우 헐하였다는 것이다.

수백 명씩 모이어 설레는 일판에 합비[6] 따위 노동복들은 입었지만 동이어 맨 수건 틈으로 나른대는 상투는 그대로 달고 온 사람들도 많았다.

째앵한 봄볕에 아지랑이는 먼 불타듯 하고 종달새 한끗 떠올라 지즐거리는데 그들은 조선의 흙빛 같은 얼굴이며 우리라야 알아듣는 왁살스러운 사투리며 육자배기 산타령 아리랑 그러한 것들을 그대로 가지고 온 것이었다.

—《조선일보》(1937. 11. 13)

---

6  옥호나 상표 등을 등이나 옷깃에 염색해 넣은 겉옷을 가리키는 일본어.

# 압천상류
## 하(下)[1]

　그 단순하고 소박한 일군들도 웬 까닭인지 그곳 물을 몇 달 마시고 나면 거칠고 사납고 하룻강아지 범 무서운 줄 모른다는 셈인지 십장에게 뭇매를 안겼다는 등 순사를 때려 주었다는 등 차차 코가 세어지는 것이었다. 맞댐으로 만나 따지고 보면 별수없이 좋은 사람들이었지만 얼굴 표정이 잔뜩 질려 보이고 목자가 험하게 찢어져 있고 하여 세루 양복에 머리를 갈렸거나 치마 대신 하까마, 저고리 대신 기모노를 입었다는 이유만으로 욕을 막 퍼붓고 희학질이 여간 심한 것이 아니었다. 우리가 조금도 못 알아듣는 줄로만 알고 하는 욕이지마는 실상 그것을 탓을 하자고 보면 살이 부들부들 떨릴 소리를 하는 것이다. 그러나 우리는 조금도 어찌 여기지 않고 끝까지 모르는 표정으로 그들의 옆을 천연스레 지나간 것이었다. 우리가 조금도 모를 리 없는 욕설이지만 진기하기 짝이 없는 욕들이다. 셰익스피어극 대사의 해괴한 욕을 사전을 찾아가며 공부도 하는 터에 실제로 모르는 척하고 듣는 것이 흥미 없는 것도 아니었다. 그러나 좀 얼굴이 붉어질 소리를 하는 데는

---

[1]　《조선일보》, 1937. 11. 14. '수수어(愁誰語)'란 제목으로 발표.

우리는 서로 얼굴을 피하였다.

뻔히 알아들을 소리를 애초 모르는 체하는 그러한 것이 이를 테면 교양의 힘일 것이리라.

그러나 만일 그들이 별안간 삽으로 흙을 떠서 냅다 뒤집어 씌힌다면 어떠한 대책이 설 수 있을까 할 때에, 나는 절로 긴장하여지고 어깨를 떡 펴고 얼굴과 눈을 좀 엄혹하게 유지하고 또 주시하며 지나가게 되던 것이었다.

그러나 우리들의 호기심과 향수는 좌절되지 아니하였었다.

장마 치르고 난 자갈밭이거나 장마가 지고 보면 의례히 떠나갈 터전, 말하자면 별로 말썽이 되지 않을 자리면 그들은 그저 어림어림하며 집이라고 고여 놓는다. 궤짝 부서진 널뚝 전선줄 양철판 등속으로 얽어 놓고 그들은 들어앉되 남편, 마누라, 어린것, 계수, 삼촌, 사돈댁, 아조 남남끼리 할 것 없이 들고 나고 하는 것이었다.

짜르르 짧었거나 희거나 푸르둥둥하거나 하여간 치마 저고리를 입은 아낙네들이나 아랫동아리 훌훌 벗고 때가 절은 아이들일지라도 산 설고 물 설은 곳에서 만나고 보면 반갑지 않을 수 없다.

그들은 우리가 조선 학생인 줄 알은 후에는 어찌 반가워하고 좋아하던지 한 십여 인이나 되는 아낙네들이 뛰어나와 우리는 그만 싸이어 들어가듯 하여 무슨 신랑 신부나 볼모로 잡아 오듯이 아랫목에 앉히는 것이었다. 그래 조선서 와서 학교하는 양반이냐고 묻고 고향도 묻고 나이도 묻고 하는 것이다. 어찌 되는 사이냐고 하기에 나는 어쩌다 튀어나온 대답이 사촌 간이라고 한 것이었다. 그들은 별로 탓도 아니하였으나 사촌 오누이 간에 픽도 닮았다기에 우리는 같은 척하고 견디었다. 이러한 경우에는 사촌이 아니라고 한다든지 혹은 사촌이 아닌 줄이 명백히 드러나고 보면 결국 꼼짝없이 억울해도 할 수 없이 뒤집어쓰고 마는 것이었다.

그중에 퍽 녑녑해[2] 보이고 있고 보면 손님 대접하기 즐길 듯한 끌기는 끌었으나 당목저고리에 자주고름을 여미고 자주끝동을 단, 좀 수선스럽기도 할 한 분이 일어나가는 거동으로 우리는 벌써 눈치를 챘던 것이었다. 황황히 일어설랴니까 윗방 안에 있는 분들이 모다 붙들며 점심 먹고 가라는 것이었다.

이밥에 콩도 섞이고 조도 있으나 먹을 만한 것에 틀림없었고 달래며 씀바귀며 쑥이며 하여간 산효야채(山肴野菜)임에 틀림없었고 골고루 조선 것만 골라다 놓은 것이 귀한 반찬들이었다.

한껏 성의를 다하여 먹는 참에 바깥주인이 들어오는 모양인데 안주인이 우리를 변명 겸 설명하는 것이었다. 안주인의 이때까지 정이 녹을 듯한 거동이 좀 황황해진 것이기도 하였다.

바깥주인의 태도가 좀 무뚝뚝하고 버티기로서니 내가 안경을 벗고 한팔 집고 한무릎 꿇고 무슨 도 무슨 면 무슨 리 몇 통 몇 호까지 대며 인사를 올리는 데야 자긴들 어찌 그대로 하나 뺄 수 있을 것이며 또 저으기 완화되지 않을 배 어디 있었으랴.

끝까지 나의 교양의 힘으로 희한히 화기애애하던 그날의 동향일기(同鄕日氣)를 조금도 흐리우지도 않고 견딘 것이었다.

방안에서 문에서 뜰에서 부엌에서 모두들 잘 가고 또 오라는 인사를 받고 나오는 길에 우리는 보아서는 아니될 것이 눈에 뜨인 것이었다. 막대 하나 거침없는 한편에 한 아낙네가 돌멩이 둘에 도틈 쪼고리고 앉아 있는 것이었다. 조금 황급히 구는 것이었으나

---

**2**   엽렵(獵獵)하다. 매우 영리하고 날렵하다. 분별 있고 의젓하다.

1부 『지용 문학독본』

결국 우리가 보아서는 못쓸 것이 없으매 아낙네는 그대로 견디기 어려운 일이 아니었다.

일찌기 농촌 전도로 나선 어떤 외국 선교사 한 분이 모든 불편한 것을 아무 불평 없이 참아 받았으나 다만 조선 측간(厠間)만은 좀 곤란하였던지 조선의 측간은 돌멩이 두 개로 성립되었다는 우스개 말씀을 한 일이 있었으나, 그 '컨시쓰 어브 투 스토운즈'라는 섭섭하기도 하고 우습기도 한 말이 잊어지지 않았다.

그야 측간이 반드시 돌멩이 두 개로 성립된 것도 아니지마는 혹시 그럴 수도 있지 아니한가.

산이 서고 들이 열리고 하늘이 훨쩍 개이고 사투리가 판히 다른 황막(荒漠)한 타향(他鄕)이고 보면 측간쯤이야 돌멩이 둘로 성립되지 말라는 법도 없다.

—《조선일보》(1937. 11. 14)

# 춘정월(春正月)의
# 미문체(美文體)

대체로 기지개를 켜게 되겠고 다음으로 담배를 한 개 피워 물어야만 눈이 개운히 뜨일 순서이겠는데 — 아침 여섯 시로 여섯 시 반까지 대개 그동안 — 나는 이 좋은 나이를 해가지고 그러한 한가한 습관을 기르지 못하였다.

그 대신에 이곳 '애기능(陵)안'으로 이사 나온 후로 난데없이 처량한 호들기[1] 소리를 듣는 것이다. 그도 한두 번이 아니요 번번이 잠깰 무렵이면 반드시 들리는 것이다. 호들기 소리로되 충청도 사투리로 나오니깐 애끊는 듯 자지라질 듯 내처 졸리운 듯하여 달싹 옴작 못하고 그대로 누워 망설이게 되는 것이다.

시집이 조금 늦어진 처녀들의 호들기 소리라야만 정말 충청도 사투리가 나오던 것이었다. 호들기 소리가 너무 극성스러우면 꽃뱀이 울안으로 기어든다고 어른들이 꾸중도 하시던 것이었다. 삼단 같은 머리채[2]에 호말 만하게 헌출하다[3]는 처녀들이 물오른 실버들 가지를 비틀며 하는 말이,

---

1  호드기. 물오른 버들가지나 짤막한 밀짚 토막으로 만든 피리.
2  삼단. 삼의 묶음. '삼단 같은 머리'는 '숱이 많고 긴 머리'를 말함.
3  헌칠하다. 키와 몸집이 크고 늘씬하다.

요놈의 호들기

소리 아니 날냐니?

소리 아니 날라고 해봐라

쪽쪽 찢어 금강(錦江) 물에 띄울란다.


그야말로 어디까지든지 여운(餘韻)을 위한 악기이었다. 한 손
아귀론 버들피리를 감추어 불고 다른 손아귀론 절조(節調)를 고르
고 보면 끝까지 슬픈 소리가 고비고비 이어 나가 마을 앞도 절로
어두워 보슬비가 내리던 것이었다. 그래서 그러한지는 몰라도 충
청도 색씨치고 말씨나 몸짓이 툭툭 튀고 똑똑 끊지는 법이 없다.

그러나 난데없는 호들기 소리란 마침내 이웃집에서 넘어오는
부지런도 한 음악(音樂) 학생(學生)의 바이올린 소리였던 것이다.
그것을 번번이 호들기 소리로 듣는다는 것은 음악을 가리어 들을
만한 귀가 애초에 아니었던 것이다.

그러나 사람에게는 이러한 노릇이 있지 아니한가.

① 번번이 하는 짓이 궂은 짓이기는 하나 번번이 잠꼬대를 하게 되
   는 것.
② 번번이 도모지 그럴 수 없는 것이 분명한데 번번이 꿈으로 꾸게 되
   는 것.

또 이외에 다음과 같은 현상도 있을 수 있으니

① 아주 깨인 상태도 아니요
② 꿈도 아니요

③ 비몽사몽도 아니요

④ 이 치운 첫정월 아침에 바이올린 소리가 호들기 소리로 들리는 한 개의 증상.

대개 이러한 염려(艶麗)한 착각은 어떻게 해석할 것인가. 혹은 요즘 나의 건강이 향수(鄕愁)에 견딜 만하게 다시 돌아온 까닭이나 아닐까. 하여간 골고루 펴 보아야 찌뿌드레한 데가 없이 팽창(膨脹)한 느낌이 없지 않다.

—《여성》(1938. 1)

# 인정각(人定閣)

허둥지둥 새문턱을 다가드니 마침 폐문 시각이라 큰 문이 닫
히노라 요란한 소리에 큰 쇠가 덜크덩 잠기었다.

겨우겨우 성안에 들어선 일행은 살은 듯 마음이 놓이고 다행
하였다. 걸음이 한풀에 줄어 서서히 차라리 힘없이 흘러져 걸리는
것이었다.

전ㅅ자리[1] 깡그리 닫힌 거리에 유지등 사방등이 번거로이 지
나가고 미구에 순라군이 돌 때가 되었다.

교전비(轎前婢)[2] 등불 들리어 앞세우고 급한 행차 돌아가는 교
군도 간혹 보이나 그 외에 부녀자의 행색이란 이 아닌 밤에 일체
보일 리 없었다.

새 대궐 앞까지 앞서거니 뒤서거니 하여 밤길 걸으며 이야기
하는 사이에 행인을 살필 배 없었으니 어느 골목에서 나왔다고 바
로 이를 수도 없는 젊은 장옷자리[3]가 문득 앞을 서서 가로거치는

---

1 　전(纏) 자리. 가게 자리. 상가.
2 　혼례 때 새색시를 따라가던 여자 종. 여기에서는 '가마 앞에서 길을 안내하는 종'을 일컬음.
3 　장옷. 부녀자가 나들이할 때에 얼굴을 가리느라고 머리에서부터 길게 내려 쓰던 옷. 여기서 '장옷
　　자리'는 '장옷을 걸친 사람'을 말함.

것이었다.

도람직한[4] 키에 몸맵시가 어색하지 않으려니와 가벼운 갓신에 옮기는 걸음새가 밤에 보아도 아릿다운 젊은 여자임에 틀림없어 별안간 마음들이 설레기 비롯하였다.

그러나 앞에 세운 기집애 하나 없고 등불 하나 딸리지 않았으니 저으기 괴이쩍은 일이 아닐 수도 없었다.

그리하고 보니 한창 장난들 즐겨하는 젊은 일행은 바짝 뒤로 다가서서 희학질[5]이 시작된 것이었다.

아닌 밤에 무슨 급한 병자가 초라한 살림에 생기어 약화제(藥和劑)를 들고 나선 여인이 아닌 바에야 예사 여염집 여자로서 밤출입이 있을 수 있는 노릇이냐 말이다.

그만한 희학질 장난이야 받을 만하지 아니한가.

그러나 그 여인은 소호[6]도 놀란다든지 당황하는 꼴이 없이 걸음을 사분사분 흩지 않고 걸어가는 양이 더욱 요염하여 일행의 호기심을 더욱 요란ㅎ게 하는 것이었다.

이상스러운 노릇이, 아무리 빨리 쫓아가야 그 여인은 쫓아가는 일행의 손이 장옷자락에 닿을 거리에서 서서 가는 것이 아니었다. 그렇다고 신 뒤축이 금시 금시 밟힐 듯한 사이에서 더 앞서 가는 것도 아니었다. 감질이 날 노릇이 아니런가.

아무리 쫓아가야 잡을 도리가 없었다.

이리이리 승강이를 하며 쫓아가는 것이 황토마루를 지나 샌전

---

4    도리암직하다. 도람직하다. 나부죽한 얼굴에 키가 자그마하고 몸맵시가 있다.
5    희학(戲謔)질. 실없는 말로 농지거리를 하는 짓.
6    소호(小毫). 작은 터럭이라는 뜻으로, 아주 적은 분량이나 정도.

앞을 나섰으나 역시 잡히지 않았고 중추막7 소매가 바람에 부우
뜨고 소창옷8 세 자락에서 쇳소리가 날 지경이었으나, 지척에 보
는 꽃을 꺾지 못하는 까닭을 모를 일이라 인제는 일개 만만히 볼
만한 여자의 팔을 훔켜잡고야 만다느니보담은 삼사 인이나 되는
젊은 사내자식들의 의기(意氣)와 고집으로서도 거저 덮어둘 일이
아니었다.

성난 승냥이 떼처럼 약들이 잔뜩 올랐다.

신이 금시금시 밟힐 듯 밟힐 듯하면서도 몸이 잡히지 아니하
니 웬 셈일까.

여자는 한결같이 태연히 사분사분 가는 것에 지나지 않았다.

일행들의 입은 옷으로 말하면 꽃진 지도 오래고 녹음이 한창
어울리어 가는 사월 초승이라 갓 다듬어 입고 나선 모시옷 아니면
가는 백목9이었고 신으로 볼지라도 산뜻한 마침 마른신10이나 발
편한 누리바닥 고운 메투리11였으므로 걸어가기는 새레12 날라라
도 갈 셈인데 점잖은 갓모자가 모조리 뒤로 발딱 제껴지도록 여자
의 걸음을 따르지 못한다는 까닭을 알 수 가 없다.

인제는 마지막 기를 써서 쫓은 것이 종로 인정전 바로 앞에까
지 왔던 것이다.

---

7  중치막. 소매가 넓고 길이가 길며 앞은 두 자락, 뒤는 한 자락으로 된, 무가 없이 옆이 터진 네 폭
   으로 된 웃옷.
8  소창(小氅)옷. 예전에 중치막 밑에 입는 웃옷의 하나. 두루마기와 같되 소매가 좁고 무가 없음.
   창옷.
9  백목(白木). 무명.
10  기름으로 겯지 않은 가죽신. 또는 마른땅에서만 신는 신.
11  미투리. 삼이나 노 따위로 짚신처럼 삼은 신. 마혜(麻鞋). 망혜(芒鞋). 승혜(繩鞋).
12  새로에. 조사 '는', '은'의 뒤에 붙어 '고사하고', '커녕'의 뜻을 나타내는 보조사.

인정전 바로 뒤 행랑 뒷골로 여자는 슬쩍 몸을 솔치자[13] 한 사람의 손이 여자의 장옷 소매에 닿자마자 여자가 힐끗 돌아보자 달밤에 보는 옥(玉)과 같은 흰 얼굴에 처참하게도 흰 앞니 두 개가 길기가 땅바닥까지 닿는 것이 아니었던가! 으악! 소리와 함께 일행은 모두 넘어지자 여자는 인홀불견[14]이 되고 말았다.

자정(子正) 인경이 땅! 한 번 울었다. 그 소리를 이어 네밀 네밀 네밀하는 여음(餘音)이 실쿳하게도[15] 무엇인지 끔찍이 꾸짖는 것 같았다.

일행은 태기친[16] 개구리 펴지듯 모두 까무러쳐 바닥에 쓰러졌으니 사내자식이 아무리 놀라기로서니 그중에 하나쯤이야 아주 죽는 수야 있느냐 말이다. 이왕 쓰러지는 바에야 종각(鐘閣) 창살에 허리를 붙이고 서른두 번 우는 인경 소리를 들으며 내처 잠이 들었던 것이다.

얼마쯤이나 잤던지 아름푸시 정신이 돌며 눈이 뜨이고 보니 날이 후연히 밝아오는데 파루(罷漏)[17] 치는 꼴을 볼 수가 없다. 자 ── 그러니까 간밤 일이 그것이 취몽(醉夢)은 취몽일지라도 인경 소리를 꿈엘지라도 듣기는 들었다.

툭툭 털고 일어서며 곰곰이 생각하여 보아야 열네 살 때 서울 올라온 이후 사실로 인경 소리를 들어 본 일이 있는 성싶지 않다.

하니까 꿈에라도 한번 들어 본 셈인가?

---

13  솟치다. 위로 높게 올리다.
14  인홀불견(因忽不見). 언뜻 보이다가 바로 없어짐.
15  실큼하다. 마음에 싫은 생각이 있다.
16  태질치다. 되게 메어치다. 태치다.
17  조선 시대 오경 삼점(五更三點)에 큰 쇠북을 서른세 번 치던 일. 서울에서 야간 통행금지를 해제하기 위해 치던 종각의 종.

우리 연배(年輩) 되시는 벗님네들! 누구나 서울 종로 인경 소리 들은 이 있소?

너를 바로 보고도
네 소리 듣지 못하니
그를 설워 하노라.

—《조선일보》(1938. 5. 13)

# 화문점철(畵文點綴) 1

　새해가 아직도 우리 집에서는 법으로 정해진 것에 지나지 못
하니, 어쩐지 설날로서 가풍(家風)이 서지 않는다. 아이들도 손가
락 구구(九九)로 동동거리며 기다리던 큰 설날이 아니고 말았다.
그러나 나로서는 이 대교황(大敎皇) 그레고리력(曆) ── 양력(陽曆)
설이 이론상 확실히 옳다는 주견(主見)에 안해까지 끌어넣기에 자
못 엄격하다. 안해도 동회(洞會) 방침에 별로 관습적 반의(反意)를
갖지 않을 만은 하게 되었으나 요컨대 교직(交織) 남시랑[1]일망정
아이들을 울긋불긋 감아 놓기와 칠분도미(七分搗米)[2] 화인(火印)[3]
몇 되에 떡이라고 냄새라도 피워야 하는 가엾은 한계에서 양력설
이라도 무방하고 음력설이라도 좋은 것이다. 나는 이러한 물질적
배비(配備)에 관한 유치한 사상은 우습게 여긴다. 무릇 신년이라
는 것은 심기일신(心氣一新)한 정신상 각오에 의의가 있는 것이지
그까짓 떡이야 해 먹고 안 해 먹는 것이 그리 대단할 것이 무엇이
냐 말이다.

---

**1**　남(藍)스란치마. 남빛의 비단 치마.
**2**　칠분도(七分搗). 벼를 찧어 겉껍질의 70퍼센트를 벗겨 내는 일. 칠분도로 찧은 쌀.
**3**　시승(市升). 옛날 시장에서 쓰던 되.

안해는 나의 신년에 대한 정신주의적(精神主義的) 경향에 그다지 열렬하지 않은 편이다. 저엉 섭섭하다면 때때옷이며 떡가래며 고기 근(斤)은 음력으로 연기해도 좋지 않으냐고 여유를 준다. 그러는 것이 작년도와 재작년도에 내가 어찌어찌 하다가 그만 신용을 잃었다.

그러나 나는 언제든지 양력 신춘에 기분이 청신하다. 다만 간밤에 일찍 헤어지기로 한 것이 다소 과음이 되었던지 머리가 뛰이 한 듯도 하나 금년에는 제일 춥지 않아서 좋다. 딸년이 평일과 소허(少許)⁴ 다를 것 없이 맨발로 이른 아침부터 뛰어 돌아다닌다. 딸년으로 해서 나의 수면이 방해 되는 점이 많다.

안해는 다소 무료한지 어린 것을 업고 울안으로 돌아간다. 햇볕이 곱고 다사롭기가 바로 매화꽃 필 무렵 같지 아니한가.

─ 게재지 미확인

---

4    얼마 안 되는 분량. 여기에서는 '조금도, 거의'의 뜻.

# 화문점철 2

화실(畵室)에 틈입(闖入)할 때 적어도 채플에서 나온 뒤만한 경건(敬虔)을 준비하기로 했다.

화실 주인의 말이 그림을 그리는 순간은 기도와 방불하다고 하기에 대체 왜 이리 장엄하여 계시오 하는 반감이 없지도 않았으나 화실의 예의(禮儀)를 유린(蹂躪)할 만한 반달리스트[1]가 될 수도 없었다.

화실에서 화가대로의 화실 주인은 비린내가 몹시 났다. 모초라기[2] 비둘기 될 수 있는 대로 가녈픈 무리를 쪽쪽 찢고 째고 저미고 나오는 포정(庖丁)[3]과 소허(少許) 다를 리 없었다. 통경(通景)과 전망(展望)을 차단한 뒤에 인체 구조에 정통할 수 있는 한산한 외과의(外科醫)이기도 하다.

미켈란젤로 따위도 이런 지저분한 종족이었던가.

기름덩이를 이겨 붙이는 것은, 척척 이겨다 붙이는 데 있어서는 미장이도 그러하다. 미장이는 어찌하여 애초부터 우월한 긍지

---

1   vandalist. vandalism. 예술파괴주의(자). 야만주의(자).
2   메추라기.
3   백정(白丁). 소, 돼지, 개 따위를 잡는 일을 업으로 삼는 사람.

를 사양하기로 하였던가. 외벽을 바르고 돌아가는 미장이의 하루는 사막과 같이 음영(陰影)도 없이 희고 고단하다.

오호(鳴呼) 백주(白晝)에 당목(瞠目)할[4] 만한 일을 보았다. 격렬한 치욕(恥辱)을 견디는 에와[5]의 후예(後裔)가 떨고 있다. 화실의 경건이란 긴급한 정신(精神) 방위(防衛)이기도 하다. 한 개의 뮤즈가 탄생되려면, 여인! 그대는 영원히 희랍적 노예에 지나지 아니한가. 가장 아름다운 것이 제작되는 동안에 가장 아름다워야 할 자여! 그대는 산에서 잡혀온 소조(小鳥)와 같이 부끄리고 떨고 함루(含淚)한다.

—《중앙》4권 6호, 1936. 6. 원제는 '시화순례(詩畵巡禮)'

---

4  당시(瞠視)하다. 놀라거나 괴이쩍게 여겨 눈을 휘둥그렇게 뜨고 바라보다.
5  이브(Eve). 여기서 '이브의 후예'는 여성 모델을 의미함.

# 안악(安岳)

　　고뿔이 들려 이레째 나가질 않는다고 화련(花連)이는 고개도 고누기가[1] 싫다. 화련이가 비쓱비쓱 눕기만 하는 것을 탓할 수야 없다. 그래도 연거푸 이틀밤째 우리 자리에 나오게 된 것이니 나와선 손님 신세를 지우고 간다 할지라도 그만치 보람을 아주 아니 내는 것도 아니니 아픈 사람이 고흔 사람이고 보면 서둘러 위로하기가 즐겁지 않은 노릇도 아니다. 누구는 무릎을 빌리어 수고롭지 않고 누구는 머리를 짚어 주고 고뿔에는 따근따근한 약주술이 제일이라고 짓궂게도 권하는 것이요 누구는 웬걸 더하다는 것이다. 그러나 이화(梨花)가 사약(私藥)이나마 임시로 방문(方文)을 내었으니 귤을 까서 알맹이는 바르고 껍질을 모아 한 홉큼 되는 것을 술에다 끓이는 것이다. 귤껍지가 곰이 되도록 끓고 보니 술에서는 주정(酒精)이 발산되어 버렸을 것이나 쌀이 삭아 술이 됐을 바에는 선변화(善變化)한 곡기(穀氣)가 귤껍지에서 우러나온 진액(眞液)과 서로 엉키어 이야말로 단방진피탕(單方陣皮湯)이 아닌 배 아니니 고뿔이 아무리 곱서리고[2] 주춤거릴지라도 무위이화(無爲而

1　고누다. 곧추다. 바로세우다.
2　몸을 움츠리다.

化)로 풀려 나가고야 말 것이다. 냄새가 실로 좋지 아니한가. 만실(滿室) 귤향(橘香)에 섣달 추위도 바로 봄철다이 훗훗하여지는 것이니 떠도는 향기로서도 다소 취기를 띤 것이 분명하다. 이리하여 순배가 돌고 돌아 쌍이(雙耳)가 불과 같이 열하여 오른다. 이화는 이골 태생으로 꺄 — 꺄 — 사투리로 이야기 잘하고 웃기 잘하고 약 시중을 들되 인정이 무르녹다. 살림을 들어가면 잘살 것이니 살림살이란 진피(陳皮)를 다림에도 솜씨를 볼 것이 아닌가. 화련이는 물 건너서 왔댔다고 하는데 이골 사람들은 남포(南浦)나 평양(平壤)을 물 건너라고 부른다. 키와 생김새가 그러려니와 어쩐지 헌출하고 쓸쓸하기 단정학(丹頂鶴)과 같다. 학(鶴)도 독감이 들리면 어디가 먼저 풀이 죽는 것일지? 빳빳한 다리는 그대로 고일지라도 기다랗기도 한 모가지가 절로 곱으라질 수밖에 없을 것이다. 진피를 삶은 물도 약이고 보니 화련이는 고개를 갸우뚱 느리운 채 찡그리며 마신다. 무릎에 다시 기댄다. 정숙(貞淑)이는 나이도 어리나 콧날이 쪽 서고 인물이 고운데 이 밤에는 어쩜인지 피지를 않는다. 이화는 이골에서 누구레 누구레 정분(情分)이 나서 죽자 살자 한다는 이야기를 하며 웃었다. 정숙이는 종시 피지 아니하니 꽃 옆에서 꽃이 움츠린 듯하다. 순배가 정숙한테로 모인다. 사칸장방(四間長房)에 신선로 김이 서리고 서린다. 숯이 활씬 피어서 난만(爛漫)한데, 밖에서는 쇠쪽이 우그러지는 듯이 겨울이 달린다. 멀리 구월산(九月山)으로 뚫린 북창 유리에는 성에가 겹겹이 짙어지는데 밤도 따라서 두꺼워 간다. 성에가 나를 오싹 무섭게 굴기에 얼른 순배에 뛰어들었다. 지껄이고 흥얼대고 읊고 부르는 것이요 한 되들이 병이 몇 차례씩 갈아들어 즐비하게 놓이는 것이다. 이 골 아이들은 가무(歌舞)와 주량(酒量)에 함께 정진하여야 자리에 불리우게 되는 것이니 올에 열일곱에 난 정숙이도 손님의 뒷술을 따라가고도 뺨이 곱게 붉을 정도라 산천이 다르기로소니 풍습도 이렇게 야릇할 줄이 있으랴.

정방산성(正方山城)에 초목이 무성한데
밤에나 울 닭이 낮에도 운다.

정숙이는 「황주(黃州) 늘난봉가」를 글 읽듯 정성스럽게 부른다. 꾀꼬리 같지 아니한가.

달뜨는 동산에 해조차 솟는데
이내 가슴엔 님도 아니 돋네.

이화가 부르는 감내기에 우리는 눈을 감고 들었다. 넓기도 한이 없는 나무릿벌을 걸어 남포로 소 몰고 가는 노래가 서럽고도 한가롭지 아니한가. 화련이가 일어나 장고를 안았다. 컬컬하고 굵고 수리목진 소리로 뽑는 물 건너 수심가(愁心歌)는 본바닥 소리임에 틀림없다. 고뿔이 들렸다고 저렇게 슬픈 소리가 나온달 수야 있나. 화련이 소리는 속이 썩은 소리다. 취하고 울듯 할 때 우리는 일어섰다. 차고 옴추린 귤 하나를 집어들며

"귤하고 우리 정숙이하고 조끼에 집어넣고 갈까?"

깃을 사리며 아양아양 다가드는 정숙이가 주머니 속에서도 구기어지지 않을 것 같다. 이애야! 안악(安岳) 골에서 다락 같은 큰 말을 불러 오라고 하여라. 너도 앞에 타잤구나! 말을 타고 나설량이면 화랑이 아니겠느냐! 언 궁둥이에 채찍을 감으며 찬 달을 떠

받으며 흰눈을 차며 신천평야(信川平野) 칠십 리를 달리잤구나!

—《조선일보》(1939. 2. 9). 원제는 '전귤(煎橘)'

# 수수어(愁誰語) 1

　한가로워 한가로워 글이나 쓰겠다는 이가 부러울 리 없으나 바빠서 바빠서 창을 밝히고 자리를 안존히 할 겨를이 없어 붓대를 친할 수 없음이 섧지 않으랴.

　하도 바빠 초서(草書)를 쓰기 어렵다는 말이 있으니 초서도 본시 급한 때 빨리 쓰기 위한 글씨가 아니리라. 구르는 바퀴를 따라 붓이 또한 달릴 수 있다면 희한히 좋을 것이로되 줄을 바르게 세로 긋고 가로 치고 칸칸에 또박또박 한 자씩 써 채우기만 하라는 그만한 재주가 내게는 없어 원고지를 펴고 굽어보면 뛰어들까 싶지도 않아 벅차기가 호수와 같다. 글이란 원래 한 가지도 능한 것이 없는 선비가 쓰는 것이런가. 어떤 소설가의 말에 자기는 평생에 일꾼이 무거운 돌을 옮기듯이 문자(文字)를 날랐노라고 하였거니 그이쯤 늙고 격을 이루어야 그러한 말이 있을 만하다고 높이 보았다. 그도 글만 쓰게 된 편한 사람의 말이지 이 신산한 살림살이에 얽매여 어찌 그러하기를 바라리. 한갓 그래지이다 바랄 수 있다면 어느 때 어느 곳에서든지 러시아워 전차 속에서나 황혼을 싣고 돌아가는 버스 안엘지라도 마음의 풍요한 꽃봉오리가 이울지 않아 글로 다만 한 줄이라도 옮기어지기만 하면 족하다. 짧은

**89**

글을 소홀히 할 자이 누구냐. 짜를수록 엄격하기 방문(方文)¹에 질 배 있으랴. 나도 늙어 맑고 편히 살으리라. 두보(杜甫)와 같이 술을 빚어 마시리라. 봄비에 귤나무를 옮겨 심으리라. 손을 씻고 즐거운 글을 쓰리라.

—《조선일보》(1936. 6. 18)

---

1  '약방문'의 준말.

# 수수어 2

밤 열한 시를 넘어 돌아오게 되니 집사람이 이르기를 적선정 (積善町) 형(馨)이가 저녁 여섯 시에 자기 사관으로 부디 와 달라는 말을 남기고 갔다고 한다. 저를 내가 아는 터에 제가 부르는 까닭을 모를 리 없다. 하도 서운하여 그렇다면 낮에 미리 전화로 기별을 하여 주었더면 퇴근길에 달리 새지 않고 제한테로 갈 것인데, 허나 야심한 뒤 단칸방을 찾아가는 수가 없다. 넥타이를 풀자 이내 코를 골았다는 것은 다음 날 지천[1] 삼아 들은 말이나 이왕 집안 별명 '수염 난 간난이' 대접을 받을 바에야 잠도 그쯤 들어야 할 것이 아닌가.

품(品)이 좋은 것으로 한 되쯤으론 택시 신세를 혹시 지우지 않을사 한데 그것은 양(量)의 소질로 의논할 바이요 남은 것은 격 (格)을 높일 것이며 분별을 기를 것이다. 애당초 섞이어 쓸 축이 있고 얼리지 못할 패가 있다. 자리를 먼저 보기를 지관(地官)과 같이 문서(文書)가 있어야 할 것이다. 옷깃을 저살고[2] 풀지 않을 것이요 마음과 웃음은 풀 것이로되 입은! 아니, 입은 풀지라도 말을

---

1   지천. '지청구'의 잘못. 꾸지람.
2   저살다. 겯싸다. 겯다＋싸다. 어긋매끼도록 걸치다. 보이지 않게 안에 넣다.

함부로 풀 수 없는 일이라. 실상 이 놀음이란 홀로 풀지 않아도 못 쓰려니와 또는 그리해도 못쓰는 것이다. 요컨대 끝까지 선인(善人)의 잔치인지라 그러한 자신이 없이는 이 자리에 앉지 못하리라. 혹시 스스로 얽히고 맺히어 풀지 못할 심질(心疾)이 있는 자는 모름지기 소심(小心)스러이 배우면 효(効)를 얻을 것이나 필경 보제(補劑)로 마시는 외에 지나지 못할지며 태생이 어리석은 자는 흉악한 야수처럼 되어 화를 국가(國家)에 끼칠 것이요 간교한 무리는 이 복된 음식을 시정(市井)으로 끌고 다니며 이욕(利慾)을 낚는 미끼로 쓰니 복된 음식이 흔히 노발대발하여 불측(不測)한 죄를 나릴 수 있다. 진흙에 쓰러지고 입술을 서로 바꾸던 자리에 도리어 치고 이를 가는 저주를 받지 않았던가. 붓이 어찌 이리 딴 길로 헤매는 것이냐. 다음 날 저녁에는 형이 부르지 않을지라도 자진하여 가려고 한 것이 역시 달리 길이 열리어 시각을 놓치고 말았다. 집사람이 또 이르기를 형이가 또 왔다 갔다는 것이다. 고맙구나. 추위로 들어서 처음 눈다운 눈이 쌓인 날이 어제다. 순한 집 개도 눈이 오면 좋아라 동무를 찾아나가는데 형이도 눈에는 견딜 수 없었던 것이지. 말이 적은 형이는 고독하면 무엇인지 모를세라 씩씩 맞는 버릇이 있다.

다음 날 저녁 여섯 시에는 어김없이 대어 갔더니 즐겁지 않으랴 셋이 고스란히 기다리고 있었구나. 두 내외와 일승병(一升瓶)[3]이. 병이 소허(小許) 덜리었기에[4] 연고를 물었더니 그대로 두고 보며 기다리기란 과연 양난(兩難)한 일이더라고. 기껏하여 두 홉쯤 줄었으니 천하에 무슨 명목으로 이를 치죄(治罪)할 줄이 있으랴.

3  '일승'은 한 되. 한됫병.
4  덜리다. 양이 줄어들게 되다.

대추를 감춘 광에 쥐를 두고 적선함이 옳을지로다.

　이윽고 형(馨)의 애인이 모르는 듯 일어나가 칼이 도마에 나리
는 소리가 기름불과 함께 조용조용스럽더라.

─《조선일보》(1937. 2. 10), 원제는 '수수어 1'

# 수수어 3

    간(肝)회와 개성(開城)찜이 나수어¹ 왔다. 병 속에서 고이 기다리던 맑고 빛나는 품(品)²이 별안간 부피 부풀어 오르는사 싶다. 이것이 무슨 적의에 가까운 짓이냐 혹은 원래 호연(浩然)한 덕을 갖춘지라 애애(靄靄)한³ 보람을 미리 견디지 못함이런가. 정히 그 럴진대 기어나오라. 그대를 어찌 기게 하랴. 내 은배(銀杯)로 너를 옮기리라. 거뜬히 들어 너의 덕을 기릴 양이면, 오호 덕이 높은 자 는 기적을 행하리니 언 가지를 불어 눈같이 흰 매화를 트이게 하 라. 금시 트이어라.

    찜도 가지가지려니와 개성이란 찜이 다르다. 선배가 찬방(饌 房) 절차를 세세(細細) 살펴 무엇하리요 그저 듣기도 전에 칭찬을 극극(極極) 베풀어도 틀릴 배 없는 진미(珍味)인 줄 여기어라.

    은행이며 대추며 저육이며 정육이며 호도며 버섯도 세 가지 종류라며 그 외에 몇 가지며 어찌어찌 조합된 것인지 알 수 없으

---

1    나수다. 내어서 드리다.
2    '술'을 말함.
3    애애하다. 포근하고 평화롭다.

나 산산하고도 정녕(丁寧)하고 날새고도[4] 굳은 개성적(開城的) 부덕(婦德)의 솜씨가 묻히어 나온 찜이 어찌 진미가 아닐 수 있겠느냐. 허나 기름불 옆에서 새빨간 짐승의 간을 저미어 양념을 베푼다는 것은 그것이 더욱 깊은 밤에 하이얀 손으로 요리된다는 것이 아직도 진저리 나는 괴담(怪談)으로 여김을 받지 아니함은 어쩐 사정이뇨. 병 안에 든 '품(品)'이 별안간 흥분함도 대개 이러한 간(肝)을 보아 그리함인지도 모른다. 마침내 괴담이 아니 되고 마는 이유가 병 안에 든 '품(品)'의 덕으로써 그러함이니 그러기에 간(肝)과 '품(品)'을 알 양이면 비린내 나는 것은 대개 그 이름만으로도 해결하겠거니와 아직 파래서 간 데 족족 채이는 것, 채이고도 깨닫지 못하는 것, 할 수 없이 새침하여지는 것, 진실로 덤비는 것, 죽도록 생각해 내어도 미움 받는 것, 대상점(大商店) 간판만 치어다보아도 변증법적(辨證法的) 분개(憤慨)를 남발하는 것, 부흥회(復興會)에 나아가 이마가 부서지도록 회개(悔改)하여도 실상 그것이 신경쇠약의 극치일 수 있는 것, 아녀자에게 볼모로 잡히어 꼼짝 못하는 인격자, 감환(感患)이 코에 걸린 채 입춘절(立春節)을 넘는 것, 장서(藏書)가 낡어 감을 따라 점점 울울하여지는 것 등쯤은 문제가 되지 아니하니

취(醉)하여 음(淫)하지 않고 난(亂)하지 않고
배저(杯底)[5]에 천지(天地)의 동정(動靜)을 비초인다.

---

4  날쌔다. 동작이 날래고 재빠르다.
5  술잔의 바닥.

도연한[6] 이후에 형이는 산토끼 같은 눈이 쪼그라지도록 웃으니 이 사람은 남의 무릎을 쓰다듬으며 이야기하는 것이 일쑤라.

하나 앞에 네 홉씩이면 예절답게 되었거니와 이러한 자리를 다스림에는 옷깃을 바르히하고 사뢰노니 오직 조선의 빛난 부덕이 없을 수 없다.

좀생이 별들이 아실아실 추위 타는 밤 밤도 이슥했으니 나오라고 창 밖에 대한(大寒)이 부른다. 품을 파고 헤치고 드는 봄바람 다히.

돌아오는 길 아스팔트 위로 걸음이 가비야울 적 문득 호젓한 모퉁이 길 언 차돌이 그리우니 앉아 보고 만져 보고 단 뺨도 부비어야 하겠기에.

—《조선일보》(1937. 2. 11)

---

6  도연하다. 술이 취하여 거나하다.

# 수수어 4

해로명(海老名)이라는 성(姓)이 있습니다. 해로명 아래 총장(總長)을 붙이고 보면, 해로명 총장이 될 수밖에 없습니다. 학교 게시판에 붙은 교령(敎令), 인사이동, 집회, 귀빈(貴賓) 봉송영(奉送迎) 등에 관한 게시가 모두 해로명 총장의 이름으로 붙으니 어떤 날은 한 20매씩 붙은 적이 있습니다. 해로명 총장이 감환(感患)으로 미령(未寧)하신대도 곧 알게 됩니다. 어느 짓궂은 학생은 일부러 '해 로 명총장'으로 발음하는 사람도 있었습니다.

한번은 해로명 총장이 이사 측과 불화한 일이 있어서 사임하게 되었습니다. 학생단은 궐기하였습니다. 스트라이크로 사태가 중대하게 되었습니다.

"해로명 총장을 유임시켜라!"

"해로명 총장을 지지하라!"

"해로명 총장을 위하여 우리는 일전(一戰)을 불사(不辭)한다."

이러한 격월(激越)한 포스터가 무수히 교실에 테이블에 게시판에 입구에 수부(受付)에 외벽(外壁)에 붙어 있고 혹 운동장으로 굴러 돌아다니기도 하였습니다. 포스터마다 해로명 총장의 얼굴

1부 『지용 문학독본』

이 위대하게 그리어져 있고 붉은 잉크로 관주[1]를 여러 개 주고 하였습니다.

*

　회화 선생 미세스 시오미는 금발(金髮) 벽안(碧眼) 그대로의 미인이었습니다. 국제결혼을 한 까닭으로 '시오미' 성(姓)을 따른 것이요, 이름도 '사구라꽃'인데 학생들은 그저 '체리' '체리'로 불렀습니다. 깡파르고[2] 쨍쨍거리는 여선생이신데 시간이 되면 단번에 염마장(閻魔帳)[3]을 꺼내어 들고

　"나우 보이쓰……"로 서두는 것이었습니다.

　학생 중에는 응원단형(應援團型)의 구레나룻이 꺼먼 사람이 여럿이요 나이로 치더라도 여선생이 몇 살 아래일는지는 모르겠는데 좀 깜찍하게 구시었습니다.

　숙제로 미리 분배하여 돌려가며 영어 연설을 교실에서 하게 되어서 한번은 내 차례가 왔습니다.

　잔뜩 준비하였다가 썩 일어서서 대강 이러한 골자로 이야기한 것입니다.

　"숙녀 한 분과 신사 여러분! 그리웁고 보고 싶고 하던 경도(京都) 평안고도(平安古都)에 오고 보니 듣고 배우고 하였던 바와 틀림없습니다. 압천(鴨川)도 그러하고 어소(御所)도 그러하고 33 간

---

1　관주(貫珠). 글이나 시문을 채점하면서 잘된 곳에 그리던 동그라미. 흔히 강조하는 대목에 붉은
　동그라미를 치기도 한다.
2　강파르다. 성질이 까다롭고 고집이 세다.
3　염라대왕이 죽은 사람의 생전에 지은 죄상(罪狀)을 치부(置簿)해 둔 장부.

당(間堂) 청수사(淸水寺)도 그러합니다. 특별히 놀라웁기는 신사 (神社) 불각(佛閣)이 어떻게 많은지 모를 일입니다. 나중에는 여우 와 소를 위하는 신사(神社)까지…….”

잘 되었다든지 못하였다든지 웃든지 찡그리든지 하여야 할 것 이 아니겠습니까. 염마장에다 무슨 표를 똑 찍어 넣을 뿐이었습 니다.

아베(阿部)라는 학생보고 미스터 애비로 부르고 딱 질색할 일 은 나를 보고 미스터 테이시요우로 부르는 것이었습니다.

한번은 어을빈(魚乙彬) 부인한테 들은 말인데 미세스 시오미는 조선 유학생을 싫어한다는 것입니다. 나는 적의(敵意)를 갖게 되 었습니다.

어느 날 내가 상국사(相國寺) 솔밭 길로 산보 중에 미세스 시오 미가 허둥지둥 쩔쩔매며 오다가 나를 보고

“미스터 테이시요우! 당신 우리 어린애 못보았오?”

나는 그저

“노오!”하여 버렸습니다.

\*

감이 떫어가지고 자라가지고 익어가지고 그리고 붉어가지고 달아지는 것이 아니겠습니까.

그러한 차례를 기두리기 난감하고 보면 자라기만 한 떫은 감 을 담거서 억지로 달게 하여 먹을 수밖에 없는 것입니다.

꽃 떨어져 열매가 생기자마자 달기부터 시작하는 감을 보았습니 다. 달아가지고 자라가지고 마침내 단감을 감시(甘柿)라고 합니다.

학교에서 돌아오는 길초에 이 감시나무가 선 집이 있습니다. 나는 그 집에서 이 단감을 여름부터 가을까지 얻어먹고 하였습니다. 나중에는 하도 고맙고 염치없고 하여서 이번에는 내가 그 집 나무에 올라가서 그 집 단감을 따서 그 집에 선사하였습니다.

—게재지 미확인

# 옛글 새로운 정
## 상(上)

　세상이 바뀜을 따라 사람의 마음이 흔들리기도 자못 자연한 일이려니와 그러한 불안한 세대를 만나 처신과 마음을 천하게 갖는 것처럼 위험한 게 다시없고 또 무쌍한 화를 빚어내는 것이로다. 누가 홀로 온전히 기울어진 세태를 다시 돋아 일으킬 수야 있으랴. 그러나 치붙는 불길같이 옮기는 세력에 부치어 온갖 음험 괴악한 짓을 감행하여 부귀(富貴)는 누린다기로소니 기껏해야 자기 신명(身命)을 더럽히는 자를 예로부터 허다히 보는 바이어니 이에 굳세고 날카로운 선비는 탁류에 거슬리어 끝까지 싸우다가 불의(不義)를 피로 갚는 이도 없지 않아 실로 높이고 귀히 여길 바이로되 기왕 할 수 없이 기울어진 바에야 혹은 몸을 가벼이 돌리어 숨도 피함으로써 지조와 절개는 그대로 살리고 신명(身命)도 보존하는 수가 있으니 이에서도 또한 빛난 지혜를 볼 수 있는 것이로다.

　　가마귀 싸우는 골에 백로야 가지 마라
　　성낸 가마귀 흰빛을 세올세라
　　청강(淸江)에 조히 씻은 몸을 더러일가 하노라.

뜻이 좀도 좋으려니와 얼마나 뛰어나게 높으신 글인가.

뜻이야 어찌 돌아가든지 글월의 문의(紋儀)를 펼쳐 볼지라도 하도 희고 올이 섬세하고도 꼭꼭 올바르지 아니한가. 개인 하늘과 햇빛과 이슬이라도 능히 걸러 지나도록 곱고 가는가 하면 더러운 손아귀에 구기어지지도 때에 물들사 싶지도 아니한 신비한 비단 폭과 같도다. 그야 포은공(圃隱公)[1]과 같으신 어른을 낳으신 어머니의 글이시니 오작하랴.

어머니로서 아드님에게 주신 글이 또 하나 마음에 간직되어 있는 것이 있으니 경정백모당(耿庭柏母堂) 서씨(徐氏)가 벼슬 살러 슬하를 떠나간 자기 아들에게 편지 겸사 보낸 칠절(七絶) 한 수이다. 이를 우리말 글로 옮기여 놓고 볼 양이면

집안 평안한 줄 네게 알리노니
논밭에서 거둔 것으로 한 해 쓰고도 남겠고나
실오락 만치라도 남중(南中) 물건에 손대지 말어라
조히 청관(清官) 노릇하야 성시(聖時)에 갚을지니라.

세상에 이러한 어머니를 모신 아들이야 복되도다. 사내로 한 번 나서 태평성시에 밝으신 임금을 모시고 백성을 착히 다스리어 위(位)와 벼슬이 높아 봄직도 한 교훈과 고요히 일깨워 주시는 어머니의 글월을 벼슬자리에서나 변방 수자리에서나 받자와 뵈일 수 있는 이로서야 나라에 빛난 공훈을 세움이 의당한 일일지로다.

이도 또한 글로만 의논할지라도 글쟁이의 글로서는 도모지 따

---

1  포은 정몽주.

를 법도 아니한 간곡하고도 엄한 자애심에서 절로 솟아난 글이 아니랴. 마침내 글이라는 것을 말과 뜻과 진정이 서로 얽히어 안팎을 가릴 수 없이 그대로 드러난 것이 극치일까 싶어라. 세상에 착한 어머니로서 재주와 덕이 높음에도 불구하고 이름조차 묻히어 알 바이 없이 다만 누구의 어머니로서 전할 뿐이니 동양의 부덕(婦德)이란 이렇듯이 심수한 것이로다.

이번에는 아버지로서 아들에게 보낸 짧은 글쪽이 또 하나 있으니 도연명(陶淵明)이 팽택령(彭澤令)이 되어 가루(家累)를 따르게 할 수도 없고 하여서 그의 아들로 하여금 집을 지키어 치산하게 하고 하인 하나를 보낼 적에 편지 한쪽을 끼워 보낸 것이니 실상 한 줄이 될사말사한 짧은 글월이다. 우리 글로 옮기고 볼 양이면

네가 조석 살림살이 몸소 보살피기 어려울 줄 여기어 이제 하인 하나를 보내어 나무 쪼기고 물 긷기 수고를 덜까 한다. 이도 사람의 아들이어니 착히 대접함이 옳으니라.

원문(原文)은 자수가 모두 스물여덟 개로 된 희한히 간결한 편지어니와 소학(小學)에는 이러한 좋은 글이 실리어 있다.

—《동아일보》(1937. 6. 10)

# 옛글 새로운 정

## 하(下)

　글 잘하시고 이름 높으신 정절선생(靖節先生)을 아버지로 모시어 집안 살림살이에 이름과 함께 묻히어 버린 아들이 믿음직하고 든든하였음에 어김없으리로다.

　다음에 또 글월 하나는 별로 보신 이 적으실까 하여 속심에 자랑스럽기도 하나 우연한 기회에 얻어뵈인 선조대왕계후(宣祖大王繼后) 인목왕후(仁穆王后)의 언문전교(諺文傳敎) 한 쪽이니 [乾大元哉]이 찍힌 것으로 보면 흔히 있던 기별지는 아닌 듯싶고 만력원년(萬曆元年) 계묘복월(癸卯復月) 19일(十九日) 사시(巳時)라고 분명히 쓰는 걸로 따지어 보면, 이제로 334년 전이니 그해가 정히 인목왕후께서 반송방(盤松坊) 김씨댁(金氏宅) 규수로서 선조대왕 계후로 드옵신 후 바로 다음 해일 것이라. 아직 대군이나 옹주를 낳으시지 아니한 때가 분명하고 또 글월 사연을 놓고 살필지라도 친정댁 손아래 친속 그 누구 한 분에게 나리신 전교도 아니요 필연ㅎ고 선조대왕께서 어찌어찌 낳으시었던지 세가 대군 옹주 하시어 모두 13남 13녀를 두시었으므로 인목왕후 친히 낳으시지 아니한 군(君)이나 옹주(翁主) 한 분에게 나리신 것임에 어김없으리로다.

　이제 그대로 뵈옵고 옮겨 쓰되 철자만 요샛것으로 바꾸어 놓

으면


글월 보고도 둔 것은 그 방이 어둡고(너역질하던 방) 날도 음(陰)하니 일광(日光)이 돌아지거든 내 친히 보고 자세 기별하마. 대강 용약(用藥)할 일이 있어도 의관(醫官) 의녀(醫女)를 대령하려 하노라. 분별 말라 자연 아니 좋이하랴.


사가(私家)로 치더라도 아랫사람에게 보낸 대수롭지 아니한 편지 쪽에 지나지 아니한 것이니 위도 밑도 없고 겉꾸밈이나 사연 만들기 위한 글이 아니요(일로 보면 찰한법(札翰法)이나 편지틀이 따로 있는 줄 아는 것이 우습다.) 총총히 그저 적어 내리신 것이요 종이도 손바닥만 할사 한 선지(宣紙)¹ 쪽이었다. 그러나 글을 쓰실 때 심경이시나 실내 정경이 요연히 떠오르는가 하면 간곡하신 자애가 흐르는 듯하고 수하 사람에 향하여 마음 쓰심이 세밀하고 보드라우신가 하면 매우 젊으신 왕후로서(대왕과 33세나 차가 계시었다.) 엄위(嚴威)가 또한 서슬 지어 보이지 아니하신가. 무엇보다도 농부로부터 제왕에 이르기까지 한갈로 보배가 되는 갸륵한 인정이 묻어 나온 글을 명문(名文)이라 하노라. 다만 옥수(玉手)로 이루어진 주옥같으신 필적마다 옮기어 놓을 수 없어 섭섭하도다.


—《동아일보》(1937. 6. 11)


---

1    동양화와 서예에 쓰는 종이.

# 내금강 소묘(內金剛素描) 1

표훈사(表訓寺) 채 못 미쳐서 인가(人家)가 서너댓 채 있어 지나
자면 자연 마당은 새레 마루며 안방 근처에 이런 반반한 여자들이
있을까 별로 깊이 터득해 알아질 것도 아니지마는 담뱃갑 사과 개
나 놓이었기에 영신환이 있느냐고 물었더니, 장안사(長安寺)에서
아니 사셨으면 올라가시다가 만폭동(萬瀑洞) 매점에서야 사신다
는 것이다. 말 접대라든지 쪽에 손이 돌아간 맵시가 서울 사람의
풍도가 있기에 이런 이가 대개는 한번 험한 꼴을 본 이거나 혹은
어쩌다 미끄러져 산그늘에 핀 꽃이 되었으려니 하였다.

철(喆)[1]이는 입술이 점점 노래지고 이마에 구슬땀이 솟아 송
송 매여달린 품이 암만해도 만만하지 않은데 그래도 개실개실 따
라온다. 장안사에서 먹은 그 시커먼 냉면이 살아 오르는 모양이
나 이 사람이 벌써부터 이러면 내일 비로봉(毗盧峯)을 넘을까가
문제다.

안팎 십릿길, 칡넝쿨에 걸리면 돌뿌리를 차며 찾아보고 온 명
경대(明鏡臺)는 화원(花園)에 들어서기 전에 먼저 까실까실한 선인

---

1    정지용과 금강산 여행에 동행한 시인 박용철(朴龍喆)을 말함.

장 한 포기를 대한 느낌이 있어 한밤 자고나 내일 깊숙이 들어가 펼쳐 볼 데를 생각하면 황홀한 예감에 기쁨이나 걱정이나 말이나 다리가 미리 아끼어만 진다.

표훈사 법당 앞에 들어서서 차라리 비창한 걸음으로 따라오는 철이보고 정양사(正陽寺)까지 되겠느냐고 물은 것은 실상 탈이 난 정도를 알아보자는 것이, 그래도 대어 선다는 것이다. 절 뒤에 흐르는 개천으로 하여 길이 끊어져 징검돌다리로 잇은 목을 드딤드딤 건너서 보니 인제부터 숨이 차게 까스라진 정양사 오르는 길이 된다. 이렇게 고집을 피우는 사람보고 안되겠네 내려가 누워 있게 하고 어린애 다루듯 하니, 그러면 자네 혼자 올라갔다 오게 하고, 새파랗히 돌아서는 꼴이 안쓰럽기도 하나 위해 한다는 말이 절로 우락부락하게 나간다.

한 삼십 분 동안 흑흑거리며 올라가는 길인데 길가에 속사풀이 수태 솟았다. 어려서 약방에서 얻어다가 일가집 누이와 이를 닦던 약이 본고장에서 보면 하도 많이 푸른 풀이로고만. 꽃도 잎도 없이 보릿순처럼 마디진 풀이 쏙쏙 솟아 풀피리로 불면 애연한 소리가 골을 울릴 듯하다.

고불고불 기어오르는 길이 숨이 턱에 받친다. 한옆에 절로 솟는 별똥백이 새암물이 고여 있다. 후후 불어 홈켜 마시고 나니 속이 씽그라히 피부와 함께 차다.

절 마당에 들어서서 먼저 띄는 것은 육모진 조그만 불당(佛堂)인데 저것이 유명한 정양사 불당이라고 하였다. 나무쪽을 나막신만큼 파고 아로새기어 조각조각 맞추어 놓은 것이요 들보라든지 서까래가 없는 단청이라든지 절묘한 조화(造花)와 같다.

그러나 정양사는 집보다도 터가 더욱 절승(絶勝)이다. 내금강

연봉이 모조리 한눈에 들어오는데 낙조에 물들어 빛깔이 시각으로 변해 나간다. 말머리로 보면 말머리요 소로 보면 소로 매가 날개를 접고 있는사 싶으면 토끼가 귀를 쓰다듬는 모상이다. 달이 뜨는 듯 해가 지는 듯 뛰어나온 날까지 구기어진 골짜구니 나래 솟은 봉오리가 전체로 주름 잡힌 황홀한 치마폭으로 보아도 그러려니와 겹겹히 접히어 무슨 소린지 서그럭서그럭 소리가 소란한 모란꽃 송이송이로 보아도 역시 그러하다. 현란한 색채의 신출귀몰한 변화에 차라리 음악적 쾌감이 몸을 저리게 한다.

—《조선일보》(1937. 2. 14), 원제는 '수수어'

# 내금강 소묘 2

　춘천(春川) 쪽으로 지는 해가 꼬아리[1]처럼 붉게 매어달리고 트일 듯이 개인 하늘이 바닷빛처럼 짙어 가는데 멀리 동쪽으로 비로상봉(毗盧上峯)에는 검은 구름이 갈가마귀 떼같이 쏘알거리고 있다. 쾌히 개인 날도 저 봉우에는 하로 세 차례씩 검은 구름이 음습한다고 한다. 내일 낮쯤은 우리 다리가 간조롱히[2] 하늘 끝 낮별 가장가리를 밟겠고나.

　산 그림자가 갑자기 어두워지며 들에 흠식 젖은 땅이 선뜻선뜻하여 8월 중순 기후가 벌써 춥다시피 하다.

　내려올 때는 좀 무서운 생각이 일도록 산이 검어지므로 지팡이가 아니었더라면 고꾸라질 뻔하게 단숨에 내려왔다. 표훈사(表訓寺)로 내려와 중향여관(衆香旅館)을 찾았더니 매캐한 석유 불이 켜진 방에는 정말 꽁꽁 소리가 난다. 주인을 불러 먼저 죽을 묽게 쑤게 하고 마을을 한 줌 실하게 착착 이겨 소주를 쳐 오라고 하였다. 전에 효험 본 일이 있기로 철(喆)이를 한번 황치(荒治)로 다스릴 필요를 느끼었다. 철이는 아프지는 않고 아랫배가 뚤뚤 뭉치어

---

1　꽈리.
2　'간조롱하다'는 '가지런하게 하다'라는 뜻의 사투리.

옴짓 못하겠다는 것이다.

옴짓 못하는 것과 아픈 것이 어떻게 다른 것인지 앓는 사람 보고 웃을 수도 없고 그걸 뚫어야 하네 뚫어야 해 싫다는 것을 위협하듯 먹였더니 눈에 눈물이 글썽글썽해 가며 흐물흐물 먹더니 다시 누어 업뎬다. 살아오르는 시커먼 냉면을 죽일 자신이 있어서 하는 일이라 그대로 사루마다 바람으로 일어서 나가 잣나무 사이를 돌아 물가로 갔다. 감기가 들까 염려가 되도록 찬물에 조심조심 들어가 목까지 잠그고 씻고 나서 바위로 올라가 청개구리같이 쪼그리고 앉으니 무엇이 와서 날큼 집어삼킬지라도 아프지도 않을 것같이 영기(靈氣)가 스미어든다. 어느 골짝에서는 곰도 자지 않고 치어다보려니 가꾸로 선 듯 위태한 산봉오리 위로 가을 은하(銀河)는 홍수가 진 듯이 넘쳐흐르고 있다.

산이 하도 영기로워 이모저모로 돌려 보아야 모두 노려보는 눈 같고 이마 같고 가슴 같고 두상 같아서 몸이 스스로 벗은 것을 부끄리울 처지다. 한편으로 생각하면 진정 발가숭이가 되어 알몸을 내맡기는 이곳에 설까 하였다. 낮에 명경대에서 오는 길에 만난 양녀(洋女) 두 명이 우락(牛酪)[3]을 척척 이겨다 붙인 듯한 웃통을 왼통 벗고 가슴만 그도 대보름날 액막이로 올려다 단 지붕 위의 종이달 만큼 동그랗게 두 쪽을 가릴 뿐이요 거들거리고 오기에 망칙해서 좋지 않소! 하였더니 매우 좋소! 하며 부끄러운 줄 모르는 양녀와 농담을 주고받고 한 일도 있었거니와 금강산이 그다지 기름진 것으로 이름이 높은 곳이 아닌 바에야 천한 살을 벗어도 산그늘이 아주 검어진 뒤에 벗는 것이 옳을 게라고 하였다.

3    버터.

개온히 씻고 났다느니보담 몸을 새로 얻은 듯 가볍고 신선하여 여관방에서 결국 밥상을 살피어 보는 철이의 등뒤에 그림자는 장승처럼 구부정 서 있다. 고비고사리며 도라지며 취에 소전골에 갖은 절간 음식이 모두 그림자가 길게 뉘여 있다.

소리라고는 바람도 자고 뒤뜰 홈으로 흘러 떨어지는 물이 쫄쫄거릴 뿐이요 그래 좀 후련한가 물어보면 좀 나은 것 같어이, 그래 내일 비로봉 넘겠는가 하면, 넘지 넘어, 이야기하며 먹노라니 벅차게 큰 튀곽⁴이 유난히도 버그럭 소리가 나는 것이었다.

—《조선일보》(1937. 2. 16), 원제는 '수수어'

4   튀각. 부각. 다시마 조각이나 산채 앞뒤에 찹쌀 풀을 발라 말렸다가 기름에 튀긴 반찬.

# 꾀꼬리
## —— 남유 제1신 (南遊第一信)

꾀꼬리도 사투리를 쓰는 것이온지 강진(康津) 골 꾀꼬리 소리는 소리가 다른 듯하외다. 경도(京都) 꾀꼬리는 이른 봄 매화 필 무렵에 거진 전찻길 옆에까지 내려와 울던 것인데 약간 수리목이 져 가지고 아담하게 굴리던 것이요, 서울 문밖 꾀꼬리는 아카시아 꽃 성히 피는 철 이른 여름에 잠깐 듣고 마는 것이나 이곳 꾀꼬리는 늦은 봄부터 여름이 다 가도록 운다 하는데 한 놈이 여러 가지 소리를 내는 것입니다.

바로 장독대 뒤 큰 둥구나무[1]가 된 평나무[2] 세 그루에서 하루 종일 울고 아침 햇살이 마악 퍼질 무렵에는 소란스럽게 꾀꼬리 저자를 서는 것입니다.

꾀꼬리 보학(譜學)에 통하지 못하였고 나의 발음 기관이 에보나이트 판(板)이 아닌 바에야 이 소리를 어떻게 정확하게 기록하여 보내드리리까?

이 골 태생 명창(名唱) 함동정월(咸洞庭月)의 가야금 병창 「상사가(相思歌)」 구절에서 간혹 이곳 꾀꼬리의 사투리 같은 구절이 섞

---

1  크고 오래된 정자나무.
2  '팽나무'의 사투리.

이어 들리는가 하옵니다.

　그도 그럴사하게 들으니 그렇게 들리는 것이지 어떻게 그럴 수 있겠습니까.

　꾀꼬리도 망령(妄靈)의 소리를 발하기도 하는 것이니 쪽쪽 찢는 듯이 개액객거리는 것은 저것은 표독한 처녀의 질투에서 나오는 발악에 가깝기도 합니다.

―《동아일보》(1938. 8. 6)

# 동백나무
—— 남유 제2신

　동백꽃을 제철에 와서 못 본 한(恨)이 실로 크외다. 그러나 워낙 이름이 높은 나무고 보니 꽃철은 아닐지라도 허울만으로도 뛰어나게 좋지 않습니까? 울안에 선 오륙 주(株)가 연령과 허우대로 보아도 훨씬 고목이 되었건만 잎새와 순이 어찌 이리 소담하게 좋으며 푸른 것이오리까! 같이 푸르러도 소나무의 푸른빛은 어쩐지 노년(老年)의 푸른빛이겠는데, 동백나무는 고목일지라도 항시 청춘의 녹색입니다. 무수한 열매가 동글동글 열리어 빛깔마저 아릿답게도 붉은 빛입니다. 열매에서 향유(香油)가 나와 칠칠한 머릿단을 다시 윤이 나게 하는 것입니다.

　예의와 풍습으론 조금도 다른 점을 볼 수 없다 할지라도 울창히 어우러진 동백 수풀 그늘 안에 들어서고 보니 남도(南道)에도 남도에를 왔구나 하는 느낌이 굳세어집니다. 기차로 한밤 한낮을 허비하여 이 강진 골을 찾아 온 뜻은 친구의 집 울안에 선 다섯 그루 동백나무를 보러 온 것인가 봅니다.

　하물며 첫 정월에도 흰눈이 가지에 나려앉는 날 아주 푸른 잎잎에 새빨간 꽃송이는 나그네의 가슴속에 어떻게 박힐 것이오리까! 더욱이 그것이 마을마다 집집마다 있다시피 한 데야 어찌합니까! 무덤 앞에 석물(石物)은 못 장만할지라도 동백나무와 반송(盤松)을 심어서 세상에도 쓸쓸한 처소를 겨울에도 봄과 같이 꾸민다 하오니 실로 남방(南方)에서 얻을 수 있는 황홀한 시취(詩趣)가 아니오리까.

—《동아일보》(1938. 8. 23)

# 때까치
— 남유 제3신

평나무 우에 둥그런 것은 까치집에 틀림없으나 드는 것도 까치가 아니오, 나는 놈도 까치가 아닙니다.

몸은 가늘고 길어 가슴마저 둥글지 못하고 보니 족제비처럼 된 새입니다.

빛깔은 햇살에 번득이면 감색이 짜르르 도는 순흑색이요 입부리는 아조 노랗습니다. 꼬리도 긴 편이요 눈은 자색이라고 합디다. 까치가 분명히 조선 새라고 보면 이 새는 모양새가 어딘지 물 건너적(的)이 아니오리까? 벙어리가 아닌가도 의심할 만치 지저귀는 꼴을 볼 수가 없고 드나드는 꼴이 어딘지 서툴러 보이니 까치집에는 결국 까치가 울어야 까치집이랄 수밖에 없습디다.

음력 정이월(正二月)에 까치가 마른 나뭇가지와 풀을 물어다가 보금자리를 둥그렇게 지어 놓고 3, 4월에 새끼를 치는 것인데 뜻 아니한 침략을 받아 보금자리를 송두리째 빼앗긴다는 것입디다. 이 침략자를 강진 골에서는 '때까치'라고 이르는데, 까치가 누구한테 배운 것도 아닌 보금자리를 얽는 정교한 법을 타고난 것이라고 하면, 그만 재주도 타고나지 못한 때까치는 남의 보금자리를 빼앗아 드는 투쟁력을 가질 뿐인가 봅니다.

알고 보면 때까치는 조곰도 맹금류에 들 수 있는 놈이 아니요, 다만 까치가 너무도 순하고 독하지 못한 탓이랍니다. 우리 인류의 도의(道義)로 따질 것이면 죄악은 확실히 때까치한테 돌릴 것이올시다. 그러나 이 한더위에 나무를 타고 올라가 구태여 때까치를 인류의 법대로 다스리고 까치를 다시 불러올 맛도 없는 일이고 보니 때까치도 절로 너그러운 인류의 정원(庭園)을 장식하게 되는 것입니다.

그러나 만일 보금자리를 빼앗긴 까치 떼가 대거 역습(逆襲)하여 와서 다시 탈환하는 꼴을 볼 수가 있을 양이면 낮잠이 달아날 만치 상쾌(爽快)한 통쾌를 느낄 만한 것입니다.

—《동아일보》(1938. 8. 19)

# 체화(棣花)
## ── 남유 제4신

꽃이 가지에 피는 것이 아니오리까? 가지뿐이 아니라 덩치[1]에, 덩치에서도 아랫동아리 뿌리 닿는 데서부터 꽃이 피어 올라가는 꽃나무가 있습디다. 꽃이 가지에 붙자면 먼저 화병(花柄)이 달리어야 하겠는데 어찌도 성급한 꽃인지 화판(花瓣)이 직접 수피(樹皮)를 뚫고 나와 납족납족 붙는 것이랍디다. 어린아이들 몸뚱아리에 만신(滿身) 홍역 꽃이 피듯 하는 꽃이니 하도 탐스런 정열에 못 견디어 빛깔마저 진홍이랍니다. 강진 골에서는 이것을 체화(棣花)라고 이르는데 꽃이 이운 자리마다 열매가 맺어 달렸으니 완두콩 같은 알이 배었습디다. 먹기 위한 열매도 아니요, 기름을 짜거나 열매를 뿌리어 다시 나무를 모종할 수 있거나 한 것도 아니겠는데 그저 매달려 있기 위한 열매로 보았습니다. 이와 같이 정열이 이운 자리에는 무슨 결실이 있을 만한 일이나 대개 무의미한 결실이 이다지도 수다히 주르르 따른다는 것은 나무로도 혹은 슬픈 일일 수도 있을 것이요 사람에게도 이러한 비유는 얼마든지 볼 수 있지 않습니까. 체화 나무에 맺는 열매는 모두 한 성(姓)이라 한문으로

1 둥치.

형제간을 상징하는데 이 체화 나무를 쓰지마는, 사람의 정열에서 맺는 열매는 흔히 성도 다를 수가 있으니 그것은 얼마나 슬픈 형제들이오리까!

—《동아일보》(1938. 8. 17)

1부 『지용 문학독본』

## 오죽(烏竹)·맹종죽(孟宗竹)
— 남유 제5신

　　참꽃 개꽃이 한창 피명지명 하는 음력 2, 3월에는 이 고장 사면 산천(四面山川)에 바람꽃이 뿌옇게 피도록 소란한 바람을 겪어야 한답디다. 그 바람을 다 치르고 4월 그믐께로 다가들면 고운 햇빛과 부드러운 초하(初夏) 기후에 죽순이 쭉쭉 뽑아 올라간답디다. 죽순도 어리고 보면 해풍(海風)도 잠을 재워 주어야만 잘도 자라는 게지요. 달포를 크면 평생 가질 키를 얻는 참대나무가 자가웃¹ 기럭지² 이전에는 능히 식탁에 오를 만하다 합디다. 싱싱하고 연하고 향취(香臭) 좋은 죽순을 너무 음식 이야기에 맡기기는 아깝도록 귀하고 조찰한 것이 아니리까?

　　여리고 숫스럽게 살진 죽순을 이른 아침에 뚝뚝 꺾는 재미란 견주어 말하기 혹은 부끄러운 일일지 모르나 손아귀에 어쩐지 쾌적한 맛을 모른 체할 수 없다는 것은 시인 영랑(永郞)³의 말입니다. 그러나 하도 많이 돋아 오르는 것이므로 실상 아무런 생채기

---

1　가웃. 되, 말, 자의 수를 셀 때 남는 절반 정도의 뜻을 나타내는 말. 여기서 '자가웃'은 '한 자 반' 정도를 말함.
2　'길이'의 사투리.
3　김영랑(金永郞). 이 글이 김영랑의 고향인 강진을 여행하면서 쓴 것임을 말해 준다.

가 아니 나는 것이랍니다. 울 뒤 오륙백 평이 모두 대수풀로 둘리우고 빗소리 바람 소리를 보내는 댓잎새는 사시(四時)로 푸르른데, 겨울에는 눈을 쓰고도 진득히 검푸르다는 것입디다. 참대 왕대. 검고 윤이 나는 오죽(烏竹). 동[4]이 흐벅지게 굵은 맹종죽(孟宗竹). 하늘하늘 허리가 끊어질 듯하나 그대로 견디어 천성(天成)으로 동양화취(東洋畵趣)를 갖춘 시느대.[5]

—《동아일보》(1938. 8. 9)

---

4   줄기.
5   조릿대. 산죽(山竹).

# 석류(石榴)·감시(甘柿)·유자(柚子)[1]
## ── 남유 제6신

 감이 가지에 열자 익기 전에 달기부터 하는 감을 감시라고 일
컫는데 이 나무가 현해탄을 건너왔건마는 이 강진 골에 와서도 잘
도 자랍니다. 벌써 자하문(紫霞門) 밖 능금만큼씩 쥐엄쥐엄 매달려
살이 붙었습니다.

 석류라면 본시 시디신 것으로 알아 왔더랬는데 이곳 석류는
익으면 아주 달다단 것이랍니다. 감류(甘榴)라고 이릅디다.

 벌써 육칠 세 된 아이들 주먹만큼이나 굵어졌으니 음력 8월 중
순이면 쩍쩍 벌어져 으리으리한 홍보석 같은 잇몸을 들어 보인답
니다. 유자나무를 맞댐해[2] 보았더니 앙당하게[3] 짙은 잎새가 진득
히 푸르고 어인 가시가 그렇게 사납게 다닥다닥 솟은 것입니까.
괴팍스럽기는 하나마 격이 천하지 않은 나무로 보았습니다.

 구렁이나 뱀이 허리를 감아 올라가면 이내 살지 못하고 말라
버린다 합니다. 정렬(貞烈)한 여성과 같은 나무의 자존심을 헤아

---

1  이 글은 연재 당시에는 '남유(南遊) 제2신'으로 되어 있었는데, 『문학독본(文學讀本)』에는 '남유
   (南遊) 제6신'으로 실렸다.
2  맞댐하다. 맞대다. 같은 자격으로 서로 비교하다.
3  앙당그러지다. 마르거나 졸거나 굳으면서 조금 뒤틀리다.

릴 수 없지 않습니까!

　지리산(智異山) 호랑이는 딱총을 맞아도 다만 더러운 총에 맞았다는 이유로 분사(憤死)한다는데 이곳 유자나무도 그러한 계통을 받은 것이나 아닐지. 열매가 익으면 향취가 좋고 빛깔이 유난히 노랗다 합니다.

　맛이 좋아서 치는 과실이 아니라 품(品)이 높아서 조상을 위하는 제사에나 놓는다 하니 뱀에 한 번이라도 감기어 쓰겠습니까!

　　　　　　　　　　　　　　　　—《동아일보》(1938. 8. 7)

# 이가락(離家樂)[1]
## —— 다도해기 1(多島海記 一)

잠시 집을 떠나서 나그네가 되는 것이 흡사히 오래간만에 집을 찾아드는 것과 같이 기쁠 수 있는 일이기도 하다.

집을 떠나는 기쁨! 그래도 집이 있고 이웃이 있고 어버이를 모시고 처자를 거느리는 사람이라야 오직 가질 수 있는 기쁨으로 돌릴 수밖에 없다.

가루(家累)라는 말을 쓰기로 하자. 가루에 얽매여 보지 못한 매아지[2]같이 자유로울 수 있는 사람이 지금 형편으로는 미상불 부러웁기 그지없다.

허나, 내가 부러워하는 홋홋이[3] 신세 편한 사람들이여, 집안일 나 모릅세 하고 홀떨어 안해에게 처맡기고 물 따라 구름 따라 훌훌히 떠나가는 기쁨은 그대가 애초에 알 수가 없으리라.

라빈드나드 타고르 시(詩)에 이러한 뜻으로 된 것이 있었던 줄로 기억되는 것이 있으니, 어린 아기가 본래 초사흘 달나라에서 아무것도 부족한 것이 없이 행복하였지만 어머니 무릎에 안기어

---

1  본문에 나와 있는 대로 '집을 떠나는 기쁨'이라고 풀이할 수 있다.
2  망아지.
3  홋홋하게. 딸린 사람이 적어서 아주 홀가분하게.

124

우는 부자유가 더 그리워 이 세상에 내려온 것이라는 것이다. 완전한 자유보다는 사랑에 사로잡히는 것이 더 즐겁다는 뜻으로 된시다.

글쎄 내가 이 세상에 태어난 것도 타고르의 시풍(詩風)으로 장식해야 할 것인지 아닌지 모르겠으나 가뭄에 틉틉하고[4] 무더운 골목길에 나서서 밤하늘에 달을 아무리 치어다보아야 이러한 인도풍(印度風)의 신비(神秘)가 염두에도 오르지 아니한다.

나는 마침내 생활과 가정에 흑노(黑奴)와 같이 매인 것이요, 가다가는 성급한 폭군도 되는 것이요 무슨 꾀임에 떨어져 나가듯이 며칠 동안은 고려할 여유조차 가지지 않고 빠져나가는 '에고이스트'로 돌변하는 것이다.

말하자면 집안에서 실상 에고이스트로서의 교양을 실행할 만한 사람이 나 이외에는 없는 것이다. 모기와 물것[5]에 씨달피면[6] 씨달피었지 더위와 자주 성치 않은 어린아이들로 찢기면 찢기었지 잡았던 일거리를 손에서 털고 일어서듯 할 만한 사람이 나 이외에는 있지 않다. 먼저 안해로 예를 들어 말할지라도 집안에 내동댕이쳐 둔 살림 기구처럼 꼼작 없이 집을 지키는 이외에는 집을 간혹 비워 두는 지식이 전혀 없다. 혹은 솔선하여 남편을 선동해서 어린 것들과 가까운 거리의 해풍이라도 쐬임 즉도 한 것이 먼저 자기 광복의 일리(一利)가 되는 것인 줄을 도모지 모르는 것에 틀림없다. 나는 이것을 구태여 불행한 일로 생각지는 않게 되었다.

이리하여 내가 다도해(多島海)를 거쳐 한라산(漢拏山)에를 향하

---

4    텁텁하다. 입맛 · 음식 맛이 시원하고 깨끗하지 못하다.
5    사람의 살을 무는 모기, 빈대, 벼룩 등의 총칭.
6    시달림을 당하다.

여 떠나던 전전날부터 대수롭지 않은 준비였으나 실상 안해가 나보다 더 바삐 굴던 것이다.

등산화를 꺼내어 기름으로 손질을 하는 둥 속샤쓰를 몇 벌 새로 재봉침에 둘러내는 둥 손수건감을 두르는 둥 등산복일지라도 빳빳해야만 척척 감기지를 덜한다고 풀을 먹여 다리는 둥 나가서도 자리옷은 있어야 한다고 고의적삼을 새로 박는 둥, 부산히 구는 것이었다.

운동구점에 바랑을 사러 나갔을 적에는 자진하여 따라나서는 것이었다. 나그넷길을 뜨는 것이란 그 계획에서부터 어쩐지 신선한 바람이 부는 것이라. 등산 바랑을 지기는 실상 내가 지고 가는 것이겠는데 그날은 어쩐지 안해도 심기가 구긴 데가 없이 쾌활히 구는 것이었다. 같이 나온 길에 종로로 진고개로 남대문으로 휘돌아 온 것이었다. 데파트에도 들리고 간단한 식사도 같이한 것이다. 그는 과언(寡言)인 편이기는 하나 그날은 상당히 말이 있었고 걸음도 가볍고 쾌하게 따르는 것이었다.

수학여행이나 등산에 경험이 아주 없는 그는 이리하야 그런 기분을 얼마쯤 찾을 수 있는 양으로 살피었던 것이다.

떠나던 날 밤은 하늘과 바람에 우정(雨情)이 돋는데도 불구하고 구태여 열한 살 난 놈을 데리고 역에까지 나가 떠나는 것을 보겠다는 것이다. 몇 군데 알리면 우정 나와서 여정을 화려하게 꾸미어 보내 줄 이도 있었겠는데 안해가 하도 서두르는 바람에 그대로 그 뜻을 채워 주었던 것이다.

자리를 미리 들어가 잡아 주며 강진까지 가는 생도(生徒) 하나를 찾아 앞자리에 앉도록 하고 그리고 나가서 차창(車窓) 앞에 서서 시간을 기다리는 것이었다. 귀ㅎ지 않다든지 고맙다든지 미안스럽다든지 가엾다든지 그러한 새삼스러운 감정과 눈으로 그를 불빛 휘황한 풀랫 홈에 세워 놓고 바라본 것은 아니었다.

　그날 밤 그가 입었던 모시백이 치마가 입고 나서기에는 너무 굵고 억센 것이었고 빛깔이 보통 옥색일지라도 좀 더 짙을 수도 있지 않을까 생각되었다. 소나기가 쏟아질 듯하니 어린것 데리고 어서 들어가라고 재촉하여 보내 놓고도 기차가 떠날 시간은 아직도 남은 것이었다. 유리에 내려와 붙는 빗방울에 이마며 팔뚝을 내어 적시우는 맛은 서늘옵고 쾌한 것이니 이만한 빗발 같으면 밤새워 놋낫[7] 맞으며 자며 갈 만도 하다고 생각할 때 호남선 직통 열차는 11시 30분에 떠나는 기적을 길게 뽑던 것이었다.

―《조선일보》(1938. 8. 23)

---

7　놋낫. 놋줄의 가닥처럼 줄기차게 내리는 비를 형용할 때 "놋낱 드리듯 비가 온다."라고 말한다. 그러나 여기에서는 문맥상 '늘', '계속하여'라는 뜻을 가진 '노상'으로 풀이하는 것이 적절할 듯하다.

# 해협병(海峽病) 1
## ── 다도해기 2

목포서 아홉 시 반 밤배를 탔습니다. 낮배를 탔더라면 좀도 좋
았으리까마는 회사에서 제주 가는 배는 밤배 외에 내놓지 않았습
니다. 배에 오르고 보니 제주 가는 배로는 이만만 해도 부끄러울
데가 없는 얌전하고도 예쁜 연락선이었습니다. 선실(船室)도 각등
(各等)이 고루 구비하고도 청결한 것이었습니다. 우리는 좀 늦게
들어갔더랬는데도 자리가 과히 비좁지 않을 뿐외라 누울자리 앉
을자리를 넉넉히 잡았습니다. 바로 옆에 어떤 중년 가까이 된 부
녀(婦女) 한 분이 놀라웁게도 풀어헤트리고 누워 있는데 좀 해괴
하고도 어심에¹ 패씸한 생각이 들어 무슨 경고 비슷한 말을 건네
어 볼까 하다가 나그넷길로 나선 바에야 이만 일 저만 꼴을 골고
루 보기도 하는 것이란 생각이 나서 그만 잠자코 있었습니다. 등
산복을 훌훌 벗어 버리고 바랑 속에 지니고 온 갈포 고의적삼으로
바꾸어 입고 나니 퍽도 시원했습니다. 10년 전 현해탄(玄海灘) 건
너다닐 적 뱃멀미 앓던 지긋지긋한 추억이 일기에 댓자곳자² 드
러눕고 다리를 폈습니다. 나의 뱃멀미라는 것은 바람이 불거나 안

1    어심(於心)에. 마음속에.
2    다짜고짜.

128

불거나 뉘(파도)가 일거나 안 일거나 그저 해협을 건널 적에는 무슨 예절처럼이라도 한통 치러야 하는 것이었습니다.

이번에도 멀미가 오나 아니 오나 누워서 기다리는 체재(體裁)를 하고 있노라니 징을 치고 호각을 불고 뚜 — 가 울고 하였습니다. 뒤통수에 징징거리는 엔진의 고동을 한 시간 이상 받았는데도 아직 아무렇지도 않았습니다. 선실에 누워서도 선체(船體)가 뉘(파도)를 타고 오르고 내리는 것을 넉넉히 증험할 수가 있는데 그럴 적에는 혹시 어떤 듯하다가도 그저 그대로 참을 만하게 넘어가는 것입니다. 병 중에 뱃멀미는 병 중에도 연애병과 같은 것이라 해협과 청춘(靑春)을 건너가려면 의례히 앓을 만한 것으로 전자에 여긴 적이 있었는데 나는 이제 뱃멀미도 아니 앓을 만하게 나이를 먹었나 봅니다. 실상 그럴 수밖에 없는 것이 지금 내가 누워서 지나는 곳이 올망졸망한 무수한 큰 섬 새끼 섬들이 늘어선 다도해(多島海) 위가 아닙니까. 공해(公海)가 아니요 바다로 치면 골목길을 요리조리 벗어나가는 셈인데 큰 바람이 없는 바에야 무슨 큰 뉘가 일 것이겠습니까. 천성(天成)으로 훌륭한 방파림(防波林)을 끼고 나가는데 멀미가 나도록 배가 흔들릴 까닭이 없었던 것입니다. 이러고 보면 누워 있을 까닭이 없다고 일어날까 하고 망설이노라니 갑판 위에서 통풍기를 통하여

"지용! 지용! 올라와! 등대(燈臺)! 등대!"하는 영랑(永郎)의 소리였습니다.(우리 일행은 영랑과 현구(玄鳩), 나, 세 사람이었습니다.) 한숨에 갑판 우에 오르고 보니 갈포 고의가 오동그라질 듯이 선선한 바람이 수태도 부는 것이 아닙니까.

—《조선일보》(1938. 8. 24 )

# 해협병 2
## —다도해기 3

아아! 바람도 많기도 하구나! 섬도 많기도 하구나! 그저 많다
는 생각 외에 없어서 마스트 끝에 꿰뚫리고도 느직이 기울어진 대
웅성좌(大熊星座)를 보고도, 수로(水路) 만리(萬里)를 비추고도 남
을 달을 보고도, 동서남북 사위팔방(四位八方)을 보고도, 그저 많
소이다! 많소이다! 하는 말씀밖에는 아니 나왔습니다. 많다는 탄
사가 내처 지당한 생각으로 변해서 그저 지당하온 말씀이올시다,
지당한 말씀이올시다 하였습니다. 배는 과연 쏜살같이 달리는 줄
을 알았사오며 갑판이 그다지 넓다고는 할 수 없으나 수백 인이
라도 변통하여 앉을 수 있었습니다. 구석구석에 끼리끼리 모여 앉
고 눕고 기대고 설레고 하는데 켈도[1]를 펴고 덮고 서로 자는 척하
다가 나중에는 서로 흘틀어 잡아뺏는 장난을 시작하여 시시거리
고 웃고 하는 패가 없나, 그중에도 단발머리에 유카다 입은 젊은
여자가 제일 말괄량이 노릇을 하는데 무슨 철도국원 같은 청년 이
삼 인이 한데 어울려 시시대는 것이었고, 어떤 자는 한편에서 여
자의 무릎을 베고 시조를 듣고 있는 자가 없나, 옆에 붙어 앉아 있

---

1  등산용 침낭.

130

는 또 한 여자는 어떠한 여자인지 대중할 수 없습니다. 차림차림 새는 살림하는 여자들 같으나 무릎에 사나히를 눕히고 노래를 부른다는 것이 아무리 해도 놀던 계집에 틀림없었습니다. 장의자 위에 무릎을 꿇고 이마를 붙이고 달팽이처럼 쪼그리고 자는 다비 신은 할머니도 있었습니다. 가다가 추자도(楸子島)에서 내린다는 소학생들이 베개를 나란히 하고 켙도를 덮고 있기에 나는 용서도 청할 것 없이 그 아이들이 덮은 켙도 자락 한옆을 잡아당기어 그 위에 누워서 하늘을 보기로 했습니다. 아이들도 괴이적게 여기는 것이 아니었습니다. 이러는 동안에도 하도 많은 섬들이 물러가고 물러오고 하는 것이었습니다. 달밤에 보는 것이라 바위나 나무라든지 어촌이나 사람을 짐작할 수 있는 것은 아니나 거뭇거뭇한 덩어리들이 윤곽이 동긋동긋하게 오히려 낮에 볼 수 없는 섬들의 밤 얼굴이 더 아름답지 않습니까. 그러나 하도 많은 것이 흠이 아닐까 합니다. 저 섬들이 총수(總數)가 늘 맞는 것일지 제자리를 서로 바꾸지나 않는 것일지 몇 개는 하루아침에 떠들어온 놈이 아닐지 몇 개는 분실하고도 해도(海圖) 우에는 여태껏 남아 있는 것이 아닐지 모르겠으며 개중에는 무뢰한 도서(島嶼)들이 있어서 도적(島籍)에도 가입ㅎ지 않은 채로 연안에 출몰하는 놈들이 없지 않을까 합니다. 나는 꼭 바로 누워 있는 나의 코ㅅ날과 수직선 위에 별 하나로 일점(一點)을 취하여 놓고 배가 얼마쯤이나 옮겨 가는 것인지를 헤아려 보려고 하였습니다. 몇 시간을 지나도 별의 목표와 나의 시선이 조금도 어그러지는 것이 아니었습니다. 우리가 지구 위로 기어 다닌다는 것이 실상 우스운 곤충들의 놀음과 같지 않습니까. 그래도 우리 일행이 전속력을 잡아탔음에 틀림없는 것이, 한잠 들었다 깨었다 하는 동안에 뜀뛰기로 헤일지라도 기좌도(箕

佐島), 장산도(長山島), 우수영(右水營), 가사도(加沙島), 진도(珍島)
새섬을 지나지 않았겠습니까!

# 실적도(失籍島)
## — 다도해기 4

　배가 추자도(楸子島)에 다다랐을 때 잠이 깨었습니다. 지지과 (地誌科) 숙제로 지도를 그리어 바칠 적에 추자도쯤이야 슬쩍 빼어 버리기로소니 선생님도 돋뵈기를 쓰셔야 발견하실까 말까 생각되던 녹두알 만하던 이 섬은 나의 소학생 적에는 시험 점수에도 치지 않았던 것입니다. 이제 달도 넘어가고 밤도 새벽에 가까운 때 추자도의 먼 불을 보니 추자도는 새벽에도 샛별같이 또렷한 것이 아니오리까! 종래 고무로 지워 버리지 못하고 그대로 말은 이 섬에게 이제 꾸지람을 들어야 할까 봅니다. 그러나 나의 슬픈 교육은 나의 어린 학우들의 행방과 이름조차 태반이나 잃어버렸는데도 너의 이름만은 이때껏 지니고 오지 않았겠나! 이 밤에 너의 기슭을 어루만지며 너의 곤히 잠든 나룻을 슬치며 지나게 된 것도 전생(前生)에 적지 않은 연분이었던 모양이로구나 하였습니다. 갑판에서는 떠들썩하고 희희거리던 사람들이 모두 깊이 잠들었습니다. 평생에 제주해협(濟州海峽)을 찾아오기는 코를 실컷 골기로 온 양으로 생각되는 사람도 있었습니다. 어쩐지 나는 아까워서 눈을 다시 붙이고 잠을 청해 올 수가 없었습니다. 배가 점점 가까이 다가감을 따라 섬의 불빛이 늘어서기를 점점 넓게 하는 것이 아니겠습니까. 섬에도 전등불이 켜진 곳은 실상 그중에도 한 부분에 지나지 않을 것이요 그중에도 술과 담배나 울긋불긋한 뺨을 볼통히 하고 있는 사냥개나 사슴이나 원숭이를 그린 성냥갑이나 파는 집에 지나지 않을 것이니 선인(船人)과 어부들이 모여 에튀[1] 주정하며 쌈하며 노름하며 반조고로하고[2] 요망한 계집들이 있어 더한층 흥성스러운 그러한 종류의 거리에뿐일 것이 아니겠습니까. 그외에 개짐승이나 나무나 할아버지 손자 형수 시동생 할 것 없이 불도 없이 검은 바닷소리와 히유스럼한[3] 별빛에 싸이어 자는 어촌이 꽤 널리 있을 것입니다. 어쩐지 성급하게도 배에서 뛰어내려 한숨에 기어올라 가 보고 싶어지는 것이 아닙니까. 이상스럽게도 혀끝에 돌아가는 사투리며 들어 보지 못한 민요며 연애와 비애에 대한 풍습이며 ── 그러한 것들이 어쩐지 보고 싶어 하는 생각이 불 일듯 하는 것이 아닙니까. 설령 쫓아 올라가서 무턱대고 두들긴 문앞에서 곤한 잠에서 뿌시시 일어나온 사나운 할머니한테 무안을 보고 말음에 지나지 않을지라도 이 섬은 나의 호기심을 모두 합하여 쭈그리고 있는 것입니다. 배가 바로 섬에 닿는 것이 아니라 상당한 사이를 두고 닻을 내리고 쉬는 것입니다. 노를 저으며 오는 작은 목선(木船)들이 마침 기다렸었노란 듯이 몰려와서 사람을 나리우고 짐을 풀고 하며 새벽 포구가 왁자지껄하며 불빛이 요란해지는 것입니다. 웬 짐짝과 물화(物貨)가 이렇게 많이 풀리는 것입니까. 또 실리는 물건도 많은 것입니다. 밤이라 섬의 윤곽을 도저히 볼 수 없으나 내가 소학생 적에 가볍게 무시하였던 그러한

---

1   예투(例套). 전례가 된 버릇.
2   반주그레하다. 생김새가 겉으로 보기에 반반하다.
3   희읍스름하다. 썩 깨끗하지 못하고 조금 희다.

절도(絶島)는 아닌 것이 틀림없습니다. 희뚝희뚝하는 작은 목선에 실리어 섬으로 가는 젊은 여자 몇은 간단한 양장까지 한 것이었고, 손에 파라솔까지 가진 것이니 여자라는 것은 절도(絶島)에서도 몸짓과 웃음이 유심히 사람의 눈을 끄는 것이 아닙니까. 그것이 더욱이 말썽스럽지 않은 섬에서 보니깐 더 싱싱하고 다혈적이고 방심한 것이 아니오리까. 밤에 보아도 건강한 물기가 듣는 듯한 얼굴에 웃음소리 말소리가 물결 위에 또랑또랑 울리며 가는 것입니다. 그러나 이 아닌 이른 새벽에 무엇이 그렇게 재깔거릴 것이 있는 것이며 웃을거리가 많은 것입니까. 사투리는 사투릴지라도 대개 알아들을 수 있는 말이며 짐 푸는 일군들의 노랫소리는 실상 전라도에서도 경기도에서도 듣지 못한 곡조였으나 구슬프고도 힘차고 굳센 소리였습니다. 생활과 근로가 있는 곳이면 어디서든지 절로 생길 수 있는 노래 곡조인 것에는 틀림없습니다. 목선 한 척이 또 불을 켜 들고 왔는데 뱃장 널빤지 쪽을 치어들고 보이는 것은 펄펄 뛰는 생선들이 아닙니까! 장어 붉은 도미 숭어 따위가 잣길이씩이나 되는 놈들이 우물우물하지 않습니까! 값도 놀랍게도 헐한 것입니다. 사라고 권하기도 하는 것이요 붉은 도미 흐벅진 놈을 사서 갑판 위에서 회를 쳐서 먹고 싶은 것입니다. 독하고도 맛이 감치는 남도(南道) 소주를 기우리면서 말이지요. 눈이 초롱초롱하고 펄펄 살아 뛰는 놈을 보고서 돌연한 식욕을 일으키는 것은 사람의 본성이 아닐 수 없을 것입니다. 그러나 나의 절제로서 가볍게 넘기지 못할 그러한 맹렬한 식욕에까지 이른 것도 아니니 그야 하필 붉은 도미에뿐이겠습니까? 이렇게 나그네 길로 나서고 보면 모든 풍경에 관한 것이나 정욕(情慾)이나 식욕이나 이목(耳目)에 관한 것이 모두 싱싱하고 다정까지도 한 것이나 대개는 대단ㅎ지 않은 절제로서 보내고 지나고 그리고 바로 다시 떠나가야 할 수밖에 없는 것입니다.

—《조선일보》(1938. 8. 27)

# 일편낙토(一片樂土)
## ── 다도해기 5

　한라산(漢拏山)이 시력 범위 안에 들어와 서기는 실상 추자도에서도 훨씬 이전이었겠는데 새벽에 추자도를 지내 놓고 한숨 실컷 자고 나서도 날이 새인 후에야 해면(海面) 우에 덩그렇게 선연(嬋妍)히 허우대도 끔직이도 크게 나타나는 것이 아닙니까! 눈물이 절로 솟도록 반갑지 않으오리까. 한눈에 정이 들어 즉시 몸을 맡기도록 믿음직스러운 가슴과 팔을 벌리는 산이외다. 동방화촉(洞房花燭)에 초야(初夜)를 새우올 제 바로 모신 님이 수줍고 부끄럽고 아직 설어 겨울 뿐일러니 그 님의 그 얼굴 그 모습이사 동창(東窓)이 아주 희자 솟는 해를 품은 듯 와락 사랑홉게 뵈입는 신부와 같이 나는 이날 아침에 평생 그리던 산을 바로 모시었습니다. 이즈음 슬프지도 않은 그늘이 마음에 나려앉아 좀처럼 눈물을 흘린 일이 없었기에 인제는 나의 심정의 표피가 호두 껍질같이 오롯이 굳어지고 말았는가 하고 남저지 청춘을 아주 단념하였던 것이 제주도 어구 가까이 온 이날 이른 아침에 불현듯 다시 살아나는 것이 아니오리까. 동행인 영랑과 현구도 푸른 언덕까지 헤엄쳐 오르려는 물새처럼이나 설레고 푸덕거리는 것이요 좋아라 그러는 것이겠지마는 갑판 위로 뛰어 돌아다니며 소년처럼 희살대는 것이요, 빽빽거리는 것이었습니다. 산이 얼마나 장엄하고도 너그럽고 초연하고도 다정한 것이며 준열하고도 지극히 아름다운 것이 아니오리까. 우리의 모륙(母陸)이 이다지도 절승(絕勝)한 도선(徒船)을 달고 엄연히 대륙에 기항하였던 것을 새삼스럽게 감탄하지 않을 수 없었습니다. 해면에는 아직도 야색(夜色)이 개이지는 않았는지 물결이 개운한 아침 얼굴을 보이지 않았건만 한라산 이마는 아름풋한 자줏빛이며 엷은 보랏빛으로 물들은 것이 더욱 거룩해 보이지 않습니까. 필연코 바다 저쪽의 아침 해를 미리 맞음인가 하였으니 허리에 밤 잔 구름을 두르고도 그리고도 그 우에 다시 헌출히 솟아오릅니다. 배가 제주 성내(城內) 앞 축항(築港) 안으로 들어가자 큼직한 목선이 선부(船夫)들을 데불고 마중을 나온 것이었습니다. 갑자기 소나기 한줄금을 맞으며 우리는 목선에로 옮겨 타고 성내로 상륙하였습니다. 흙은 검고 돌은 얽었는데 돌이 흙보다 더 많은 곳이었습니다. 그리고도 사람의 자색(姿色)은 희고도 아름답지 않습니까. 소나기 한줄금은 금시에 개이고 멀리도 밤을 새워 와서 맞은 햇살이 해협 일면(一面)에 부챗살 펴듯 하였습니다. 섬에도 놀라울 만치 번화한 거리가 있고 빛난 물화(物貨)가 놓이고 팔리고 하지 않습니까. 그보다도 눈이 새로 열리는 듯이 화안한 것은 집집마다 거리마다 백일홍(百日紅), 협죽도(夾竹桃)가 한창 꽃이 어울리어 풍광(風光)의 밝음을 돋우는 것입니다. 귤이며 유자며 지자(枳子) 들이 모두 푸른 열매를 달고 있는 것이요, 동백나무 감나무 석남(石楠) 참대 들이 바다보다 푸르게 짙어 무르녹은 것입니다. 햇빛에 나의 간지러운 목을 맡기겠사오며 공기는 차라리 달아 혀에 감기는 것입니다. 꾀꼬리도 마을에 내려와 앉는데 초롱초롱한 울음을 자랑하는 것이 아닙니까. 가마귀 지저

권도 무슨 흉조로 들을 수가 없습니다. 그러나 토리(土利)는 사람을 위하여 그다지 후한 것으로 생각되지 않았사오며 제주도는 마침내 한라 영봉(靈峰)의 오롯한 한 덩어리에 지나지 않는 곳인데 산이 하도 너그럽고 은혜로워 산록(山麓)을 둘러 인축(人畜)을 깃들이게 하여 자고로 넷 골을 이루도록 한 것이랍니다. 그리하여 사람들은 돌을 갈아 밭을 이룩하고 우마(牛馬)를 고원에 방목하여 생업을 삼고 그러고도 동녀(童女)까지라도 열 길 물속을 들어 어패(魚貝)와 해조(海藻)를 낚아내는 것입니다. 생활과 근로가 이와 같이 명쾌히 분방히 의롭게 영위되는 곳이 다시 있으리까? 거리와 저자에 넘치는 노유(老幼)와 남녀가 지리와 인화(人和)로 생동하는 천민(天民)들이 아니고 무엇이오리까. 몸에 깁을 감지 않고 뺨에 주(朱)와 분(粉)을 바르지 않고도 지체(肢體)와 자색(姿色)이 전아(典雅) 풍요하고 기골은 차라리 늠름하기까지 한 것이 아니오리까. 미녀가 구덕과(제주 여자는 머리로 이는 일이 없고 구덕이라는 것으로 걸방하여 진다.) 지게를 지고도 사리고 부끄리는 일이 없습니다. 갈포나, 마포(麻布) 토산으로 적삼과 치마를 지어 입되 떫은 감물(柿汁)을 물들어 그 빛이 적토색(赤土色)과 다를 데가 없습니다. 그러나 그것이 도리어 흙과 비에 젖지 않으며 바다와 산에서 능히 견딜 수 있는 것이니 예로부터 도적과 습유(拾遺)가 없고 악질(惡疾)과 음풍(淫風)이 없는 묘묘(杳杳)한 양상(洋上) 낙토(樂土)에 꽃과 같이 아름다운 의상이 아니고 무엇이오리까.

—《조선일보》(1938. 8. 28)

# 귀거래(歸去來)
## ── 다도해기 6

　해발 1950미터요 이수(里數)로는 60리가 넘는 산 꼭두에 천고
(千古)의 신비를 감추고 있는 백록담(白鹿潭) 푸르고 맑은 물을 곱
비[1]도 없이 유유자적하는 목우(牧牛)들과 함께 마시며 한나절 놀
았습니다. 그러나 내가 본래 바닷이야기를 쓰기로 한 것이오니 섭
섭하오나 산의 호소식(好消息)은 할애하겠습니다. 혹은 산행(山行)
120리에 과도히 피로한 탓이나 아니올지 내려와서 하룻밤을 잘도
잤건마는 축항(築港) 부두로 한낮에 돌아다닐 적에도 여태껏 풍란
(風蘭)의 향기가 코에 알른거리는 것이오, 고산식물(高山植物) 암
고란(巖高蘭) 열매(시레미)의 달고 신맛에 다시 입안이 고이는 것
입니다. 깨끗한 돌 위에 배낭을 베개 삼아 해풍을 쏘이며 한숨 못
잘 배도 없겠는데 눈을 감으면 그 살찌고 순하고 사람 따르는 고
원의 마소들이 나의 뇌수(腦髓)를 꿈과 같이 밟고 지나며 꾀꼬리
며 회파람새며 이름도 모를 진기한 새들의 아름다운 소리가 나의
귀를 소란하게 하는 것이 아닙니까. 높은 향기와 아름다운 소리는
어진 사람의 청덕(淸德) 안에 갖추어 있는 것이라고 하면 모든 동

---

1　고삐.

방의 현인(賢人)들은 저으기 괴로운 노릇이었을 것이, 내가 산에서 내려온 다음 날 무슨 덕과 같은 피로에 견딜 수 없는 것으로 눌러 짐작할 듯하옵니다. 해녀들이 일할 때를 기다리다 못하여 해녀 하나를 붙들고 물속엘 들어 뵈지 않겠느냐고 하니깐,

"반시간 시민 우리들 배타그냉애 일하레 가쿠다."

우리 서울서 온 사람이니 구경 좀 시키라니깐,

"구경해그냉애 돈주쿠강?"

돈을 내라고 하면 낼 수도 있다고 하니깐,

"경하민 우리배영 갓찌탕앙가쿠가?"

돈을 내고라도 볼 만한 것이겠으나 어쩐지 너무도 bargain's bargain(매매계약)적인 데는 해녀에 대한 로맨티시즘이 엷어지는 것입니다. 그리고 그를 따라 배를 타고 가다가는 여수(麗水) 가는 오시(午時) 배를 놓치고 말 것이 아닙니까. 우리는 축항(築港)을 달리 돌아 한편에서 해녀라기보담은 해소녀 일단을 찾아냈으니 호 ── 이 휘파람 소리(물속에서 나오면 호흡에서 절로 휘파람 소리가 난다.)에 두름박을 동실동실 띄우고 푸른 물속을 갈매기보다도 더 재빨리 들고 나는 것입니다. 제주에 온 보람을 다 찾지 않았겠습니까. 물속에 드는 시간이 대개 이삼십 초 가량이요 많아야 일분 동안인데 나올 적마다 청각 미역 소라 등속을 훔켜들고 나오는 것입니다. 그리면서 떠들며 이야기하며 하는 것이니 우리는 그들이 물에로 기어 올라오기를 기다리고 있었던 것입니다. 열육칠 세쯤 되어 보이는 해녀들이 인어와 같은 모양을 하고 올라오는 것입니다. 잠수경을 이마에 붙이고 소중의[2]로 간단히 중요한 데만 가

---

2  '속곳'의 방언.

린 것에 지나지 않았으나 그만한 것으로도 자연과 근로와 직접 격투하는 여성으로서의 풍교(風敎)의 책잡힐 데가 조금도 없는 것이요, 실로 미려하게 발달된 품이 스포츠나 체조로 얻은 육체에 비길 배가 아니었습니다. 그리고도 천진한 부끄럼을 속이지 못하여 뺨을 붉히는 것입니다. 우리는 그중에 한 소녀를 보고 그것을(잠수경) 무엇이라고 하느냐고 물으니까 "거 눈이우다." 안경을 '눈'이라고 하니 해녀는 눈을 넷을 갖고 소라와 전북과 조개가 기어 다니며 미역과 청각이 푸르고 산호가 붉은 이상스런 삼림 속으로도 몇 차례씩 나려가는 것입니다. 하도 귀엽기에 소녀의 육안을 손가락으로 가리키며 저 눈은 무슨 눈이라고 하노 하니깐.

"그눈이 그눈이고 그눈이 그눈입주기 무시거우깡?"

소녀는 혹시 성낸 것이나 아니었을까? 그러나 내가 웃어 버리니깐 소녀도 바로 웃었습니다. 물론 물에서 금시 잡아 내온 인어처럼 젖어 서서 있는 것이었습니다. 소라와 같이 생기었으나 그보다 적은 것인데 꾸정이라고 이릅니다. 하나에 얼마냐고 물으니,

"일전(一錢)마씸."

이것을 어떻게 먹는 것이냐고 물으니,

"이거 이제 곧 깡먹으면 맛좋수다."

까 주기만 할 양이면 반드시 먹으랴고 벼르고 있노라니 소녀는 돌맹이로 꾸정이를 깨어 알맹이를 손톱으로 잘 발라서 두 손으로 공손히 바치며,

"얘 — 이거 먹읍서."

맛이 좋고 아니 좋고 간에 우리는 얼굴을 찡그리어 소녀들의 고운 대접을 무색하게 할 수가 없었습니다. 헤엄치며 있던 소년

하나가 소녀의 두름박³을 잡아당기어 가지고 물로 내동댕이치며 헤어 달아나는 것입니다. 소녀는 사폿 내려서더니 보기 좋게 다이빙 자세로 뛰어들어가 몇 간 통이나 헤어서 소년을 추적해 잡아 가지고 발가벗은 등을 냅다 갈기며,

"이놈의 새끼 무사경 햄시니!"

하도 통쾌하기에 손벽을 치며 환호하였더니 소녀는 두름박을 뺏어 끼고 동실거리며,

"무사경 박수 첨시니?"

물에서는 소년이 소녀의 적수가 될 수 없는 것이었습니다. 그야 우리도 바다와 제주 처녀의 적수가 애초에 될 수 없었기에 다시 연락선을 타고 이번에는 여수로 항로를 잡지 않았겠습니까. 다도해 중에도 제일 아름답고 기절(奇絶)한 코스로 들어 다도해의 낮과 황혼과 새벽과 아침을 모조리 종단하면서…… 뿌라보!

—《조선일보》(1938. 8. 29)

---

3  뒤웅박.

# 선천(宣川) 1
—— 화문행각(畵文行脚) 1

천북동(川北洞) 뒤가 대목산(大睦山), 눈 우에 낙엽송이 더욱 소조(蕭條)하여 멀리 보아 연기에 짜힌 듯하다. 이 산줄기가 좌우로 선천읍(宣川邑)을 휘둥그란히 싸고돌아 다시 조그마한 내를 흘리워 시가지 중앙을 꿰뚫었으니 서남에서 동북으로 흐른다.

삼동(三冬) 내 얼어붙은 냇물도 제철엔 제법 수세(水勢) 좋게 흘러 차라리 계곡수(溪谷水)답게 차고 맑기까지 하다. 그러나 청천강(淸川江) 줄기같이 큰물이라곤 없는 곳이 들이랄 것이 없어 아늑한 분지로 되었다. 겨울에 바람은 없지만 여름에 무더위가 심한 편이요 아침에 밥들 지어 먹은 연기가 열한 시 열두 시까지 서리고 있어 빠져나갈 틈이 없다니 이 골 사람들이 자칭 산골 사람이로라고 하는 것도 그저 겸사(謙辭)의 말도 아닐가 한다.

그러나 호수(戶數)로 사천이 넘고 이만 인구가 호흡하는데 초가라곤 별로 없고 기와집 아니면 양옥이다. 산골에서 여차직하면 양옥을 짓고 사는 이곳 사람들은 첫눈에 북구인 같은 심중한 기질을 볼 수 있다. 별장지대풍(別莊地帶風)의 소비적 소도시인지라 소매 상가를 지날 때 양식(洋式) 식료품, 모사(毛絲) 의류, 화장품, 약품, 과자 들이 어딘들 없을까. 잡다하다느니보다 많은 진열 배치

된 품(品)이 착실하기 Quality street다운 데가 있으니 물건 팔기 위한 아첨이라든지 과장하는 언사를 들을 수 없고 등을 밖으로 향하여 앉아 성경(聖經) 읽기에 골독하다가 손님이 들어서면 물건을 건네고 돈을 받은 후에 별로 수고로운 인사도 없이 다시 돌아앉아 책을 드는 여주인을 볼 수 있는 것이 예사다.

장로교가 거진 풍속화(風俗化)하였다는 것을 이 일단(一端)으로도 짐작할 만하니 내가 새삼스럽게 장로교 경영의 남녀 학교라든가 병원, 양로원, 고아원이라든가 열거해야만 할 것도 없이 선천(宣川)은 사회 시설의 모범지다. 개인으로 공회당, 도서관, 학관을 겸한 선천 회관을 제공한 이가 없겠나, 동서남북 교회 등 4대 예배당이 읍을 4소교구로 분할하여 주사(酒肆) 청루(靑樓)에 배당한 토지가 없게 되었다. 더욱이 남교회(南敎會)라는 예배당은 거대한 이층 연와(煉瓦) 건축인데 일천 수백 명을 앉힐 만한 홀이 두 개가 있다. 1소교구의 신도의 각자 의연(義捐)으로 된 것인데, 건축 경비 육만 원이라는 거액이 어떠한 방법으로 판출(判出)되었는가 하면, 일례를 들건대 월급 오십 원의 가족을 거느리는 신도가, 일구(一口) 오십 원을 의연(義捐)하되 불과 3, 4삭(朔)에 완납하였다.

남교회 건축에 관한 부채(負債)는 깨끗이 청산되고도 여유가 있었다. 여자 사회가 얼마나 발달되었는지 청년회 합창대 등은 물론이고, 춘추로 그네뛰기와 때로 대회를 열되 순연히 여자만으로 주최하며 시어머니 며느리가 2인 3각(脚)으로 출전하여 우승하였고 상품으로 평안도 놋쟁반 크다마한 것을 탔다고 했다.

—《동아일보》(1940. 1. 28)

# 선천 2
## ── 화문행각 2

　동백나무도 이곳에 와서는 방에서 자란다. 이중 유리창으로 눈빛이나 햇빛을 맞아들이게 밝은 사칸(四間) 온돌 안의 동백나무는 자다가 보아도 새록히도 푸르고 참하다. 분(盆)에 심기어 가지가 다옥다옥 열리는 것이 적은 반송(盤松)과 같아서, 나무로 치면 사철 푸르다느니보다 사철 어린애로 있다. 나는 동백나무의 나이를 요량할 수 없다.

　나무의 나이를 묻는다는 것이 혹은 글자나 하는 사람의 쑥스런 언사이기도 하려니와 실상은 동백나무와 키가 나란한 은희(恩姬)가 올에 몇 살에 났는가를 이름보다도 먼저 알았다. 은희가 인제 네 살에 나고 보면, 동백나무도 키가 같다 할지라도 네 살에 났다고 하면 억울할 것이다. 혹은 곱절이거나, 10년이 위일른지도 모른다. 군가지가 붙은 대로 가위로 가다듬고 보니 몸맵시가 어리어 은희와 같이 나무가 사철 어린아이로 있는 것이니 은희가 옆에 서거나 앉거나 할 때 은희는 눈이 더욱 까만 꾀꼬리가 된다. 검은 창이 유난히도 검은 눈이 쌍꺼풀 지고 속눈썹이 길다. 웃으면 입가가 따지어 보면 정제한 것이 어떻게 보면 야긋이 기웃해지며, 눈자위는 조금 들어가는가 싶다. 쫑쫑 들어박힌 무슨 씨갑씨와 같은 이쪽마다 가장자리에 까무잡잡한 선이 인공적으로 돌린 것 같다. 어린 콧나루가 쭉 선 것이 벌써 서도(西道) 여성으로서 조건이 선명한데 아직 혀를 완전히 조종할 줄 모르는 사투리는 서도에서도 다시 사투리 맛이 난다.

아무나 보고도 옙 할 까닭을 모르는 권리를 가진 은희는 큰아버지 보고나 서울 선생님을 보고나 자기의 친절이 즉시 시행되지 않는 경우에는 "그르카래는데 와 그네!" 하며 조그만 군조(軍曹)처럼 질타한다. 쨰랑쨰랑 산뜻산뜻한 이 어린 군조한테 우리는 압도당한다. 이른 아침 자리에서 일기도 전에 은희가 가져오는 꽁꽁 언 사과를 명령적으로 먹게 되는 것이니 먹이고 나선 "사과가 제 혼자 절루 얼었다."는 것이요 "서울은 가서 멀하갔네, 그림책 보구 여게서 살다." 하면, 우리는 훨씬 예전의 우리의 '교과서(敎科書)'를 펴고 일일이 경청해야 하며 그리고 대답해야 한다.

그러고 보니 동백나무는 역시 나이가 들어 보이는 것이 나이가 들지 않고서야 이렇게 검두룩 짙푸를 수야 없다.

은희가 노큰마니한테로, 중큰마니한테로, 큰아버지한테로, 서울 선생님한테로, 왔다 갔다 하며, 좋아라고 발하는 소리가 소프라노의 끝까지 올라간다.

동백나무도 보스락보스락거리는가 하면, 창밖에는 며칠째 쌓인 눈 우에 다시 쌀알눈이 내린다.

중큰마니가 돌리시는 물렛소리에 우리는 은은한 먼 춘뢰(春雷)를 듣는다. 우르릉 두르릉.

—《동아일보》(1940. 1. 30)

# 선천 3
## ── 화문행각 3

　노큰마니는 중큰마니의 친정오마니시요 중큰마니는 은희의 친큰마니가 되신다. 노큰아바지도 중큰아바지도 예전 이야기에서나 있으신 듯이 은희는 모른다. 노큰마니 한 분은 피양[1]서 사시다가 사리원 큰아바지한테 가서서 지나신다. 사리원 노큰마니는 중큰마니의 시오마니가 되신다. 사리원에도 노큰아바지도 중큰아바지도 아니 계신다. 이리하야 본가(本家)로나 진외가로나 장증손(長曾孫) 은희는 사리원서 보아도 반작반작하는 한 개 별이요 선천서 보아도 한 개 별로 반작반작한다. 은희가 자기의 계보적 위치를 알기에는 산술 배우기보담 어렵겠으므로 나는 일부러 이렇게 수수께끼처럼 하여 서울 선생님을 데불고 오신 서울 큰아바지는 은희의 아버지의 삼촌 자근아자씨가 되시고 사리원 큰아바지는 삼촌 둘째 아자씨가 되시는 것을 일러두고 그친다.

　은희가 양력으로 네 살에 나니간 음력으로 아직도 세 살이다. 그러나 음력설 때에는 양력설 때보다 더 자라 있을 것이다. 그렇게 보면 이제부터 미구에 동백나무의 키를 지나고도 훨씬 어른이 될 날도 볼 것이 아닌가. 식물에도 무슨 심리가 있다고 하는데 나는 동백나무가 어느 때 슬프고 않은 것을 관찰할 수가 없다. 혹은

1　평양.

외광(外光)과 불빛의 관계겠지마는 동백나무가 그저 검푸러 암담한 모습을 할 때와 잎새마다 반짝반짝하는 눈을 뜨듯이 생광(生光)이 되는 적이 있는 것을 본다. 암담한 빛을 짓는 때는 우리는 심기가 완전히 쾌한 날이 아니기도 하여, 은희의 현관 옆 양실(洋室)에 가서 난로에 통나무를 두드룩히 피우고 붉은 불빛에 얼굴을 달리우며 유리창에 나리는 함박눈을 본다.

어느 날 오후에 은희가 잠이 들었을 때 우리는 차를 타고 의주(義州) 안동(安東)을 지나 오룡배(五龍背)까지 갔다. 하루 후에 낙영(樂永) 군이 뒤를 따라와서 전하는 말이 은희가 잠을 깨고 나선 우리가 없어진 것을 발견하고 노발하야 노큰마니한테 가서 울고 중큰마니한테 가서 울고 달랠 도리가 없었더라는 것이다.

내 말이 맞았다. 선천서 신의주까지 낮에도 램프 불을 켠 차실(車室) 안에서 아무래도 은희가 잠이 깨서 몹시 울었으리라고 한 것이 맞았고 말았다.

국경 근처로 일주일간이나 돌아다닐 제 우리는 노오 은희 말을 하였다. 돌아오는 길에 선천에 다시 들른 것은 반드시 들러야 할 것은 아니었다.

현관까지 뛰어나오며 환호하는 은희는 뛰고 나는 것이 한 개의 난만(爛漫)한 조류(鳥類)가 아닐 수 없었다. 우리는 은희를 천정 반자까지 치어들어 올리었다.

동백나무도 이 저녁에는 잎새마다 순이 트이고 불빛도 유난히 밝은데 우리들의 식탁은 잔치와 같이 즐거웠고 떠들썩하기까지 한 것이었다.

—《동아일보》(1940. 1. 31)

# 의주(義州) 1
## ── 화문행각 4

　영하 25도 되는 날, 버스 안에서 발이 몹시 어는 것을 여간 동
동거리는 것으로서 견딜 것이 아니었다. 배에서 내리는 즉시 통군
정(統軍亭) 언덕배기를 구보(驅步)로 뛸 작정으로 한 시간 이상 발
끝을 배빗배빗[1] 하노라니 이건 심술궂기가 시골 당나귀로구나. 앞
뒤 궁둥이가 모조리 뛰어오르는가 하니 몸은 천정을 떠받고 찡그
린다.

　물 건너서는 재채분한[2] 산이랄 것도 없는 것들이 가로 걸쳐 실
상 만주 벌판이 어떻다는 것을 모르겠더니 신의주(新義州)로부터
의주 가까이 오는 동안에 과연 대륙이라는 느낌이 답새[3] 온다. 끔
직이도 넓다. 그러나 사하진(沙河鎭)서부터 오룡배(五龍背) 근처처
럼 지긋지긋이 쓸쓸해 보이지 않는다.

　조선 초가집 지붕이 역시 정다운 것이 알아진다. 한데 옹기종
기 마을을 이루어 사는 것이 암탉 둥저리[4]처럼 다스운 것이 아닐

---

1　비빗거리는 모양.
2　자자분하다. 자잘하다.
3　답쌔어라. 기본형은 '답쌔다.' 한 군데로 들이덮쳐 쌓이다. 일이나 사람 등이 한꺼번에 몰리다.
4　둥주리. 짚으로 두껍고 크게 엮은 둥우리.

까. 만주벌은 5리나 10리에 상여집 같은 것이 하나 있거나 말거나 하지 않았던가. 산도 조선 산이 곱다. 논이랑 밭두둑도 흙빛이 노르끼하니 첫째 다사로운 맛이 돈다. 추위도 끝닿은 데 와서 다시 정이 드는 조선 추위다. 안면(顏面) 혈관이 바작바작 바스러질 듯한데 하늘빛이 하도 고와 조선 흰 옷고름 길게 날리며 펄펄 걷고 싶다.

우리가 노오[5] 새 옷 입고 싶은 것도 강 한 줄기로 사이를 갈라 산천풍토가 이렇게도 달라지는 까닭에 있지 않을지.

발끝이 거진 마비되는가 할 때, 머리는 잠깐 졸을 수 있을 만치, 우리 여행은 그만치 짐 될 것이 없었던 것이다. 지난밤 물건너 신시가에서 글라스 폭격을 감행한 패기가 이제사 다소 피곤을 느낄 만할 때 우리는 흔들리며 뛰며 그리고도 닭처럼 졸아 징징거리는 엔진 소리에 잠시 견딜 만하였던 것이다.

머리가 저으기 가쁜하여지는 것을 느끼며 남문을 들어서 나즛나즛한 기왓골이 이랑지어[6] 흐르는 거리에 섰다.

단숨에 통군정에 오르자던 것이 낙영이가 앞을 서서, 의주 약방집 빨갛게 익은 난로를 돌라앉아 발을 녹이던 것이었다.

주인집 '체네'[7]는 참 미소녀라고 감탄한 것이 낙영이 한훤(寒暄)[8]으로 소녀가 아니라 젊은 주부인 줄 알았다.

주부는 바로 문을 닫고 들어가서 우리 몸은 충분히 더웠다. 나머지 시간이 바쁘게 원 그렇게 어리어 보일 수가 있는가고, 길

---

5    노상. 늘.
6    이랑지다. 밭이랑처럼 되다.
7    '처녀'의 평안도 방언.
8    한훤문(寒暄問)의 준말. 춥고 더움을 물음. 곧, 편지의 처음에 쓰는 날씨에 관한 문안.

(吉)⁹의 놀라함은 정식으로 발표되었다.

검정 두루막 입은 주인이 들어왔다. 인사도 채 마치기 전에 전화통에 붙어 서서 방에 불이나 따근따근히 지펴 놓고 그리고 어찌어찌하라는 지휘인 모양인데 일이 벌어지는 모양이로구나 하는 생각뿐으로서 나는 그저 잠잠하였다.

통군정에 길(吉)은 흥미를 갖지 아니한다. 멀리도 일부러 찾아와서 통군정에 오르기는 어서 나려가자고 재촉하기가 목적이었던지 나야 그럴 수가 없었고 또한 관찰한 바가 비범한 바가 없지도 않았으나 구연성(九連城) 넘어 달아오는 설한풍(雪寒風)을 꾸짖어 가며 술회하기에는 코가 부어지는 것이요 단작스런¹⁰ 글씨쪽들이 실상은 낙서(落書)감어리¹¹도 못되는 것을 업수히 여기고 내려왔으나 지나(支那) 대륙에 향하여 구멍을 빠꼼히 뚫어 놓고 심장이 그다지 놓이지 못하였던 서문(西門)을 활 한 바탕쯤 되는 거리에 두고 아니 보고 온 것을 이제 섭섭히 여긴다.

—《동아일보》(1940. 2. 2)

---

9    정지용과 함께 여행했던 화가 길진섭(吉鎭燮, 1907~1975)을 말함.
10   단작스럽다. 하는 짓이 보기에 매우 치사스럽고 다라운 데가 있다.
11   '~가마리'의 사투리. 명사 뒤에 붙어 늘 그 말의 대상이 되는 것임을 나타내는 말.

# 의주 2
## ── 화문행각 5

"오호, 끔즉이 춥수다이!" 하며 들어서는 아이의 이름은 추월 (秋月)이라는 것을 알았다. 귀가 유난히 얼어 붉었는데 귓불이 흠 창[1] 익은 앵도(櫻桃)처럼 호므라져[2] 안에서부터 터질까 싶다. 그림 이나 글씨 한 점 없는 백로지[3]로 하이얗게 바른 이 방안에 추월이 는 이제 그림처럼 앉았고 그리고 수집다.

술이 언 몸을 골고루 돌아가기에 얼마쯤 시간이 걸리는 것이 었던지 아직도 잔이 오고 가기에 저으기 뻐근한 의무 같은 것을 느낄 뿐이요 농담이라거나 우스개가 잔뜩 호의를 갖추고 팽창할 따름으로 활시위에서 활이 나가기 전 상태에서 잔뜩 겨누고 있 을 때

"추월아, 넌 고향이 어디냐?"

"넝미(嶺美)웨다."

"언제 여기 왔어?"

"7월에 왔시요."

---

1  '흠뻑 잘'의 뜻을 가진 사투리.
2  오므라지다.
3  '갱지'의 속칭.

7월에 온 추월이는 방이 더워 옴을 따라 귓불이 녹아 만지기에 따근따근하나 빛깔이 눈 우에 걸어온 고대로 고운 것이 가시고 말았다.

"추월아 너 밖에 나가서 다시 얼어 오렴아."

추월이가 웃는 외에 달리 무슨 말이 없었을 때 차차 웃음소리가 이야기를 가져오고 화선(花仙)이마저 추위를 부르짖으며 들어와 예(禮)하며 앉는다.

의주약방 주인 김 군이 검정 두루막을 벗어 화선이가 일어나 걸었다. 김이 서리고 훈기가 돌고 방이 차츰 따근따근하여질 때 들어오는 병 수가 점점 늘어 간다. 아까 길(吉)의 명함이 나가는가 하였더니 '유도 4단'이 '자(字)'처럼 불리어지는 최 군과 나이 삼십에 웃으면 여태껏 볼이 옴식옴식 패이는 얼골이 여자보다도 흰 장(張) 군이 들어온다. 한훤(寒喧)과 폭소가 어울리어 갑자기 자리가 흥성스러워지자 종시 시침이를 떼고 앉았던 길이 사동을 시키어 미리 사 두었던 신의주까지 당일행 자동차표를 물러보기로 한다.

순배가 한곳으로 몰린다. 화선이의 말문이 열리기 위하야 우리는 수종⁴을 들어야 한다. 길의 스케치북이 화선이 손에 옮기어 갔을 때 화선이는 첫 장부터 끝까지 열심스럽다. 물 건너 '왕리메(王麗妹)'를 그린 여러 폭의 크로키가 펼쳐진다.

"화선이 말줌 하라우 애!"

"아니 데 센상님 이거하고 삼네까?"

길이 일탄(一彈)을 받고 어깨를 흔들며 웃는다.

---

4　수종(隨從). 따라다님. 또는 따라다니며 심부름하는 사람.

"이거하고 살다니?"

화선이가 저으기 당황하여졌는가 하였을 때 뺨이 붉어지기 전에 웃음이 얼굴을 흩으리며

"내레 언제 그랬읍네까? 센상님 직업이 무어시과? 그르는 말입습디예!"

화선이가 도사리고 앉음앉음새가 새매와 같았던[5] 것이 빨리도 완화되자 김 군의 교묘한 사식(司式)으로 주기(酒氣)가 바야흐로 난만에 들어간다.

'짠디'[6]에 '분디'[7]를 싸서 먹는 맛을 추월(秋月)이가 가르쳐 주었다.

분디는 파릇한 열매가 좁쌀알만 할까 한 것이 아릿하기도 하고 매사하기도 하야 싸늘한 향취가 아금니를 지나 코로 돌아 나올 때 창 밖에 찢는 듯한 바람 소리의 탓일지 치운 듯 슬픈 듯한 향수와 같은 것까지 느끼는 것이었다. 감상이라는 것이 무형한 것이기에 어느 때 어느 모양으로 엄습하여 오는 것일지 보증할 바이 아니겠으나 혹은 내가 한데 몰리어 오는 잔을 좌우수(左右手)에 받치어 들고 울 듯하고도 즐거운 것이 아닐 수도 없다.

"개뿔다귀 개저오라구 그래라 얘!"

"한마디 듣잣구나 얘!"

서창(西窓) 미닫이 유리쪽에 성에[8]가 남저지[9] 햇살을 받아 처참하기까지 하고 옆에 붙은 국엽(菊葉)의 투명하도록 파릇한 빛이

---

5 앉음새가 새매처럼 긴장하여 움츠리고 있는 모양을 말함.
6 짠지. 배추나 무를 통째로 소금에 절여 담아 놓은 김치의 종류.
7 산초나무의 열매.
8 추운 겨울, 유리창이나 굴뚝이나 벽 따위에 수증기가 허옇게 얼어붙은 서릿발.
9 나머지.

살아 오른다. 장고를 '개뿔다귀'라고 치며 기개(氣慨)를 돋기에는
아직도 일다.

—《동아일보》(1940. 2. 3)

# 의주 3
## ── 화문행각 6

자리를 옮기기로 하여 골목길을 걸어 마을가듯 할 수 있는 것이 즐거웁다. 이제는 추위를 대수롭게 여기지 않을 만치 되었고 서로 스서러워[1] 아니어도 좋게 되었다. 스서러울 것이 없을 만치 되기까지가 실상은 그다지 많은 시간이 걸리는 것이 아닌 것이 우리 틈에 걷는 화선이는 막내누이처럼 수선을 떨기 시작하기가 어렵지 않았다. 입으로 왕성한 흰 증기를 뿜을 수 있는 나머지에 점점 "오오! 치워!" 할 뿐이지 소한(小寒) 바람에도 뺨을 돌려 대기가 그다지 싫지 않다. 그러고 눈 위에 다시 달을 밟으며 이야기 소리는 낭랑히 골목 밤을 울리며 간다. 시골 대문이란 잘 때 닫는 것이라 무심코 눈을 돌리어도 길 옆집 안방 건넌방 영창에 물들은 불빛을 볼 수 있다. 우리에게 훨씬 익은 생활이 국경 거리에서 새삼스럽게 정답게 기웃거려지기도 하는 것이다. 기왓골 아래 풋되지[2] 않은 전통을 가진 의주 살림살이에 알고 싶은 것이 많다. 우리 총중(叢中)에서 익살을 깨트려 컹! 컹! 왕왕 짖는 소리를 흉내 내어 동넷집 개를 울리게 할 양이면 미닫이를 방싯 열고 의아하는

1  스스럽다. 정분이 두텁지 못해 조심스럽다.
2  풋되다. 여기에서 '풋'은 '새로운 것', '덜 익은 것'의 뜻.

나머지에 의거리 장농에 호장저고리 남치마 태(態)를 눈도적 맞은
³ 이도 있고 우리가 끄는 신 소리가 나막신 소리처럼 시끄럽기까
지 하다.

　들어가 앉고 보면 요정(料亭)이 아니라 일러도 좋은 안방 아니
면 건넌방 같은 방 아루깐이 쩔쩔 끓는다. 우리는 깡그리 보료 밑
에 손을 묻고 뺨을 녹이고 궁둥이를 도사리고 추위를 과장한다. 영
산홍(映山紅)이 어느 새에 왔댔는지 의주 밤이 점점 행복스러워간
다. 꼰⁴에 뽑혀 오지도 않고 뽑혀 갈 배도 없이 우리는 오보롯이⁵
조찰히 놀 수 있는 것이다. 영산홍이가 미리 프로를 만들었음인지
화선이 보고 무에라고 눈짓을 찌긋찌긋하더니 일동일정(一動一靜)
이 유창하게 진행된다.

　　일국지명산(一國之名山)으로 풍덕새가 날라들어
　　우노라 경술년(庚戌年) 풍년이 대대로 감돌아든다.

　　화선이가 장고를 안고 ─

　　말은 가자고 네 굽을 치는데 님은 부여잡고 낙루(落淚)만 한다.

　　영산홍이가 가두(歌頭)를 번갈아 바꾼다.

　　밤이면 달이 밝고 낮이면 물이 맑고 산아 산아 수양산아 눈이 왔다 백

---

3　눈으로 훔쳐보다.
4　일본어 'こん〔献〕'. 술자리에서 잔을 건네는 횟수.
5　오붓하게.

158

두산아 —

「의주 산타령(山打令)」이란 전에 들었던 성싶지 않은 유장(悠長)하고 유쾌한 노래다. 나는 자못 감개(感慨)가 깊어 간다. 통군정서 바라보이던 구연성(九連城) 뭇 봉우리가 절로 올라갔다 나려왔다 다시 우줄우줄 걸러온다. 야작(夜酌)이 난무순(亂無順)으로 순배가 심히 빈번하다. 영산홍이의 쾌변이 난만하여질 때 우리는 서울 말씨가 의외로 뻣뻣하여 혀가 아니 도는 것이 알아진다.

"아이구 데 센상님 말씀이 다 과다오는구만."

"말줌 하시래이에! 조상님들이 말슴을 하시다가 돌아가선난디 와 말삼이 없읍네가?"

담론풍발(談論風發)이 잠깐 절심이 되면(연발하던 총불이 별안간 멈추는 것) 다시 잔이 오고 가고 잔이 멈칫하면 개뿔다귀가 운다. 「서도(西道) 팔경(八景)」에 「의주경발림」이 연달아 나온다. 영산홍이가 일어섰다. 화선이가 장고를 메고 따라선다. '유도 4단'이 일어섰다. 개량집사(改良執事)의 별명을 듣는 장(張) 군이 앉아서 꼼짝 않고 배길 때 저고리 빛이 연둣빛에 가깝다. 읍회의원 김 군은 끝까지 익살스러운 사식(司式)으로 유흥을 진행시킨다. '놀량' 한 고비가 본때 있게 넘어갈 때 영산홍이의 조옥 서서 내려간 치마폭이 보선을 감추고도 춤이 열리고 화선이 장고 채가 화선이를 끌고 돌린다. 다시 앉아서 견딜 때 홍분과 홍조로 남긴 채 그대로 식은 찬 잔을 기울인다. 요구가 질서를 잃어도 분수가 있지 장타령을 청하는가 하면 장님 독경에 염불까지 합청(合請)한다.

"얘! 일전(一錢)짜리 엿가래 꼬듯 한다. 흔한 솜씨에 한마디 하라우 얘!"

"아 — 니 용하다 용하다 하면 황퉁이 벌레 집어먹까쉬까?"

실상 조금도 사양하지 않고 고대로 일일히 실행된다. 이래서 영산홍이 화선이는 '수탄 화녕 받는[6]' 의주 색씨로 이름이 높다.

"잡수시라우예 — 좀 더 잡수시래예!"

밤늦게 들어온 장국에 다시 의주의 풍미를 느끼며 수백 년 두고 국경을 수금(守禁)하기는 오직 풍류와 전통을 옹위하기 위함이나 아니었던지…… 멀리 의주에 와서 훨씬 이조적(李朝的)인 것에 감상(感傷)하며…….

—《동아일보》(1940. 2. 4)

---

6  '숱한 환영 받는'을 사투리대로 적은 말.

# 평양(平壤) 1
── 화문행각 7

평양에 내린 이후로는 내가 완전히 길(吉)을 따른다. 따른다기
보담은 나를 일임(一任)해 버린다. 잘도 끌리어 돌아다닌다.

무슨 골목인지 무슨 동네인지 채 알아볼 여유도 없이 걷는다.
수태 만난 사람과 소개 인사도 하나 거르지 않았지마는 결국은 모
두 모르는 사람이 되고 만다. 누구네 집 안방 같은 방 아루깐 보
료 밑에 발을 잠시 녹였는가 하면, 국수집 이층에 앉기도 하고 낳
고 자라고 살고 마침내 쫓기어난 동네라고 찾아가서는 소낙비 피
해 나가는 솔개처럼 휘이 돌아오기도 하고, 대동문(大同門) 턱까지
무슨 기대나 가진 사람같이 와락와락 걸어갔다 가는 발도 멈추지
않고 홱 돌아서 온다. 담배 가게에 가서 담배를 사고 우표집에 가
서 우표를 사고 백화점에 가서 쓸데없는 것을 사 들어 짐을 삼고
누구 집 상점 이층에 먼지에 켜켜 쌓인 제전(帝展)에 파스했던 「모
자(母子)」라는 유화와 그리다가 마치지 못하고 이어 돌아가신 아
버지의 초상화와 그의 대폭 소폭의 4, 5점을 꺼내어 보고서는 다
시 단속할 의사도 없이 나오고 만다. 어떤 다방에 들어서는 정면
에 걸린 졸업기 제작 1점이 자기의 승락도 없이 걸린 이유와 경로
를 추궁하는 나머지에 카운터에 선 흰 쓰메에리[1] 입은 청년과 다

소 기분이 좋지 않아 나오기도 한다.

청류벽(淸流壁) 길기도 한 벼랑이 눈 녹은 진흙을 가리지도 않고 밟을 적에 허리가 가늘어지도록 실컷 감상(感傷)한다. 감상(感傷)에 내가 즉시 감염(感染)한다. 오줌도 한데 서서 눈다. 대동강 얼지 않은 군데군데에 오리 모가지처럼 파아란 물이 옴찍 않고 쪼개져 있다. 집도 친척도 없어진 벗의 고향이 이렇게 평양인 것을 나는 부러워한다.

부벽루(浮碧樓)로 을밀대(乙密臺)로 바람을 귀에 왱왱 걸고 휘 젓고 돌아와서는 추레해가지고 기대어 앉는 집이 'La Bohem'.

이 집에다 가방이며 화구(畵具)며 귀치 않으면 외투까지 맡기고 나간다.

나는 이 집이 좋다. 하루에 열 번 들른다. 커피를 나수어² 올 때마다 '체네'³가 잔과 잔받침과 차시(茶匙)⁴를 먼저 얌전스레도 가져다 소리없이 놓고 다시 돌아가 얼마쯤 조용한 시간이 흘러도 좋다. 말이라는 것이 조곰도 필요ㅎ지 않을 적이 많다. 남의 얼굴이란 바라보기가 이렇게 염치없이 즐거운 것을 깨닫는다. 체네만이 고운 것이 아니라 서명 데켄⁵에 억둑억둑한 중년 남자가 버티고 앉었다곤 칠지라도 조금도 싫지 않거니와 그의 얼굴에 미묘한 정서(情緖)의 광맥을 찾으러 다시 고요히 흐르는 악장(樂章)에 맞추어 연락(連絡) 없는 애정까지 느낀다. 그야 젊은 사람이 더 좋아 뵈고 청년보다도 체네가 사랑스럽기까지 한 것이 자연한 경향이겠

1    깃을 세운 양복을 말하는 일본어.
2    나수다. 내어서 드리다.
3    '처녀'의 평안도 사투리. 여기에서는 다방의 여급을 말함.
4    찻수저.
5    '저 켠'의 평안도 사투리.

으나 우리는 서로 이 얼골로 저 얼골로 옮기어 한곳에 집중할 수 없는 것이기도 하여서 실상은 대화를 바꿀 거리도 없는 것이요 따라서 음악은 참참이[6] 자꾸 바뀌는 것이다.

차가 큰 그릇에 담기어 와서 공손히 따리울 때 실낱 같은 흰 김이 떠오르는 향취로 벌써 알아지는 것이 있다. 나그넷길에 나서서 자주 무슨 인스피레이슌에 접촉한다. 느긋한 피로에 졸림과 같은 것을 느낄 때 난로 안의 석탄불은 바야흐로 만개한다. 문득 도어를 밀고 들어서는 이의 안경이 보이얗게 흐리어지자 이것을 닦고 수습하노라고 어릿어릿하는 것을 우리는 머리를 두르며 가까이 오는 것을 기다려 손을 꼬옥 부여잡어 본다. 놀라워하고 반가워하여 마지않는 것을 보고 나서야 우리는 만족한다. 후리후리 큰 키에 수척하고 흰 얼굴에 강렬한 선을 갖춘 마스터[7]까지 우리 자리에 와서 함께 앉아 경의(敬意)를 갖는다.

이 얘기 저 얘기 '앹 랜돔'[8]한 것이 즐거웁고 흥분까지 한다.

길(吉)의 어느 시대의 생활과 슬픔이었던 것이라는 그림 아래 우산(牛山)[9]의 「석류(柘榴)」가 걸려 있다. '정물(靜物)'이라는 것을 'still life(고요한 생명)'라고 하는 외어(外語)는 얼마나 고운 말인 것을 느낀다.

모딜리아니 화집을 어떻게 구하여 온 것을 마스터한테 물어보며 가지고 싶기까지 한 것을 느낀다. 모가지마다 가늘고 기이다랗고 육체를 그리기 위한 것이 아니요 육체 안에 담긴 슬프고 어여

---

6  이따금.

7  master. 주인.

8  at random. 되는 대로. 닥치는 대로.

9  김용준(金瑢俊, 1904~1967). 화가이자 미술평론가.

뿐 것을 시(詩)하기 위하여 동양화처럼 일부러 얼골도 가슴도 손
도 나압작하게 하고도 유순하게도 서양적 'pathetics'에 정진하다
가 미완성으로 마친 모딜리아니 그림에 나는 애연히 서럽다. 다시
일어나 우리는 바깥 추위와 붉은 거리의 등불이 그리워 한 쌍 흑
아(黑蛾)[10]처럼 날라 나간다.

—《동아일보》(1940. 2. 6)

---

10   검정나방.

# 평양 2
## ── 화문행각 8

   몇 해 만에 만나는 친구 사일지라도 '폐양'[1] 사람들은 다른 도시 사람들처럼 손을 잡고 흔들며 수선스럽게 표정적이 아니어도 무관하다. 양위(兩位) 분 기후 안녕하시냐든가 아기들 잘 자라느냐든가 물음즉은 한 일이요, 아니 물어도 실상 진정이 없는 것도 아닌 바에야 서울 이남 사람들은 한 가지 빠칠세라 모조리 늘어놓는 것이요, 폐양 사람들은 그저 "원제 왔댓소?" 정도로 그친다. 수년 만에 서로 만난 처소(處所)가 조용한 다방 한구석에서라도 벽오동(碧梧桐) 중허리 툭 쳐서 서로 마조 세운 생목처럼 담차고 싱싱하게 대하고 앉는다. 저 사람이 어쩌다 군관학교에 갈 연령을 놓치고 말았을까 아깝게 생각되는, 만나는 사람마다 군인처럼 말이 적다. 말이 청산유수(青山流水) 같다는 말은 폐양 사람한테 맞지 않는다. 원래 말을 꾸밀 만한 수사를 갖지 않았다. 말소리가 대체로 큰 편은 아니요 '다' 자(字) 줄에 나오는 어음(語音)을 다분히 차지한 언어가 공기를 베이며 나갈 제 쉿쉿 하는 마찰음이 섞인다. 'Intonation'의 구조는 실상 순수한 서울말과 같이 되어서 싹싹

---

[1] '평양'의 평안도 사투리.

하고 칠칠한 맛이 더욱이 여성의 말은 '라덴' 계통[2]의 언어처럼 리드미컬하다. 흐느적거리고 끈적거리는 것이 도모지 없다. 페양 여성은 어디나 다를 것 없이 다변인 편이겠으나 수다스럽지 않고 페양 남자의 뜸직한 과묵은 도리어 과분히 직정적(直情的)인 것을 속으로 견디는 것을 볼 수 있다. 단적(端的)이요 휴지부(休止符)가 많이 끼이는 설화에도 소박한 인정이 얼마든지 무르녹을 수 있다. 여자는 모조리 흰 편이겠으나 남자는 거의 검은 얼굴에 강경한 선이 빛나고 설령 그 사람이 'T. B. 3기'[3]에 들었을지라도 완전히 녹초가 되지 않고 아직도 표한(剽悍)[4]한 눈매를 으스러트리지 아니한다. 원래 나가서 맞고 들어와서도 '그 새끼 한 대 답새 줬랬다가 그만뒀다.'는 것이 이곳 사람들의 기질이 되어서 오해도 화해도 심히 빠를까 한다.

작은 사람이 큰 자를 받아 쓰러트리고 약한 놈이 센 놈을 차서 달싹 못하게 만드는 것이 페양식 쌈일까 하는데 페양 사람이라도 쌈패는 따로 있는 것이지 점잖은 사람이 그럴 수야 있을까마는 대체로 대동강 줄기를 타고 오르고 내리는 연안에 난 사람들이 미인과 굳센 남자가 많고 평양에 와서 더욱 특색이 집중된다. 하여간 십 년 친한 친구의 귓쌈[5]을 갈긴다니깐! 그것이 다음 날은 씻은 듯 잊고 소주에 불고기를 나누어 먹는다니 명쾌한 노릇이다.

그러나 시대와 비애의 음영이 그들의 영맹(獰猛)한 안면 근육에서도 가실 날이 없는 것도 사실이다. 문약(文弱)의 퇴색한 빛을

---

2  라틴어 계통.
3  폐결핵 3기.
4  재빠르고 사나우며 억세다.
5  귀싸대기.

갖지 않을 뿐이다. 멋 부리는 것과 '노적'대는[6] 것을 평양 사람들은 싫어한다. 멋이라는 것이 실상은 호남에서도 다시 남쪽 해변 가까이 가객과 기생을 중심으로 한 사회에서 발전된 것이 아닐까 한다. 그림 글씨와 시(詩)와 문(文)에서 보는 것은 그것이 멋이 아니라 운치다. 멋은 아무래도 광대와 명창에서 물들어 온 것이 아닐까 하는데 남도 소리의 흐르는 멋이 수심가(愁心歌)에는 없을까 한다. 그러나 남도 소리라는 것이 봉건 지배 계급을 즐겁게 하기 위함이라든지 아첨하기 위하여 발달된 일면이 있는 것을 부정할 수 없는 것이라면 어떨지! 결국 음악적 원리에서 출발한 것이 둘이 다 못될 바에야 수심가는 순연히 백성 사이에서 자연 발생으로 된 토속적 가요라고 볼 수밖에 없을까 한다. 단순하고 소박한 리듬에서 툭툭 불거져 나둥그는 비애가 어딘지 남도 소리에서보다도 훨씬 근대적인 것이기도 하다. 살얼음 아래 잉어처럼 소곳하고[7] 혹은 바람에 향한 새매처럼 도사리고 부르는 토산(土産) 기생의 수심가는 서울서 듣던 것과도 다르다. 기생도 호흡이 강경하야 손님이 몇 번 권하는 술을 사양하기 세 번이 되고 보면 "정말 단둘이 하자오?" 하는 선뜻한 태도가 그것이 실상 이제부터 친하여 보자는 뜻이라는 것이라고 한다. 잔이 오고 가는 것이 야구와 같다. 서울서같이 어느 한 기생이 좌석을 독재한다든지 한 아이 옆에서 다른 아이가 이울어 피지 않는다는 것은 없다. 포동포동 펑펑 소리가 나도록 서로 즐겨 논다. 혹시 기분이 상해 자리에 남을 맛이 없을 양이면 발끈 일어서 피잉 나가는 것이다. 그렇다고 폐양 남자가 당황해서 붙들고 말릴 리도 없다. 서울 손님이란 이런 때 일어

---

6   뇌적대다. 별로 하는 일 없이 빈둥대다.
7   소곳하다. 고개를 약간 숙인 듯하다. 흥분이 좀 가라앉은 듯하다.

서서, "애! 유감(有甘)아, 너 날과도 친하잣구나. 야!"하며 어깨를 안아 발을 가벼이 차서 앉히면 페양 여자도 여자이기에 대동강 봄 버들처럼 능청한 데도 있다. 새매는 새매라도 길이 들은 새매라 머리와 깃을 쓰다듬어 주고 보면 다소곳이 맡기고 의지한다.

—《동아일보》(1940. 2. 8)

# 평양 3
— 화문행각 9

"선네 ─ 에!"

"선네 ─ 있소오?"

"거 누구요?"

"나야 ─ !"

"길아재씨요?"

"응 나야 ─ ."

"애개개 ─ 길아재씨!"

"들어오라우요!"

포둥포둥 살찐 노랑닭 몇 마리 발을 매인 채 모이 없는 토방 밑
에 거닐고 있다. 햇살을 함폭 받아 낯모를 손님을 피하지 않는다.

가느다란 겹살 미닫이 열고 들어서기 스서럽지 않다.

풀끼 없는 남치마에 쪼그러트리고 앉아 뒤로 마므짓¹ 물러나
가며

"언제 왔소오?"

"발서 왔는데."

---

1  머므적.

"그르믄서도 우리 집에 안 왔소오?"

"욜루 내려 앉으시라우요."

"괜찮아 괜찮아 그까짓거."


남빛 모본단 보료 깔은 아루깐에 외투도 아직 입은 채 앉아, 눈이 의걸이, 장농, 체경, 사진, 경대, 화병, 불란서인형 걸린 입성을 돌아본다.

머릿맡 병풍 쪽 그림은 당사주책(唐四柱冊)에 나오는 인물들 같이 고와도 좋다. 웃간 미닫이 손 쥐는 데는 박쥐를 네 귀에 오려 붙이어 햇볕을 받고 아루깐 미닫이에는 부지쪽 안의 국엽(菊葉)이 파릇이 얼었다.

"이재 덕수(德洙) 씨 만내구 왔디?"

"구름! 상이 씨벌겋드구만 어젯밤 어데서 한잔 했는디 ─."

"아재씨두! 어젯밤 나하구 놀았는데!"

"흥, 잘됐구만!"

"우리는 패니 와서 놀디두 못하구 가는 사람인데."

"길아재씨두 그름네까?"

"사실은 어젯밤 내가 실수할 뻔했는데…… 참 곱던데!"

"아이고 아재씨 멀 그래요! 발세 내가 다 아는데!"

"알기는 멀 알아?"

"정화가 아재씰 퍽 도하하던데요 멀 그래!"

"다아들 동무들 안 오나."

"아니야 ─ 이제 올게디."

"오랄가?"

"그만두라우."

머리를 고쳐 빗기 위한 앉음새 뒷태도를 아재씨는 오롯이 차지할 수 있고, 경대 안에는 얼골끼리 따로 포갤 수밖에 없다.

살그머니 훔치듯 하여 미끄럽게 나가는 연필 촉에 머리 빗는 뒷몸매가 목탄지(木炭紙)에 옮겨놓일 때 선네는 목이 간지럽기도 하다.

"어데 나좀!"

"가만 이서!"

"날래 그리라우!"

"또 어렇가라우."

"잉! 됐서."

머리카락이 까아만 명주실같이 보드랍게, '기사미' 담배[2] 말리듯 쪽[3]이 가볍게 말린다. 솔잎 같은 핀이 한줌이 든다.

"아재씨 그것줌 주시라요."

"조코레또 하나 잡서 보세유."

"나 서울말세 쓰갓다."

"나 참 다라시[4]가 없어 요즘은."

"그게 돈게야 다라시가 없어야 도티."

"그를가?"

"기침 나느데 오사께만 먹구!"

"선네는 페양 껭구단장이야!"

"흠, 졸병!"

"페양은 여자들두 떠받습니까아?"

---

2  '칼로 썬 담배'를 뜻하는 일본어. 각(刻)연초.
3  부인네의 아래 뒤통수에 땋아서 틀어 올려 비녀를 꽂는 머리털.
4  야무지고 단정하다는 뜻의 일본어.

1부 『지용 문학독본』

"녀자는 못떠받아요."

"뎜심 잡샀소오?"

"이자 먹었어."

"정말 잡샀소오?"

연상 머리를 요리 돌리고 조리 돌리고 석경을 들어 뒤로 돌려 비추우고 경대 안에서 옳다고 하도록 기다려 쪽 맵시 이마태가 솟 아오른 듯 마치자 돌아앉기가 급하게 크로키에 손이 걸어오며

"아재씨 이거 하나 안 된 거 있쉐다."

"그렇게 앉았으니까 그렇디."

"이거 얼간이야!"

툭 친다.

"그래두 아재씨 술술 그레 ─."

스케치북 페이지가 넘어가며

"이거 어디요?"

"금강산이야."

"금강산 난 못 가 봐서 몰라."

"참 정 별거 다 있구나!"

"이거 누굴디 참 몸매 곱다."

"가야 하지 않겠소? 그만 실례하지 첨 와서 미안하지 않소오? 길?"

"아이구 왜이래요 좀 더 몰다가소 고레."


회색 바탕에 가느다란 붉은 선이 섞인 목도리가 볼모(質)로 선 네 목으로 빼앗기듯이 옮겨 가며 우리는 일어서며 의례하는 수인 사보다는 훨씬 섬세하고 혹은 서울서도 몰랐던 수줍기까지 한 것

이었을지도 모른다.

"아재씨 언제 오갔소?"

"인쟈 안 오가서, 망맞어서!⁵"

"아재씨 안동 갔다 오는 길에 이 목텐 날 주구 가라우, 잉!"

가녈핀 흰 목에 다시 가벼히 졸라매이듯 안기듯 하는 회색 바탕에 붉은 선 목도리가 밉지 않은 체온에 넉넉히 붙들며 다시 옮기어 올 때, 토방 닭들은 제대로 옮긴 볕을 찾아 자리를 옮기었다.

—《동아일보》(1940. 2. 9)

---

5   망(夌)맞다.

# 평양 4
## ── 화문행각 10

　스팀은 우덩¹ 손으로 만져 봐서 역시 찬 줄을 알았다. 그러나 이 방안 보온 상태에 불편을 말할 만할 거리가 하나도 없다. 외풍이란 우리집에서만 겪는 것이었던가. 침대 위에 눈같이 흰 시이트래던디,² 그 우에 낙타털 케트래던디, 그 우에 하부다이³ 천의래던디, 그리구 속옷을 빨아 다려 안을 받쳐 놓은 도데라⁴ 잠옷과 폭신한 이중베개, 내가 집을 떠나와서 있을 수 있는 사치임에 틀림없다.

　그 외에 쪼고만 테이블 둘이 있어 동그란 것에는 물병과 컵에 재떨이가 준비되어 있고 네모난 테이블에는 편지지 봉투까지 맘대로 쓰게 됐고 이켄 데켄⁵ 바꿔 앉을 만한 적은 소파가 서이가 뇌이구⁶ 세수하는 데는 찬물 더운물 고루레이⁷ 나오게 되고 양복장이 없갔나, 양복장 셋경 안에 다시 한정(閑靜)하게 들어앉은 이 방

---

1　우정. 꼭.
2　'시트'라든지. 일부러 평안도 말을 흉내내어 '-래던디'라고 쓰고 있다.
3　결이 곱고 희다는 뜻의 일본어.
4　일본 옷으로, 보통의 기모노보다 길고 큼직하게 만든 솜옷.
5　'이켠 저켠'의 사투리.
6　셋이 놓이고.
7　고르게.

안의 장식과 풍경이 내가 조꼼두 서툴게 굴디 않아도 좋다는 거들 은근스레이 표정하는 거디 아닌가. 기온이 얼마나 피부에 알맞아야만 하는 거디냐구 공기가 온화롭게 속살거리구 있는 거디 아닌가.

스팀이 활활 달았으믄⋯⋯ 둏갔구만 생각되는 것은 죄꼼도 한기(寒氣)에 관련된 거디 아니라 이런 거디 거처가 갑째기 달라딤에 따르는 '여수(旅愁)'의 시초가 아닐디.

뽀오이가 "손님, 물이 준비됐읍네다. 목욕하시디요."라고 그르는 거디구 보믄 가뜬한 잠옷 바람에 내가 얼마나 호텔에 닉속하드디 슬리퍼를 끌구 나가서 몸을 몇 분 동안 훈훈히 당그구 나와선 몇 번 비비는 정도루 그틸디래두 휠신 심기가 침착해딜걸 "어저께, 서울서 하구 와서 안 하갔오." 했다. 뽀오이가 제가 손님을 서툴게 대접할 배야 죄꼼도 없디마는 나누 도회인의 교양으루서 자지라질드디 수집어디구 어색하구 초조까지 느끼어디는 거든 이유가 선명한 윤곽을 가질 수 없다.

어떻든 길(吉)이 어서 냉큼 돌아와야 하갔다. '노조미'로 오기로 한 거들 댐차 '대륙'으로 온 것과 전보틸 걸 안틴 거이 호텔 이층에서 내가 이렇게 서글프고 쓸쓸히 겐디야만 된 것이다.

길이 필연 역에서 아니 오는 거라구, 단념하구 그 길루 다시 몇이 어울리어 취하게 될 거딤에 틀림없음을 내가 짐작한다. 그리구 나선 저으기 마음이 추근해지기도 하야 스탠드에 불을 댕기구 샹드리아는 끄구 이내 잠이 들기에 힘이 아니 들었던 모양이다.

길이 애가 누운 침대에 걸테앉아 꿈에서 같이 웃는 거디었다. 나는 펀뜻 반가웠다.

불빛에 보아 밉디 않은 취안(醉顔)이었다. 선교리 역으로 평양

역으로 급행차마다 뒤디기에 택시값만 6원이나 없했누라고 한다. '날과 동생과 같이 디내던 이'라는 이와 나이는 어리나 이곳서 상당히 이름이 높은 아이까지 대빌구 나갔댔노라구 한다. 나는 지금 이 몇 시냐구 묻구 나서, 새루 두 시라는 것을 알구, 다시 그 애가 이름이 무어디든구까지 묻기를 주저티 않았다.

"맛정 자(字) 정화(正花)."

"성은?"

"윤(尹)."

윤정화, 윤정화, 발음 연습하듯 하는 발음을 두어 번 한 것을 내가 스스로 깨달았다. 구태여 고맙기도 한 너긋한 즐거움을, 아니라구 해야 할 까닭두 없었다.

이전 그만 자자구 하구 나서 다시 담배를 피기를 한두 개 했을 것이리라.

"이전 그만 자라우 —."

"그래 가서 자소."

도어를 잡고 돌아서서 나가믄서 전에 없이 경쾌히

"꾿 나일!"

"꾿 나일!"

나는 다시 자기루 하는 자세를 가질 때 기관차들이 늦은 밤중에 무슨 연습을 하는디 종작없이 뚜우뚜우 한다.

나야 선잠을 잤다구 할 거이 없었다. 잘 만침 잔 것에 틀림없는 거디, 어저께 차에서 몇 시간 비좁은 자리에 쪼그라티구 겐디 누라구 어깨가 뻐근한 듯하던 거디 아주 풀렸구 심기도 저으기 쾌하다. 아래서 호텔의 아침 살림살이다운 설레는 소리가 일구 이중 유리창 또루루 말레올리는 커어틴 아즉 볕은 아니라두 십분 허애

온다. 일어나 잠옷 바람으루 이전 활작 달어 있는 스팀 옆에서 그림엽서를 별로 긴ㅎ지 않은 데까지 몇 당 쓰구 그 길루 탕에 가서 실컨 더운물에 몸을 감구 철버덕거리기까지 하구 나서두 관후리 (館后里) 성당 야들 시 반 미사를 댈 만하얏던 거다. 전차를 바꿔 타는 건이라던가 골목쨍이 찾어 돌아가는 거디야 서울과 다를 게 없었다. 미사 후에는 한번 걸어 돌아올 만하니 아침 공기가 도았댔다. 전신주 밑에 자유노동자들이 몰레 앉구 세구 벌써부텀 억센 폐양 말세가 왁작하다. 허이얀 수건을 잘끈 머리에 동제매구 바구니 들구 나선 부인네며, 양털루 갓을 선 두른 조께터럼 된 등거리에 반듯한 은단추 우아레 넝긴 젊은 색씨들의 입성 빛깔이 남빛 자디빛 아니믄 노랗기두 하구 그렇디 않으믄 우아래가 하이얗다.

소에 달구지에 전차에 뻐스에 교통이 대도시 겉다. 아스팔트가 우드럭두드럭(凹凸)이 나구 말똥 소똥이 지저분히 서리와 얼어붙구, 거리 구획이 꾸불게 혹은 엇비스디 언덕데 오라가구 내레가구 한 게 도로혀 지방 도시겉애서 조타.

말세 말이 났댔으니 말이디 폐양 사람들은 말의 말세에 쉿, 데, 테, 리끼니, 자오, 라오, 뜨랬는데, 깐, 글란, 등등의 소리루만 들리는 것은 아무래두 내 귀가 서툴러서 그를디, 예사 할 말에두 몹시 싸우듯하며 여차하믄 귀쌈 한 대, 쌍, 새끼, 치, 답쌔 들의 말이 성급하게 나오는 것은 혹은 내가 너무 과장하여 하는 말이 아닐디두 모르갔으나 하여간 부녀자들두 초매 끝에 쉿소리가 난다는 말이 있디만 싱싱하구 씩씩하기가 차라리 구주(歐洲) 여자 같은 데가 있다. 수옥여관(水玉旅館)인가 하는 데를 디내누라니까 어떤 아이 업은 소녀가 디내가다가 닫자곧자 포대기를 풀어 헤티자 어린 애를 뒤집어 바꿔업어 자끈 동여매는 거딘데 애가 왜 이를가 하는 의아에 어린아이가 거야말루 불뎅이터럼 성이 나서 시양털[8]을 뚫으는 소리루 우는 것을 발견했다. 등에다가 등을 결박을 당한 거터럼 어린 두 주먹을 바르르 떨며 가므라틸 드디[9] 울며 매달레 가는 거다다. 대개 머리를 쥐뜯구 보채기에 그렇가는 모양인데 어린아이에 대한 소녀의 제재(制裁)루는 우습기도 하려니와 혹독하기두 하다. 기후가 아무리 변칙의 것이라 할지래두 페양쯤 와서 더군다나 이른 아침이구 보니까 귀끝 손끝이 아릴 정도의 추위다. 소녀는 다시 타협할 여지가 없다는 드디 홱 달아나기에 얘 얘 불러서 어린애기를 그르능 거이 아니라구 타일를 짬두 주디 않았다.

신사 하나를 만나서 나는 우덩 "털도 호텔을 어드메루 해 가네까?" 묻는다는 거디 호텔의 호가 왜 그른디 회루 발음되는 걸 어드칼 수 없는 것을 스스로 발견했다. 한번 "털도 회텔이요 털도 회텔 말슴이야요." 거듭 하누래니 그이는 침착한 표준 발음으루 철도 호텔의 방향을 대 주었다. 아무래두 내가 페양말루, 그가 경언(京言)으루, 우리가 육상(陸上)에서 잠시 타협하였던 거디라구 해석된다.

길(吉)은 여지껏, 잠은 깬 모양인데, 딩글딩글 굴구 있었다. 길이 자구 난 10호실 방 동향 창을 내가 활활 열어제꼈다.

하늘 살결이 푸르고 고와두, 이를 수가 있갔나 하구 나의 감탄은 절루 청명하였다. 성내일면(城內一面)의 기왓골이 물이랑 치듯 내레다뵈이는데 연돌(煙突)이 별루 없는 도시에 종소리두 수태 처처에서 뎅그렁거리는 것이다.

서웃달 그믐날이요 마츰 일요일, 오정이 거반 다 돼서 우리는

8  생철. 양철(洋鐵).
9  까무러칠 듯이.

이제 정식으루 페양을 방문하기 위해서 나섄 거디니 발이 한끗 가 뿝구 선선했다. 호텔 현관 앞에서 탁시루 나섄거들 노중(路中)에 서 내삐리구 걷기루 한 것이다. 항공병(航空兵)이 수태두 쏘다데 나와 삼삼오오 돌아댕긴다. 병과금장(兵科襟章)을 아무리 주목해 봐야 제가끔 하늘빛을 오레다가 붙인 듯한 세루리안 불류[10]뿐이 었다. 내가 화가라구 한대믄 「일요일」이라는 그림을 구상하구푸 다. 이웃집마다 칼렌다 빛이 모다 빨갛구 거리마다 항공병의 금장 이 하늘쪽같이 나붓긴다고 어떻게 슈우루 레알리스틱하게 말이 디. 우리는 들어갈 의사도 없이 영화관 간판 그림을 쓰윽 테다보 며 멈췄다가는 다시 와락와락 걸었다. 다방마다 들레서 마신 커피 가 3, 4잔이 넘을 것이다.

대동문 앞 김덕수(金德洙) 씨를 만났는데,

"원제 왔댔소?"

"어젯밤에 왔쉐다."

"서울 낭반이 시골에 왜 왔소?"

"시골을 와야 낭반이 되지 않능거이요! 더어타 이 낭반 식전부 터 쵔네게레!"

"골라서 기깐너머에게 술한잔 머거떠. 쌍너메게! 어드메루 가 는 길이오?"

"더어 우꺼레루 해서 한 바쿠 돌라구 그래."

"그름 만제 가라우 좀 있다 만나자우."

대동문(大同門)을 나세믄 바루 강인데 발이 우덩 욍기기[11] 싫었 다. 대동문을 수선한다는 거디 회칠을 찍찍 둘러서 붕대 감어 놓

---

10    sailorian blue.

11    옮기기.

듯 했다. 이건 대동문의 미(美)가 아주 중상을 입은 드디 보기 흉측하기까지 하다.

새 수구(水口) 선창(船艙)에 다 나가서 '강산면옥(江山麵屋)'을 찾어 쟁반을 대하기루 했다. '신속배달'쯤은 무난한데 '친절본위(親切本意)'라는 뜻 의(意) 자(字)가 다정스럽다. 아루깐 국물 데우는 가매 넢에 오마닌지 색씬지 모를 이가 앉구, 나추 걸린 전화통 아래 조께 입은 이, 감투 쓴 넝감, 촌사람인 듯한 이들이 앉구 한 새에 섞에앉어서 고명판에 고명 골르는 꼴이며 국수 누르는 새닥다리에 누어서 발로 버티는 풍경을 보며 쟁반을 먹을까 하는데 "우층으로 올라가소." 하는 거다. 행색이 양복을 입구 오버를 입구 해서 대접하누라구 그러는 거딘디 난로 피운 우층 마루방으루 안내하는 거디다.

"우층에 쟁반 하나 자알 해올레라 ──."

둘이 실컷 먹구 마시구두 남았다. 이 귀를 기울이구 저 귀를 기울리어 마시며 권하며 고기와 사래를 서루 까락 밀며 먹으며 칭송하며 마지않았다.

신창리(新倉里) 빼짓한[12] 골목이 길기두 했다. 경제리(鏡濟里)로 들어세서 길이 꽤 질었다마는 가레서 살살 되딜 만했다.

나는 다소 주저해야만 할 것 같은 심경을 깨달았다. 그러나 내가 폐양에 와서 무슨 정부(政府) 통계표 같은 거들 베껴 가야 될 의무가 있갔나, 부회의원(府會議員)들과 교제를 하야 될 일이 있갔나, 그래두 스키모에 륙색을 메구 초연히 역에 내리는 일개 서생

12  빠듯하다. 가득 차서 빈틈이 없다.

(書生)을 명목(名目)하야 손님 따라 나온 겸사겸사래두, 나왔댔누라는 가인(佳人)을 찾어 사의를 표하기가 무엇이 맞가롭지[13] 못할배가 있을고. 그러나 막상 대문깐에 들어세구서는 놈의[14] 집 닭이놈의 집에 침입할 때터럼 어릿더릿하구 잠간 분명한 태도를 가질수 없었던 것일지두 모른다. 으레히 노는 사람들 같구 보믄 조용한 처소에 미리 지휘를 놓는대든디 할 거디갔는데 그러티두 못한생각을 하믄, 그러나 우리가 그를 그의 직업으로 대하지 않갔누라는 거디 그에게 베풀 수 있는 경의에 가까운 거딜디두 모른다. 더욱이 이곳에서 나고 자라서 타도에서 화명(畵名)으로 발신(發身)하야[15] 모처름만에 슬픈 고향에 찾어온 가난한 청년 화가와 그와간단한 그림 도구를 서로 나누어 들 만한 가티 온 동무가 나그넷길루 나센 바에야 말이다.

아직 머리두 곤테[16] 빗디 못한 이 색씨를 수구롭게 굴어 이런포오즈를 지어라, 저리로 향하라, 이쪽 광선을 받어라, 하기두 초면에 무엇하니 목탄지에 폭폭 파고드는 연필로 제목하기를 '화문행각(畵文行脚)'이라고 한 재료에 올리는 거디 어떻갔느냐구 했다.서울루 티면 거반 사칸방(四間房)이나 되는 이칸방(二間房)에 어거리 장농[17]이 어리어리 들어셋고 체경이 모다 벽(壁)으루 세듯했다.수틀까지 모다 자개를 박았구 보니 안주(安州) 수(繡) '쌍학(雙鶴)'이 자개 화원에서 노니는 듯하다. 어거리 유리 짬[18]으로 뾰족 보

---

13  맛가롭다. 마음에 들다. 맛깔지다.
14  남의.
15  발신하다. 천하고 가난한 처지를 벗어나 형편이 펴다.
16  고쳐.
17  어거리 장롱. 큰 장롱.
18  유리 틈. '짬'은 물건끼리 서로 맞붙은 틈을 말함.

이는 베갯모 퇴침모가 모다 오색 실루 수가 놔뎄스니 '복(福)' 자, '수(壽)' 자, '희(囍)' 자 등이 베갯모마다 글자가 달리 됐다. 동무가 그린 연필화는 내가 부탁한 것과는 아주 간소한 인상적인 거디 돼서 적막하기까지 한 거디니 주인 색씨를 때때루 대하는 경대를 그려두, 아릿답기가 뺌에 대보구푼 불란서 인형을 분갑 넢에 세우구, 나드리 갔다 돌아와 개키디두 않구 그 우에 걸테 있는 초매와 저고리를 그리구 말았다.

주인 색씨 방에 주인 색씨가 압센트[19] 된 것터럼 된 거디 나그넷길에 오른 우리의 풀롭 없는 이 얘기를 훨신 슬프게 한 거들 알았을 때 벽에는 이와 같은 글이 붙은 것을 봤다.

羅浮山色春(나부산색춘)
移入畫粧中(이입화장중)[20]

---

19  absent.
20  나부산의 봄빛이 그림 같은 단장 속으로 옮겨 왔도다.

# 오룡배(五龍背) 1
## ── 화문행각 11

선천(宣川)으로 다시 돌아갔다가 긴한 볼일을 마치고 다음 날 저녁 때 안동(安東)으로 되고파[1] 오기로 한 낙영(樂永)이를 보내 놓고 나니 만주 추위가 버썩 더 추워 온다.

나는 신시가(新市街) 6번통 8정목, 아주머니 없으시고 어린 조카 아이들 있는 삼종(三從) 형님 댁에서 형님과 자고 아침을 같이 먹어야 한다. 길(吉)은 역전 일만(日滿) 호텔 2층 북향실에서 내 짐과 내 가방과 자기 화구를 지키고 자야 한다. 6번통에서 역전까지 마차 삯 이십 전이 드는 거리에 눈이 오면 치우고 오면 치우고 하야 가로 옆에 쌓아 올린 것이 사방토제(砂防土堤)와 같이 키가 크다. 그 위로 추위와 전신이 우르릉우르릉 포효하며 돌아다닌다.

형님은 은행에 시간 당해 가시고 나는 이발소에 가서 세수를 하기로 한다. 체경에 얼굴을 바짝 대고 나는 걱정스럽다.

이제 만일 여드름이 다시 툭툭 불거져 나온다면 진정 치가 떨리도록 슬퍼 못 살 노릇이겠으나 나그넷길에 나서 한 열흘 되니 눈가로 입가로 부당한 잔주름이 늘었다. 놀며 돌아다니기도 무척

---

1    되곱다. 되짚다.

고딘 것이로고나.

이 추위에 일부러 추운 의주 안동을 찾아 나선 것도 나선 것이려니와 애초부터 볼일이라고는 손톱만치도 없이 그저 보기 위해 놀기 위해 나선 것이고 보니 결국 이것도 일종 난봉이 아니었던가 한다. 난봉도 슬프고 고딘 것이로구나 하며 글 제목을 어떻게 「무목적의 애수(哀愁)」 이렇게 생각해 내어 보니 얼굴과 머리가 빤빤해진 것을 거울 속에 찾아낸다. 기분도 아찔하도록 쾌한 것을 느끼며 형님댁에 돌아오면, 아이들이 보는 족족 기어오르고 매달리고 감긴다. 아주머니 없으신 방에 장롱 의거리 반다지가 그다지 빛이 나 보이지 않는다고 생각한다. 설령 약으로 기름으로 자개와 놋쇠장식을 닦고 닦아서 윤을 내인다고 한다손 치더라도 달리 쓸쓸한 빛이 돌까 싶다.

간밤에 웃층에서 와사(瓦斯) 난로를 피우고 형님과 술을 통음하고 나서 형님이 주정하시는 바람에 나는 내려와 큰조카 아이를 붙들고 울은 생각을 하고 나의 열은 정이 부끄러워진다. 다시 눈가가 뜻뜻해 오르는 것을 피하여 성에가 겹겹이 낀 유리창에 옮기어 얼굴을 숨긴다. 야릇하게도 애절한 만주 새납² 소리와 긴 나발 소리가 뚜우뚜우 하며 지나간다. 만주 사람들은 죽어서 나가거나 혼인 행차에 꽃을 달고 따르거나 새납과 나발이 따른다. 경우를 따라서 새납 곡조를 어떻게 달리하는 것인지 분간해 들을 수가 없었다.

"아저씨 안동약국에서 전화왔었어요."

"장 선생한테서?"

2  태평소(太平簫).

184

“네.”

나는 전화기 앞으로 옮긴다.

“……어제는 참 수고하셨지요? 네에! 길(吉)한테서 전화가 왔어요? 네에! 네에! 이제 곧 가 보겠습니다. 네에! 네에! 그러면 있다 저녁 때 가 뵈입겠습니다.”

전화는 다시 일만 호텔로 옮긴다.


“……그럼! 일어났오? 아침은? 빅토리아에 나가서 한잔 마시구! 호텔에서 한잔 마시구! 반짜³는 몇 잔이나 마시구? 당신은 차만 마시는 금붕어요? 그래! 그래! 그럼 그동안 다마⁴나 치구 있구려! 오라읻!”

셋째 조카 아이 치과에 가는 길에 구열(求烈)이와 셋이 마차를 탔다. 아이들은 털로 곰처럼 싸 놓아야 외출을 할 수 있다. 일만 호텔 앞에서 나는 “돌라! 돌라!” 하며 내리고 두 아이는 그대로 앉아 성립(省立) 병원으로 향하는데 마차부가 “쥐! 쭈어바!” 하면 말이 달달 달리다가 “우우웨!” 하니깐 방향을 바꾸어 달린다. 이상스럽게도 가볍고 보드라운 방울 소리가 울린다…… 실상은 마차가 방울 소리처럼 가볍게 흔들며 가는 것이다. 구름 한 점 없이 파아랗게 언 추운 하늘이 쨍쨍 갈라질까도 싶은데 낚싯대처럼 치어들은 채축에는 붉은 술실이 감기어 햇빛에 타는 듯이 나부낀다.

옥돌실(玉突室)에서 게임이 마치는 동안이란 나는 신경질이 일어나는 동안이다. 내가 빅토리아에서 커피를 한잔 놓고 버티고 있노라니 길(吉)이 휘이 젓고 들어온다.

---

3  番茶. '엽차'를 뜻하는 일본어.
4  당구.

손가락을 들어 튀기어 탁! 소리를 내어 웨이트리스를 부르니 무슨 기계처럼 걸어와 앞에 따악 버티고 선다.

"워드카!"

"워드카 입뻬이?"

백계(白系) 로서아 여자는 해군으로 잡어다 썼으면 — 생각된다.

워드카는 마알간한히 싸늘해 보인다.

"이걸루 커피가 몇 잔쨌고?"

"넉 잔 째?"

"한 잔은 어디서?"

"옥돌실에서 한 잔 또 먹었지!"

커피에 워드카 섞이어 넘어간 것이 등으로 몰리는지 등이 단다.

오룡배(五龍背)까지 가는 기차 시간을 따지어 보니 우리는 정거장까지 막 뛰어 나가야만 한다.

—《동아일보》(1940.2.11)

# 오룡배 2
## ── 화문행각 12

가솔린 차 안의 보온 장치가 무엇이었던지 알아보지 못하였으나 외투를 벗을 수도 없이 꼭 끼어서 홧홧하기 땀이 난다.

결박당한 듯이 부비대고 견디기가 견딜 만한 것이, 내가 어느 기회에 만주 사람들과 이렇게 친근하여 보겠기에 말이지. 길(吉)이 앉치어 주는 대로 앉기는 하였으나 포케트에 든 손이 나올 수 없고 나온 손이 다시 제자리에 정제하기가 실로 곤란한 노릇이니, 가솔린 차 안에 인체와 호흡이 이렇게 치밀하여서야 만철(滿鐵) 당국보다도 내객인 내가 어떻게 반성할 만한 여유를 가질 수 없다.

멀리 타국에 나와서 호텔 이 층에서 잠꼬대가 역시 충청도 사투리었던가! 스스로 놀라 깨인 적이 지나간 밤중에 있었거니와 만주인 청복(青服) 사이에 보깨어[1] 괴로운 소리가 역시 조선말인 것을 깨달았을 때 나는 문득 무료하다. 길(吉)은 턱을 받치우고 허리를 떠받치우고 연상 허허 웃으며 떠드는 것이 내가 일일이 응구(應口) 아니하여도 좋은 말뿐이다.

짐승의 방광(膀胱)을 말리어 그릇으로 한 것 같은 그릇에 고량

---

1    일이 뜻대로 되지 않아 마음이 자꾸 쓰이어 불편하다.

주를 담아 든 것이야 여기서만 볼 수 있는 것이겠으나, 기름병 든 사람 울긋불긋한 이부자리 보퉁이를 어깨 위에 세우고 버티는 사람, 그중에도 놀라웁기는 바가지짝 꿰어 든 사람이 있으니, 조선 풍속과 어디 다를 것이 있더란 말가.

이 사람들이 떠들기를 경상도 사람들처럼 방약무인(傍若無人)하다.

차가 어쩐지 추풍령 근처에 온 것 같다. 한 여인네의 젖가슴에 파묻힌 발가숭이가 아랫동이가 기저귀도 차지 않은 정말 발가숭이인 것을 알았으니 만주 여자의 저고리가 목에서부터 바른편으로 나간 매듭단초를 끄르고 보면 어린 아이를 집어넣어 얼리지 않기에 십상 좋게 되었다. 어머니도 천생 조선 어머니가 아닌가! 발가숭이는 잠이 들고 어머니는 젊고 어여쁘기까지하다. 이렇게 우리가 꼼짝할 수 없이 서서 대체 실내 고온도가 공급되는 것을 그저 스팀이나 가솔린에 돌릴 수 없는 것이니, 만주 농민들은 마늘 냄새가 나느니 무슨 내가 나느니들 하나 별로 그런 줄을 모르겠고, 가난과 없는 것이란 이렇게 뒤섞이어 양명(陽明)하고 훈훈하도록 비등하는 것이 흥이 나도록 좋다.

대체 어디서 털쪽이 그렇게 많이 나오는 것인지 털쪽을 붙이지 않은 사람이 별로 없다. 털외투에 털모자를 갖춘 부자 사람은 말할 것 없으나 마래기[2]가 털이요 귀거리가 털이요 저고리 안이 털이요 발목에도 털이다. 그렇게 골고루 갖춘 사람이 실상은 몇이 못되고 마래기와 신에는 털이 조곰씩은 붙는다. 그것으로 가난과 추위가 남루하게 드러난다. 생껍데기를 요렇게도 벗기우는 만주

---

2    중국 청(淸)나라 때 관리들이 쓰던 투구 비슷한 모자.

짐승은 대체 어디서 이 찬 눈을 견디고 사는 것일까. 털쪽도 여자한테는 골고루 못 참례되는 것인지 솜이 뚱뚱한 푸른 무명옷 우아래 발에 대님을 치고 머리에 조화를 꽂고 그저 섰는 이가 많았다.

바로 앞에 선 아이가 열두서넛에 났을가 한데 하도 귀엽길래,

"소고랑(小姑娘), 그대가 어디로 가는가?"

"울룽페로 가노라."

"우리도 일량(一樣) 울룽페로 가노라."

"소고랑, 그대가 기세야(幾歲耶)?"

"십유삼세(十有三歲)로라."

"가애(可愛)인저! 심가애(甚可愛)인저!"

전연 엉터리 없는 만주어를 함부로 써서 그래도 통하는 것이 놀랍지 않은가. 옆에 손을 잡고 선 노인이 아모래도 할아버진 모양인데 엉성하기 말징게미 같은 웃수염을 흘으리며 빙그레 웃고 섰다. 이 노인이 어디서 본 이 같은데 도모지 생각이 아니 난다. 보기는 어디서 봤단 말가. 만주 蝦蟆塘(하마탕) 근처에 사는 농민을 내가 본 기억이 있노라는 생각이 우스워서 나는 나대로 웃고 앉았다.

만주에 와서 판이한 것은 실내와 실외의 춥고 더운 것이니 실내가 과연 더웁다.

장갑 낀 손으로 성에를 긁어 흘으리고 내다보이는 추위가 능글능글하게도 쭈구리고 있다. 이제 유리창을 열고 뛰어 나간다면 밭이랑에 산모롱이에 도사리고 있는 놈들한테 발기발기 찢기울 듯싶다.

땅속이 한 길 이상이 언다는 만주 추위가 우리가 다녀간 뒤에 바로 풀이어 봄이 왔으면 좋겠다고 생각한다. 이런 땅을 쪼기고 솟아 고이는 펄펄 끓는 물이 있다는 것이 끔찍하게도 사치스런 기

적이 아닐 수 없다. 오룡배 온천까지 와서 우리가 아직도 한창때
요 건강한 것이 으쓱 행복스럽다. 총대 들고 섰는 만주인 철도 경
비병 앞으로 바짝 다가서며 금장에 별이 몇 갠가를 조사하고 우리
는 개찰구로 나선다.

—《동아일보》(1940. 2. 14)

# 오룡배 3
## — 화문행각 13

온천장 호텔은 적어도 3, 4일 전에 교섭하기 전에는 방을 차지
할 수 없고 무상시로 출입할 수 있는 취락관(聚樂舘)이라는 탕은
당분간 폐관이라고 써붙이었으니 마침내 보양관(保養舘)이라는
병자들이 가족을 데불고 오는 탕에라도 찾아갈 수밖에 없다.

현관에 들어서자 농촌 청년인 듯한 조선 사람 둘이 올라가기
에도 주저되는 모양이요 그저 나오기에도 멀리 온 길을 그럴 수
없는 모양이다. 여급도 별로 인도해 올릴 의사가 없이 곁눈으로
흘리우고 왔다 갔다 할 뿐이다.

방이 비었느냐고 물은 것이 실상은 방마다 비다시피 하였다.
슬리퍼를 찍찍 끌고 들어가 차지한 방이 다다미 우에 스팀이 후끈
달아 있다. 외투를 벗어 내동댕이치다시피 하고 다리를 뻗고 있노
라니 갑작이 피로를 느낀다. 바꾸어 입을 옷을 가져온다든지 차를
나수어 온다든지 마땅히 있어야 할 순서가 없다. 초인종으로 불러
온 여급이 어쩐지 고분고분하지 않다.

이러한 곳이란 쩔쩔매도록 친절해야만 친절값에 가겠는데 친
절은 새레 냉랭한 태도에 견디기 어렵다.

일일이 가져오라고 해야만 가져온다. 초인종으로 재차 불러오

191 　　　　　　　　　　　　　　　　　　　　1부 『지용 문학독본』

니 역시 뻣뻣하다.

"느집에 술 있니?"

"있지라우."

"술이면 무슨 술이야?"

"술이면 술이지 무슨 술이 있는다라우?"

"무엇이 어째! 술에도 종류가 있지!"

"일본주면 그만 아닌가라오?"

"일본주에도 몇 십 종이 있지 않으냐!"

정초에 이 여자가 건방지다 소리를 들은 것이 자취(自取)가 아닐 수 없다.

"맥주 가져오느라!"

"몇 병인가라오?"

"있는 대로 다 가져와!"

호령이 효과가 있어서 훨씬 몸매가 부드러워져 맥주 세 병이 나수어 왔다.

센뻬이를 가져오기에도 온천장 거리에까지 나갔다 오는 모양이기에 거스름돈을 받지 않았더니 고맙다고 좋아라고 절한다.

눈가에는 눈물자국인지도 몰라 젖은 대로 있는가 싶다.

"성 났나!"

"아아니요!"

사투리가 복강(福岡)이나 박다(博多)¹ 근처에서 온 모양인데 몸이 가늘고 얼굴이 파리하여 심성이 꼬장꼬장한 편이겠으나 호감을 주는 것이 아니요 옷도 만주 추위에 빛깔이 맞지 않는 봄옷이

---

1  복강(福岡)은 일본 후쿠오카. 박다(博多)는 일본 하쿠다.

나 가을 옷 같고 듬식듬식 놓인 불그죽죽한 동백꽃 무늬가 훨씬 쓸쓸하여 보인다. 어찌 보면 순직하여 보이는 점도 없지 않다. 이런 데 있는 여자가 손님이 거는 농담이라거나 희학에 함부로 몸짓을 흘으린다든가 생긋생긋 웃는다든가 하여서는 자기의 체신을 보호하기 어려울 것이리라고 동정하는 해석을 갖기도 한다.

이 치위에 맥주는 아무리 보아도 쓸쓸한 화풀이가 아닐 수 없다. 탕이라고 가 보니 좁디좁은 수조에 뻐쩍 마른 사람 둘이 개구리처럼 쭈그리고 있다. 몸을 가실 새 물을 받는 장치도 없다. 수건도 비누도 없다. 나오다 보니 현관에 흰옷 입은 청년들이 그저 서 있다.

"한 시간에 자리값만 몇 원이 될까 본데 여기 오실 맛이 무엇 있소? 보아하니 농사짓는 양반들이신 모양인데 그대로 가시지요."

옳은 말로 알아듣고 곱게 돌아간다.

호령으로 버릇을 고치기는 하였으나 박다(博多)에서 온 여자이고, 의주에서 온 농촌 청년이고 간에 친절한 언사와 여간 '팁' 쯤으로서 멀리 만주에까지 지고 온 가난과 없어서 그런 것이야 징치(懲治)할 도리가 있느냐 말이다.

만주인 치고 온천에 오는 이가 별로 없다고 한다. 세수 한 겨울쯤 아니 하기는 예사일 터인데 온천이란 쓸데없는 소비적인 것이 아닐 수 없으리라.

도데라가 짧아서 길(吉)은 시골 심상(尋常) 소학생 같다고 스스로 조소한다. 컵에 담긴 맥주는 스팀 옆에서 거품도 없이 절로 찬 것이 가시운다. 원고 쓰기에 좋은 방이라고 생각한다.

동창(東窓) 유리의 성에를 닦고, 들어오는 멀리 선 산이 구태여 악의를 가지고 대할 것은 아니라도 나무도 풀도 없는 석산(石山)이 안동현(安東縣) 유일의 등산 코 — 스가 된다는 것은 한심한 일이다. 그래도 오룡배에 왔었노라고 유리 앞에 서서 산을 그리는 길(吉)의 키도 쓸쓸해 보인다. 철판이 우그러지는 듯한 바람이 몰려간다. 실큰한 만주개 짖는 소리가 들린다.

몇 해 전에는 여기서 비적(匪賊)이 일어 불질을 하였던 사건이 있었더라는 말을 들었는데 그래서 그랬던지 아까 정거장을 나설 때 무슨 철조망 같은 것이 역사(驛舍) 주위에 남아 있었던가 기억된다.

"기미꼬상! 여게서 쓸쓸해 어찌 사노?"

"할 수 없이 그대로 지나지라우."

"경성(京城)은 살기 좋다지요?"

패랭이꽃처럼 가늘고 쓸쓸한 이 여자는 그래도 열탕이 솟는 오룡배 다다미방에서 겨울을 나는 것이 좋을 것이라고 생각하며 맥주도 인제 맛이 난다고 나는 말하며 컵을 든다.

유리 바깥 추위는 뿌우연 토우(土雨)같이 달려 있다.

—《동아일보》(1940. 2. 15)

# 생명(生命)의 분수(噴水)
## ── 무용인(舞踊人) 조택원론(趙澤元論) 상(上)

　위로 솟아올라 춤추는 물이 분수라고 하면 분수와 같이 싱싱하고 날렵한 사람이 무인(舞人) 조택원(趙澤元)이 아니랴. 분수는 미처 떨어져 이울 줄이 없으니 너무도 뒤받쳐 치오를 줄만 아는 까닭이다. 분수가 하도 열렬하기에 불멸(不滅)의 화염(火焰)으로 탄미하는 수밖에 없으니 무인 택원은 정지(停止)와 침체를 망각한 항시 약동하는 일개 우수한 '생명(生命)'이 아닐 수 없다. 어디서 그러한 의력(意力)과 용기와 청춘과 희열이 무진장 솟아오르는 것이냐! 분수는 스위치를 돌리어 꺾을 수 있으나 무용인 택원은 눌러서 사그러지지 않는다!

　이제로 15년 전 우리네들 집안에 무용 지원자가 생겨난다면 그것은 의사(意思)만으로도 일종의 반역이었던 것이다. 그도 상당한 유서(由緖)가 있는 가문(家門)의 장손 택원으로서는 차라리 비절(悲絶)한 출발이 아닐 수 없었다. 이리하야 택원은 오직 청춘과 항의(抗議)와 오오! 우수한 육체만을 가지고 출가한 이후 15년 동안에 마침내 조선 무용사(舞踊史)의 새로운 페이지가 부지중(不知中) 기구하고도 찬란하게 짜이어졌으니 이만한 사실을 실로 너그러운 사람은 부인ㅎ지 않으리라.

석정막(石井漠) 문하의 쌍별이 조택원과 최승희(崔承喜) 두 사람인 것은 공연한 자랑거리가 되었으나 승희는 행운과 인기의 절정에 오르고 택원은 고독과 예술의 일로를 달려온 것이다. 불운한 탓이 도리혀 택원으로 하여금 늦도록 빛나게 할 것이 아닐까. 하여간 택원은 잘 견디어 왔다. 굴ㅎ지 않았다. 그의 파리의 우울에서 늑막열(肋膜熱) 40도 고하중(高下中)에서도 도리혀 그의 회심의 쾌작「포엠」을 획득하고야 말았다. 귀조후(歸朝後) 제1회 공연에 발표된 작품 중에서 가장 경건하게 완성된 것이 이「포엠」인가 하노니 그것은 서양취(西洋臭)도 조선 냄새도 아니 나는 순수 무용의 당연한 귀착이요 근대 미학의 확호(確乎)한 단안에서 고평(高評)을 받아야 할 것이었다. 석정일문(石井一門)의 지방색(地方色)인 길로 뛰고 모로 뛰는 원시(原始) 정열(情熱)의 과장이 자최조차 없어지고 근대의 추태(醜態) 데카당티즘을 추호도 볼 수 없다. 손의 모색과 발의 회의(懷疑)로서 출발한 무용시「포엠」은 필연적으로 동작의 요설(饒舌)과 도약의 난태(亂態)가 용허될 수 없었던 것이니 고지(高至)한 무용은 동작의 타당한 절약에서 완성되는 것이라 그것은 언어의 절제가 도리혀 시의 미덕임과 다를 데가 없다. 필연의 제약에서 황홀한 팽창에로 비약하는 것이 그의 귀조(歸朝) 이후의 명확한 경향이다.「포엠」1,「고요한 걸음」2,「희망」3의 플롯은 걷고 보니 달릴 자신이 났다. 금시금시 좌절되는 희망이 순간순간의 절망을 통하여 마침내 광명에 돌진하는 생활적 프로세스가 무용적 편곡으로 실현될 적에는 결국 동체적(胴體的) 설화이며 감각적 구성인 호개(好個) 서정시오 눈물 겨운 심적 고투사(苦鬪史)의 일단면이다.

이로 보면 그는 순수형식주의의 스타일리스트로 제한하여 보는 것보다는 생활 내용의 긴밀한 엑스프레쇼니스트로 취급하는 것이 더 옳을까 한다. 형식과 내용은 일방편중에서 언제든지 편시(片翅) 호접(蝴蝶)을 면ᄒ지 못하는 것이니 형식과 내용은 반드시 표현에서 일치하고야 만다. 그럼으로 문학과 무용은 서로 혈속인 것을 거부할 이유가 없는 것이요 택원은 다시 회화와 무용의 '조화'에 향하여 일맥의 혈로를 타개하고야 말은 것을 작품 「안젤류스」에서 볼 수 있으니 그는 밀레의 명화 「만종(晩鐘)」의 동작적 재현이다.

원근법과 구도와 종교적 생활 감정의 표현인 거장의 원화(原畵)에다가 조선 바지와 치마를 바꾸어 입히고 택원 독특의 무대적 유희 정신으로 밀레를 하루 종일 끌고 다니고도 조금도 버릇이 없지 않았다. 피나레에서는 원화를 고대로 고스란히 원작자에게 돌리고 말았으니 경건한 말레의 에스프리를 조곰도 손상ᄒ지 않은 것은 택원의 '웃음'의 효용이었다. '웃음'은 그의 무용적 성격임에 틀림없으니 그는 가슴팍이 허리 어깨 손발로 모조리 미소한다. 그의 무용은 모든 근육 세포가 율동적 통제에서 행하는 미소의 재창(齋唱)이다. 그러므로 그는 골격의 도약(跳躍) 선수라기보다 근육 세포의 소리 없는 가수다.

—《동아일보》(1938. 12. 1)

# 참신(斬新)한 동양인(東洋人)
## ── 무용인 조택원론 하(下)

조택원이 파리행을 계획하기 전 양 2년간은 그의 예도(藝道) 와 심경에 지극히 암담한 구름이 개일 날이 없었다. 그것은 무용 인으로서의 환경의 불운과 인기의 귀추에서 오는 우수(憂愁) 초려 (焦慮)뿐이 아니라 실상은 예술인으로서의 훨씬 근본적 난제에 봉 착한 것이었다. 이것은 모든 양질의 예술인이 반드시 겪고야 마는 것이요 또는 겪어야 하는 것이니 새로운 진경(進境)이 열리기 전 예도상(藝道上)의 '막다른 골목'에 무용인 택원도 들어섰던 것이 다. 그의 관중들은 여태껏 택원의 무용이 좋으니 낮으니 잘 추느 니 못 추느니 내지 택원이가 사람이 옳으니 그르니까지가 화젯거 리였으나 택원 자신의 절박한 당면 문제는 자기가 10년 배워 추는 춤이 정말 서양 무용인가 아닌가 아주 엉뚱한 회의이었던 것이다. 그의 무용 예술의 일반 기초, 말하자면 무용적 문법(文法) 문체(文 體)가 이 막다른 골목의 모색자(摸索者)를 구할 수는 없었다. 때마 침 전후하여 무용 시인 사카로프 부처(夫妻)[1]와 무용 철인(哲人) 크

---

1  알렉산드르 사하로프(Alexandre Sakharoff, 1866~1963). 러시아의 무용가로 독일 귀족 출 신의 아내 S. 크로딜데도와 함께 사하로프 무용, 무용시(舞踊詩)로 불릴 만큼 명성을 얻었다.

로이츠베르그[2]가 사막의 북극성같이 동경에 나타났었다. 그들은 교사(驕奢)한 호접처럼 춤추고 갔다. 이국(異國) 화원에 그림자조차 남길세라 계절 밖으로 황홀히 날라 돌아갔다. 택원은 보고 차라리 심통(心痛)하였다. 은사 석정(石井)한테 의리와 감사는 더욱 굳어졌으리라. 파리행을 결의하기는 대개 이러한 동기에 있었다.

파리에 간 지 일 년 만에 택원의 편지에는 이러한 구절이 있었다. ……시는 동양에 있습데다……. 그럴까 하고 하루는 비를 맞아 가며 양철집 초가집 벽돌집 건양사(建陽舍)집 골목으로 한나절 돌아다니다가 돌아와서 답장을 써 부쳤다. ……시는 동양에도 없습데……라고.

택원이가 다시 펄펄 돌아왔다. 손에 소매를 늘이고 고름을 고이 매고 깃동정도, 솔기도 얌전히 돌아가고 대님에 버선 맵시가 앙증스럽게도 멋쟁이 도련님이 되어 왔다. 홀홀 벗고 춤춘다는 파리에 가서 옷 입고 추는 법을 배워 왔다.

의상을 새로 입은 택원의 무용이 순수 동양미의 장식적 경향에 기울어지고 보니 서양적 에로스가 퇴진할 수밖에 없다. 적나라한 '매스'(괴체(塊體))의 구성미로서 전아(典雅)한 선의 비약미로 전신(轉身)하였다. 손과 입술을 서로 사양하고도 미(美)는 서로 연애할 수 있는 조선의 예의를 이방(異邦) 불란서에 가서 배워 온 총명한 택원은 일개 참신한 동양인이 아닐 수 없다.

＊승무(僧舞)의 인상(印象). 기생이 추는 재래 승무는 얼굴이

---

**2** 크로이츠베르크(Harald Kreutzberg, 1902~1968). 독일의 무용가. 체코 보헤미아 출생. 1927년과 1928년 잘츠부르크음악제에서 라인하르트 연출의 「투란도트」, 「한여름밤의 꿈」에 출연했다. 1929~1930년 미국, 캐나다 등지를 순회공연하여 명성을 떨쳤다. 독일 현대 무용의 국제적 진출에 기여했다.

없었다. 호흡이 미약하여 어쩐지 끊어져 들어가는 듯하였다. 관중을 고려ㅎ지 않고 혼자 추기에 정신없었던 춤이었던 것이 택원의 승무로 호흡이 확대되었다. 무대와 극장의 약속이 이행된 대남자(大男子)의 대승무!

＊댄스 포풀레르. 누구든지 출 수 있을 춤, 왜 그런고 하니 조선 사람의 흥(興)은 저절로 이러한 운동을 하게 되는 것이므로다. 다만 범속(凡俗)의 환희를 적이 예술로 끌어올린 택원의 유창한 계획을 볼 것이다.

＊검무(劍舞)의 인상. 장고는 장단을 위한 것이거늘 여기에서는 강약을 위한 타악기로 완전히 이용된다. 재래 검무의 가락이 완전히 무시된다. 관중으로 하여금 무엇인지 반성을 강요하는 춤이다. 택원 자신이 추는 것이 어떠뇨?

＊가사(袈裟) 호접(蝴蝶). '승무의 인상'으로부터 다시 새로운 의도에 고심한 것을 볼 수 있다. 석정 대가(石井 大家)의 영향을 부인하기 어려운 묵극(黙劇). 주체하기 곤란한 장삼(長衫)이 날리는 데서 살았다.

＊코리안 판타지. 흥과 멋으로도 번창한 장판방 춤이 현대 무대로 올리니 결국 택원의 새로운 유쾌한 아레인지! 끝까지 풍기(風紀)에 주의하여 손 한번 잡지 않은 것이 나중에는 할 수 없이 돌아서서 서로 어깨를 댄다. 가가(呵呵).

＊김민자(金敏子) 인상소기(印象小記). 무희로서 먼저 좋은 육체를 얻었다. 너무 크지 않고 비만할 염려가 없다. 기교를 십분 마스터한 후 바야흐로 일가(一家)를 이루려는 한참 물오르는 계절에 들었다. 「왈츠」에서 보이는 정치한 토우 댄스는 바람 받는 새매와 같은 매스러운 예풍(藝風), 완전히 자기의 것이다. 그의 조선 춤

에서 어깨가 올라가 동체(胴體)와 떨어졌다는 흠을 여럿이 지적한다. 어깨가 다시 내려오기는 아주 용이하리라. 김민자의 조선 춤은 허리를 쓸 줄 아는 까닭으로!

—《동아일보》(1938. 12. 3)

# 시(詩)의 위의(威儀)

　　안으로 열(熱)하고 겉으로 서늘웁기란 일종의 생리(生理)를 압복(壓伏)시키는 노릇이기에 심히 어렵다. 그러나 시의 위의는 겉으로는 서늘웁기를 바라서 마지않는다.

　　슬픔과 눈물을 그들의 심리학적인 화학적인 부면 이외의 전면적인 것을 마침내 시에서 수용하도록 차배(差配)되었으므로 따라서 폐단도 많아 왔다. 시는 소설보다도 선읍벽(善泣癖)[1]이 있다. 시가 솔선하야 울어 버리면 독자는 서서히 눈물을 저작할 여유를 갖지 못할지니 남을 울려야 할 경우에 자기가 먼저 대곡(大哭)하여 실소를 폭발시키는 것은 소인극(素人劇)에서만 본 것이 아니다. 남을 슬프기 그지없는 정황으로 유도함에는 자기의 감격을 먼저 신중히 이동시킬 것이다.

　　배우가 항시 무대와 객석의 제약에 세심하기 때문에 울음의 시간적 거리까지도 엄밀히 측정하였던 것이요 눈물을 차라리 검약(儉約)하는 것이 아닐까. 일사불란한 모든 조건 아래서 더욱이 정식으로 울어야 하자니까 배우 노릇이란 힘이 든다. 변화와 효과

---

1　눈물을 좋아하는 버릇. 일종의 감상풍을 말함.

를 위하얀 능히 교활하기까지도 사양하지 않는 명우(名優)를 따라 관중은 저절로 눈물이 방타(滂沱)하다.[2]

시인은 배우보다 다르다. 그처럼 슬픔의 모방으로 종시(終始)할 수 있는 동작의 기사(技師)가 아닌 까닭이다. 시인은 배우보담 근엄하다. 인생에 항시 정면(正面)하고 있으므로 괘사를 떨어 인기를 좌우하려는 어느 겨를이 있으랴. 그러니까 울음을 배우보다 삼가야 한다.

감격벽(感激癖)이 시인의 미명(美名)이 아니고 말았다. 이 비정기적 육체적(肉體的) 지진(地震) 때문에 예지(叡智)의 수원(水源)이 붕괴되는 수가 많았다.

정열이란 상양(賞揚)하기보담도 어떻게 정리할 것인가. 관료가 지위에 자만하듯이 시인은 빈핍(貧乏)하니까 정열을 유일의 것으로 자랑하던 나머지에 턱없이 침울하지 않으면 슬프고 울지 않으면 히스테리칼하다. 아무것도 갖지 못하였다는 것은 용이한 일이다. 다시 청빈(淸貧)의 운용이야말로 지중(至重)한 부담이 아닐 수 없다.

하물며 열광적 변설조(辯說調) —— 차라리 문자적 지상(紙上) 폭동에 이르러서는 배열과 수사(修辭)가 심히 황당하여 가두행진을 격려하기에도 채용할 수 없다.

정열 감격 비애 그러한 것 우리의 너무도 내부적인 것이 그들 자체로서는 하등의 기구를 갖추지 못한 무형(無形)한 업화적(業火的) 괴체(塊體)일 것이다. 제어(制御)와 반성을 지나 표현과 제작에 이르러 비로소 조화와 질서를 얻을 뿐이겠으니 슬픈 어머니가 기

---

**2**  비가 세차게 쏟아지다. 눈물이 끊임없이 흘러내리다.

1부 『지용 문학독본』

쁜 아기를 탄생한다.

표현(表現) 기구(機構) 이후의 시는 벌써 정열도 비애도 아니고 말았다. ── 일개 작품이요 완성이요 예술일 뿐이다. 일찍이 정열과 비애가 시의 원형이 아니었던 것은 다만 시의 일개 동인(動因)이었던 이유로서 추모를 강요하기에는 독자는 직접 작품에 저촉한다.

독자야말로 끝까지 쌀쌀한 대로 견디지 못한다. 작품이 다시 진폭과 파동을 가짐이다. 기쁨과 광명과 힘의 파장의 넓이 안에서 작품의 앉음 앉음새는 외연히 서늘옵기에 독자는 절로 회득(會得)과 경의와 감격을 갖게 된다.

근대시가 안으로 열하고 겉으로 서늘옵기는 실상 위의(威儀)의 문제에 그칠 뿐이 아니리라.

──《문장》10호(1939. 11)

# 시(詩)와 발표(發表)

꾀꼬리 종달새는 노상 우는 것이 아니고 우는 나달보다 울지 않는 달수가 더 길다.

봄, 여름, 한철을 울고 내처 휴식하는 이 교앙한 조금(鳴禽)들의 동면(冬眠)도 아닌 계절의 함묵(緘黙)에 견디는 표정이 어떠한가 보고 싶기도 하다. 사철 지저귀는 가마귀 참새를 위하여 분연히 편을 드는 장쾌한 대중시인이 나서고 보면 청각(聽覺)의 선민(選民)들은 꾀꼬리 종다리 편이 아니 될 수도 없으니 호사스런 귀를 타고난 것도 무슨 잘못이나 아닐까 모르겠다.

시를 위한 휴양(休養)이 도리혀 시작(詩作)보다도 귀하기까지 한 것이니, 휴양이 정체(停滯)와 다른 까닭에서 그러하다. 중첩한 산악을 대한 듯한 침묵 중에서 이루어지는 계획이 내게 무섭기까지 하다.

시의 저축(貯蓄) 혹은 예비(豫備) 혹은 명일(明日)의 약진을 기하는 전야의 숙수(熟睡) ── 휴식도 도리혀 생명의 암암리의 영위(營爲)로 돌릴 수밖에 없다.

설령 역작이라도 다작일 필요가 없으니, 시인이 무슨 까닭으로 마소의 과로(過勞)나 토끼의 다산(多産)을 본받을 것이냐.

감정의 낭비는 청춘 병의 한가지로서 다정과 다작을 성적(性的) 동기에서 동근이지(同根異枝)로 봄직도 하다.

번번히 걸작은 고사하고 단 한 번이라도 걸작이란 예산(豫算)으로 되는 것이 아니요 시작(詩作) 이후에 의외의 소득인 것뿐이다. 하물며 발표욕에 급급하여 범용한 다작이 무슨 보람을 세울 것인가. 오다 가다 걸릴까 하는 걸작(傑作)을 위하여 무수한 다작이 필요하다는 것일까. 나룻이 터가 잡히도록 계속하는 작문의 습관이 반듯이 시를 낳는다고 할 수 없으니, 다작과 남작(濫作)의 거리가 얼마나 먼 것일까. 혹은 말하기를 기약에 있어서 부단한 연면과 시인의 정진이 반듯이 동일한 코오스를 밟아서 될 것이 아니겠으나, 시를 정성껏 연습한다는 것을 구태여 책할 수도 없다. 범용(凡庸)의 완명(頑瞑)한[1] 마력(馬力)도 그도 또한 놀라울 노릇이 아닐 수도 없는 까닭이다. 그러나 연습과 발표를 혼동함에 있어서는 지저분하고 괴죄죄한 허영(虛榮)을 활자화한 것밖에 무엇을 얻어 볼 것이랴.

시는 수자(數字)의 정확성 이상에 다시 엄격한 미덕의 충일(充溢)함이다. 완성 조화 극치의 발화(發花) 이하에서 저회(低徊)하는 시는 달이 차도록 근신하라.

첫째 범용한 시문류(詩文類)는 앉을자리를 가릴 줄을 모른다. 유화 한 폭을 거는 회인(畵人)은 위치와 창명(窓明)과 배포(背布)까지에도 세심 용의(用意)하거늘, 소위 시인은 무슨 지면에든지 앉기가 급하게 주저앉는다. 성적(性的) 기사나 매약(賣藥) 광고와도

---

1    완고하고 도리에 어둡다.

흔연히 이웃하는 것은 발표욕도 이에 이르러서는 시의 초속성(超俗性)을 논의하기가 도리혀 부끄러운 일이나, 원래 자신이 없는 다작이고 보니 자존(自尊)이 있을 리 없다.

시가 명금(鳴禽)이 아니라, 한철이 따로 있는 것이 아니겠으나, 될 때 되는 것이요 아니될 때는 좀처럼 아니되는 것을 시인의 무능으로 돌릴 것이 아니니, 신문소설 집필자로서, 이러한 무능을 배울 수는 없는 일이다.

시가 시로서 온전히 제자리가 돌아빠지는 것은 차라리 꽃이 봉오리를 머금듯 꾀꼬리 목청이 제철에 트이듯 아기가 열 달을 채서 태반을 돌아 탄생하듯 하는 것이니, 시를 또 한 가지 다른 자연현상으로 돌리는 것은 시인의 회피(回避)도 아니요 무책임한 죄로 다스릴 법도 없다. 무엇보다도 이러한 시적 기밀(機密)에 참가하여 그 당오(堂奧)에 들어서기 전에 무용한 다작이란 도로(徒勞)에 그칠 뿐이요. 문장(文章) 탁마(琢磨)에도 유리할 것이 없으니, 단편적 영탄조의 일어구(一語句) 나열에 습관이 붙은 이는 산문(散文)에 옮기어서도 지저분한 버릇을 고치지 못하고 만다.

산문은 의무로 쓸 수 있다. 편집자의 제제(提題)를 즉시 수응(酬應)하는 현대 신문 잡지 문학의 청부업적 문자 기능이 시작(詩作)에 부여되지 못한 것이 한사(恨事)도 아니려니와, 시가 의무로 이행될 수 없는 점에서 저널리즘과 절로 보조가 어그러지고 마는 것도 자연한 일이다. 시가 충동과 희열과 능동과 영감을 기다려서 겨우 심혈(心血)과 혼백(魂魄)의 결정을 얻게 되는 것이므로, 현대 저널리즘의 기대를 시에 두었다가는 초속도 윤전기가 한산한 세월을 보낼 수밖에 없다. 저널리즘이 자연 분분한 일상성적 산문,

잡필, 보도, 기사, 선전 등에 급급하게 된다. 이른바 산문 시대라는 것이니, 산문 시대에서 시의 자세는 더욱 초연히 발화할 뿐이다. 저널리즘의 동작이 빈번할 대로 하라. 맥진(驀進)에 다시 치구(馳驅)하라. 오직 예술 문화의 순수와 영구를 조준하기 위하여 시는 절로 한층 고고한 자리를 잡지 않을 수 없는 필연성에 집착할 뿐이다.

이리하여 시인이 절로 다작과 발표에 과욕(寡慾)하게 되므로 시에 정진하되 수험 공부 하듯이 초조하다든지 절제 없는 감상으로 인하여 혹은 독서 중에 경첩(輕捷)한 모방벽(模倣癖)으로 인하여 즉시 시작에 착수하는 짓을 삼가게 되는 것이요, 서서히 정열과 영향으로 진정과 요설을 정리함에서 시를 조산(助産)하는 것이다.

가장 타당한 시작(詩作)이란 구족(具足)된 조건 혹은 난숙한 상태에서 불가피의 시적 회임(懷妊) 내지 출산인 것이니, 시작이 완료한 후에 다시 시를 위한 휴양기가 길어도 좋다. 고인(古人)의 서(書)를 심독(心讀)할 수 있음과 새로운 지식에 접촉할 수 있음과 모어(母語)와 외어(外語) 공부에 중학생처럼 굴종할 수 있는 시간을 이 시적 휴양기에서 얻을 수 있음이다. 그보다도 더 좋은 것을 얻을 수 있는 것은 바다와 구름의 동태(動態)를 살핀다든지 절정에 올라 고산(高山)식물이 어떠한 몸짓과 호흡을 가지는 것을 본다든지 들에 나려가 일초일엽(一草一葉)이, 벌레 울음과 물소리가, 진실히도 시적 운율에서 떠는 것을 나도 따라 같이 떨 수 있는 시간을 가질 수 있음이다. 시인이 더욱이 이 시간에서 인간에 집착하지 않을 수 없다. 사람이 어떻게 괴롭게 삶을 보며 무엇을 위하여 살며 어떻게 살 것이라는 것에 주력하며, 신과 인간과 영혼과 신

앙과 애(愛)에 대한 항시 투철하고 열렬한 정신과 심리를 고수한
다. 이리하여 살음과 죽음에 대하여 점점 단(段)이 승진되는 일개
표일한 생명의 검사(劍士)로서 영원에 서게 된다.

—《문장》9호(1939. 10)

# 시(詩)의 옹호(擁護)

사물에 대한 타당한 견해라는 것이 의외에 고립하지 않았던 것을 알았을 때 우리는 비로소 안도와 희열까지 느끼는 것이다. 한 가지 사물에 대하여 해석이 일치하지 않을 때 우리는 서로 쟁론하고 좌단할 수는 있으나 정확한 견해는 논설 이전에서 이미 타당과 화협(和協)하고 있었던 것이요, 진리의 보루에 의거되었던 것이요, 편만(遍滿)한 양식(良識)의 동지(同志)에게 암합(暗合)으로 확보되었던 것이니, 결국 알 만한 것은 말하지 않기 전에 서로 알고 있었던 것이다. 타당한 것이란 천성(天成)의 위의를 갖추었기 때문에 요설을 삼간다. 싸우지 않고 항시 이긴다.

왜곡된 견해는 고독할 수밖에 없다. 고독한 상태에서 명목(瞑目) 못하는 것이 왜곡된 것의 비운(悲運)이니, 견해의 왜곡된 것이란 영향이 크지 않을 정도에서일지라도 생명이 기분간(幾分間) 비틀어진 것이 되고 만다.

생명은 비틀어진 채 몸짓을 아니할 수 없으니, 이러한 몸짓은 부질없이 소동할 뿐이다.

비틀어진 것은 비틀어진 것과 서로 도당(徒黨)으로 얼리울 수 있으나, 일시적 서로 돌려가는 자위에서 화합과 일치가 있을 리 없다. 비틀어진 것끼리는 다시 분열한다.

일편(一片)의 의리(誼理)와 기분(幾分)의 변론으로 실상은 다분의 질투와 훼상(毁傷)으로써 곤곤한 장강대류(長江大流)를 타매(唾罵)하고 돌아서서 또 사투(私鬪)한다.

시도 타당한 것과 협화(協和)하기 전에는 말하자면 밟은 자리가 크게 옳은 곳이 아니고 보면 시(詩) 될 수 없다. 일간(一間) 직장(職場)도 가질 수 없는 시는 너무도 청빈하다. 다만 의로운 길이 있어 형극(荊棘)의 꽃을 탐하며 걸을 뿐이다. 상인(商人)이 부담하지 않아도 무방한 것을 예전에는 시인한테 과중히 지웠던 것이다. 청절(淸節) 명분(名分) 대의(大義) 그러한 지금엔 고전적인 것을. 유산 한 푼도 남기지 않았거니와, 취리(聚利)까지 엄금한 소크라테스의 유훈(遺訓)은 가혹하다. 오직 '선(善)의 추구'만의 슬픈 가업을 소크라테스의 아들은 어떻게 주체하였던 것인가.

시가 도리혀 병인 양하여 우심(憂心)과 척의(慽意)로 항시 불평한 지사(志士)는 시인이 아니어도 좋다. 시는 타당을 지나 신수(神髓)에 사무치지 않을 수 없으니, 시의 신수에 정신지상(精神至上)의 열락(悅樂)이 깃들임이다. 시는 모름지기 시의 열락에까지 틈입(闖入)할 것이니, 세상에 시 한다고 흥얼거리는 인사(人士)의 심신(心神)이 번뇌와 업화(業火)에 끄실르지 않았으면 다행하다. 기쁨이 없이 이루는 우수한 사업이 있을 수 없으니, 지상(至上)의 정신 비애가 시의 열락이라면 그대는 당황할 터인가?

자가(自家)의 시가 알리워지지 않는 것이 유쾌한 일일 수는 없으나, 온(慍)하지 않아도 좋다.

시는 시인이 숙명적으로 감상할 때같이 그렇게 고독한 것이 아니었다. 시가 시고 보면 진정 불우한 시라는 것이 있지 않았으니, 세대(世代)에 오른 시는 깡그리 우우(優遇)되고야 말았다. 시가 우우되고 시인이 불우하였던 것은 편만한 사실(史實)이다.

이제 그대의 시가 천문(天文)에 처음 나타나는 미지의 성신(星辰)과 같이 빛날 때 그대는 희한히 반갑다. 그러나 그대는 훨씬 지상으로 떨어질 만하다. 모든 맹금류(猛禽類)와 같이 노리고 있었던 시안(詩眼)을 두리고 신뢰함은 시적 겸양(謙讓)이다. 시가 은혜로 받은 것일 바에야 시안도 신의 허여하신 배 아닐 수 없다. 시안이야말로 기계적인 것이 아니라, 차라리 선의와 동정과 예지에서 굴절하는 것이요, 마침내 상탄(賞嘆)에서 빛난다. 우의(友誼)와 이해에서 배양될 수 없는 시는 고갈할 수밖에 없으니, 보아 줄 만한 이가 없이 높다는 시, 그렇게 불행한 시를 쓰지 말라. 시도 기껏해야 말과 글자로 사람 사는 동네에서 쓰여지지 않았던가. 부지하허(不知何許)의 일개 노구(老嫗)를 택하여 백낙천(白樂天)은 시적 애드바이서로 삼았다든가.

시는 다만 감상(鑑賞)에 그치지 아니한다.

시는 다시 애착과 우의를 낳게 되고, 문화에 대한 치열한 의무감에까지 앙양(昂揚)한다. 고귀한 발화에서 다시 긴밀한 화합에까지 효력적인 것이 시가 마치 감람(橄欖) 성유(聖油)의 성질을 갖추고 있다.

이에 불후(不朽)의 시가 있어서 그것을 말하고 외이고 즐길 수 있는 겨레는 이방인에 대하여 항시 자랑거리니, 겨레는 자랑에서 화합한다. 그 겨레가 가진 성전(聖典)이 바로 시로 쓰여졌다.

문화욕(文化慾)에 치구(馳驅)하는 겨레의 두뇌는 다분히 시적 상태에서 왕성하다. 시를 중추(中樞)에서 방축(放逐)한 문화라는 것은 생각조차 할 수 없다. 성급한 말이기도 하나 시가 왕성한 국민은 전쟁에도 강하다.

감밀(甘蜜)을 위하여 영영(營營)하는 봉군(蜂群)의 본능에 경이를 느낄 만하다면 시적 욕구는 인류에 있어서 가장 우수한 본능이 아닐 수 없다.

부지런한 밀봉(蜜蜂)은 슬퍼할 여가가 없다. 시인은 먼저 근면하라.

문자와 언어에 혈육적 애(愛)를 느끼지 않고서 시를 사랑할 수 없다. 사랑은 커니와 시를 읽어서 문맥에도 통하지 못하나니 시의 문맥은 그들의 너무도 기사적(記事的)인 보통 상식에 연결되기는 부적(不適)한 까닭이다. 상식에서 정연(整然)한 설화(說話), 그것은 산문에서 찾으라. 예지에서 참신한 영해(嬰孩)의 눌어(訥語), 그것이 차라리 시에 가깝다. 어린아이는 새 말밖에 배우지 않는다. 어린아이의 말은 즐겁고 참신하다. 으레 쓰는 말일지라도 그것이 시에 오르면 번번히 새로 탄생한 혈색에 붉고 따뜻한 체중을 얻는다.

시인은 구극(究極)에서 언어 문자가 그다지 대수롭지 않다. 시는 언어의 구성이기보다 더 정신적인 것의 열렬한 정황 혹은 왕일(旺溢)한 상태 혹은 황홀한 사기(士氣)임으로 시인은 항상 정신적인 것에서 정신적인 것을 조준한다. 언어와 종장(宗匠)은 정신적인 것까지의 일보 뒤에서 세심할 뿐이다. 표현의 기술적인 것은 차라리 시인의 타고난 재간 혹은 평생 숙련한 완법(腕法)의 부지중의 소득이다. 시인은 정신적인 것에 신적(神的) 광인(狂人)처럼 일생을 두고 가엾이도 열렬하였다. 그들은 대개 하등의 프로페슈날에 속하지 않고 말았다. 시도 시인의 전문이 아니고 말았다.

정신적인 것은 만만하지 않게 풍부하다. 자연, 인사(人事), 사랑, 죽음 내지 전쟁, 개혁 더욱이 덕의적(德義的)인 것에 명이 든 육체를 시인은 차라리 평생 지녀야 하는 것이, 정신적인 것의 가장 우위에는 학문, 교양, 취미, 그러한 것보다도 애(愛)와 기도와 감사가 거(據)한다. 그러므로 신앙이야말로 시인의 일용할 신적 양도(糧道)가 아닐 수 없다.

정취(情趣)의 시는 한시(漢詩)에서 황무지가 완전히 없어지고 말았으리라. 진정한 애(愛)의 시인은 기독교 문화의 개화지 구라파에서 족출(簇出)하였다. 영맹(獰猛)한 이교도(異敎徒)일지라도, 그가 지식인일 것이면 기독교 문화를 다소 반추(反芻)하는 것임에 틀림없다.


신은 애(愛)로 자연을 창조하시었다. 애에 협동하는 시의 영위(營爲)는 신의 제2창조가 아닐 수 없다.

이상스럽게도 시는 사람의 두뇌를 통하여 창조하게 된 것을 시인의 영예로 아니할 수가 없다.

회화, 조각, 음악, 무용은 시의 다정한 자매가 아닐 수 없다. 이들에서 항시 환희와 이해와 추이를 찾을 수 없는 시는 화조월석(花朝月夕)과 사풍세우(乍風細雨)에서 끝나고 말았다. 그러나 이러한 것들의 구성, 조형에 있어서는 흔히 손이 둔한 정신의 선수만으로도 족하니 언어와 문자와 더욱이 미(美)의 원리와 향수(享受)에서 실컷 직성을 푸는 슬픈 청빈의 기구(器具)를 가진 시인은 마침내 비평에서 우수한 성능을 발휘하고 만다.

시가 실제로 어떻게 제작되느냐. 이에 답하기는 실로 귀치 않다. 시가 정형적 운문에서 메별(袂別)한 이후로 더욱 곤란한 질문이 아닐 수 없다. 그것은 차라리 도제(徒弟)가 되어 종장(宗匠)의 첨삭을 기다리라.

시가 어떻게 탄생되느냐. 유쾌한 문제다. 시의 모권(母權)을 감성에 돌릴 것이냐 지성에 돌릴 것이냐. 감성에 지적 통제를 경유하느냐 혹은 의지의 결재를 기다리는 것이냐. 오인(吾人)의 어떠한 부분이 시작(詩作)의 수석(首席)이 되느냐. 또는 어떠한 국부가 이에 협동하느냐.

그대가 시인이면 이따위 문제보다도 달리 총명할 데가 있다.

비유는 절뚝바리. 절뚝바리 비유가 진리를 대변하기에 현명한 장녀(長女) 노릇을 할 수가 있다.

무성한 감람(甘藍) 한 포기를 들어 비유에 올리자. 감람 한 포기의 공로를 누구한테 돌릴 것이냐. 태양, 공기, 토양, 우로(雨露), 농부, 그들에게 깡그리 균등하게 논공행상(論功行賞)하라. 그러나 그들 감람을 배양하기에 협동한 유기적 동일의 원리를 더욱 상찬하라.

감성으로 지성으로 의력(意力)으로 체질로 교양으로 지식으로 나중에는 그러한 것들 중의 어느 한 가지에도 기울리지 않는 통히 하나로 시에 대진(對陣)하는 시인은 우수하다. 조화는 부분의 비협동적 단독 행위를 징계한다. 부분의 것을 주체하지 못하여 미봉

한 자취를 감추지 못하는 시는 남루하다.

경제 사상이나 정치열에 치구(馳驅)하는 영웅적 시인을 상탄
한다. 그러나 그들의 시가 음악과 회화의 상태 혹은 운율의 파동,
미의 원천에서 탄생한 기적의 아(兒)가 아니고 보면 그들의 사회
의 명목으로 시의 압제자에 가담하고 만다. 소위 종교가도 무모히
시에 착수할 것이 아니니 그들의 조잡한 파아나티즘이 시에 즉시
들어나는 까닭이다. 종교인에게도 시는 선발된 은혜에 속하는 까
닭이다.

시학과 시론에 자주 관심할 것이다. 시의 자매 일반 예술론에
서 더욱이 동양화론 서론(書論)에서 시의 향방을 찾는 이는 비뚤
은 길에 들지 않는다.

경서(經書) 성전류(聖典類)를 심독(心讀)하여 시의 원천에 침윤
하는 시인은 불멸한다.

시론으로 그대의 상식의 축적을 과시하느니보다는 시 자체의
요설(饒舌)의 기회를 주라. 시는 유구한 품위 때문에 시론에 자리
를 옮기어 지껄일 챤스를 얻음직하다. 하물며 타인을 훼상하기에
악용되는 시론에서야 시가 다시 자리를 옮기지 않을 수 없었던 것
이니, 열정(劣情)은 시가 박탈된 가엾은 상태다. 시인이면 어찌하
여 변설로 혀를 뜨겁게 하고 몸이 파리하느뇨. 시론이 이미 체위
(體位)화하고 시로 이기었을 것이 아닌가.

시의 기법은 시학 시론 혹은 시법에 의탁하기에는 그들은 의
외에 무능한 것을 알리라. 기법은 차라리 연습 숙통(熟通)에서 얻
는다.

기법을 파악하되 체구(體軀)에 올리라. 기억력이란 박약한 것이요, 손끝이란 수공업자에게 필요한 것이다.

구극(究極)에서는 기법을 망각하라. 탄회(坦懷)에서 우유(優遊)하라. 도장에 서는 검사(劍士)는 움직이기만 하는 것이 혹은 거저 섰는 것이 절로 기법이 되고 만다. 일일이 기법대로 움직이는 것은 초보(初步)다. 생각하기 전에 벌써 한 대 얻어맞는다. 혼신(渾身)의 역량 앞에서 기법만으로는 초조하다.

진부한 것이란 구족(具足)한 기구(器具)에서도 매력이 결핍된 것이다. 숙련에서 자만하는 시인은 마침내 맨너리스트로 가사(歌詞) 제작(製作)에 전환하는 꼴을 흔히 보게 된다. 시의 혈로(血路)는 항시 저신(抵身) 타개(打開)가 있을 뿐이다.

고전적인 것을 진부로 속단하는 자는, 별안간 뛰어드는 야만일 뿐이다.

꾀꼬리는 꾀꼬리 소리밖에 발하지 못하나 항시 새롭다. 꾀꼬리가 숙련에서 운다는 것은 불명예이리라. 오직 생명에서 튀어나오는 항시 최초의 발성이야만 진부하지 않는다.


무엇보다도 돌연한 변이를 꾀하지 말라. 자연을 속이는 변이는 참신할 수 없다. 기벽(奇癖)스런 변이에 다소 교활한 매력은 갖출 수는 있으나 교양인은 이것을 피한다. 귀면경인(鬼面驚人)이라는 것은 유약한 자의 슬픈 패사에 지나지 않는다. 시인은 완전히 자연스런 자세에서 다시 비약할 뿐이다. 우수한 전통이야말로 비약의 발디딘 곳이 아닐 수 없다.


시인은 생애에 따르는 고독에 입문 당시부터 초조하여서는 사람을 버린다. 금강석은 석탄층에 끼웠을 적에 더욱 빛났던 것이니, 고독에서 온통 탈각(脫殼)할 것을 차라리 두리라. 시고(詩稿)를 끌고 항간매문도(巷間賣文徒)의 문턱을 넘나드는 것은 주책이 없다. 소위 비평가의 농락조 월단(月旦)에 희구(喜懼)하는 것은 가엾다. 비평 이전에서 그대 자신에서 벌써 우수하였음직하다.

그처럼 소규모의 분업화가 필요하지 않다. 시인은 여력(餘力)으로 비평을 겸하라.

일찍이 시의 문제를 당로(當路)한 정당(政黨) 토의에 위탁한 시인이 있었던 것을 듣지 못하였으니 시와 시인을 다소 정략적 지반 운동으로 음모하는 무리가 없지도 않으니, 원인까지의 거리가 없지 않다. 그들은 본시 시의 문외(門外)에 출산한 문필인이요, 그들의 시적 견해는 애초부터 왜곡되었던 것이다.

비틀어진 것은 비틀어진 대로 그저 있지 않고 소동한다.


시인은 정정한 거송(巨松)이어도 좋다.
그 위에 한 마리 맹금(猛禽)이어도 좋다.
굽어보고 고만(高慢)하라.


—《문장》5호(1939. 6)

『산문(散文)』(동지사, 1949)
길진섭(吉鎭燮) 장정(裝幀)

2

# 머리에 몇 마디만

교원 노릇을 버리면 글이 실컷 써질까 한 것이 글이 아니 써지는 것이 아니라 괴상하게도 쓰지 못하게 되는 것이다.

그래도 조심조심 가까스로 써 모은 것이 책 한 권이 되어 이를 "산문(散文)"이라 이름하다.

이 "산문"은 스마트한 출판사 동지사(同志社)가 아니었더면 도저히 나올 수 없었던 것이다. 아들놈 장가 들인 비용은 이리하여 된 것이다. 진정 고맙다.

1. 다른 신문 잡지 여기저기 발표하였던 것.

2. 8·15 전에 잡지《문장》에 발표하고 단행본에 실리지 않았던 것.

3. 8·15 이후 신문사에 잠깐 있었던 때 썼던 것.

4. 남의 책에 쓴 서문 발문, 남의 책 간단한 소개, 연극 무용 평비슷한 것들이 나의 정성과 우정의 기쁨에서 쓴 것이라 나의 산문(散文)이 아닐 수 없는 것.

5. 휘트먼 시 몇 편을 내가 반드시 신이 나서 번역한 것이 아니라 휘트먼 당시의 휘트먼의 시적 심경을 8·15 이후에 나도 이해

할 수 있어서 눈물겨운 사정으로 번역한 것이다. 이만.

1948년 12월 30일

지용

# 헨리 윌레스와
## 계란(鷄卵)과 토마토와

 

남을 때린다는 것은, 예를 들면 남의 뺨을 갈긴다는 것은 그 기도(企圖)가 남의 생명을 뺏는 데 있지 않는 한 다소 육체적 고통을 통하여 그의 정신의 모욕감(侮辱感) 수치감을 급격히 환기시키는 데 목적이 있을까 한다.

등때기를 흐벅지게 갈김보다 뺨을 대단치 않은 정도로 치는 것이 효과가 심히 빠른 것이다.

무슨 이유일지 모르겠으나 생각건대 뺨은 적어도 정신의 바로 차석적(次席的) 국부(局部)에 해당함이 아닐까 한다.

뺨을 갈기면 바로 정신이 중상(重傷)하기에 말이다.

만일 뺨을 경유치 않고 직접 정신에 테러가 돌입할 수 있는 기술과 방법이 혹은 기계가 있다면 이것은 토마스 에디슨도 착상하기를 단념하였던 대발명에 필적할까 한다.

그러나 이직까지는 완전히 완전치는 못하나마 가장 합법적이요 유구한 전통을 가진 언어의 구사(驅使)가 있을 뿐이다.

아메리카 문명(文明)으로도 정신 모욕에 사용할 적(敵)의 면모(面毛) 하나 다치지 않고 미묘하게도 효과적인 기계가 없다면, 아메리카의 물질 문화(物質文化)의 장래가 아직 창창한 것이 되겠고 인류(人類) 공통재(共通財)인 언어 구사가 부족하여 가장 원시적인 계란 토마토 석전법(石戰法)을 행사하였다면 언어 부족은 일종의 정신과 전통의 빈곤이 아닐 수 없을까 한다.

언어 구사는 정신문명의 지극히 기초적인 것, 초보적인 것이다.

영어(英語) 국민 아메리카합중국에 언어의 빈곤 때문에 계란과 토마토를 대용(代用)한 최근 아메리카 통신이 있었다.

헨리 월레스 씨가 노오스캐롤라이나 주 지방 2, 3처(處) 시민 대회에서 이번 대통령 후보자로서 정견 발표 연설을 하였다.

연설 도중에 계란과 토마토를 재료로 한 일종의 석전(石戰)질이 월레스 씨의 안면에 총집중되었다.

아메리카의 영어와 언론 자유는 월레스 씨의 정견 발표와 계란 토마토 연속 폭격에도 아직도 여유가 있었던 것이다. 무엇인고 하니 안면에 계란 토마토가 척척 이겨져 붙어 수치심 모욕감은 고사하고 호흡이 불통(不通)하는 동안에도 월레스 씨는 굴하지 않고 "여러분! 여기가 아메리카요?" 하였다.

이러하였던 사변(事變)을 청취한 트루먼 대통령이 백악관에서 전국에 향하여 꾸중을 하였다. "계란과 토마토로 언론 자유를 박살하는 것은 비(非)미국적 행위이다."라고 비난하였다.

헨리 월레스 씨가 반미국적 행동조사위원회에 걸릴 거리를 갖지 않은 것만은 안심할 수 있다. 트루먼 대통령의 담화로써 —

그러나 토마토 계란으로 석전질을 감행한 시민대회 파괴 행위 분자가 반미국적 행동조사위원회에 아직 걸리지 않은 것도 알 수 있다. 헨리 월레스 씨가 봉변한 뒤에 말하기를,

"나는 이러한 작란(作亂)을 개의치 아니하나 소년들은 계란과 토마토를 더 유익하게 쓸 수 있을 것이라고 생각한다. 그러나 지난밤

나를 지지하는 청년들의 한 사람이 자상(刺傷)을 받은 사실만은 웃어 버릴 수 없다. 사건이 발생하였을 때 경관은 방관하고 있었다."

폭행자들이 경찰에 잡히지 아니한 사실과 계란 토마토 흉기로는 부족하여서 진검흉행(眞劍凶行)까지 있던 것을 알 수 있다.

언론 자유에 영어가 심히 부족한 시대가 왔음인지 언론 자유를 박살하기에 온갖 병기가 사용된 것이다. 15세 소년까지 가담한 이 집단 테러에 모략 선동자를 적발할 만한 일이니 언론 자유는 고사하고 아메리카에서 인신 보장이 못된 형편이면 어찌 하느냐?

작년 언젠가 어느 날 헨리 월레스 씨한테 투서가 온 적이 있었던 것을 내가 역시 아메리카 통신으로 기억하고 있다.

"헨리 월레스 씨께

당신이 소련과 대단히 친하시다니 나를 위하여 시베리아산(産) 토마토와 수박씨를 소련 주미대사관을 통하여 얻어 주시오. 연월일(年月日) 모(某)."

그 모(某)란 자가 누구인지 잡아내기만 한다면 미국에 전에 없었던 토마토 투척전병(投擲戰兵) 일대(一隊)를 일망타진할 수가 있지 않을까 생각된다.

아울러 8·15 이후 남조선에서 일부 사람들이 진실한 애국자를 보고 토마토 수박으로 별명을 지어 붙이게 된 것도 그 화인(禍因)이 아메리카에서 월레스 씨께 투서한 자와 토마토로 폭행한 도당(徒黨)의 국제적 모략이 아닐까 한다. 그러나 월레스 씨께 토마토 계란쯤은 그것이 약과(藥菓)인 것이다.

남조선에 한참 유행한 연설회장이나 무대에 폭탄 수류탄 정말 돌멩이가 날아들 때 그때 연사나 예술가가 "여러분! 여기가 조선이오?"할 여유가 있었던지 모르겠다.

노오스캐롤라이나 주 일부에서 대단치 않게 봉변한 헨리 월레스 씨는 다시 행색을 정제하고 남부로 향하여 연설을 계속하였다.

"남부 시민의 대부분이 단정한 사람들이므로 남부에서는 자유주의가 지지를 받을 것"이라고 말하며…….

원래 아메리카의 자유주의는 상공(商工) 지대인 아메리카 북부의 것이오, 봉건지주 지대인 아메리카 남부의 것이 아니었던 것이다.

신자본주의자(新資本主義者) 월레스 씨가 이제 북부에서 자유를 갈구하며 남방으로 방황하는 새가 되어 유랑길을 떠난다는 것은 자유주의와 봉건적 공혁주의(恐嚇主義)의 남북 이동이 아닐 수 없으니 현대통령(賢大統領) 아브라함 링컨이 이제 부활하여 입후보한다면 피스톨의 위험은 도리어 북부 상공(商工) 자유주의에서 오지 않을까 한다. 예전에 훨씬 예전에 희랍의 역사가가 말하기를 "무릇 '착한 희랍'은 '악한 희랍'의 편을 들어서는 못 쓴다."고 하였다. 예나 제나 남북의 지방적 파별이 있는 것이 아니라 한 조국 안에 선량한 편과 열악한 편이 있어서 이 싸움이 오늘날 세계화한 것이다.

오늘날 남부 조선에도 좋은 조선과 나쁜 조선으로 분열되어 있으니, 헨리 월레스 씨 귀하가 만일 조선에 오신다면 대체 어느 편을 드시겠소?

계란 토마토 대신에 폭탄 수류탄을 각오하셔야 할 터이니 역시 귀하는 계란 토마토 투척에 해당한 폭격을 받고도 나의 머리를 계란이 아니라 폭탄으로 친 15세 소년이 아니라 30세 청년을 놓아 주라고 경찰 당국에 간구(懇求)하실 것입니까.

— 게재지 미확인

# 민족 광복과
## 공식주의(公式主義)

기미 3·1 혁명으로 전취(戰取)되었던 실로 약간의 언론 자유와 집회 자유가 있었던 줄을 기억한다. 일제 중압(重壓) 하에도 다소 통풍기적(通風機的) 시설이 필요하였던지 재등실(齋藤實)의 소위 문화정치 명목하에 조선어문(朝鮮語文) 활용이 기분(幾分) 완화되었고 조합 운동이 기두(起頭)하였고 청소년 단체 소년척후대 웅변 토론회가 용허(容許)되었던 것이다. 그리하여 약소 피압박민족으로서는 신문 잡지의 기술에 우수한 소질을 보여 왔던 것이다.

소박한 민족주의(民族主義)와 초보적 맑스 이론의 소위 '이론 투쟁'이 시험되었던 것도 실로 짧은 기간이나마 그때이었다.

일면으로는 과학 교육(科學敎育)의 기회 균등을 극도로 제한하였으니 일례를 들면 최고 학부 경성제대에 경제학부를 두지 않았던 것이다.

이면으로는 보천교(普天敎) 등 사교(邪敎) 단체를 묵허하였고 숭신인(崇神人) 조합 등을 암묵리에 장려하여 부녀자를 미신에 교착시키어 민족의 활기를 마비시키려는 음험함 고등정책(高等政策)을 사용하였던 것이다.

지식층 일부에서는 신간회(新幹會)와 같은 민족운동 단체를

'반동'이라고 규정하고 일부에서는 맑시즘에 입각한 민족광복운동을 '공식주의(公式主義)'라고 경원(敬遠)하였던 것이다.

조선에 '공식주의'라는 용어가 수입되기는 이때부터이다.

'반동'이고 '공식주의'고 할 것 없이 재등(齋藤) 유(流)의 문화 정치는 조선 민족에 잠시 언쟁을 붙이고 양방을 숙살(肅殺)하여 버렸던 것이다.

민족주의 투사들은 해외파가 되어 싸워 왔고 맑시즘적 투사들은 다분히 감옥 아니면 지하로 잠기어 국내 투쟁을 계속 전개하여 왔던 것이다.

투쟁에 전연 무관하였던 계층이 있었으니 대별하여 자산가(資産家) 지주층이었고 이에 부수한 소시민들이오 아일(阿日) 협잡배 악한 등은 말할 것도 없다.

일제 시대에 일제 행정 기구에 직접 일근(日勤)은 아니 하였다 할지라도 자산가 지주 등이 부일(附日) 협력자가 아니었노라는 하등의 변명도 있을 수 없었다는 것쯤은 지극히 용이한 상식인 것이다.

하물며 만주사변 이래 양 계급의 실적은 일제 팽창의 최대 첨병이 아니고 무엇이었던가?

8·15가 예상 외에 빨리 — 실은 너무도 더디게 오고야 말았다. 조선 민족광복은 삼상결정(三相決定)이라는 헌장으로 성문화되었던 것이니 포츠담 선언 이하 삼상결정은 세계 민주주의 전승(戰勝)의 당연한 결론이었고 일련의 우미(優美)한 전리품이었지 세계 민주 계열 강대국의 약소 조선에 대한 소위 자선사업적 시혜가 아니었던 것이다.

역사에 없었던 새로운 역사가 창조될 때 창세기적 무오(無汚)

에 필적할 세계 민주주의 전승의 전리품 배분에 참가할 권리가 조선 민족에 당당하게 부여되었던 것이다. 다만 피압박 피착취 민족이라는 실적만으로도!

조선 민족 중에 어느 계급이 피압박 피착취의 최대 피해자이었더냐 하면 최대 다수의 근로 인민층이었으니 토착 자본가와 지주는 도로혀 이조 왕정 시대보담도 보호를 받아 왔었다.

자본가와 지주층에서 민족적 단결이 있었다는 것을 들은 적이 있었던가?

만세운동에도 지극히 함구(緘口) 냉정하였던 것이다.

비폭력 저항이라기보다도 절대 평화 무기(武器) '만세'에 보응(報應)하기를 총탄과 학살이 있었을 뿐 쓰러지기는 대다수의 무산 인민층이요 발랄한 청소(靑少) 남녀 학생층이었었다.

일률로 조선 민족이랄 것이 아니라 조선 민족이라는 어의(語義)의 품위를 엄격히 규정하기 위하여 '조선 인민'이란 용어를 강경히 사용하게 된 내력이 이에 있는 것이다. 진정한 조선 민족은 조선 인민이었을 뿐이다.

인민 진영의 원리가 민족광복의 원리가 되는 것이요 조선 통일 자주독립의 공리가 되는 것이다. 공리(公理)를 떠나 정리(定理)가 설 수 없는 것이요 정리에서 이탈(離脫)하여 공식이 결정될 수 없는 것은 기하학에서도 기초적인 것이다. 민족광복의 유일한 기본 노선을 정치투쟁의 공식이라고 하면 이 공식이야말로 기하학적 정밀 이상의 다수 숭엄한 것이 아닌가?

그러나 일부 농문주의자(弄文主義者)들이 조출(造出)한 인민 노선에 악의 도전하는 '공식주의자' 운운하는 반민족적 언사는 어떻게 재단(裁斷)해야 할 것인지 은인(隱忍) 침통(沈痛)한 구상 중에 역사는 격렬하게 추진되고 있는 것이다. 기하학자를 걸어 '공식주의자'라고 도전할 의사는 없는 것이냐?

별명을 부르다 부르다 못하면 악동도 지치고 만다. 이즘은 인민노선의 결정을 공식주의자라고 부를 기력도 없이 된 듯하다.

백범(白凡) 옹의 법정 안 대갈일타(大喝一陀)가 있은 후에는 '크레므린 신자(信者)' 설도 입부리를 놀릴 한가도 없이 된 모양이다.

귀하들이 '공식주의'라고 중상하여 온 것이 전쟁 전에 일본 공산주의자가 좌익 소아병자에게 규정하였던 공식주의는 물론 아니요 삼상결정서를 '공식주의'라고 뒤집어씌웠던 것이다. 더욱이 맹랑하게도 소(蘇) 연방 편입 운동으로 중상하였던 것이다.

사태가 지극히 긴박하게 된 바에 이제 다시 미소공위(美蘇共委)에 회고 감상하고저 하는 것도 아니다.

다만 최후요 유일의 일맥 혈로가 남았을 뿐이요 철저 반탁(反託)의 귀결이 ──

양 주둔군 조속 동시 철퇴!

남북통일 자주독립 민주인민정부 수립!

이외에 다른 길이 있을 수 없는 것이다.

이것도 '공식주의'라고 호칭할 것인가?

철저 '비공식주의'의 가면을 벗기고 보면 미소공위에 혼입(混入)하기 위하였던 하룻저녁의 무수한 정당 사회 단체의 날조되었던 사실과 '가능한 지역'의 '중앙정권'에 참획(參劃)하기 위한 무수한 '무소속' 입후보가 가두를 가장하고 있다. 허위의 껍데기도 한이 있을 것이니 껍데기와 다시 속껍데기를 벗기우고 살을 찢어 해치우고 그의 골수에까지 서리고 있는 위선을 인민 앞에 노출하고야 만 것이다.

남북인민연석회의(連席會議)까지도 맑시즘적 '공식주의' 운동이라고 호칭할 구실이 절핍(絶乏)한 모양이기에 중상 구실을 달리 주선하고 있다.

백범 옹이 '좌익 모략'에 떨어졌다는 둥, 혹은 백범 옹이 이북에서 생명이 보장 못되어 불귀객이 된다는 둥 실로 가소 가증스러운 악선전이다.

전쟁사상 최대 처참한 소독전(蘇獨戰) 폭발 당시에도 양국 외교사절이 살해되었다는 유언(流言)을 들은 일이 없거니와, 단말마적(斷末魔的) 일제 침략전에서도 연합군측 철거 외교관들이 역시 귀환선 귀빈 선실에 유유연히 나타났던 것은 뉴스 영화로 보았을 뿐이다. 민족의 대사절(大使節) 백범 옹이 이북 동족에게 대환호될 것을 알기에 무엇이 인색히 굴 조건이 있는 것이냐?

이북 동포가 금수가 아닐 바에야 백범 옹을 살해하여 막대한 불리를 자취(自取)하여 또한 이를 세계 이목에 제공할 조건이 백범 옹 자신에게도 없는 것이다.

'재등류(齋藤流)'의 '문화정치' 시대에서부터 남용되어 왔던 '반동'이나 '공식주의'의 용어의 해소도 수십 년을 낭비하여 금차(今次) 남북인민연석회의 완수에서만 가능한 것이다.

— 게재지 미확인

# 산문(散文)

1

지용이 시를 못쓴다고 가엾이 여기어 주는 사람은 인정이 고운 사람이라 이런 친구와는 술이 생기면 조용 조용히 안주 삼아 울 수가 있다.

전(前) 모(某) 고관이 그가 아직 제복을 만들어 입기 전 지난 이야기지만 나를 불러다가 한 말이,

"내가 미주(美洲)에 있을 때 당신의 글을 애독하였고 나도 문학을 하여 온 사람이요.

이때까지의 당신의 태도는 온당하였던 줄로 생각하나 만일 조금이라도 변하는 경우에는 우리도 생각이 있소.

그러고 당신이 문과장(文科長) 지위에 있어서 유물론(唯物論) 선전을 한다니 그럴 수가 있소! 당신이 지도하는 학생들이 따로 모이어 무엇을 하고 있는 줄을 아시오?

일간 당신네 학교에서 무슨 소동이 나기만 하면 문과장만으로서 책임을 져야 하오.

그러고 문과생을 지도하려면 '컴패라티브 리터러춰'(비교문

학)를 가르쳐야 하오. 우익(右翼) 문학과 프롤레타리아 문학을 비교하여 가르쳐서 학생으로 하여금 판단력을 얻도록 해야 하오."

그때 내가 나의 문학에 대한 태도라든지 '비교문학 교수'에 관한 권고에 대해서는 아무 답변을 하지 않았고 다만 문과장으로서의 책임을 져야 한다는 데는 응대하였다.

"네. 무슨 소동이 난다면 책임을 지다 뿐이겠습니까, 이런 말씀을 듣고 미리 겁이 나서 오늘로 문과장을 내놓는다고 소동에 관한 책임을 면할 도리가 있을 리도 없고 하니 그대로 문과장으로서 책임을 다할 수밖에 없습니다."
하고 악수 경례 후에 심회(心懷) 초연히 학교까지 걸어가며 이런저런 생각에 걸음도 기운이 없었던 것이다.

무슨 일이 나려나? 선생 노릇 하다가 학생 때문에 유치장에를 가게 되는 것인가? 잔뜩 긴장하여 가지고 학생들을 들볶아 댈 결의가 섰던 것이다.

학교에 이르러 신문을 보고 다음 날이 소련의 무슨 혁명기념일인 것을 알았다.

소강당에 문과생 전부를 불시 소집하여 놓고 협박이라기보다도 애원을 하였던 것이다.

"너희들이 요새 출석이 나쁘기가 한이 없으니 무슨 일이냐? 출석이 나쁜 학생은 불가불 내일 모조리 정리할 수밖에 없으니 알아 하여라."

다음 날 출석률이 100퍼센트였던 것이다. 이화대학(梨花大學)에 이때까지 아무 소동이 없고 말았다. 아직까지는 내가 그저 교원일 뿐이다.

고관실에서 답변 못하고 나온 해(該) 고관의 제안에 대하여는 내가 8·15 이후 이때까지 주저주저 생각하고 있다.

연구해서 해득 못할 문제가 되어 그런 것이 아니다.

일제 시대에 내가 시니 산문이니 죄그만치 썼다면 그것은 내가 최소한도의 조선인을 유지하기 위하였던 것 이외의 아무것도 아니었다.

해방 덕에 이제는 최대한도로 조선인 노릇을 해야만 하는 것이겠는데, 어떻게 8·15 이전같이 왜소위축(倭少萎縮)한 문학을 고집할 수 있는 것이냐?

자연과 인사에 흥미가 없는 사람이 문학에 간여하여 본 적이 없다.

오늘날 조선 문학에 있어서 자연은 국토로 인사(人事)는 인민으로 규정된 것이다.

국토와 인민에 흥미가 없는 문학을 순수하다고 하는 것이냐?

남들이 나를 부르기를 순수시인이라고 하는 모양인데 나는 스스로 순수시인이라고 의식하고 표명한 적이 없다.

사춘기에 연애 대신 시를 썼다. 그것이 시집이 되어 잘 팔리었을 뿐이다. 이 나이를 해 가지고 연애 대신 시를 쓸 수야 없다.

사춘기를 훨씬 지나서부텀은 일본놈이 무서워서 산으로 바다로 회피하여 시를 썼다.

그런 것이 지금 와서 순수시인 소리를 듣게 된 내력이다.

그러니까 나의 영향을 다소 받아 온 젊은 사람들이 있다면 좋지 않은 영향이니 버리는 것이 좋을까 한다.

시가 걸작이든지 태작이든지 옳은 시든지 그른 시든지로 결정되는 것이지 괴테를 순수시인이라고 추존(追尊)한다면 막심 고리키를 오탁(汚濁) 소설가라고 할 수 있는 것이냐? 이 양 거장에 필적할 문학자가 조선에 난다면 괴테는 단연코 나오지 않는다. 조선적 토양에서는 막심 고리키에 필적할 만한 사람만이 위대한 것이요 또 가능성이 분명하다.

시와 문학에 생활이 있는 근로가 있고 비판이 있고 투쟁과 적발(摘發)이 있는 것이 그것이 옳은 예술이다.

걸작이라는 것을 몇 해를 두고 계획하는 작가가 있다면 그것도 '불멸'에 대한 어리석은 허영심이다. 어떻게 해야만 '옳은 예술'을 급속도로 제작하여 건국 투쟁에 이바지하느냐가 절실한 문제다.

정치와 문학을 절연시키려는 무모(無謀)에서 순수예술이라는 것이 나온다면 무릇 정치적 영향에서 초탈한 여하한 예술이 있었던가를 제시하여 보라.

아이들이 초콜릿을 훔쳐 먹고 입을 완전히 씻지도 못하고 "너 초콜릿 훔쳐 먹었지." 하면 대개는 입을 다시 씻으며 "나 안 훔쳐 먹었어!" 한다.

빠안히 정치적 영향이 드러남에도 불구하고 또 그것으로 정당(政黨)에 부동(附同)하면서도, 아니다 순수예술이라고 한다면 초콜릿 훔쳐 먹은 아이의 변명과 무엇이 다르랴.

산란기에 명금류(鳴禽類)의 울음이 저절로 고운 정도로 연애 대신에 밉지 않은 서정시를 써서 그것도 잡지사에 교섭하여 낸다는 것을 구타여 인민의 적이라 굴 사람이 어디 있으랴마는 워낙 서정시에도 소질이 박약한 청년이 순수예술이로라고 자호(自號)하여 불순하게도 조숙한 청년이 고뇌 참담하게 늙어 가는 어른을 걸어 신문을 빌어 욕을 해야만 하는 것이 순수한 것이냐?

무슨 정황에 '유물론 선전'이나 '비교문학 교수'가 되는 것이랴?

이제 국토와 인민에 불이 붙게 되었다.

백범 옹이나 모든 좌익 별명 듣는 문화인이나 겨우 불 보고 불 끄려는 소방부 정도에 지나지 않는 것이다.


2


20여 년 자식을 기르고 남녀 학생을 가르치노라고 얻은 경험이 있다.

아이들을 제가 잘 자라도록 화초에 물을 주듯 병아리에 모이를 주듯 영양과 지견(智見)과 환경과 편의를 부절(不絶)히 공급할 것이지, 애비로서나 스승으로서나 결코 자기의 주견을 강제 주입할 것이 아니라는 것이다.

기르고 가르치는 것은 어른이 하는 일이나, 자라기는 제가 자라는 것이다.

제가 자라서 무엇이 되든지 정치노선에 올라 좌익으로 달리든지 우익으로 달리든지 무슨 힘으로 요새 청년을 내가 막을 도리가 있느냐 말이다.

그러나 집에서 아이들이나 학교에서 학생이나 경찰에 걸릴 만한 소질이 보이는 아이들이 보인다면 본능적으로 겁이 난다.

그러지 말라고 말리는 것도 당연한 일이다.

"선생님은 웨 그리 봉건적이십니까?"

"오냐, 네 말대로 내가 봉건적이 아니고서야 내가 선생 노릇은 고사하고 네가 배기어 나겠느냐?"

아이들이 제대로 자란다면 나도 나대로 자라는 것이 법칙이다. 진실로 내가 봉건적이라면 나는 나대로 자라는 법칙을 파기하는 것이 아니고 무엇이랴?

아이들이 육체적으로 지적으로 자랄 전정(前程)이 창창하다면 나의 자랄 여유는 다만 지적인 부분이 남아 있을 뿐이다. 나의 지적인 부분에 봉건적인 것을 남겨 두고서는 나는 지적으로도 자라지 못하고 마는 것이다. 나이도 50이 가깝고.

자라고 못자라는 것이 문제가 아니라 비문학적으로 솔직히 말하면 나는 답답하고 갑갑하여서 호흡이 곤란한 시절에서 교원 노릇을 하고 있다.

괴테는 죽을 때까지도 사치스런 말을 남기었다.

"창을 열어라. 좀 더 빛을!"

나는 창을 열고 튀어나가야만 하겠다.


3


R 교수는 자주 만나서 싫지 않은 사람이다. 허우대 얼굴이 넉넉하고 너그러운 사람이라 말씨와 심술(心術)이 남을 괴롭게 굴지 않는다.

그의 영어 영문학의 실력은 남들이 신뢰할 만하여 영어를 모르는 사람까지 따라서 영문학의 청년교수로서 일급이라는 것을 무조건하고 인정하는 형편이다.

아메리카 유학생의 YMCA 간부풍(風)의 경망한 태(態)도 없거니와 영경(英京) 윤돈(倫敦)에서 7년 수학한 학자 폐(弊)의 오만한데가 없다.

말을 하여 소리가 억세지 않고 웃어서 좌석이 소란치 않다.

이 사람과 생사를 같이할 친구가 반드시 있을지는 보증키 어려우나 온아하고 세련된 점이 외국서 한단지보(邯鄲之步)를 배운 사람과는 다르다.

어찌하였던 조선의 교육과 문화에 이런 인사가 매우 유용한 것이다.

이 사람이 8·15 전보다 더 침울해진 것을 가까이하는 친구들은 보고 있다.

이즘 와서는 버쩍 한숨이 늘어 간다. 한숨도 병이라 하여 임상의의 신세를 져야 할 데까지 갈 것이 아니라, 우리가 대개 한숨의 내용을 알 수 있음에는 지식인의 우정에서 자신이 있다.

그러나 이 사람은 자기의 한숨의 윤곽을 선명하게 잡지 못한다.

말하자면 자기 한숨의 내용을 자기가 모른다. 몰라…… 몰라…… 하면서 역시 한숨을 쉰다.

내가 생각하기에도 한숨이란 것은 논리가 아니오 다소 몽롱한 증상인 것이다.

증상에 생리적 불안 감각이 따른다는 것은 매우 자연한 일이다.

나는 R 교수의 한숨을 지극히 당연하다고 한다. 동병상련으로 나도 따라서 한숨을 쉰다.

한숨 쉬는 R 교수와 나와 자주 만나는 친한 두 친구가 있다.

하나는 당돌하기 짝이 없는 문예평론가 K요, 하나는 실상 한숨 쉬기는 R보다도 더 왕성한 편집국장 S다.

약하고 순하여 한숨을 한숨대로 감추지 못하는 R 교수에 대하여 K와 S는 좀 가혹한 우의(友誼)를 행사하는 버릇이 있다. 만나는 대로 토론을 걸어 뒤흔들어 놓는 것이다. 지면 때문에 토론의 내용을 대화체로 하여 발표할 수는 없으나 R 교수는 일절 항쟁을 싫어하는 사람이므로 결국은 한숨을 길게 쉬는 나머지에 '세상 일이란 그렇게 간단한 산술같이 승제(乘除)가 되는 것이 아니라.'는 것으로 항론(抗論)을 맺는다.

"나는 신앙생활(信仰生活)을 부러워합니다."

아는 것은 안다 하고 모르는 것은 모른다고 해야만 한다. 빤히 알 수 있는 것을 알고도 여유작작하기는 K와 S요, 알 수 있는 것을 항시 경원하면서 모르는 것에 한하여선 심중한 경의를 표하는 R은 결국 알 수 있는 것까지도 모르는 미궁으로 유도하기에 여력이 있고도 완강하다. 문학자 R 교수는 철학자로서는 회의주의자라고 규정할 수밖에 없다.

나도 토론에 참여할 기회가 있다.

"회의(懷疑)라고 하는 것은 사물의 진상을 구명하기까지의 정신적 불요(不撓)한 노력이 아닙니까?

회의도 애초부텀 사물과 어느 정도로 사물에 대한 초보적 이해의 토대가 있어야만 회의하는 정신이 충분히 작용될 것입니다.

겸손도 분수가 있지 빤히 알 수 있는 것을 모른다고 하시면 그것은 회의도 아닙니다.

회의는 백치 상태가 아니므로 회의에는 이지(理智)와 논리의 순서를 밟아야 합니다.

신앙도 애초부터 끝까지 모를 혼돈에 대한 배복(拜伏)이 아니라 안심하고 알 수 있는 토대를 밟아 이를 다시 진전시키어 어떠한 신비한 권능에 절대 신의(信依)하는 심성의 자세를 이르는 것일까 합니다.

절대 불가지론자(不可知論者)가 되신다면 절대 신앙에도 단념하실 수밖에 없습니다."

K와 S는 토론을 끌어 단애(斷崖) 절벽으로 유도한다.

이에 서서는 예스 아니면 노우 이외에 다른 길이 있을 수 없다.

예를 들면 남북협상, 친일파, 한간(韓奸), 단선(單選), 단정(單政), 남북통일, 자주독립, 양 주둔군 동시 조속 철퇴 문제 등등.

R은 대개 이러한 문제에 관하여는 일절 함묵(緘黙)한다.

함묵은 반드시 불가지적 상태는 아니다. 조선적 사태도 신비주의처럼 어려운 것일까?

"아이구 정치 없는 사회에서 살구 싶어요."

"정치 없는 사회 ── 그런 사회를 동경할 자유가 남조선에 있기는 있습니다. 그러나 그것은 조선 자주독립에 관심 없는 자유 회피하는 자유 추극(追極)하면 거부하는 자유가 되고 마는 것이 아닙니까? 불가지론과는 하등의 관련이 없는 것입니다."

격렬한 토론으로 친구를 극복하려는 것은 미묘한 우정이 아니고 말 때가 많다. 별로 효과가 없는 것이다.

그러나 우정과 효과에 단념하는 것도 옳은 도리는 아니다.

말하자면 R 교수에게는 친구도 아니요 아내도 아니요 따로 애인이 있을 수도 없고 하니 아름답고 총명한 누이 같은 사람의 위로와 격려가 필요한 것이다.

친절히 데불고 연구실이나 유원지보다는 현실의 사태와 정세를 골고루 보여 주며 알려 주고 하는 수밖에 없을까 한다.

초연히 돌아가는 R 교수는 뒤로 보아도 쓸쓸한 것이었다.

다음 날 S에게 온 R의 편지의 일절 ──

"나와 골육을 나눈 처나 자식도 내 마음대로 안 되고 돐 지나 넉 달도 못된 계집애도 내가 자유로 조종할 자신이 없는데 어찌 인민 전체의 생활과 복리를 좌우하고 농락까지 하는 정치에 생각이 미치겠습니까. 가정생활도 수습 못한다고 한 말도 이런 경제적이 아닌 정신적인 관점에서 울어난 말입니다."

'인민 전체의 생활과 복리를 좌우하고 농락하는 정치' 생각이 미치지 못하는 R 교수는 확실히 겸손한 선비다.

겸손하고 유능한 선비를 살리기 위하여도 생활과 정치가 인민 전체에 확립되어야 하겠다. 한 사람이 인민 전체의 복리를 자담(自擔)한다는 것이 마침내 일군만민적(一君萬民的) 왕정 이념에 지나지 못하고 마는 것이고 보니 이 왕당파가 아닌 R 교수에게 우리는 아직까지 단념하지 않아도 좋다.

다시 그의 편지의 일절 ——

"나에게 무슨 '입장'이 용허된다면 그것은 일언으로 요약하여 '암흑' 속에서 더듬는 자의 '입장'이라 하겠습니다. 형은 날더러 '아나키스트'라고 속단하시지만 생활에서 어떤 질서를 요구하여 노력하는 한 사람으로서는 적합지 않은 말이라고 믿습니다."

옳은 말이다. 대인민(大人民)의 대질서(大秩序)에는 개인 K와 S도 아무 능력이 없을까 한다. 일체의 기성 노질서(老秩序)가 붕괴되고 마는 것이요 새로운 대질서가 인민 전체에 서지고 말을 것이기에 일개 R 교수도 이 대질서에 돌입하여 부동(不動)이 아니라 먼저 직립해야만 한다.

그 후 어떤 날 R 교수를 다시 만나 신중히도 나도 혹시 누이처럼 될까 하여,

"신앙생활에 관심이 계시다면 교회에 소개하여 드릴까 합니다. 어찌할까요?"

"글쎄요, 아직 더 생각해야 하겠습니다……."

문미(文尾)는 다소 강경할 필요가 있다.

"R 형의 현재 상태로는 현실에도 신비에도 열렬하신 편이 아
니시외다!"

―《문학》7~8호(1948. 4~5)

# 민주주의(民主主義)와
# 민주주의 싸움

평안도 출신 홍경래(洪景來)가 대역적 누명을 벗기를 언제부터 일까? 오늘날 홍경래를 역적이라 하는 이는 없을까 한다.

홍경래를 대역무도한 놈으로 왕정사(王政史)에 올리기는 당시 왕실 역사 편수관(編修官)일 것이요, 혹이나 홍경래가 역적이 아닌 양으로 변백(辯白)하여 준 사기(史記)가 당시에 있었을지, 사가(史家)가 아닌 나로서는 알 길이 없다.

그런데 부지하세월(不知何歲月)에 홍경래가 역적이 아니 되고 말았다.

저절로 자연히 역적이 아니 된 것이다. 저절로 자연히란 말로 뒤를 흐리울 수 없다. 역사는 사람이 만들어 나가는 것이므로 '저절로'에 방임하는 것은 무책임한 언사가 아닐 수 없다.

홍경래의 사실(史實)은 홍경래와 그의 도당이 만든 것이요 홍경래가 역적이랄 수가 없이 된 것은 시간과 인민의 심판에 의한 것이 명백하다.

명백한 것에 대하여 '저절로'라는 부사가 해당하기는 불분명한 것이다.

홍경래가 역적이 아니었으면 그러면 충신이랄 수가 있느냐 말이며, 당시 평안도 사람이 이조에 충신이어야 할 의무가 어데 있었던 것이냐?

역적도 충신도 아닌 홍경래가 전제학정(專制虐政) 이조(李朝)에 도전하여 사투(死鬪)하여 볼 만한 일이었고 보면 무릇 피압박 인민이 역적도 충신도 될 수 없는 것이 지극히 당연한 일이다. 하여 간 홍경래는 통쾌한 사람이었다.

그러나 홍경래가 완전히 성공하였더라면 어찌 되었을고를 생각할 수 있다.

홍경래가 십상팔구 왕이 되었을 것이요 이조(李朝)가 홍조(洪朝)로 바뀌었을 것이요 '홍태조(洪太組)도 또한 '진정한 왕도'를 선포하였을 것이다.

역사상 무수한 왕조에 왕도(王道)의 문헌이 부족하여서 인민이 피해를 본 것이 아니다.

그러니까 왕조와 왕조의 체번(遞番)¹에는 반드시 '왕도'와 '왕도'의 투쟁이 있었노라고 하면 이것을 인민적 궤변으로 돌릴 수가 없는 것이 사실(史實)은 이때까지 그놈의 왕 때문에 인민이 죽고 죽을 지경이었다.

다행히 이조와 일제가 거꾸러져서 조선에 왕이 없어도 인민이 살 수 있는 생활과 원리가 남아 있다.

이리하여 오늘날 조선에 왕과 인민의 싸움이 있을 수 없으니, 하물며 왕도와 민주주의가 다투는 것이 될 수 있는 노릇이냐 말이다.

그런데 조선은 조선끼리 싸운다, 8·15 이후 줄창 싸운다, 금년

---

1    순번의 차례로 갈마듦.

8·15가 지나도 그칠 것 같지 않다.

반드시 민주주의란 명목으로 싸우는 중이다.

이것은 왕도와 왕도의 싸움이 아니라 민주주의와 민주주의의 싸움으로 '수지오지자웅(誰知烏之雌雄)'[2]으로 돌리고 단념해야만 하는 것일까?

민주주의가 지극히 진리인 바에야 민주주의가 민주주의와 싸운달 수야 없는 것이다.

실없는 소리를 농담으로도 할 수 없이 절박한 싸움이 벌어졌다.

물이 아래로 흘러내리는 것이 물의 천성이라고 하면 물은 끝까지 아주 끝까지 흘러야만 거저 주저앉는 것이 아니라 다시 범람하고 주일(注溢)하는 것이다.

민주주의 발전사는 마침내 인민의 광복 발전사인 것이다.

인민광복을 끝까지 아주 끝까지 보지 못하고 민주주의가 중간에 봉건지주, 독점자본가, 친일파, 외국 상품, 금권제국주의, 모리배, 탐관오리, 외군 주둔 무기 연기, 고문, 테러 등 일체 반인민적 요소에 걸리어 가지고서야 무슨 민주주의 노릇을 하는 것이냐 말이다.

사갈(蛇蝎)의 무리는 민주주의까지 점령할 의사가 있는 것이다. 인민이 어찌 저들과 공존공영할 도리가 있느냐.

아돌프 히틀러가 자저(自著) "마인 캄프"에 쓰기를 나치스야말로 진정한 민주주의라고 하였고, 항복 후에 일황(日皇) 유인(裕仁)도 일르기를 자계(自系) 황실이야말로 상대(上代)부터 민주주의를 시범하였노라는 허리를 펴지 못할 우스꽝스런 소리를 발표하였다.

---

2  누가 가마귀의 우열을 알랴.

월 가(街)의 민주주의와 헨리 월레스의 민주주의와 싸우는 동안이란, 천지(天池)의 물이 백두산 중허리에서 걸려 있는 동안일까 한다.

'수부득평(水不得平)이면 낙(落)'³이라 하였다. 아주 동해나 황해에까지 나려오지 않고서는 천지수(天池水)는 쉴 수 없는 것이다.

민주주의로 끝장을 보지 않고서는 그치지 않는다.

물은 높은 데서 발원하는 것이나 민주주의는 소위 하류 사회 절대다수 인민 계열의 역사적 창의에서 확립된 것이다. 인민 이하에 다시 나려갈 데가 없이 세계 인민 전야(戰野)에 민주주의가 팽배 노호(怒呼)하는 8·15가 다시 4차 거듭하여도 민주주의가 인민의 것이 아니라 금권제국주의의 것일 수가 있는 노릇이냐!

"자네 참 훌륭한 사람이 됐데그려."

"거 무슨 말인가?"

"충청도라 하는 데는 자고로 문한(文翰)과 인물이 떨어지는 법이 없거덩."

"그래서?"

"자네 이름이 신문에 오르랑내리랑하니 충청도 인물이 됐길래 그렇게지……."

이 친구를 데불고 가까운 주막 마루 끝에라도 걸터앉을 형편이 되면 30년 전에 결별한 충청도 사투리에 실컷 다시 볶일 만한 기회를 얻을 터인데 불행하게도 둘이 함께 돈이 없다.

내가 어찌하여 사투리가 싫어졌나? 나는 진정 사투리가 싫다. 그다지도 매력이 있어 들리던 평안도 사투리가 이즘은 쓸쓸하게

---

3   물은 평형을 이루지 못하면 떨어진다.

도 싫다.

예전 사람은 늙어서 돌아갈 고향이 있었거니와, 나는 머리가 히끗히끗해 가지고 좁은 서울 한복판에서도 팔도 사투리에 밀리고 있다.

말의 사투리가 대단한 괴로움이 될 거리가 있으랴만은 말의 사투리보담 '이념(理念)의 사투리', '정신(精神)의 사투리'에 나는 전율하고 있다.

나는 신문에 오르는 사람이라고 좋아하는 고향 친구보고 어찌 어찌한 말끝에 "예잇! 충청도 놈아!" 하고 교묘한 화술로 서로 웃고 헤어졌다.

고향 친구일수록 소년쩍 동무일수록 탓이 없어서 좋으나, 나를 다시 감상으로 유도하는 데야 어찌하랴……

신문에 오르는 사람이 유명한 사람이라면 신문은 무용(無用)하게도 유명한 사람을 너무도 많이 만들어 낸 죄를 져야 하겠다. 그 많은 정당과 사회단체와 이에 따른 무수한 지도자란 사람들이 실상은 신문사 편집국의 선심 쓰는 편집 정책에서 남조(濫造)된 것을 알기가 어려운 것이 아니요, 이러한 팔방미인적 편집책 때문에 민족광복노선에 팔도 사투리적 소란이 일어난 것도 전적으로 사실일까 한다.

표준어와 맞춤법 통일안을 시행함에 이의가 없이 되듯이, 민주주의의 해석에 있어서는 잡음은 고사하고 소박한 이념적 사투리까지도 소박한 덕이 될 수 없이 지극히 위험한 사상이 되고야 마는 것이다.

민주주의 해석(解釋)에서 일절 사투리를 몰아내자!

인민이 아니고서 또는 완전히 인민 계열에 전락하지 않고서야 민주주의적 신념이 육체적 실감까지에 투철할 수가 없을까 한다.

남조선에 정부가 섰다고 하니 여관마다 갑자기 사투리 쓰는 인사들이 운집하는 것을 보라. 민주주의에 엽관(獵官) 운동이 있을 수 있는 노릇이냐? 엽관 운동이 있을 수 있는 남조선적 기구의 자유를 사랑할 수 있는 동안이란 그만치 바벨탑적 소란의 계절이 아닐 수 없는 것이리라. 민주주의란 원어에 화려한 팔도 사투리의 백화요란(百花撩亂)!

철기(鐵驥) 장군 이범석(李範奭) 총리의 역량의 시험대에 올랐다.

잠깐 묵도(黙禱)!

정부 수립 축하식 날 신문마다 만국기처럼 현란(絢爛)하게도 만함식(滿艦飾)을 다투었건만 모(某) 대신문에는 이(李) 장군이 빠졌다.

사진도 성명도 휘호도 볼 수 없었다.

신문에 오르지 않았으니 이 장군이 유명할 수 없다.

실로 의외의 인물이 총리가 되었다. 일개 인민이 유명하기 시작하면서부터 인민이 배반하기 비롯하는 예를 많이 보았다. 그러한 점에서 8·15 이후에 입국한 지사 투사 중에서 이 장군이 신문을 농락 아니한 것이라든지 신문이 이 장군을 영웅화 아니한 것은 장군이 현명하였든지 신문이 총명치 못하였든지 둘 중의 하나인 것이 드러났다.

2백만 단원(團員)을 기르기에 3년을 걸린 장군 이철기(李鐵驥)가 만주 남북중(南北中) 대륙에서도 가져 보지 못하였던 대세력을 가졌거니 어찌 일개 백두(白頭) 재상(宰相)일 수 있는 것이냐? 청산리전(戰) 전후에 1병(兵) 대(對) 20왜적(倭賊)을 전멸시킨 불멸의 위훈(偉勳)은 세계 유격전사에 다시없었던 것이다.

출장입상(出將入相) 이 장군의 문필이 십분 문학도임을 "한국의 분노"를 통하여서도 신뢰할 만하다.

남조선적 사태에서 이 장군의 세심 묵중함을 다소 동정으로 용허(容許)하자. 그러나 총리 입선 이후 수차 성명으로는 인민(人民) 대계열(大系列)의 신경이 쨍그렁 울리지 않았다.

약년(若年) 16세 이후 싸운 것이, 무엇 때문에 무엇을 위하여 싸운 것을 인민으로 하여금 투철히 승복케 하라.

왜적을 항(抗)하여 싸운 것은 그것이 마침내 세계 제국주의적 원리를 격파함에 귀결되고 마는 것이다.

조선은 과연 평화 건국기에 놓여 있는 것일까?

토지가 실농(實農) 농민에게 돌아가고, 공장이 노동자의 손에 유쾌히 움직이고 원조를 가장하는 외화의 상륙을 거부하며, 행정 기구에 탐관오리가 절멸되며 외군 주둔의 무기 연기(無期延期)를 거부하기 전에는, 이 장군의 인민에 대한 민주주의적 선무(宣撫)가 무비(無非) 민주주의적 사투리가 아닐 수 없는 것이다. 장군이 어찌 투기적 점진주의라는 것으로 민주주의의 표준어적 해설을 삼을 수 있는 것이냐?

심복 2백만에 일령(一令)이 내리면 친일파 한간적(韓奸的) 잔재 숙청이 청산리 전역(戰役)보담 한 점의 피를 보지 않아도 용이할 것이요, 만일 장군의 일령(一令)에 민주주의의 사투리가 섞인다면 2백만의 막대한 사투리의 대진군을 보리라.

추백(追白)

"장군의 기(旗)빨은 어데로?"

— 게재지 미확인

# 남의 일 같지 않은
이야기

맛득지[1] 않은 대만(臺灣) 이야기를 써 볼까 한다.

대만의 원주민은 애초에 한족(漢族)이나 일본인이 아니었던 것이다. 마래족(馬來族)의 일계인, 우리가 일본인을 통하여 안 생번(生蕃)이나 열번(熱蕃)이라는 족속이 대만의 원주민족이었던 것이다.

고박(古朴)하고 표한한 이 족속들은 얼마 되지 못한 지역에서 농목어렵(農牧漁獵)을 주로 하여 자작자급으로 대륙을 부러워 아니하고도 태평한 생활을 누리었을 것이다. 대안(對岸)인 대륙 남중(南中) 일대의 침략적 유랑민들이 대만 복지(福地)로 기어 올라오기 시작하였다. '문화'를 가지고 왔다.

어떠한 '문화'이었던가?

화교(華僑) 상품과 무기와 금리와 행정을 가져왔다. 공자묘(公子廟)도 으레 따라왔을 것이다.

막비왕토(莫非王土)[2]에 막비왕민(莫非王民),[3] 대만 원주민이 번

---

1   마뜩하다. 마음에 내키다. 마음에 들다. 흔히 '마뜩하지 않다.'라고 쓰인다.
2   왕의 땅이 아닌 곳이 없음.
3   왕의 백성이 아닌 자가 없음.

인(蕃人)이 아니라 인민이 아닐 수 있었던 노릇이냐 말이다.

대만 인민 번인들이 화교적 '왕도(王道)'에 점점 패잔(敗殘)하기 시작하였다.

문자를 갖지 못한 인민들이 '왕도'를 알 바 있을 리 없이 위선 생사존망을 위하여 화교적 모리(謀利)와 착취와 무기와 행정에 반항하기 시작하였다.

항전(抗戰) 진지(陣地)를 얻기 위하여 심고산(新高山)으로 올라갔다.

살기 좋은 평지가 모조리 침략자 한족에게 돌아가고 말았다.

산사람이 된 원주민들이 불의(不意) 습격(襲擊) 전술(戰術)로 한족의 목아지를 떼어 가지고 달아나는 것이 몇 백 년 동안인지 몰라도 나중에는 습관이 되고 행사가 되고 제전이 되었다.

일 년에 정기(定期)로 한족의 목아지를 떼지 않으면 산(山)사람들이 무슨 천재지변(天災地變)을 만난다는 미신에까지 이른 것이다.

일 년에 목을 몇 개 떼일망정 평지의 한족은 점점 번영하고 산지의 인민들은 야만으로 대접받았다. 야만 상태에서 철저 비타협적 항쟁 인민은 '생번(生蕃)'이 되고 조금 연화(軟化)하여 한족에 귀순하여 비산비야(非山非野)인 변지(邊地)에서 오욕적 생존을 유지한 족속을 '숙번(熟蕃)'이라고 한다. '숙번'이 되어 '왕도'의 군은(君恩)은 고사하고 생활이 조금도 개선될 리 없었으나 '생번'은 산중에서도 신화를 구전하며 노래와 춤이 생기고 직조와 자수까지 부지런히 계속하여 왔다.

강경하게도 도덕이 유지되어 도벽(盜癖)이 없고 사음(邪淫) 간통이 최대 죄벌로 되어 불의의 남녀를 잡아내어 즉시 처형하여 버리는 까닭으로 그러한 범죄자란 별로 없다는 것이다.

청일(淸日) 전후(戰後)에 대만이 일본에 귀속하게 되었다.

전승 일본인이 대만에 진주하니 침략 지배계급 한족은 본도인(本島人)으로 대접받고 숙번, 생번은 역시 그대로 번인을 면치 못하였으나 생번만은 일본인에게까지 저항하였다. 일본 통치하에 문젯거리는 산중 인민 '생번'에 한한 것이었다.

일본군이 대만 생번에 향하여 전쟁을 걸었다.

생번들은 수제(手製) 무기로 대항하였다. 생번들은 무기보다는 유리한 맨발을 가졌던 것이다. 일본군이 착실히 손해를 보았으니 최고지휘관 모(某) 친왕(親王)까지 죽이고 맨발로 달아나는 수에 당할 도리가 없었던 것이다.

일본군 측에서는 자측(自側)이 토벌(討伐) 완수(完遂)한 양으로 발표되었을 것이오, 생번 측으로서는 자기네가 승전한 것일 것이다. 생번은 점점 산속으로만 들어갔다. 비교적 무난한 번지(蕃地)에 일본 선무반이 들어갔다. 공학교(公學校) 교원이며 파출소 순사 등이 들어갔다. 다시 탈을 내기는 일본인 순사이었던 것이다. '가다가나' '히라가나' 천조대신(天照大神), 왜(倭)사당, 잡화 침입은 산사람들에게 그다지 중대한 사건이 아니었다.

초중대(超重大)한 사변이 일어났다.

순사놈들이 산사람의 부녀자를 폭력으로 가욕(加辱)하기 시작하였다. 번인들은 부녀자의 정조(貞操)를 생명으로 바꾸어 옹호하던 것이다.

일제 궐기하였다. 파출소를 때려부수고 순사를 죽이고 그의 가족을 없애 버리고 일본인 부락을 소멸(燒滅)하여 버렸다. 일본 전토(全土) 신문기사는 전시 체제로 들어갔다. 고산밀림지대 상공에 일본 폭격기가 종횡무진으로 날랐다.

전과(戰果)는 불분명하나 산사람 부대는 집과 기구와 화전(火田)을 버리고 아내와 누이의 손을 잡고 노인과 어린아이를 업고 산속으로 달아났다.

일본인은 산중 요소마다 전기 철조망을 쳤다.

평지에는 한족과 숙번과 일본인이 '평화'하게 살았다.


초기 원주민 대 한족 투쟁은 그것의 토지와 생존을 위한 일종의 경제 투쟁이었던 것으로 생각되고 번인 대 일본인 항쟁은 그것이 비장한 도덕 투쟁이었던 것이다.

번인들은 산속 생활에서 토지와 경제에 대한 권리까지 망각하고야 말았고 다만 부녀자의 정도와 도덕을 위하여 결사 궐기하였던 것이다.

독자 여러분은 한족, 일인(日人), 숙번, 생번 중에서 어떤 족속이 가장 고결한 민족인 줄로 인정하실 것인가?

고결한 민족 생번들은 천험(天險) 신고산에서 여태껏 버티고 산다.

2차대전의 결과로 일본인이 대만에서 축출되었다.

대만에 삼민주의(三民主義)와 중앙군이 들어왔다. 결점은 삼민주의에 있는 것이 아니라 중앙군과 함께 따라온 탐관오리와 모리배의 폐해가 대사변을 다시 일으킨 것이다.

8·15 이후의 피해는 본도인(本島人) 한족이 입게 되었다.

평지 점령자의 후예인 한족의 일부 대만 인민군이 봉기하였다.

항전 기지를 얻기 위하여 한족 인민군이 또 신고산으로 올라갔다.

이들이 생번들과 연합 우군(友軍)이 되기에는 너무도 문화를 가졌기에 상당한 무기와 물자도 반입할 수 있을까 짐작된다.

그러나 이 항쟁으로 인하여 대만 본도인 항쟁군(群)의 맨발이 생번의 맨발처럼 되기에는 상당한 시일이 걸릴 것이요, 그러한 시일이란 역시 인류의 불행한 또는 불가피적 역사의 과정이 아닌가 한다.

—게재지 미확인

# 도야지가 사자(獅子) 되기까지

## 1

청일전쟁(淸日戰爭) 이전의 지나(支那) 대륙과 4억만 인구를 일러 누가 한 말인지 아마 서양 사람의 입에서 나온 말일 것이다.

"지나(支那)는 잠자는 사자라."고 ─.

잠자는 사자를 경계한 것은 잠을 깰 사자가 미리 무서웠던 까닭이리라.

싸움도 싸움답게 못하고 마관(馬關) 강화조약(講和條約)에서 마래기[1] 이마에 옥을 달고 공작의 꼬리를 빗긴 천하영웅 이홍장(李鴻章)이, 잔나비에 갓 고깔 씌우듯 양복을 입고 발을 구르며 호령하는 이등박문(伊藤博文)에게, 쉽게 말하자면 하지 못한 싸움에 항복 조인을 하였던 것이다.

이로부터 지나에 새로운 별명이 붙었다.

"지나는 잠자는 도야지라."고 ─. 도야지는 잠을 자거나 깨거나 매(每) 일반이라는 뜻이리라.

---

1    마래기. 중국 청(淸)나라 때 관리들이 쓰던 투구 비슷한 모자.

방대한 대륙 '도야지'에 뭇놈이 칼을 들고 대어들어 베이기 시작하였다.

영구(永久) 유기(有期) 조차(租借)에, 조계(租界) 점령에, 철도부설권 획득에, 항만개방에, 차관(借款)에, 배상(賠償)에 ── 만신창상(滿身瘡傷)이 오늘날까지 그 꼴이 그저 그 꼴이다.

청일전으로 인하여 지나의 알기 어려운 이치는 주역(周易) 한 권뿐이오 그 외에 정치 경제 영역에서 신비가 일소되었다.

"지나는 아무것도 아니다." ── 이런 경멸하는 어구는 일본 말로 일본인이 해야만 경쾌한 맛이 날 것이다.

달리 말하자면 봉건(封建) 토호(土豪), 지주(地主), 호상(豪商)의 천자국(天子國)이, 외제(外帝) 자본(資本) 할거시장 이외에 아무것도 아니었다.

물적(物的) 지나는 아무것도 아닌 것이 알아졌거니와 인적(人的) 지나에 아직도 미신 아닌 미신이 남아 있다.

"중국 사람의 속은 알 수 없다."는 것이다.

"열 길 물속은 알아도 한 길 사람의 속은 모른다."는 것은 조선 사람의 속을 말한 조선에서 생긴 이언(俚諺)이다.

조선 전토가 지나의 일성(一省)에 미치지 못하는 대륙, 중국 사람의 대륙성은 그야말로 수심(水深)으로 측량할 수 없을 것이 아닌가?

그러니까 당년(當年)의 대원군 민비의 엉뚱한 속도 중국의 일성장(一省長)의 속에는 애초 비교할 바이 아니오 화교 소상(小商)의 소해(少孩), 고랑(姑娘)에 겨우 비등하다면 겨우 다행한 일이 아닐까?

조선 사람이 과연 몇 사람이 중국의 대인(大人) 영웅과 교제해 본 이가 있었기에 말이지 마침내 "중국 사람의 속은 알 수 없다."

는 탄사는 화상(華商) 정도 위인(爲人)의 외교적 압력에 손해를 보고 생긴 말일 것이다.

그러나 중국 인사의 속을 알 수 없다는 것은 조선 사람의 말이지만은 일본인 중에 어떤 '지나통(支那通)'이라는 사람이 중국의 상등(上等) 대인(大人) 장개석(蔣介石) 씨를 두고 ── 중일전쟁 전 장 씨가 일시 남창(南昌)에 은거한 적이 있었을 때 ── 이렇게 말한 일이 있다.

"장개석은 일본인이다. (?) 너무도 지나인답지 않아서 주위 사람이 모두 곤란하다."라고 ──.

이러고 보면 중국의 속은 도무지 알기 어렵다는 말인지, 알기가 빠드름하다는 말인지, 이해하기에 다소 주저되기도 한다. 문맥의 상하를 따지어 보아 장개석 씨 때문에 곤란하다는 결어(結語)는 볼 수 있어도 장개석 씨의 속은 아예 알 수 없다는 말은 은어로도 발견되지 않는다. "장개석은 일본인이다."(!)라는 말이 해괴한 소리다. 어구 그대로 직해(直解)할 거리가 아니라, 일본인이 최대 곤란을 겪기는 실상 일본인에게서라는 말이 아닐 수 없고 장 씨에게서도 일본인적 곤란을 중국인이 겪는다는 말이 된다.

과연 주위 사람들이 장개석 씨께 이러한 곤란을 발견하고 또 겪어야 한다면 오늘날 장개석 씨의 주위란 신측(身側)으로부터 지나 대륙 전반에 확대되는 주위가 아닐 수 없는 것이고 보니 장 씨적 곤란도 또한 지역적으로 그만치 확대되지 않을 수 없는 것이다.

그러니까 장 씨적 곤란 혹은 장 씨적 영향이 아무리 횡(橫)으로 널리 지나 대륙을 펼지라도 장 씨의 한 길 마음속이 종(縱)으로 그렇게 깊어서 알 수 없다기보다는 오늘날 세계와 역사의 지성으로써 용인되지 아니한다.

마침내 중국과 중국 사람에 관하여 모를 것이 없다.

장개석 대인에 관하여도 그러함에야 말이다.

2차대전 후의 중국은 어떠하냐?

연합국의 주로 아메리카의 통신으로 낱낱이 알 수 있다. 국민 정부의 지배하에 있는 지역의 사상 최고조의 인플레이션! 장 총통(總統)도 이에는 손을 댈 수 없이 바야흐로 대황하(大黃河)의 제방 붕괴로 인한 전유역의 탁랑(濁浪) 범람 이상임에 틀림없다.

담배 한 갑에 법폐(法幣)로 수십만 원이란 것을 밀항 상인에게 알아야만 할 것이 아니라 아래와 같은 웃지 못할 우스운 이야기가 있다.

중국 사람으로서 소매치기 전업자(專業者)가 있어서 중국 국립 경찰에 항의를 제출하였다.

"우리 소매치기 업자가 이와 같은 경제공황으로는 여간 법폐(法幣) 장을 소매치기한댓자 수지가 맞지 않소. 우리가 먹고살 도리가 없으니 감옥으로 보내 주시오. 수용할 감방이 없는 형편이어든 우리의 업무에 대하여 경찰에서 일절 방해를 하지 말아 주시오." 여사 여사(如斯 如斯).

겸하여 국민 정부 계열 탐관오리의 치적은 어떻다 형용 이상인가 한다.

농민 노동자 노인 소아의 아사시(餓死屍)가 도로에 즐비하고 남녀 학생의 무수한 테러 희생 — 이웃 나라의 소장지변(蕭墻之變)을 구태여 더 매거할 맛이 있느냐!

그런데 중국 중앙군은 이제 누구와 전쟁하느냐?

알기에 어렵지 않은 장 원사(蔣元師)는 어떠한 어려운 일을 하느냐?

2

"혁명이 아직 성공치 못하였으니 동지는 모름지기 노력하라."
손중산(孫中山)²의 유촉을 실천에 옮기지 못하는 중국 인사는 혁
명 동지는 고사하고 중화민국 국부(國父)에 대한 먼저 불충(不忠)
불효(不孝)에 틀림없는 것이다.

청조(淸朝)를 때려 누인 것은 확실히 탕무(湯武) 이후의 역성
(易姓) 혁명(革命) 중의 큰 하나이다.

그러나 이 혁명의 후속 부대가 명조(明朝) 복벽파(復辟派)가 아
니었던 것만이 다행한 것이 아니라 절강(浙江) 재벌과 역조(歷朝)
봉건 지주 계급과 이들의 대변인 지식 계급과 관련 군벌 등 혼성
여단적(旅團的) 당부(黨部)로서 삼민주의(三民主義) 혁명이 완수될
까닭이 없는 것이 대중화(大中華)의 불행인 것이다.

남경(南京) 정부가 성립된 지 22년 동안에 혁명이 상미성공(尙
未成功)이 아니라 청조적(淸朝的) 방대한 '도야지'가 잠을 자나 깨
나 22년째 매일반이다.

외제(外帝) 침략이 일본을 선봉으로 하여 방대한 '도야지'의 잠
식이 아니라 아주 분할론까지에 이르렀을 때 '도야지'가 눈을 뜨
기는 떴다.

도야지도 바야흐로 사자(獅子) 분신(奔迅)을 하려 할 때, 먼저
사자처럼 자반이축(自反而縮)하여 무애이치(無礙而馳)하는 것은 차
라리 물리적 동작이라, 절강 재벌과 봉건 지주들과 성현(省縣) 토
호 군벌들이 각자 분산 고립적으로 자반이축 ─ 즉 '단결'하였다.

---

**2**  중국의 정치 지도자 쑨원[孫文].

일군(一群)의 선각 지사(志士)가 천하를 치구(馳驅)한댔자 만신(萬身) 관절염이 걸린 도야지가 옴삭달삭할 도리가 있느냐 말이다. 재벌 대표 지주 대표가 지사 대표와 함께 당대회에서 항시 삼민주의(三民主義)로 토론하고 또 결의하였다.

'민족', '민권', '민생' 하면 도대체 민(民)이란 어떤 놈이 진정한 민(民)이냐?

어느 해 연도인지 외이지 못하나 진정한 민(民)이 일어서기 비롯하였다.

잠자는 '사자' 대지나(大支那)가 따로 있었던 것이 아니라 원래 잠깬 도야지의 대(大) 체구(體軀) 일부가 생물학상 돌연변이도 이렇게 기적적일 수가 없다.

도야지 몸뚱아리가 한쪽으로부터 '사자'가 되어 나가는 판이다.

용공연소(容共聯蘇)가 중화민국 광복을 위한 위대한 현실적 예언이었던 것은 22년래 중국의 현대사를 보아 과연 손중산의 위대함을 추모치 않을 수 없다.

삼민주의와 손중산의 유촉을 누가 실천하여 왔으며, 누가 이를 위하여 투쟁하여 왔으며, 바로 말하면 손문(孫文)의 중국 혁명의 정통 계승자가 누구인지를 판별하기에는 먼저 그 장구한 광범위의 실적을 보면 족한 것이다.

막대한 농민과 노동자 기타 외제(外帝) 내적(內敵)의 피압박 피착취 계급의 광복과 봉건 지주 토착 자산가와 그들 한간(漢奸)의 야합적 결붕(結朋) 외제(外帝)를 구축지 않고서는 중화민국의 광복 독립은 없는 것이다.

애초에 이 회천(廻天)의 대창업을 손중산 일거(一去) 후에 장중정(蔣中正)이 실현해야만 법통으로 계승되는 것인데 장(蔣) 중정이 이를 태업하였을 뿐 아니라 조강지처를 버리고 절강 재벌의 사위가 되었다.

외제 침략은 점점 가중하였다.

일제 침략전쟁 중의 육해공군(陸海空軍) 최고위원장 장(蔣) 원수의 공훈이 적다 하는 것이 아니다.

외적과 싸우는 중에도 지주 재벌 계급의 불리를 재래케 될 정세에 함(陷)하면 국군에 편입되었던 고투(苦鬪) 중국 인민군에게 숙군적(肅軍的) 불리를 전화(轉禍)시키고 자가수병(自家手兵)을 정규군으로 후퇴시키는 것이 항일전 10년간의 상투 수단이었던 것이다.

중국 인민군의 구성은 거개가 중국 농민이요 다음에 노동자인가 한다.

이들은 무엇이 무서워 공전(公戰)에서 겁내리오? 소향(所向)에 외적을 쫓고 국토를 신판 주법(周法)으로 재정하고 그 위에 철도 광산 공장을 토착과 외제로부터 탈환하여 국가에 이관시킴에 따라서 도야지 가죽이 일거에 사자의 살로 전신하여 나가는 것이다.

이에 따라 토착 지주와 재벌이 외제와 함께 몰리어 나는 것은 그들의 이해와 운명이 가소롭게도 일치되고 중국 인민을 혈수(血讐)로 대적하는 것이다. 항일전 이래 중국 인민군의 존재와 실적에 대하여 눈으로 보지 않았다고 눈이 덮어지지 아니하는 것이다.

2차대전 승리 후에 중국은 대전시(大戰時) 이상의 대동란 중에 있다.

장 원수와 그의 삼군(三軍)은 이제 누구와 싸우는가?

미소중영불(美蘇中英佛)의 연합군 체제가 아직도 해소되지 않았다.

연합군의 일환인 중국 국군에서 제적된 중국 인민군을 원조할 미소 양군 군사 원조가 법리상 있을 수 없는 것이다.

다행히 중국 인민군의 사용하는 병기가 자제(自製)거나 일군(日軍) 소지의 것이요, 아메리카산이란 말은 신문 통신으로 누누이 들었으나 소련제 무기가 있다는 말을 들은 적이 없다.

소련의 군자 원조 없이 중국 인민군은 싸우는 것이다.

그러면 아메리카 군수(軍需) 호상(豪商)들이 중국 인민군에게 연합군의 눈을 속이고 밀수로 무기를 공급한다고 할 수 있는 노릇이냐?

미식(美式) 비행기까지 가졌다는 중국 인민군의 전술이 신출귀몰한 것이 아니라 중국 중앙군에 치명적 약점이 있는 것이 분명하다.

중국 인민군의 점령 지역이 지나 전 지역의 몇 프로센트임을 따지기보다는 중국 유수(有數)한 도시정청(都市政廳)의 지배가 만주 남북중지(南北中支)를 통하여 성외(城外) 삼십 리 이외에 불급한다는 실정을 참작하면 족할까 한다. 장 중정의 신생활 운동과 남의사(藍衣社) 별동대의 편의전(便衣戰)으로 삼민주의가 실현되지 못하는 것을 알 수 있고 도야지가 사자로 전신하여 나가는 역사적 과정에서 사자가 쉬지 않고 진동한다.

외래 토착의 흡혈충을 떨어버리기에 사자는 오체(五體)를 진동한다.

이것을 항일전 승리 후의 중국의 내란, 대동란이라고 한다.

중국 사람은 속을 알 수 없는 것이 아니라 무서운 민족이다.

—게재지 미확인

# 동경대진재(東京大震災)
# 여화(餘話)

1

"지금 불령선인(不逞鮮人)[1] 수백 명이 폭탄과 무기를 잡고 횡빈 (橫濱) 지구로부터 동경 시내로 향하여 급진 중이다."

"대진재(大震災) 중에 쩔쩔매는 동경 시민의 생명 재산을 노리어 불령선인이 행동을 개시한다."는 등등의 신문 호외가 25년 전 9월 1일 동경대진재가 돌발한 직후 일본 전국에 눗방울을 울리며 돌았다.

일본 관동 지구 전역에 걸친 대진재가 참담(慘憺) 무비(無比)하였던 것은 이제 다시 이야깃거리도 될 것이 아니다. 다만 땅이 들썩거리고 해소(海嘯)[2]가 들이밀리고 화염이 대양과 같고 무수한 시체가 노르끼한 지방에 불이 붙어 오두둑오두둑 타는 중에도 일본 제국주의 지배 계급 놈들은 잔인무도한 묘안을 구상해 내었던 것이다.

---

1 '못된 조선인'이라는 뜻의 말. 일본인들이 한국인들을 멸시하여 부른 말.
2 해소(海嘯). 만조(滿潮) 때에 얕은 해안이나 3각형 모양으로 벌어진 강어귀에서 일어나는 높고 거센 파도.

얼결에 당하고 난 대진재가 무서웠다기보담도 일본 지배 계급 놈들은 진재(震災)를 이용하여 폭발될까 하는 일본 사회주의 계급 혁명이 실상 치가 떨리도록 무서웠던 것이다.

말하자면 일시 일부분의 천변지재(天變地災)로 일본 제국이 거꾸러지는 것이 아니라, 혼란기에 기성 자기 계급이 자기 민족 중 피압박 계급에게 일거에 전복될 것이 무서웠던 것이다.

이런 비상사태를 만나 이놈들의 상투 수단이란 간단한 것이다. 터무니없는 유언비어를 지어내어 이민족(異民族) 이국가(異國家)에 향하여 자민족의 적개심 증오심을 도발 선동하는 것이다.

이런 음험한 모략에 걸린 것이 일본놈 소위 애국주의 청년단원들이고, 사상 최대 테러 혈제(血祭)에 쓰러진 것이 당시 일본 재류(在留) 조선 동포 주로 근로 인민층이었던 것이다. 일본도(日本刀) 죽창(竹槍)에 쓰러진 동포 남녀노소를 가리지 않고 원수의 발치에서 최후로 '아이고!' ── 애호(哀號)를 남기고 죽은 인명이 정확한 숫자로 알 수 없이 일본놈의 말로 거저 수만 명이었던 것이다.

악귀놈들이 나중에 뒤통수 넓적한 사람, 얼굴이 넓은 사람, 일본 노동자 중에도 구주(九州) 지방 사투리 쓰는 사람까지 마구 때려 죽였다.

찔러 보아 '아이다!'가 아니고, '아야!' 하는 사람은 모조리 학살하였던 것이다.

자본주의 신문 한 회분의 호의가 사상 최대 죄악을 감행한 것이다.

우리 동포를 대량학살로 일소한 후 이놈들의 신문기사는 '조선인을 동포애로 인도애로 대하라.'는 것이었다. 당시 진재(震災) 혼란기에 우리 교포 근로 인민층은 고사하고 일본인 사회주의자도 결코 무슨 혁명 일규(一揆)[3]를 기도한 촌가(寸暇)도 없었던 것이다.

진재 자체가 얼마나 무서운 전복이었기에 호흡이 막히고 심장이 죄어들고 머리가 둘리고 다리에 쥐가 오르고 모발에 불이 붙는 판에 혁명가가 스리[4]가 아닌 바에야 그러한 천도적(天道的) 순간에 비인도적 악희(惡戲)를 감행할 여가가 있었으리라고 생각할 수 있는가? 이놈들의 망상은 한이 없다.

미국서 군함이 구조품을 만재(滿載)하고 최대 속력으로 동경만(東京灣)에 들어왔다. 구조 물자를 받고 나서는 미국 해군이 동경만의 수심을 비밀히 측량하였다고 은혜를 트집으로 돌려보내고 소련서 온 구조 군함은 정박도 불허하고 쫓아 보냈다.

원조품 실은 4개 소련 군함 측에 '세계 프롤레타리아는 단결하라!'는 노문자(露文字)로 크다막하게 써 붙인 것이 싫어서 국제간 우의까지 모욕하여 은의(恩義)를 원수로 갚아 보낸 것이다.

남의 나라 항구에 국가 소유 군함에 저의 천황의 일개 '가족 문장(紋章)'을 붙이고 드나드는 놈들이 '세계 프롤레타리아는 단결하라!'는 전 세계 근로 인민의 '국시(國是)'를 표어로 써 붙인 구조함이 무엇이 그다지 미웠던 것일까?

'도태랑(桃太郎)적 약탈선(掠奪船)'의 동화(童話)로 교육받은 놈들이 되어서 국제적 은의도 침략으로 망상하였던 것일까 한다.

당시 조선 우리 본국에서는 어떠한 동의(動議)가 있었던고 하니, '일본인이 아무리 우리 무고한 교포를 학살하였다 할지라도 우리는 원수를 은혜로 갚아야 한다.'고 고(故) 월남(月南) 이상재(李商在) 옹과 윤치호(尹致昊) 등 기독신교도들 중심으로 종로

---

3  같은 경우나 경로.
4  '소매치기'라는 뜻의 일본어.

YMCA회관에서 대연설회를 열고 일본 진재민 구조금을 거두어 금액과 물자를 보냈던 것이다.

그리 아니해도 당시 총독부놈들이 전 조선 지역에서 강제로 돈 곡식 물자 할 것 없이 닥치는 대로 징발하였던 것을 어찌하랴!

인도주의자 월남(月南) 선생의 박애주의가 나빴던 것이 아니라 도야지에게 진주보다는 일본 지배 계급 놈에게 인도주의란 '귀신에게 쇠방망이'를 제공하였던 허무한 꼴을 무척 보았던 것이 쓸쓸한 동키호테의 패사가 아니었던가?

그러구러 25년을 지난 오늘날, 이 '동경대진재 여화'를 어떻게 현금(現今) 현실 사태에 연속시킬 것인가?


2


빠진 이야기를 다시 잇거니와 동경 전 지역에 누워 쌓인 진재(震災)로 죽은 또는 학살당한 우리 동포의 참혹한 시체를 운반 소각 청소하는 고역을 일명(一命)을 겨우 건진 우리 동포 노동자들이 맡게 되었던 것이다.

듣자 하니 이에서 한몫을 착실히 본 자가 따로 있었다는 것이다. '상애회(相愛會)'라는, 말하자면 이해(利害) 의식을 파악지 못한 조선인 부랑층 자유 노동자들을 강제 규합하여 의식적 조직 노동자 동포들에게 아일(阿日)의 원리를 행사하는 악질의 위혁(危嚇) 테러를 자행하여 오던, 말하자면 친일(親日) 우익 노동자 단체가 있었다.

이 단체의 두목이 박춘금(朴春琴)이었다. 무수한 시체를 치우기는 조선인 노동자들이었다. 이에 얻은 실리적 보수와 또 이에 따른 공훈은 박춘금에게 돌아갔다.

원래 상애회라는 것이 실상은 원(元) 총독부 경무국장이었고 동경 경시총감 노릇한 환산학길(丸山鶴吉)이 박춘금을 조종하였고 박춘금이 우리 단순무지한 동포 노동자를 농락하여 이루어졌던 단체이었던 것이다.

박춘금의 영달(榮達)은 일본 중의원 의원이 되고 나중에는 전쟁 중에 조선에 대의당(大義黨)이라는 아일자(阿日者) 결사의 당수가 되어 광산권을 잡고 부자가 되고 갖은 못된 짓 행패를 거침없이 자행하였던 것이다.

요즈음은 그는 동경서 원(元) 영친왕(英親王) 이은(李垠)을 떠메고 복벽운동(復辟運動)을 음모하고 있다는 말까지 있으나 그것은 잘 모르겠다. 하여간 일본 제국주의자놈들과 친일파놈들이란 이렇게 더럽고도 간악한 지긋지긋한 전통의 뿌리가 깊은 것이다.

동경대진재 중 대량학살이 있었는가 하면 바로 다음 해 일본 삼중현(三重縣) 탄광에서 조선인 광부 삼백 명 이상을 작업 중 탈출 계획이라는 명목하에 또 학살한 일이 있었던 것이나 원수를 은혜로 갚는 조선 민족주의자들은 탄핵 연설 한번 하지 못하고 일본 대판 동경 등지에 있던 조선 노동자 학생 일본인 사회주의자 연합으로 탄핵연설대회를 열었으나 연사의 말이 대진재 학살 사건과 삼중현 탄광 이변에 미치기만 하면 즉시 일경놈들이 '중지!', '중지!'를 연발하였던 것이니 갸륵하게도 패씸하기는 조선인 형사놈들이 학생 연사의 하숙까지 개처럼 따라오던 것이다.

어릴 때 감상에서도 피중압 피착취 계급은 '조국이 소련이 아니라' 따로 조국을 획득해야만 하겠구나 하였다. 이 원통한 이야기가 한이 있느냐?

일본놈의 우리 동포에 대한 테러 학살은 왜구 해적의 조선 연안 침략과 임진왜란 이래 적어도 수백 년 동안 끊임이 없었던 것이니 이 동안 유명무명의 친일파 민족 반역자도 끊임이 없었던 것이다.

8·15 이후 재일본(在日本) 조선 동포의 인원수를 60만이라고 계산하나 박렬(朴烈) 씨 말에 의하면 80만이라 하며 전쟁 중에는 이 백만을 계상(計上)하였던 것이다.

몇 달 전에 일본 당국자놈들이 조선인 교육 탄압 악행이며 조선인 교육 기관 약취 음모이며 이에 따른 조선인 총살 수감 문제 등등은 이것이 전패국(戰敗國) 일본의 '민주주의' 가명하에 다시 횡행하는 제국주의적 관권(官權) 테러가 아니고 무엇이냐?

네놈들이 무슨 민주주의란 말이냐! 민주주의가 용출하는 씨와 피가 다른 것이다.

'천황신성 불가범(天皇神聖 不可犯)'이 일조에 '상징적 천황'으로 바뀌었을지라도 최고 전범자가 최고 지도자가 되어 대원수 제복을 '모닝코트'로 갈았을지라도, 봉건적 천황이 자본주의적 천황인 이외에 다를 것이 없는 것이다.

일찌기 일본 천황을 폭탄으로 모살하려다가 일헌(日憲)에게 종신형을 받았던 애국지사가 제일 조선 동포 교육 피해 사건에 대하여서는 도리어 일본 관헌놈들과 언사를 부동(符同)하여 '조선인 공산주의 교육 탄압'이라는 변호를 모국에까지 사람을 보내어 한다는 것은 도무지 이해할 수 없는 일이다.

일본 감옥이 하도 어두워서 대명천지에 나서서도 노선이 좌우를 밝히기에 현기가 나는 것일까?

무릇 침략적 도국(島國) 근성이 대장군 맥아더의 관용으로 버려지는 것이 아니니 사상(史上) 일본 제국의 전쟁이란 것은 무비(無非) 집단 테러의 확장인 것이었다.

이놈들의 테러 화(禍)를 가장 장구하게 극통하도록 받은 이가 조선 민족이니 이에 대한 배상 보복을 따진다면 여간 대마도 회수쯤으로는 수지가 맞지 않는다.

동경에 조선인 일본 총독이 부임할 만한 일이나 이것은 다시 대조선 제국주의가 아니었으면 요행한 일일 것이니 일본이 설령 신성천황을 추방하고 신성대통령(神聖大統領) ── 혹은 미기행웅(尾崎行雄)쯤을 추대(推戴)할지라도 8·15 일제 항복 후에 맥아더적 신질서가 우리 민족에 다소 회의를 갖게 한다면 전전(戰前)에 다소 친미영파(親美英派)들을 수습하여 조각(組閣)을 분분히 명한 댔자 일본 재무장설(再武裝說)이 진주만 재습 호외로 실현될지도 모를 일이 아닌가?

먼저 천황제(天皇制) 타도를 일본 공산당 계열과 박렬(朴烈) 씨의 제안대로 실시해야만 일본 정치가 일본 인민에 돌아갈 수 있으며 따라서 80만 재일 조선 동포도 세계 인민의 이익을 공동 향수할 수 있을 것이니, 대마도 회수와 고구려판도 대만주 요동 칠백리 회수와 아울러 못지않게 민족 만년의 낙토가 처처에 있으리라.

조국(祖國) 땅이 좁은 까닭이 아니라
조국을 팔아먹은 자(者)가 있어
원보(元甫)와 순(順)이는
우전천(隅田川) 찢긴 시궁창에 녹 슬은 한가락 '와이아'에 매어 달려
화염(火焰) 위에 검푸르게 닿은 잃어진 조국(祖國) 하늘 밑에 박간농장(迫間場農)이 들어선 남전(南田)과

불이농장(不二農場)이 마름하는

고향(故鄕) 북답(北畓)을 생각하였다.

— 설정식(薛貞植) 시(詩)의 일절(一節)

— 게재지 미확인

# 평화일보(平和日報) 기자(記者)와
# 일문일답(一問一答)

1 현하(現下) 양 사상(兩思想)의 대립과 우리 민족 문학의 입장을 말씀해 주시오.

사상 진영의 대립은 조선에서만 볼 수 있는 것이 아니요 세계적 숙명적 현상이므로 이 사상 대립 문제에 대한 것은 의견을 피하겠습니다. 우리 민족 문학은 인권 옹호와 언론 자유 혹은 발표 자유가 완전히 획득되기 전에는 우리의 신민족 문학을 기대하시기가 지난(至難)한 일일까 합니다. 인권 옹호와 언론 자유의 인민적 복지는 차라리 미영불적(美英佛的)인 민주주의 투쟁사상 가장 찬란히 발화된 것인데 현하 우리 조선에 이 민주주의적 혜택이 수입되어 있는지 의문입니다. 먼저 인권 옹호와 언론 자유에 대한 가장 일선적 투사가 신문기자이겠는데, 초대면이신 귀기자(貴記者) 선생을 어느 정도로 신뢰하여야 할 것이올지 근래 믿을 사람이 적어서 나의 언론을 자유롭게 제공하기가 지난합니다. 그러나 민족 문학이란 어떠한 독선적 자기만족, 신손론(神孫論)에서 구전하는 신화나 전설이 아닐 바에야 민족 문학을 현실과 과학과 이론에 모순되는 위치에서 추구할 수야 있습니까? 문학은 언어와 문자와 민족 생활과 역사 등 자연적 환경의 제약에서 이탈할 수 없는 이상 그 민족의 개성을 긍정치 않을 수 없습니다. 그러나 '원리'는 항시 세계적인 것이므로 세계적 원리에 모순되는 문학을 민족 문학이라고 추대(推戴)할 수는 없습니다. 세계적 원리에 모순 갈등이 없는 기반에서 유창 활달한 민족적 특색을 발휘하는 것이 우리 민족 문학의 새로운 길일까 합니다. 올림픽 각종 경기에서 우리 민족의 개성적 특색을 발휘할 수 있게 된 것은 이미 결정적인 것으로 보이는데 당래할 세계 민족 문학 경기에 있어서도 우리 민족의 문학 선수들도 당선 이상의 초특색을 발휘하여야 할까 합니다. 평화와 창조와 조선과 세계를 위하여 여기까지에 이르기에는 조선 민족 문학은 올림픽 경기보다는 훨씬 참담한 고투(苦鬪)의 길을 걷게 될 것입니다.

**2 음산(陰散)한 세태에 처하는 시(詩)의 사명은?**

'음산한 세태'라니요? 조선적 세태가 음산한 현상을 기자 선생도 인정하시는 모양이시군요. 세태가 음산할 바에야 시가 그리 명랑할 수야 있습니까? 슬프지 않은 유행가도 들을 수 없습데다. 시가 그저 유행가처럼 슬프기만 해서야 망국적일 것입니다. 시가 자연히 비절격월(悲絶激越)하여지는 것도 불가피한 현상일 것입니다. 그러나 시에도 사명을 맡기실 아량이 계시다면 먼저 시를 취체(取締)하지 말으시기를 요청합니다. 달과 꽃과 바람과 술의 시적 사명은 이태백(李太白)이 완전 이행한 바이어니 조선의 새로운 시인으로 하여금 암묵을 뚫고 나가는 작렬한 기관차처럼 돌진하기에 지장이 없게 하여 주시지요. 시적 사명보다 먼저 시적 자유를! 시인에

게 '무관제왕'이란 예칭(譽稱)이 부당한 세대가 온 바에야 먼저 시
인에게 일개 자유 인민을 용허하시지요. 우수한 시가 나오도록! 그
러한 뒤에야 음산을 명랑으로 개편할 자신이 시인에게 있습니다.


### 3 유물사관(唯物史觀)과 순수예술의 입장은?


유물사관을 공부한 적이 없어서 이 문제는 내게 과분한 숙제입
니다. 그러나 인류의 물질 생활이 생산과 노동의 관계를 떠나 본
적이 없을 바에는 생산과 노동 —— 즉 물질 생활에 유물사관이 성립
된 것은 물리와 화학부 내에 물리학사가 있음과 같이 지극히 당연
한 일일 것입니다. 모든 문화가 물적 기초 위에 —— 라는 것이 어찌
문화와 예술의 품위에 대한 반역하는 것이 되는 것이겠습니까? 유
물사관에 대한 오해가 너무도 심한가 합니다. 더욱이 유물사관을
'무신론사관'으로 보는 편견은 유물사관에서는 볼 수 없을까 합니
다. 유물사관적 학도 중에는 편견적인 소위 '무신론자'도 있는 것
입니다. 마치 유물사관을 즉시 '무신론'으로 속단하는 편견적인 유
신론자처럼, 그러므로 인류가 먹고 입고 살아온 법칙과 사실의 역
사에 대하여는 신앙인도 예술가도 허심탄회로 연구하여 신앙과 예
술에 막대한 공헌을 하여야 할 지적(知的) 책무(責務)를 부담할 것
이지 학술에 대한 부당한 중상(中傷)과 속단을 피하여야 할 것입니
다. 예술이 천하에 제일입니까? 그렇다 칠지라도 먹고 입고 사는
기초공사 위에 예술을 건축하여야 할 것입니다. 먼저 연구와 공부
를! 연구심이 없는 문학청년들이 자칭 '순수예술'이라고 악지[1]를

---

1   악지. 잘 안될 일을 무리하게 해내려는 고집. 큰말은 '억지'.

쓰며 유물사관에 격투를 신청하는 것은 마치 신앙을 거부하는 정치 청년들이 교회를 위하여 십자군을 자원하는 것과 같이 언제 배반 탈주할지 보증할 수 없는 기괴한 외인부대일까 합니다. '순수한 유물사관 위에 순수한 예술관' 하등의 모순이 없습니다.

### 4 문화인의 경제(經濟) 해결은?

'경제 해결'이란 무엇을 말씀하시는 것입니까? (기자: 문화인의 먹고살 도리를 해결한다는 말씀입니다.) 문화인이 먹고살 도리라는 문제는 글쎄요? 나도 어떻게 해야 할지 도무지 도리가 없습니다. 경제 문제 전공가에게 물어보시지요. 내가 내 생활을 해결할 도리가 있을 양이면 이렇게 이불을 쓰고 귀객 앞에 떨고 앉았겠습니까? 하필 문화인의 살아나갈 도리뿐이겠습니까. 인민이 모두 도탄에 빠졌는데 — 조선의 문화인이란 거개 저급 월급쟁이 아니면 실직자 부류에 속하는 자이므로 이런 사람에게 문의하실 것이 아니라 조금 문화인을 떠나시어 물어보시지요. 요인(要人)이나 지도자들에게. 나도 의견이 아주 없는 것도 아닙니다. 진정한 지도층과 막대한 인민군(人民群)의 통합적 강경한 투쟁으로 38선 해소와 자주통일 독립정부가 선 후에야 될 것입니다. 먼저 간불용발(間不容髮)[2]이 세계 인민의 원리에 절대 순종하는 미소 양군의 합의 일치가 있은 후에야 말씀입니다.

— 게재지 미확인

---

2  '머리털 하나 들어갈 틈도 없다.'는 뜻으로 '용의주도해서 조금도 빈틈이 없음'을 말함.

# 조선시(朝鮮詩)의
# 반성(反省)

시를 써 내놓지 못하고 시를 논의하는 것이 퍽 부끄러운 노릇이다.

전에 평론 공부를 한 이력이 있었더라면 이제 와서 이 일문(一文)을 초(草)하기가 수월하였을 걸, 시인 소리만 들어 온 것이 늦게 여간 괴롭지 않고 시 쓴 버릇 때문에 정서와 감정에 치료하기 어려운 편집적(偏執的) 병벽(病癖)이 깊어져서 나는 몹쓸 사람이 되어 버리지나 않았나? 하는 괴로움에서 헤어나기가 힘들다.

이러한 괴로움이 일제 발악기에 들어《문장》이 폐간당할 무렵에 매우 심하였다. 그 무렵에 나의 시집 "백록담(白鹿潭)"이 주제주제[1] 가두에 나오게 된 것이다.

"백록담"을 내놓은 시절이 내가 가장 정신이나 육체로 피폐한 때다. 여러 가지로 남이나 내가 내 자신의 피폐한 원인을 지적할 수 있었겠으나 결국은 환경과 생활 때문에 그렇게 된 것이었다.

그러나 모든 것을 환경과 생활에 책임을 돌리고 돌아앉는 것을 나는 고사하고 누가 동정하랴? 생활과 환경도 어느 정도로 극

---

1    주저주저(躊躇躊躇). 몹시 머뭇거리며 망설이는 모양.

복할 수 있는 것이겠는데 친일도 배일도 못한 나는 산수(山水)에 숨지 못하고 들에서 호미도 잡지 못하였다. 그래도 버릴 수 없어 시를 이어 온 것인데 이 이상은 소위 '국민문학(國民文學)'에 협력하든지 그렇지 않고서는 조선시를 쓴다는 것만으로도 신변의 협위를 당하게 된 것이었다.

일제 경찰은 고사하고 문인협회에 모였던 조선인 문사배(文士輩)에게 협박과 곤욕을 받았던 것이니 끝까지 버티어 보려고 한 것은 그래도 소수 비정치성의 예술파뿐이요 프롤레타리아 예술파는 그 이전에 탄압으로 잠적하여 버린 것이니 당시의 비정치적 예술파를 자본주의의 무슨 보호나 받아 온 것처럼 비난한 것은 심히 부당한 일이었다.

위축된 정신이나마 정신이 조선의 자연 풍토와 조선인적 정서 감정과 최후로 언어 문자를 고수하였던 것이요, 정치 감각과 투쟁 의욕을 시에 집중시키기에는 일경(日警)의 총검을 대항하여야 하였고 또 예술인 그 자신도 무력한 인텔리 소시민층이었던 까닭이다.

그러니까 당시 비정치성의 예술파가 적극적으로 무슨 크고 놀라운 일을 한 것이 아니라 소극적이나마 어찌할 수 없는 위축된 업적을 남긴 것이니 문학사에서 이것을 수용하기에 구태여 인색히 굴 까닭은 없을까 한다.

그러나 그것이 조선시의 유원(悠遠)한 기준이 되어야 한다든지 신축성 없는 시적 모형을 다음 세대에까지 유습시켜야 하는 것은 아니다. 그래야 한다면 그것은 일제 중압하의 조선시의 상속일 뿐이요, 조선시의 선수권은 언제든지 소시민층이 보유한다는 것이 된다.

지금 송강(松江), 진이(眞伊)의 시조에 육박할 만한 시조가 새로 나온다고 하자. 그것이 봉건 이조(李朝) 문학 유산의 모조가 아닐 수 없음과 같은 것이다.

정치성 없는 예술까지도 일제 극악기에 이르러 고갈하여 버리고 일부 절조(節操) 상실자들이 자진하여 '국민문학파'적 강권에 협력함에 따라 조선시는 압살되고 말았던 것이다. 시를 쓸 수 없는 정세하에 무위칩거(無爲蟄居)한 것을 고고의 덕으로 돌린다는 것을 안연(晏然)히 받아들일 무슨 면목이 있었던 것이냐? 시를 버림으로 달리 무엇에 노력하고 구상한 것이 있었더냐 하면 무엇이라 답변할 것이냐? 속수무책 이외에 아무것도 없었다. 정치성 없는 예술이란 말하자면 생활과 사상성이 박약한 예술인 것이므로 정신적 국면 타개에도 방책이 없었던 것이다.

행동과 실천에 있어서 무력하였던 것을 이제 추구할 바가 아닐지 몰라도 다만 지적 추구에 있어서도 완전히 폐병(廢兵)으로 제대되었던 것이니 8·15 이후 지면과 발표의 자유를 얻어 나오는 시인들의 소위 '작품'을 보면 알 수 있다. 시가 당장에 완성할 수 있는 것이 아니라 항시 발전과 비약으로 우수한 것이고 보면 조금도 발전한 자취가 없는 시가 우수할 수 없는 것이다. 약간의 이조 봉건 시대 유한 계급(有閑階級)의 섬약(纖弱)한 어휘와 다소 운율적인 단문이나 2차대전 직전의 불란서풍의 경쾌한 기지적인 시풍의 모방벽(模倣癖)이 거리적거리는 이외에 보잘것이 없다.

그로 보면 일제 최후 발악기에 들어서 그들은 과연 고고 초연한 은사(隱士)이었는지는 몰라도 지적 탐구에 있어서도 완전히 게으른 기권자임에 틀림없었던 것이다.

지금까지도 막연히 시작적(詩作的) 습관을 버리지 못하고 시인이라는 명성을 아끼고 부러워하는 나머지에 — 그저 '시인'일 뿐이요 공부할 의견도 없는 것이다. 사물의 핵심을 구명할 만한 정력과 의욕은 상실하고 시구적(詩句的) 표피(表皮)에 한하여서만 지극히 인색하고 집착하는 것이다.

그러나 그들의 시가 지난날 서정시(抒情詩)의 조박(糟粕)을 씹어 그대로 섬세하고 미려하냐 하면 그렇지도 못하고 남의 버리고 간 탈피를 뒤집어쓰고 시의 정통을 인계한 양으로 그들의 언동을 살피기에 실로 눈살이 찌푸러지는 것이니 언필칭 셰익스피어, 밀튼, 괴테, 하이네를 치어들고 나선다. 고전이라는 것은 더욱이 외국 고전이라는 것은 그저 읽어지는 것이 아니요, 읽어질지라도 이해까지에 이르기에는 암송이 되도록 학습해야만 하는 것이니 구미 대학 문과에서 고전 극시류(劇詩類)를 학생으로 하여금 암송을 강요하기까지 한다는 이유가 거기 있을까 한다.

태백(太白), 두보(杜甫)가 유명한 것은 한글도 채 모르고 다듬이로 늙으신 할머니까지 아는 것이나, 어찌하여 태백 두보의 시가 유명하냐를 아는 이는 드문 것이다. 설령 태백 두보의 시를 몇 개 암송할 만한 독서인일지라도 태백 두보의 시를 낳을 만한 당대(唐代)의 사회 제도와 풍습이라든지 그들 시인의 생활적 조건과 환경이라든지 당대 문화의 개성이라든지 한문학 전체의 역사적 발전 계단에 있어서의 태백 두보의 시와 시인적 위치를 이해해야만 완전히 이해되는 것이다. 무엇보다도 예술 문화가 발화된 그 시대의 정치 경제적 현실을 이해하는 것과 예술인 자체의 이념과 생활을 구명하는 것이 일개 독서인의 우아한 상식을 위하여서도 필요한 것이다.

서양 고전 문학의 원천을 희랍 신화와 히브라이 성서에 소급하는 것은 바른 상식이다. 그러나 신화나 성서에 기록된 것이 무비(無非) 정치 경제를 기저로 하여 또 그의 갈등, 모순, 투쟁의 영향에서 온 신의 계시와 인간의 알력으로 교착된 전설과 역사로 일관된 대기록임을 해부 천명하는 것이 신학자(神學者)의 불명예도 아닐 것이요, 정치 경제 역사학도의 특권적 영역이 아닐 수 없는 것이다.

기독교 정신이 민족광복을 부정하는 것이 아니다. 신구약(新舊約)이 다분히 그러한 전쟁과 투쟁의 역사적 기록으로 만재(滿載)된 것을 볼 때 또는 교회 자체가 끝까지 사도적(使徒的) 전진이며, 성신(聖神)의 보루임을 자임하는 바에는 인간의 투쟁의 시인(始因)이 아담과 에와의 범명(犯命)에 있다는 것을 그 이전에 천상에서 선천사(善天使)와 악천사(惡天使)의 싸움에 돌린다는 것을 기독교도로서 신앙하기가 어려운 것이 아니라 영혼의 도전이 마침내 정치 경제적 전장 위에 실전화하여 온 것을 보는 것이 구태여 이단사설(異端邪說)이 아닐까 한다.

서양 고전 문학의 발전과 영향을 다분히 성서와 교회 생활에 돌릴 수 있다면 서양 문학의 물적 기저와 발전 과정을 타면(他面)으로 정치 경제적 역사 위에서 탐색하는 것이 아메리카 신대륙을 발견하기 위하여 기독교도 콜럼버스가 항해과학을 이용하였음과 일양 타당한 방법일 것이다.

그러므로 40년간 영양 부족적 쇠약한 상태로 명맥을 유지한 조선 신문학의 역사도 다분히 이조(李朝) 신분 정치와 토지 정책과 일제 자본주의적 식민지 통치의 영향을 벗을 수 없는 것을 갈파할 수 있음은 이것을 조선 문화인의 치욕으로 돌릴지언정 성급한 논단으로 처리할 수는 없는 것이다. 그러나 시와 예술은 현실에 입각하여 현실에서 다시 전진하기를 이념적으로 부담할 수 있는 것이고 보면 정치적 영향에서만 위축되고 부상할 것이 아닐 것인데 40년간 조선 신문학은 약소 민족 문학으로서 현상 타개의 자랑할 만한 업적을 볼 수 없는 것은 그것이 일제의 민족 문화 탄압 정책에서뿐만 아니라 조선 문학예술인 자체의 지적 부담에 책임성과 비판의식이 박약한 것이었다.

말하자면 문학인이 약간의 시문(詩文) 소설류를 현해탄을 건너온 외화(外貨)와 함께 무반성하게 소화하려는 것으로써 문학 전공인 줄 알았던 것이다. 정치경제사나 계급혁명사나 민족광복투쟁사 등을 섭렵하는 것이 시인의 '천래적(天來的) 영감'에 무슨 지장이나 되는 듯이 외도시하였던 것이다.

민족적으로 항시 당면하여 있는 시사(時事)나 사건이나 정세나 국제 동향 등 일반 현실 사태에 몰간섭하기를 자랑으로 삼았던 것이니 일개 시민으로는 신문기자나 상인에 불급하도록 현실에 우매하였던 것이다. 더욱이 노동과 생산, 혁명과 투쟁에서 문학적 창의와 구상을 얻는다는 것은 조금도 기대되지 못한 것이요 도리어 이러한 문제가 문학적 논변에 오르고 보면 반드시 반동적 흥분을 하는 것이며 진보적 작가의 경향적 작품에 대하여는 사감적(私感的) 타매(唾罵)를 가함으로 안여(晏如)할² 줄로 여기는 모양이요, 그들이 언필칭 괴테 하이네 등을 들어 방위 구실을 삼으려고 하나 실상은 아리스토파네스로부터 하이네에 이르기까지 무릇 위대한 시인들은 하냥 경향적이었다는 사실(史實)을 어찌 하랴?

청소년기의 애정 본능이 시문학 수업에 감미한 기동력이 되었겠으나 서정시적 번뇌 계절이 너무 길다. 30 전후에 시작(詩作)은 습기에 젖고 사람은 황폐하여 버리어도 '시인'은 자기의 병을 모른다.

2  안여하다. 마음이 편하고 침착하다. 안연하다.

이러한 원인으로 40년간 조선 신시(新詩) 신문학은 지극히 성적을 올리지 못한 것이요 8·15 이후 민족 자주기에 돌입하여서도 생활과 건설 의욕이 거세된 시문류(詩文類)로써 시와 문학이라 할 수는 없이 된 것이다.

문학에 순수를 방패삼아 나서기에도 문단적 업적과 연조가 너무도 짜르고 초보적 문학 모색기에서 방황하는 일종의 문학 지원자로서는 과분한 짓이다.

선진 외국에서는 그러한 문학 예술은 2차대전 이후에 완전히 노폐하여 버린 것이요 조선에서 기두(起頭)할 가망도 없는 것이다. 세계 인민 역량이 바야흐로 청춘기에 돌입한 것이요 조선에서는 광란노도 상태로 역사가 급격히 추진됨에 어찌하랴!

가사(假使) 일제 시대에 비저항 비협조적 태도를 일관하여 고고일로(孤苦一路)의 문학을 사수하여 왔다면 8·15 이후의 제작 태도와 실적으로써 분연히 비약 발전이 있어야 할 것인데 마침내 고양이꼬리를 3년을 보장하여도 표범의 꼬리가 되지 못함이 아닌가? 일제 말기까지의 양심적 문학도는 소시민층 민족 정서의 최후 처녀성만을 고수하기 위하였던 것이므로 다분히 개성적이요 주관적이요 고립적인 것이었다. 따라서 지극히 소극적인 우울 비애 아니면 까닭 없는 명랑 쾌활의 비정기적인 신경질적 발작의 예술적 형상화에 정진하였던 것이다. 표현 기술에 있어서는 다정다한(多情多恨)을 주조로 하는 봉건 시대 시인 문사(文士)의 수법적 원형에 외래적 감각 색채 음악성을 착색하여 무기력하게도 미묘한 완성으로서 그친 것이므로 이를 차대(次代) 민족 문학에 접목시키기에는 혈행력(血行力)이 고갈한 것이다.

이러한 문학 유산을 계승한다면 종장(宗匠)과 도제(徒弟) 사이의 전수와 모방 이외에 다른 창의와 개척이 있을 수 없는 것이다.

시인은 특별히 예술 분야에 선구적인 사명이 부여된 것이다. 현대 서구 문학에 있어서 시인의 영도성과 영향력이 회화 부면에 까지 이른 것은 평론가도 차라리 그의 발상 정리와 이론 구성으로 뒤치다꺼리를 맡아 하기를 부끄리지 않았던 것이다.

시인의 천분(天分)을 이러한 점에서 칭예할 만하다.

시인의 천분이 전진하여야 하겠느냐? 수구(守舊)로 후퇴하여야 하겠느냐? 하는 준엄한 과제가 8·15를 계기로 하여 민족적으로 부여된 것이다.

8·15 직후부터 과연 시가(詩歌) 유사의 것이 지면마다 흥성스럽게 남장(濫粧)되었으나 이들 '광복'의 노래가 대개 일정한 정치 노선을 파악하기 전의 사상성이 빈곤하고 민족광복 대도(大道)의 확호한 이념을 준비하지 못한 재래 문단인의 단순한 습기적(習氣的) 문장 수법에서 제작되었던 것이므로 막연한 축제 목적 흥분, 과장, 혼돈 무정견의 방가(放歌) 이외에 취할 것이 없었던 것이다.

어제까지 두 손목에
매어있던 쇠사슬이
가뭇없이 없어졌다
요술인 듯 신기하다
오래 묶여 야윈 손목
가볍게 높이 치어들고
우리님 하늘 우에 기시거든
쇠사슬 없어진 것 굽어보소서
　　　　　— 벽초(碧初) 시 「눈물 섞인 노래」 중 1절

남산에 단풍들어 나뭇잎 아름답다
씩씩한 청소년들 떼지어 올라가네
보아라 신흥 조선의 남아인가 하노라


곳곳에 쌓인 것이 무배추 무뎅이라
맛좋은 조선 김치 뉘 아니 즐기겠니
세계에 자랑거리는 김치인가 하노라

　　　　　　　— 이극로 박사 시조 「한양(漢陽)의 가을」 중 2수


벙어리 된 지 서른 여섯 해
삼천리(三千里) 강산(江山)에 자유종(自由鐘)이 울렸다
대조선(大朝鮮)의 아들 우리 아가야 이 종(鐘)소리를 너도 듣느냐?
메아리 은은히 밀려 감돌아 슬지 않는 저 종소리
대한민족(大韓民族) 만세를 부르짖는 저 환호성(歡呼聲)!
또한번 대조선에 봄이 왔구나
활개를 치자 너도나도 다시 살아났구나
인제는 조선에도 봄이 왔구나
너도나도 다시한번 살아났구나
아가야 나도 너도 조상 없는 자식이었지?
성(姓)도 이름도 다 갈았구나
삼한갑족(三韓甲族)이라면서도 —

　　　　　　　— 월탄(月灘) 시 「대조선의 봄」 중 2절


　　읽는 이의 판단에 맡기고 말만 한 것이요, 도저히 8·15 직후
조선의 새로운 운명에 해당할 새로운 민족시의 발아로서는 너무

도 싹이 노랗던 것이 아니면 완전히 끝물까지 따 버리고 난 뒤 거둘 무렵의 마른 넝쿨에 매달린 외꼬부리[3]가 아닐 수 없다. 물론 위에 열거한 분들이 평소에 시인으로서 자타가 공인한 분들은 아니므로 그분들의 시를 논란하자는 것이 아니라 '시자(詩者)는 언지(言志)라.' 하면 시형(詩型)에 담기어 있는 뜻이나 생각을 따지어 볼 때 새로운 세기의 술을 담기에는 너무도 낡고 초몽(草蒙)[4] 이전의 황당한 토기임에야 어쩌하랴?

이제 다시 평소에 시구적(詩句的) 자가도야(自家陶冶)가 있었던 분의 시를 들추어 보면

불살려 날렸단들 님의 '안'을 가실 것가
못감은 눈이 남아 오늘 우리 보시려니
구름에 북(北)에서 오니 새로느켜 합내다

— 위당(爲堂) 시조 12애(哀) 중 1수

타오신 그 수레를 몇몇 분이 미옵신고
손발사 묶였던 줄 하마 님은 아옵서도
앉은 채 뵈옵는 마당 눈물 글썽 고여라
님 뫼신 이 뒤에란 푸념 아예 마오리라
잔투정 그만두고 옥신각신 마오리라
여흰져 시틋턴 일이 뼛골 아니 저리뇨

— 무애(無涯) 시조시 「님을 뵈옵고」 중 2수

---

3  외꼬부랑이. 못생기게 비틀어지고 꼬부라진 오이.
4  초매(草昧). 천지개벽의 처음. 곧, 거칠고 어두운 세상.

이제 너도 눈물 거두고

열두 폭 남치마를 입어보렴

하 —— 얀 버선발이 그립고나야

눈을 들어 저 푸른 하늘을 보라

땅은 왼통 북처럼 둥둥 울린다


어머님 저 나라에도 아마 이 소리 들리시리다

이내 향로(香爐) 앞에 무릎을 꿇어

울고 울고 또 울어라도 보리까

눈물은 명주실에라도 꿰어

님의 하얀 목에 걸어드리오리까

하마 그님은 칠현금(七絃琴) 껴안고

여민락(與民樂) 한 곡(曲)을 타기로 하오리라

—— 이헌구(李軒求) 시 「소박(素朴)한 노래」 중 2절


메마른 입술에 피가 돌아

오래 잊었던 피리의 가락을 더듬노니


새들 즐거히 구름 끝에 노래 부르고

사슴과 토끼는

한포기 향기로운 싸릿순을 사양하라


여기에 높으디 높은 산마루

맑은 바람 속에 옷자락을 날리며

내 홀로 서서

무엇을 기다리며 노래하는가

— 조지훈(趙芝薰) 시 「산상(山上)의 노래」 중 1절

시로 이름이 알려진 분들의 시를 예거하여 대개 이러하고 그 외에 인용할 수 있는 것이 하도 많으나 이만만 들어도 8·15 직후의 일부 시가(詩歌) 경향의 약속 없이 이루어진 유형으로 보아도 무방하다.

현실과 사태에 대응하여 정확한 정치 감각과 비판의식이 희박하면 할수록 유리되면 될수록 그의 시적 표현이 봉건적 습기(習氣) 이외에 벗어날 수 없는 것을 본다. 시의 재료도 될 수 있는 대로 현실성이 박약한 것일수록 '시적'인 것이 되고 언어도 이에 따라 생활에서 후퇴된 것이므로 그 약동하는 시가 될 수 없는 것이다. 시가 낙후되었다는 것은 풍속적 유행에 견디지 못한다는 것이 아니라 생활과 실천에서 돌아서거나 낙오되거나 — 말하자면 역사의 추진과 함께 능동하지 못함에서 그러한 것이다.

이러한 시인의 문자 표현에 그다지 중대한 관심이라든지 책임성을 붙일 거리가 아니라고 소방(疏放)한 일개 독자적 태도에 그쳐야 과연 옳은 것일까?

그러나 '사람은 정치적 동물'이라는 것을 인정한다면 이러한 시인이 반드시 '시인'으로만 있을 수 없어 하는 것을 볼 수 있으니 더욱이 격렬한 변혁기에 있어서 후퇴하는 대오에 재조정되거나 소멸하고야 말 숙명적인 계급에서 반드시 정치 동작을 하게 되는 것이다.

시와 예술만은 정치에서 초탈시킨다든지 혹은 그의 우위에 둔다는 예술 지상주의자가 예술의 전진을 거부하고 행동이 전진할

수 없는 것이고 보면 그의 비극적인 고식적(姑息的) 안전지대가 반드시 문화와 역사의 반동(反動) 진영이 아닐 수 없게 되는 것이다.

그의 시적 천분이라든지 교양의 고아(古雅)한 것을 또는 기술의 미묘한 것을 논란하는 것이 아니라 그들의 자부심이란 항상 이런 점에서 강한 것이요 또는 이러한 완강한 자부심에 대하여는 피해망상적인 오만한 자가 방위적 태세에서 우울하고 고독하다 ─ 그러한 '천분(天分)'에 그치고 마는 시에 필수(必隨)하는 시인 자체의 언동이, 추진하여 마지못할 민족과 민족문화에 도전하는 무모한 위험성을 간과할 수 없어 할 뿐이다.

어찌하여 일부 인사들이 전진하는 시와 문학을 '정당'의 지령에 의한 것이라 중상하는지 '정치에 예속'시키는 것이라 비방하는지 그의 심적 근거를 해명하기가 어려운 것이 아니다.

과학과 정치와 경제와 역사와 민족의 추진 비약기에 있어서 문화의 전위인 시와 문학이 일체를 포기하고 일체를 획득하는 혁명적 성능을 최고도로 발휘할 운명적 과업을 위하여 무엇보다도 예술적 이념과 감각이 첨예 치열하여지는 것은 차라리 자연발생적인 현상이다. 시인의 민감이 생리적 조건이라면 왜 이 생리를 거부하려는 것이냐?

시적 궁정미인으로서 고풍의 의상과 전아(典雅)한 예절에 휘감기어 한 '왕조'와 함께 쓰러지느냐? 막대한 인민의 호흡과 혈행과 함께 문화 전열(戰列)에서 전진하여야 하느냐?

태도는 결정적인 것 이외에 있을 수 없다. 아무 준비 없이 8·15를 당하고 보니 마비되었던 문학적 정열이 다시 소생되어 막연히 충동적으로 궤도 없이 달렸던 것도 얼마쯤 연민을 아낄 수 없는 것이었으나 민족사상 부당한 시련기가 삼 년이나 참담하게도 낭비되어도 진정한 민족노선을 파악지 못하는 시인 문사에게 무슨 문학이 기대될 것인가?

민족 문학의 노선과 민족의 정치노선이 서로 이탈될 수 없다는 것이 문학을 정치에 예속시킨다는 중상적 구실이 될 수 없는 것이요 또 이를 양국 문화 부분에 우위 열위를 차정(差定)하고자 하는 것이 벌써 문학의 '영광스런 고립'으로 화인(禍因)하여 민족의 정치노선까지에 반역하는 것이 되고 마는 것이 하물며 문학 자체의 파산까지를 무엇으로 주체할 수 있는 것이냐!

민족의 정치노선이 일부 정략인의 편의적 고안이 아니라 세계 인민의 원리와 2차대전의 세계 민주 계열의 승리로 8·15를 계기하여 역사적 창조로 결정된 것이다. 제2창세기에 필적할 세계 인민의 특히 약소 피압박 조선 민족의 신기원(新紀元)에 들어서 문학만이 편년(編年)에서 제외되자는 것은 가련한 유목 가인(歌人)의 '후정화(後庭花)'가 아닐 수 없다.

바로 말하면 만성 소시민적 허탈증을 빨리 치료하여야 하는 것이다.

落日心猶壯
秋風病欲蘇[5]

———— 두보(杜甫)

소시민적 소가계로 비탄할 거리가 되는 것이 아니라 이 무병신음을 오래 끄는 것이 잘못이다. 아직도 늦지 않았다. 아직도 노

---

5   낙일심유장 추풍병욕소. 지는 해에 마음은 도리어 장대하고, 추풍에 병은 오히려 다시 소생하는
    도다.

동자 농민에서 시와 문학이 창조되기는 조선에서 이르다. 원래 다감한 소시민 문학인의 대가계인 인민 문학의 분류(分流)에 다시 가세하여 당래할 민족 문학의 전초가 되기가 아직도 늦지 않았다.

다만 일제(日帝) 헌경(憲警)이 가장 염기(嫌忌)하였던 프롤레타리아 문학보다 8·15 이후 조선 인민 투쟁 문학이 일부 소시민 문학 지원자에게까지 밀고 중상을 당한 데서야 이 이상 관후(寬厚)해야 하는 것이 문학의 덕이 될 수 없다.

—《문장》27호(1948. 10)

# 시(詩)와 언어(言語)

## 1

색채가 회화의 소재라고 하면 언어는 시의 소재 이상 거진 유일의 방법이랄 수밖에 없다. 언어를 떠나서 시는 제작되지 않는다. 무기를 쓸 줄 모르는 병학자는 얼마든지 고명할 수 있었고 언어를 구성치 못하는 광의적인 심리적인 시인이 얼마나 다수일지 모른다. 그러나 총검술은 참모본부에 직속되지 않아도 부대전에 지장이 없겠으나 언어 구성에 백련(百練)하지 못하고서 '시인'을 허여(許與)하기에는 곤란한 문제다. 그야 해변에서 조개껍질을 희롱하는 어린아이를 보고 시인이란댓자 시에 있어서는 그다지 망발될 것이 아니므로 시를 남기지 아니한 추초(秋草) 야화(野花)에 싸여 누어 있는 무명백골이 저세상에서 이제 계관을 쓰고 지날지는 모른다. 마음의 표피가 호도껍질처럼 경화되어 버린 사람 이외에야 다소 시적 천성을 타고나지 않은 이가 어디 있겠는가. 음악은 도적놈도 좋아한다는 말이 있으나 뱀도 인도뱀은 피릿소리에 맞추어 춤을 춘다.

도적도 혹은 그 행동에 따라서 시적 호의를 참작할 만한 예가 없지도 않았다. 그러므로 워 ── 즈워스와 하일랜드 • 래스, 백낙천(白樂天)과 이웃집 노구(老嫗)가 인간 본질적인 상태에서 시인이고 아닌 것을 차별하는 것은 시의 관후한 덕에서 거부한다. 시의 무차별적 선의성은 마침내 시가 본질적으로 자연과 인간에 뿌리를 깊이 박은 까닭이니 그러므로 자연과 인간에 파들어간 개발적 심도가 높을수록 시의 우수한 발화를 기대할 만하다. 뿌리가 가지를 갖는 것이 심도가 표현을 추구함과 다를 게 없다. 표현에서부터 비로서 소수의 시인이 선민적(選民的) 공인을 얻게 되는 것은 불가피의 사실이니 다만 근신(謹愼)만으로서 성자(聖者)가 될 수 있을는지는 모르나 표현이 없이는 시인(詩人)이랄 수가 없게 된다. 시는 실제적으로 표현에 제한되고 마는 것이니 표현 없이는 시는 발화 이전의 수목의 생리로 그치고 말음과 같다. 그러므로 '근신'은 일종의 Action으로서 도덕과 윤리에 통로되는 것이요 표현은 Making에 붙이어 예술과 구성에 마치는 것이니 Poem의 어원이 Making과 동의였다는 것은 자연한 일이 아닐 수 없다.

시의 표현에 있어서 언어가 최후 수단이요 유일의 방법이 되고 만 것은 혹은 인류 문화 기구의 불행한 빈핍(貧乏)일지는 모르나 언어의 불구를 탄하는 시인이 반드시 언어를 가벼히 여기고 다른 부문의 소재를 차용치 않았다. 언어의 불구가 도리어 시의 청빈의 덕을 높이는 까닭이다. 언어의 불구에 입명하여 시의 청빈에 귀의치 못한 이를 시인으로 우대할 수 없게 되는 것이니 제약을 통하지 못한 비약이라는 것은 그것이 정신적인 것이 될 수 없음이다. 가장 정신적인 것의 하나인 시가 언어의 제약을 받는다는 것은 차라리 시의 부자유의 열락이요 시의 전면적인 것이요 결정적인 것으로 되고 만다. 그러므로 시인이란 언어를 어원학자처럼 많이 취급하는 사람이라든지 달변가처럼 잘하는 사람이 아니라 언어 개개의 세포적 기능을 추구하는 자는 다시 언어미술의 구성 조직에 생리적 Lift-giver가 될지언정 언어 사체의 해부집도자인 문법가로 그치는 것도 아닌 것이다. 그러므로 언어는 시인을 만나서 비로소 혈행(血行)과 호흡과 체온을 얻어서 생활한다.

시의 신비는 언어의 신비다. 시는 언어와 Incarnation적 일치다. 그러므로 시의 정신적 심도는 필연으로 언어의 정령(精靈)을 잡지 않고서는 표현 제작에 오를 수 없다. 다만 시의 심도가 자연 인간생활 사상에 뿌리를 깊이 서림을 따라서 다시 시에 긴밀히 혈육화되지 않은 언어는 결국 시를 사산(私産)시킨다. 시신(詩神)이 거하는 궁전이 언어요, 이를 다시 방축하는 것도 언어다.


2


향(香)을 살에 붙일 수 있을 양이면 머리털낱부터 발끝까지 이귀한 냄새를 지니기가 어려운 노릇이 아닐 것이로되 무슨 놀라울 만한 외과 수술이 발견되기 전에야 표피 한 겹 안에다가 향을 간직할 도리가 있으랴. 시를 향에 견주어 말하기만 반드시 옳은 비유가 아니나 향처럼 시를 몸에 장식할 수 있다고 하면 대체 신체 어느 부분에 붙어 있을 것인가. 미친놈이 되어 몸에 부작처럼 붙이고 다닐 것인가.

소격란(蘇格蘭)[1] 사람의 두뇌에 잉글리쉬 휴 —— 머를 집어넣기를 억지로 해서 아니될 것도 없을 것이다. 우리가 소격란적(蘇格蘭

---

[1] '스코틀랜드'의 음역어.

的) 벽창호가 아닐 바에야 시를 어찌 외과 수술을 베풀어 두개골 속에 집어넣어 줄 수가 있느냐 말이다.

시는 마침내 선현의 밝히신 바를 그대로 좇아 오인의 성정에 돌릴 수밖에 없다. 성정이란 본시 타고난 것이니 시를 가질 수 있는 혹은 시를 읽어 맛들일 수 있는 은혜가 도시 성정의 타고난 복으로 칠 수밖에 없다. 시를 향처럼 사용하여 장식하려거든 성정을 가다듬어 꾸미되 모름지기 자자근근(孜孜勤勤)히 할 일이다. 그러나 성정이 수성(水性)과 같아서 돌과 같이 믿을 수는 없는 노릇이니 담기는 그릇을 따라 모양을 달리하며 물감대로 빛깔이 변하는 바가 온전히 성정이 물을 닮았다고 할 것이다. 그뿐이랴 잘못 담기어 정체하고 보면 물도 썩어 독을 품을 수가 있는 것이 또한 물이 성정을 바로 닮았다고 해야 할 것이다. 성정이 썩어서 독을 발하되 바로 사람을 상할 것인데도 시라는 이름을 뒤집어 쓰고 나오는 것이 세상에 범람하니 지혜를 갖춘 청춘사녀들은 시를 감시하기를 맹금류의 안정(眼睛)처럼 빠르고 사납게 하되 형형한 안광이 능히 지배(紙背)를 투(透)할 만한 감식력을 가져야 할 것이다.

오호 시라고 그대로 바로 맞아들일 수 있을 것인가, 도적과 요녀(妖女)는 완력과 정색(正色)으로써 일격에 물리칠 수 있을 것이나 지각과 분별이 서기 전엔 시를 무엇으로 방어할 것인가. 시와 청춘은 사욕(邪慾)에 몸을 맡기기가 쉬운 까닭이다. 하물며 열정(熱情) 치정(癡情) 악정(惡情)이 요염한 미문으로 기록되어 나오는데야 쓴 사람이나 읽는 이가 함께 흥흥 속아 넘어가는 것이 차라리 자연한 노릇이라고 그대로 버려둘 것인가! 목불식정(目不識丁)의 농부가 되었던들 시하다가 성정을 상하지는 않았을 것이니 누구는 이르기를 시를 짓는 이보다 밭을 갈라고 하였고 ── 공자(孔

子) 가라사대 '시삼백(詩三百)에 일언이폐지왈사무사(一言以蔽之曰
思無邪)'라고 하시었다.


3


화가도 능히 글을 쓴다. 그림 이외에 설령 서툴러도 남이 책할
이 없을 글을 써서 행문이 반듯하고 얌전할 뿐 아니라 의사를 바
로 표하기람보다도 정취가 무르녹은 글을 쓸 줄 안다. 내가 사귀
는 몇몇 화가는 화론이며 화평이며 수필 사생문 소품문을 써서 배
울 만한 데가 있고 관조와 감수에 있어서 '문' 이상의 미술적인 것
을 문으로 표현하는 수가 있다. 자기가 본시 이에 정진하였던 바
도 아니요, 그것으로 조금도 문인의 자랑을 갖지도 않건만 언문
에 한자를 섞어 그적거리는 것이 유일의 장기가 되는 문단인보다
도 빛난 소질을 볼 수가 있다. 술을 끝까지 마시고 주정을 하여도
굵고 질기기가 압박적이요 아침에 툭툭 털어 입는 양복 어울림새
며 수수하게 매달린 넥타이 모양새까지라도 아무리 마구 뒤궁글
렀다가 일어 세울지라도 소위 문인보다는 격과 멋을 잃지 않는다.
문학인이 추구할 바는 정신미와 사상성에 있는 바니 복장이나 외
형미로 논난하기란 예답지 못한 노릇이라고 하라, 그러나 지향하
고 수련하는 바가 순수하고 열렬한 것이고 보면 몸짓까지도 절
로 표일(飄逸)하게 되는 것이니 베토벤을 사로잡아 군문(軍門)이
나 법정에 세울지라도 그의 풍모는 역시 일개 숭고한 자연이 아닐
수 없으리라. 편벽된 관찰이 아닐지 모르겠으나 같은 레코드 음악
을 듣는 데도 문인이 화가보다 둔재바리가 많다. 이유가 어디 있
을까? 화가는 입문 당초부터 미의 모방이었고 미의 연습이었고

미의 추구요 제작인 것이 원인일 것이니 따라서 생활이 불행히 미 중심에서 어그러질지라도 미에 가까워지려는 초조한 행자이었던 것이요 순수한 제작에 손이 익은 것이다. 한 가지에 능한 사람은 다른 부문에 들어서도 비교적 수월한 것이니 화(畵)에 문(文)을 겸한다는 것이 심히 자연스러운 여력이 아닐수 없다. 운동의 요체를 파악한 선수는 보통 야구 농구쯤은 겸할 수 있음과 다를 게 없다. 문인인 자 반드시 반성할 만한 것이 그대들은 미적 연금에 있어서 화가에 미치지 못하고 반드시 지적 참모에 있어서 장교를 따르지 못하는 어중간에 쩔쩔 매는 촌놈이 대다수다. 하물며 주량(酒量)에 인색하고 책을 펴매 줄이 올바로 나리지 못하고 붓을 들어 치부(致富) 글씨도 되지 못하고도 하필 만만한 광복된 언문 한자가 그대들을 얻어 걸린 것인가. 시니 소설이니 평론이니 하는 그들의 '현실(現實)'과 '역사적(歷史的) 필연(必然)'의 사업에 애초부터 '미술(美術)'이 결핍되었던 것이니 온갖 문학적 기구를 질머지고도 오직 한 개의 미술을 은혜 받지 못한 불행한 처지에서 문학은 그대들이 까맣게 치어다 볼 상급의 것이 아닐 수 없다.

문학은 미술을 발등상으로 밟고도 그 위에 다시 우월한 까닭에!


4


깊숙이 숨었다가 툭 튀어나오되 호랑이처럼 무서운 시인이 혹시나 없을까? 기다리지 않았던 바도 아니었으나 이에 골라내인 세 사람이 마침내 호랑이가 아니고 말았다.

조선에 시가 어쩌면 이다지도 가난할까? 시가 이렇게 괴조조하고 때묻은 것이라면 어떻게 소설을 보고 큰소리를 할꼬? 소설가가 당신네들처럼 말 얽기와 글월 세우기와 뜻을 밝힐 줄을 모른다면 거기에 글씨까지 계발 개발 보잘것이 없다면 애초에 소설도 쓸 생각을 버릴 것이겠는데 하물며 당신네들처럼 감히 문장 이상의 시를 쓸 뜻인들 먹을 리가 있겠습니까? 투고를 살피건대 소설은 아주 적고 시는 범람하였으니 무엇을 뜻함인지 짐작할 것이며 일찍이 시를 심히 사랑은 하되 지을 생각은 아이에 아니하는 어떤 소설가 한 분을 보고 칭찬한 적이 있었으니 그를 보고 시를 아니 쓰는 이유만으로서 시를 아는 이라고 하였다.

시를 앉히어 놓고 자리를 조금 물러나서 능히 볼 줄 아는 이를 공자가 가여어시(可與語詩)라고 하신 것이 아니었던가 생각되기도 한다. 그렇다고 당신네들이나 우리들이 시를 짓기보다도 시와 씨름을 아니 걸고 그칠 노릇이요? 자꾸 지어서 문장사(文章社)로 보내시오 정성껏 보아 드리리다. 그러나 잡지에 글을 던져 보내기란 대개 가장 자신이 있어서거나 그렇지 않으면 가장 용감한 이거나 가장 자신이 없어서거나 혹은 가장 무책임한 이도 한 번은 하여 봄즉한 일이니 글을 보내시려거든 사자중(四者中)에 택기일(擇其一)하여 하십시오.

백여 편 투고 중에서 선(選)에는 들고 발표까지에는 못 오른 분도 몇 분 있으시니 부디 섭섭히 여기시지 마시고 꾸준히 공부하시고 애쓰시고 줄곧 보내시오.

샘물도 끝까지 끓으면 다소 소금적이 드러나는 것이니 시인도 참고 견디는 덕을 닦아야 시가 마침내 서슬이 설 것입니다.

내 손으로 가리어 내인 이가 이다음에 대성하신다면 내게도 일생의 광영이 될 것이요 우수한 시를 몰라보고 넘기었다면 그는 얼마나 높은 시인이시겠읍니까! 그러나 빛난 것이 그대로 감치울 이는 없는 것이외다. 그러고 나의 평을 듣기에 그다지 초조할 것이 없으니 그저 읽고 생각하고 짓고 곤치고 옳고 말라 보시오. 당신이 닦은 명경(明鏡)에 당신의 시가 스스로 웃고 나설 때까지!

5

한 번 추천한 후에 실없이 염려되는 것이 이 사람이 뒤를 잘 대일까 하는 것이다. 어떤 이는 실수 없이 척척 대다싶이 하나 어떤 이는 둘째 번에 허둥지둥하는 꼴이 원 이럴 수가 있나 하는 기대에 아주 어그러지는 이도 있다.

그럴 까닭이 어디 있을까? 다소의 시적 정열보다도 초조로 시를 대하는 데 있을까 한다. 격검(擊劍) 채를 들고 나서듯 팽창한 자신과 무서운 놈이 누구냐 하는 개성이 서지 못한 까닭이다. 이십 전후에 서정시로 쨍쨍 울리는 소리가 아니 나서야 가망이 적다. 소설이나 논설이나 학문과는 달라서 서정시는 청춘과 천재의 소작(所作)이 아닐 수 없으니 꾀꼬리처럼 교사(驕奢)한 젊은 시인들이 쩔쩔 맬 맛이 없는 것이다.

6

용기와 같은 것을 상실한 지 수월이 넘었던 차 혼인잔치에 갔다가 소설가를 만나 이 사람 시를 조르기를 빚 조르듯 한다.

"소설을 앞으로 얼마나 쓰겠느뇨."

"사십 년은 염려 없노라."

"사십 년?"

"환산하여 팔십까지 시를 쓰면 족하지 않느뇨."

"이제 태백(太白)이 없으시거니 그대가 능히 당명황(唐明皇) 노릇을 하려는가?"

"가가(呵呵)."

통제가 저윽이 완화될 포서가 있을지라도 끔찍스러워라 시를 어찌 괴죄죄 사십 년을 쓰노?

여간 라디오 체조쯤으로는 아이들 육신에 반향이 있을까 싶지 않아 좀 더 돌격적인 것을 선택한 나머지에 깡그리 죽도(竹刀)를 들리기로 한다.


정면(正面) 이백 번

동(胴)치기 좌우(左右) 이백 번

팔면(面) 이백 번

반면(半面) 이백 번

..................

여덟 살짜리까지 함께 사부자 해오르기 전 아침 허공을 도합 수천도 치다.

타태(惰怠)한 버릇이 동(胴)치기에선들 한눈이 아니 팔리울 이 없어 팔이 절로 풀리니

"아버지 동치기에는 파초순도 안 부러지겠네."

내가 죽도를 둘러 이제 유단의 실력을 얻으랴? 너희들은 이것을 십 년 이십 년 둘러 선뜻 나리는 칼날이 머리카락을 쪼개야 한다드라 머리카락을 쪼개라!

검사(劍士)가 머리카락을 쪼개지 못하고 어찌 성(城)을 둘러 빼

겠느냐. 성을 빼라!

내사 망녕이 아닌 바에야 이제 머리카락을 쪼갤 공부를 하랴,
추풍의 선선하여지거던 죽도(竹刀)마자 버리련다.

시가 지팽잇감도 못되거니 서러워라, 나의 시는 죽도를 두루
기에도 무력하고나.


7


글이 좋은 이의 이름은 어쩐지 이름도 덧보인다. 이름을 보고
글을 살피려면 글씨도 다른 것에 뛰어난다. 원고지 취택에도 그
사람의 솜씨가 드러나 글과 글씨와 종이가 그 사람의 성정과 풍모
와 서로서로 어울리는 듯도 하지 않은가? 글을 보고 사람까지 보
고 싶게 되는 것에는 이러한 내정이 있다. 원고에서 그 사람의 향
기를 보게쯤 되어야만 그 사람이 '글 하는 사람'으로서 청복(淸福)
을 타고난 사람이다.

"칠생보국(七生報國)"이라는 말이 있다. 문약(文弱)한 사람으
로서 이렇게 지독한 문구에 좀 견디기 어렵다. 그러나 일곱 번 '인
도환생'하여 나올지라도 글을 맡길 수 없는 자(者)들을 지저분하
게 만나게 된다. 게덕스럽고 억세기가 천편일률이다. 단정학(丹頂
鶴)은 단정학으로 사는 법이 있고, 황새는 황새대로 견디는 법이
있거니 황새가 아예 단정학을 범할 바이 없거늘 글과는 담을 쌓은
자들이 글에서 거리적거린다. 생물에는 적응성이라는 것이 있다.
게덕스럽고 억세고 루한 사람은 그대로 살아가야만 되게 되는 것
이니 만일 이러한 사람들을 글과 그림과 음악에서 광복한다면 놀
랄 만한 성능을 발휘할 것이니 어시장(漁市場) 광산(鑛山) 취인소

(取引所) 원외국소굴(院外國巢窟)에서 바로 쾌적한 선수가 될 것이다. 어찌하여 문학에서 변변히 떠나지 못하는 것이냐! 지방에서 불운하여 앙앙하는 청년들은 대가숭배벽(大家崇拜癖)이 있다. 그들이 만일 편집실에 모이는 원고를 검열한다면 기절하리라.

글씨를 바로 쓰고 못쓰는 것은 문제할 것이 아니다. 혹은 문장 조사(措辭)도 문학에서 제일의적(第一義的)인 것은 아니다. 그러나 예술 제작에 천품이 거세되고 철학적 궤변(詭辯)에 항력을 상실한 문예 시장의 거간군(居間軍) —— 언감생심(焉敢生心)에 '비평가'냐? '작가'냐? 권력이라는 것은 화약처럼 위험한 때가 있다. 게다가 관권에 합세에 시류에 차거(借據)하는 '문학'! 문학이 혹은 여당에서 야당에서 은퇴하는 것일지도 모른다.

— '시선후(詩選後)' 1《문장》, 1939. 12), 2《문장》, 1939. 5), 3《문장》, 1939. 10), 4《문장》, 1939. 4), 5《문장》, 1939. 9), 6《문장》, 1940. 9), 7《문장》, 1940. 2)

# 달과 자유(自由)

밤에 달이나 밝고 하면 개 짖는 소리란 한시인(漢詩人) 시조인(時調人) 계통이 아닐지라도 싫지는 않을 것이다.

'푸른 삽사리 달을 보고 짖는다.' 달과 개와의 사이에 무슨 관련이 있는지는 모르나 달이 몹시 밝은 밤에 개는 병증이 아닌 정도로 미친다. 썰썰거리고 돌아다니는 꼴이라든지 까닭없이 짖어 대는 것이 일종의 청광(淸狂)¹ 자족적(自足的) 상태가 아닐 수 없는 것이다.

달 밝은 밤에 사람이 개보다 더 고상하냐 하면 반드시 그렇지도 않은 것을 많이 볼 수 있다. 골목으로 돌아다니는 기운 좋은 청년들의 발작에 가까운 잡가 소리를 들어 보라. 그들의 걸음걸이가 대개 주정 걸음에 가깝고 혹은 개가 청년을 보고 위협적으로 짖어 대면 청년은 개소리를 의음(擬音)하여 왕왕 컹컹 짖어 댄다. 이런 경우에 청년은 개보다는 훨씬 광태(狂態)라고 아니할 수 없다.

달과 개와 청년 사이에 무슨 관련이 있다고 볼 수 있다.

달밤도 조선에 있어서는 소복담장(素服淡粧)한 여자가 많이 나

---

1    심성이 깨끗하여 청아한 멋이 있으면서도 그 언행이 상규에 벗어남. 또는 그런 사람.

돌아 다닌다.

소복담장이란 조선에 있어서는 미망인의 차림차리가 된다. 미망인이 달밤 골목길에 범람한다는 것을 구태여 불경건하게 오해할 것이 아니로되 이러한 문제를 취급하기를 철학에 양도하기보다는 시나 상상이나 정열에 맡기는 것이 옳다. 시가 신적(神的) 광기의 소산이라고 하면 미망인과 광증과 달과 무슨 관련이 있었던 것이다. 달 밝은 밤 병영에서 곡성이 난기(亂起)하였다는 기사를 본 일이 없으나 달 밝은 밤에 여공 합숙소나 여학교 기숙사 창 난간에 훌적훌적 우는 소리가 요란하거나 망향가가 청승스럽다고 한다.

감상주의가 구태여 병이랄 것은 없으나 정신의 강장(强壯)한 상태는 아니다. 극히 희박한 정도로 광증에 속하는 것이다.

영어에 'LUNACY'는 '정신착란'이란 말이다. 나전어 'LUNA'(조선말로 달)에서 나온 말이다.

달과 광기와는 무슨 관련이 깊은 것인가 보다.

이태백의 어머니가 태몽에 달을 집어 먹고 이태백이를 낳았다고 한다.

이태백의 광적 주정과 달과는 선천적 관련이 있었다.

지난 입춘 때, 몹시 치운 밤에 이웃집 개가 몹시 울었다. 그날 밤은 달도 별도 없이 캄캄 칠야이었다.

개가 짖은 이야기가 아니라 개가 우는 이야기다.

30분 이상 계속한 개 울음소리는 극(極) 고통에서 나오는 비명이었다.

급격한 형벌을 받는 것이었다.

형벌이란 범죄에 대한 징치(懲治)다.

개가 어떠한 정도의 죄를 범할 것인가? 주인집 고기 한 근쯤 훔쳐 먹었다고 상정하였다. 그 집에서 무슨 요새 비싼 고기를 한 근 이상 개에게 빼앗길 것이 있을라고 말이다.

고기 한 근에 범한 죄가 저다지도 심한 형벌에 상당한 것이냐!

조선에서는 개를 때리는 법으로 여자와 아이들을 때린다. 때리면 아프고 아프면 울 수밖에 없다.

개와 아이들은 큰 죄를 범할 수 없도록 능력이 제한된 것이다.

죄는 결국 사람 중에도 어른과 늙은이가 많이 짓는다. 나이 먹을수록 죄를 많이 짓는다.

영국에서는 제 집 개와 아이들을 때릴지라도 경찰서에서 잡아간다고 한다. 오백 년 동안 백성과 전제 왕정과 투쟁하여 쌓아 올린 인권과 자유의 금자탑의 혜택이 오늘날 영제국(英帝國)에서는 미물 짐승에까지 미치고도 나머지가 있다.

런던 하이드 파크의 참새 이야기는 어떠하냐?

세상에 신경과민한 생물이 참새 이상의 것이 어데 있을까마는 참새도 조선 참새가 제일 신경과민이다.

런던의 참새는 사람 손바닥 위에 내려와 앉아 모이를 먹는다, 물을 마신다고 한다.

조선에서는 참새를 훔쳐 잡아먹고 산을 발갛게 깎아 먹는 정력으로 사람을 때리고 죽이는 것이냐!

개와 달 이야기가 딴 길로 들어 너무 방황하였다.

입춘 때 춥고 어두운 밤에 몹시 맞고 온 이웃집 개야! 이제 추위도 다 가고 봄 달도 미구에 밝을 것이니 천생의 건전한 'LUNACY'를 발휘하여 실컷 짖고 뛰어 돌아다녀 즉성을 풀어 보아라.

그러나 본능적 충동이 어찌 인권과 자유에 그다지 중요한 것이 되겠느냐?

조선의 자유와 인권의 민주주의적 투쟁이 영국처럼 오백 년이 걸려서야 비판 아니할 낙천주의자가 어데 있겠느냐?

— 게재지 미확인

# 비

몸이 좀 의실의실[1]한데도 물이 찾아지는 것은 떳떳한 갈증이 아닌 것을 알 수 있다.

입시울이 메마르기에 꺼풀이 까실까실 이른 줄도 알았다. 아픈 데가 어디냐고 하면 아픈 데는 없다고 할 수밖에 없다. 손으로 이마를 진찰하여 보았다. 알 수 없다.

이마에 대한 외과(外科)가 아닌 바에야 이마의 내과(內科)이기로소니 손바닥으로 알 수 있을 게 무어냐. 어떻게 보면 열이 있고 또 어찌 생각하면 열이 없다. 그러나 이 손바닥 진찰이 아주 무시되어 온 것도 아니다.

이 법이 본래 할머니께서 내 어린 이마에 쓰시던 법인데 이 나이가 되도록 이 법으로써 대개는 가볍게 흘리어 버리기도 하고 아스피린 따위로 타협하여 버리기도 하고 몸이 찌부드드한데도[2] 불구하고 단연 부정하여 버리고 항간으로 일부러 분주히 돌아다니기도 하였다.

기숙사에서 지날 적에는 대개 펴 놓인 채로 있던 이불 속으로

---

1   으슬으슬. 소름이 끼칠 듯이 몸이 움츠러지면서 추워지는 모양.
2   찌뿌드드하다. 몸살이나 감기로 몸이 나른하고 오한이 들며 거북하다.

가축처럼 공손히 들어가 모처럼 만에 흐르는 눈물이 솜 냄새에 눌리워 버리기도 하였다.

대체로 손바닥 판단이 그대로 서게 되고 마는 것이었다.

오늘도 오후 두 시의 나의 우울은 나의 이마에 나의 손이 가게 되는 것이다. 그러나 용이(容易)히 결정하지 아니하였다.

보리차를 생각하였다. 탁자 위에 찻종이 모조리 뒤집혀 놓인 대로 있는 놈이 하나도 없다. 놓일 대로 놓여 있음에 틀림없다. 그러나 그것은 찻종으로 차가 마시워졌다는 것밖에 아니된다. 이것이 마신 것이로라고 바로 놓아두는 것이 한 예의로 되었다.

예의는 이에 그치고 마침내 찻종이 있는 대로 치근치근하고 지저분하고 보리찌꺼기를 앉힌 채로 있게 되는 것이다.

오늘은 날도 몹시 흐리고 음산하다. 오피스 안에는 낮불이 들어왔는데도 밝지 않다.

목멱산(木覓山) 중허리를 내려와 덮은 구름은 무슨 악의를 품은 것이 차라리 더러운 구름이다. 11월 들어서서 비눌 같고 자개 장식 같고 목화 피어나가듯 하는 담담한 구름은 아니고 만다.

시계가 운다. 울곤 씨그르르…… 울곤 씨그르르…… 텁텁한 소리가 따르는 것은 저건 무슨 고장일까 짜증이 난다.

종이 운다. 이 약 종으로서 무슨 재차븐하고[3] 의젓지 않은 소리냐. 어쨌든 유치원이래도 여운을 내보지 못한 소리다. 별안간 이 관제(管制) 중에 산도야지 귀창이라도 찢어 헤칠 만한 격렬한 사이렌 소리를 듣고 싶다. 지저분한 공기에 새로운 진폭이 그립다.

약간 흥분을 느낀다.

---

3   자차분하다. 자질구레하다.

군데군데가 덥다. 먼저 이마, 그리고 겨드랑이, 손이 마저 발열하고 보니 손이란 원래 간이(簡易)한 진찰에나 쓰는 것밖에 아니 된다.

빗낱이 듣는가 했더니 제법 떨어진다. 아연판같이 무거운 하늘에서 떨어지는 비는 아연판을 치는 소리가 난다.

뿌리는 비, 날리는 비, 부으 뜬 비, 붓는 비, 쏟는 비, 뛰는 비, 그저 오는 비, 허둥지둥하는 비, 촉촉 좇는 비, 좋알거리는 비, 지나가는 비, 그러나 11월 비는 건너가는 비다. 2박자 폴카춤 스텝을 밟으며 그리하여 11월 비는 흔히 가욋것이 많다.

— 《조선일보》(1937. 11. 6)


\*


벌써 유리창에 날벌레 떼처럼 매달리고 미끄러지고 엉키고 또그르 궁글고[4] 홈이 지고 한다. 매우 간이(簡易)한 풍경이다.

그러나 빗방울은 관찰을 세밀히 하게 하는 것이 아닐까. 내가 오늘 유유히 나를 고늘[5] 수 없으니 만폭(滿幅)의 풍경을 앞에 펼칠 수 없는 탓이기도 하다.

빗방울을 시름 없이 들여다보는 겨를에 나의 체중이 희한히 가볍고 슬퍼지는 것이다. 설령 누가 나의 쭉지를 핀으로 창살에 꼭 꽂아 둘지라도 그대로 견딜 것이리라.


4  궁글다. 착 붙어야 할 물건이 들떠서 속이 비다.
5  고누다. '꼲다'의 방언. 잘잘못을 살피어 정하다.

나의 인생도 그 많은 항하사(恒河沙)[6]와 같다는 별 중의 하나로 비길 바가 아니요, 한 점 빗방울로 떨고 매달린 것이 아닐런가.

이것은 약간의 갈증으로 인하여 이다지 세심하여지는 것이나 아닐까.

그렇지도 아니한 것이, 뛰어나가 수도를 탁 터쳐 놓을 수 있을 것이겠으나 별로 그리할 맛도 없고 구태여 물을 마시어야 할 것도 아니고 보니 나의 갈증이란 인후나 위장에 따른 것이라기보다는 순수히 신경적이거나 혹은 경미한 정도로 정신적인 것일지도 모른다.

오피스를 벗어나왔다.

레인코트 단추를 꼭꼭 잠그고 깃을 세워 턱아리[7]까지 싸고 소프트로 누르고 박쥐우산 안으로 바짝 들어서서 그리고 될 수 있는 대로 가리어 디디는 것이다. 버섯이 피어오른 듯 호줄그레 늘어선 도시에서 진흙이 조금도 긴치 아니하려니와 내가 찬비에 젖어서야 쓰겠는가?

안경이 흐리운다. 나는 레인코트 안에서 옴츠렸다. 나의 편도선을 아주 주의해야만 하겠기에 무슨 경황에 폴 베르렌의 슬픈 시 「거리에 내리는 비」를 읊조릴 수 없다.

비도 추워 우는 듯하여 나의 체열을 산산히 빼앗길 적에 나는 아무렇지도 않은 것같이 날씬하여지기에 결국 아무렇지도 않다고 했다.

여마(驢馬)처럼 떨떨거리고 오는 흰 버스를 잡아탔다.

유리쪽마다 빗방울이 매달렸다.

6   항하의 무수한 모래란 뜻으로, 무한히 많은 수량.
7   턱주가리. 아래턱.

오늘에 한해서 나는 한사코 빗방울에 걸린다.

버스는 후후룩 떨었다.

빗방울은 다시 날려와 붙는다. 나는 헤어 보고 손가락으로 비벼 보고 아이들처럼 고독하기 위하여 남의 체온에 끼인 대로 참한이[8] 앉아 있어야 하겠고 남의 늘어진 긴 소매에 가리운 대로 잠착해야[9] 하겠다.

빗방울마다 도시가 불을 켰다. 나는 심기일전하였다.

은막(銀幕)에는 봄빛이 한창 어울리었다. 호수에 물이 넘치고 금잔디에 속잎이 모두 자라고 꽃이 피고 사람의 마음을 꼬일 듯한 흙냄새에 가여운 춘희(椿姬)도 코를 대고 맡는 것이다. 미칠 듯한 기쁨과 희망에 춘희는 희살대며 날뛰고 한다.

마을 앞 고목 은행나무에 꿀벌 떼가 두름박[10]처럼 끓어나와 잉잉거리는 것이다. 마을 사람들이 뛰어나와 이 마을지킴 은행나무를 둘러싸고 벌 떼 소리를 해 가며 질서 없는 합창으로 뛰고 노는 것이다. 탬버린에, 하다못해 무슨 기명[11] 남스레기[12]에 고끄라나발[13] 따위를 들고 나와 두들기며 불며 노는 것이다. 춘희는 하얀 질질 끌리는 긴 옷에 검은 띠를 띠고 쟁반을 치며 뛰는 것이다.

동네 큰 개도 나와 은행나무 아랫둥[14]에 앞발을 걸고 벌 떼를 집어삼킬 듯이 컹컹 짖어 댄다.

---

8   참하다. 성질이 찬찬하고 얌전하다.

9   잠척하다. '참척하다'의 본딧말. 한 가지 일에 정신을 골똘하게 쏟아 다른 생각이 없다.

10   뒤웅박. '벌 떼가 마치 뒤웅박처럼 둥그렇게 무리를 지어 있음'을 뜻함.

11   기명(器皿). 살림에 쓰는 온갖 그릇붙이. 기물(器物).

12   나부랭이. 실·종이·헝겊 따위의 자질구레한 오라기. 여기에서는 '하찮은 존재를 일컫는 말'로 '기명 나부랭이'를 말함.

13   '나발'의 한 종류.

14   아랫동.

그러나 은막에는 갑자기 비도 오고 한다. 춘희가 점점 슬퍼지고 어두워지지 아니치 못해진다. 춘희가 콩콩 기침을 할 적에 관객석에도 가벼운 기침이 유행된다. 절후의 탓으로 혹은 다감한 청춘 사녀(士女)들의 폐첨(肺尖)[15]에 붉고 더운 피가 부지중 몰리는 것이 아닐까. 부룻나는[16] 것일지도 모른다.

—《조선일보》(1937. 11. 7)

\*

춘희(椿姬)는 점점 지친다. 그러나 흰 나비처럼 파닥거리며 흰 동백꽃에 황홀히 의지하련다. 대체로 다소 고풍스러운 슬픈 이야기래야만 실컷 슬프다.

흰 동백꽃이 아주 시들 무렵 춘희는 점점 단념한다. 그러나 춘희의 눈물은 점점 깊고 세련된다.

은막에 내리는 비는 실로 좋은 것이었다. 젖어질 수 없는 비에 나의 슬픔은 촉촉할 대로 젖는다. 그러나 여자의 눈물이란 실로 고운 것인 줄을 알았다. 남자란 술을 가까이 하여 굵을 수도 있다.

그러나 여자에 있어서는 그럴 수 없다. 여자란 눈물로 자라는 것인가 보다. 남자란 도박이나 결투로 임기응변할 수도 있다. 그러나 여자란 다만 연애에서 천재다.

동백꽃이 새로 꽃힐 때마다 춘희는 다시 산다. 그러나 춘희는 점점 소모된다. 춘희는 마침내 일가(一家)를 완성한다.

---

**15** 폐의 위쪽 둥그스름하게 솟아 있는 부분.
**16** 부르트다. 살가죽이 들뜨고 그 속에 물이 생기다. 부릍다.

옆에 앉은 영양(令孃) 한 분이 정말 눈물을 흘으러 놓는다. 견딜 수 없이 느끼기까지 하는 것이다. 현실이란 어느 처소에서나 물론하고 처치에 곤란하도록 좀 어리석은 것이기도 하고 좀 면난 (面赧)하기도¹⁷ 한 것이다. 그레타 가르보¹⁸ 같은 사람도 평상시로 말하면 얼굴을 항시 가다듬고 펴고 진득이 굴지 않아서는 아니될 것이다. 먹세¹⁹는 남보다 골라서 할 것이겠고 실상 사람이란 자기가 타고나온 비극이 있어 남몰래 앓을 병과 같아서 속에 지녀 두는 것이요 대개는 분장으로 나서는 것임에 틀림없다.

어찌하였던 내가 이 영화관(映畫館)에서 벗어나가게 되고 말았다.

얼마쯤 슬픔과 무게(重量)를 사 가지고 ──

거리에는 비가 이때껏 흐느끼고 있는데 어둠과 안개가 길에 기고 있다.

다이아가 날리고 전차가 쨍쨍거리고 서로 곁눈 보고 비켜서고 오르고 내리고 사라지고 나타나는 것이 모다 영화와 같이 유창하기는 하나 영화처럼 곱지 않다. 나는 아주 열(熱)해졌다.

검은 커튼으로 싼 어둠 속에서 창백한 감상이 아직도 떨고 있겠으나 나는 먼저 나온 것을 후회치 않아도 다행하다고 하였다. 그러나 다시 한 떼를 지어 브로마이드 말려들어가듯 흡수되는 이들이 자꾸 뒤를 잇는다.

나는 휘황히 밝은 불빛과 고요한 한구석이 그리운 것이다. 향

---

**17** 면난하다. 남을 대할 때 무안하거나 부끄러워 얼굴이 붉어지는 듯하다.
**18** 그레타 가르보(Greta Garbo, 1905~1990). 스웨덴 태생으로 1930년대 할리우드를 대표하는 여성 영화배우이며, 「춘희(1937)」, 「정복자」(1937) 등 출연. 이 글에서는 영화 「춘희」의 장면을 말하고 있음.
**19** 먹음새. 음식을 먹는 태도. 먹새.

그러운 홍차 한 잔으로 입을 추기어야 하겠고 나의 무게를 좀 덜어야만 하겠고 여러 가지 점으로 젖어 있는 나의 오늘 하루를 좀 가시우고 골라야 견디겠기에. 그러니 하루의 삶으로서 그만치 구기어지는 것도 어찌할 수 없는 일이다.

별로 여색(女色)이나 무슨 주초(酒草)[20] 같은 것에 가까이해서야만 그런 것이 아니라 하루를 지나고 저문 후에는 아무리 다리고 편다 할지라도 아주 판판해질 수도 없는 것이다. 더욱이 절후가 이렇게 고르지 못하고 신열이 좀 있고 보면 더욱 그러한 것이다. 사람의 양식으로 볼지라도 아무리 청명하게 닦을지라도 다소 안개가 끼고 그을고 하는 것을 면키 어려운 것이 아닌가.

그러므로 빗방울이라든지 동백꽃이라든지 눈물이라든지 의리 인정, 그러한 것들이 모두 아름다운 것이기도 하고 해로울 것도 없고 기뻐함직도 한 것이나 그것이 굴러가는 계절의 마찰을 따라 하루 삶이 주름이 잡히고 피로가 쌓인다. 설령 안개같이 가벼운 것임에 지나지 않을지라도.

이대로 집에 돌아가서 더운 김으로 얼굴을 흠뻑 추기고 훌훌 마실 수 있는 더운 약을 마시리라. 집사람보고 부탁하기를 꿈도 없는 잠을 들겠으니 잠드는 동안에 땀을 거두어 달라고 하겠다.

—《조선일보》(1937. 11. 9). 원제는 '수수어'

20 술과 담배.

# 봄

수수어(愁誰語)에서

머리 감기 위하여 이발소에 가는 셈이다. 머리가 길어서 허우룩한[1] 것쯤은 괴롭지 않으나 추위가 다 가고 햇볕이 곱기가 바로 깁실 같고 보니 감은 지가 닷새가 못되어 버쩍 가렵다.

공동 욕장에서 머리를 감는 것이란 불유쾌한 것 중의 하나이다. 물은 가실 물이 따로 있다 하더라도 그 그릇에 몸은 맡길지언정 머리를 감기가 싫다. 감고 나서 말릴 일이 여간 일이 아니다.

목욕은 나가서 하고 머리는 집에 돌아와 다시 서둘러 감게 되니 집의 사람이 수고로울 밖에.

그러나 추위 중에 젖은 머리를 행그런히 치어들고 말리기에 적당하도록 방이 외풍 없이 훈훈한 것이 아니고 보니 마침내 이발소에 가는 것이 머리를 깎기 위한 것이라기보다 머리를 감는 것이 위주가 되고 그보다도 머리를 말리는 편의가 더하다.

학교에서 좀 일찍 나온 것이 옷을 갈아입고도 이발할 시간이

---

1   허술하다.

있고 저녁 먹을 사이와 다시 양복을 바꿔 입고 음악회에 대어 가기가 여유가 있다.

양복은 단벌로 삼동(三冬) 내 버티어 왔으나 바지저고리는 재작년에 장만한 것이나마 빨아 꾸미어 갈아입고 보니 새 옷이다.

조선법으로 보면 내가 아직 물색옷은 아닐지라도 명주옷이 흰 것이라고 그대로 입는 것은 아니다.

그러나 흰 바지저고리라곤 명주로 된 것 한두 벌밖에 없으니 구태여 아니 입고 버틸 수도 없다.

명주가 호사가 되는 것일지는 모르나 명주에서는 냄새가 좋다. 까프라지도록² 삐쳐 돌아와서도 명주 고름에서 날리는 냄새로 몸이 풀린다.

마고자는 인제 입을 맛이 적다.

전에 장만한 조끼가 회색이려니와 조끼란 워낙 저고리에 포기기에 천(賤)한 실용품이다. 그저 동저고리³ 바람이 아실아실한 봄 추위를 타기에 그다지도 싫은 것도 아니려니와 야릇하게 정서를 자아내어 소매로 깃도래로 기어드는 바람을 구태여 사양할 것도 아니다.


\*


동리 앞 늙은 홰나무 아랫집 이발소까지 한참 걸어야 된다.

이발소가 촌스럽기가 마늘밭 생치밭⁴이 바로 옆에 있는 탓도

---

2    까부라지다. 마음과 성정이 바르지 아니하다.
3    두루마기를 입지 않고 갓을 쓰지 않은 차림새.
4    상추밭.

있으려니와 여름철에는 지나가던 병아리도 들어와 뿅뿅 지줄대고 돌아 나간다.

안집 어린아이가 생철 나팔을 뚜뚜 불며 들어오는가 하면 개가 들어와 손님 발을 씩씩 맡기도 한다.

동네가 조용하고 떨어져 있고 보니 이러한 이발소도 해로울 게 없다.

안경을 벗으면 꼼짝 못하는 눈이라 한눈이 팔릴 데 없이 머리와 몸을 고스란히 이발사에게 일임해 버리는 것이 오로지 휴양에 가까운 일이다.

그러나 옆의 자리에 단발머리 소녀를 앉히고 등에 어린아이를 업은 채 떠 앉아 기다리는 부인이 대개 어느 정도로 젊은이라거나 치마저고리 빛이 철을 다가서 곱고 칠칠한 것이야 안경을 벗고 눈을 감았다 떴다 하며 머리를 베고 기대 누웠을지라도 짐작 못할 바 없다.

\*

"머리가 숱이 적으셔도 매우 부드럽습니다."

"기름은 안 바르셔도 좋으시겠는데요."

이발소에서 흔히 듣는 상고적(商賈的) 페어 워드(fare word)인 줄을 안 후로는 머리에 대한 자신을 아니 갖기로 한다.

면도가 끝나자 일어나 머리를 감을 양으로 발을 옮기려니 어떤 청년이 들어서며

"아이구! 요즘 몸이 노곤해 죽겠다!"

"아픈 덴 없이 몸이 노작지근하니[5] 웬 셈일까!"

노동자로는 때가 벗어 보이고 그저 놀고먹도록 편할 사람으로도 생각되지 않는 동저고리 바람에 검정 조끼 입은 청년이다.

"잠은 잘 자시유?"

"잠이야 잘 잡지요."

"입맛은?"

"없어 못 먹지요."

"젊은 양반이라 거저 아니 자는 게로군!"

"아닌뎁쇼! 엿방망이는 한 이틀 밤 했읍쇼만."

"그렇지! 택없이 노곤할 이 있나!"

허허! 웃으며 말 마디를 흐리우기는 하였으나 아뿔싸! 하는 생각에 뺨이 화끈한다.

이발소 사람들의 딱 다문 침묵에 더욱이 송구한다.

젊은 부인의 안면 표정이 어떠한 것인지를 이 근시안으로서 읽을 수는 없으나 돌아서서 머리를 수그리고 뜨끈뜨끈한 물을 받는 것이 부끄럽기 맞는 것 같다.


\*


얼른 안경을 쓰고 나서 정세를 살피고 싶다.

젊은 부인이 그러한 실언(失言)쯤은 우습게 여기는 것일지 혹은 어느 귀에 들어올 것이냐고 가볍게 흘리는 것일지 알 수 없으나 어쩐지 그쪽 위치가 몹시 엄격하다.

5   노작지근하다. 몸에 힘이 없고 맥이 풀려 나른하다.

안경을 쓰고 가루분을 바를 수도 없는 노릇이요, 머리를 말린 후 향수를 바르며 치장하기 위하여 앉은 자리가 종시 편편치 않다.

저고리는 물 묻을까 봐 맡긴 것이 즉시 입히는 것이 아니고 안으로 감추어 입었던 농자색(濃紫色) 스웨터가 드러나고 팔뚝을 온통 감출 수가 없다.

라디오 프로는 코러스로 넘어간다. 저녁 음악회에 나올 합창단이 미리 방송에 나선달 수도 없고 대체 어느 소속인지 요량할 수 없는 아마추어에서도 훨씬 소박한 합창임에 틀림없다.

그렇다고 어느 정도까지 즐겁고 유쾌한 코러스가 아닌 것도 아니다.

실언으로 인한 불안을 저으기 완화할 수 있다.

*

급기야 안경을 받아 쓰고 저고리를 찾으니 고이 개키어 놓였다는 것이 부인이 앉은 자리 옆 둥근 테이블 위에 석간(夕刊)을 깔고 놓였다.

저고리를 입고 옷고름을 매어 정시하고 보니 번듯한 이마 넓이며 뺨에 혈색 좋은 살이 너그러운 것이며 으글으글한 눈에 어깨가 동글고도 획진 것이 매우 풍염하고 화기(和氣)를 갖춘 가정부이다. 이십오륙 세쯤 된 이가 벌써 어린아이를 둘을 데불었다.

살피건대 실언이 별로 파문을 지은 것 같지는 않으나 엿방망이꾼으로 자처하는 청년을 보아하니 파리하고 검은 얼굴에 보통 동네 청년인 모양인데 설령 사복경관이 아까 그 소리를 들었다곤 치더라도 도박 범인으로 잡아갈 맛도 없을 것 같다.

하여간 이 청년이 떠버리는 바람에 부지중 동저고리 바람끼리 평민적 기풍을 발한다는 것이 부녀자를 가까이 두고 예의에 어그러지는 실언을 한 것임에 틀림없다.

어느 합창단일까 하고 석간을 펴 들고 방송 프로 난을 짚어 보니 맹아학교 합창단인 것을 알았다.

　　　*

부인이 어린아이를 업고 밖으로 나간 틈에 혼잣소리로 한다는 것이

"으응! 맹아학교 생도들이구먼!"

하였다.

이발소에서 벗어나온 후 걸음걸이가 침착지 않고 기분이 적지 아니 부동(浮動)되는 것임에 틀림없다.

바람이 해질 무렵에 더욱 수월수월하니 나무를 흔들며 상쾌하다.

가까운 이웃에 신혼살림을 차리고 사는 R의 집으로 주책없는 발이 절로 옮긴다.

이리 오너라도 부르지 않고 그대로 들어서며

"R 있나?"

"들어오시오!"

"음악회 구경 가세!"

"해도 지기 전에 동저고리 바람으로 가시려우! 들어오시구려!"

"아아 이 위에 외투나 여며 입구, 소프트를 눌러 쓰면 되지 않

나?"

R의 부인은 아직도 여학생같이 생광(生光)한다.

어서 나들이 차림을 하시라고 수선을 떨고, 집으로 돌아와서 저녁상을 대하며 인제는 R의 내외가 와서 재촉하기를 기다린다.

—《문장》(15호, 1940. 4)

# 새 옷

수수어에서

노 새 옷만 입을 수 있다면 입어라. 얼마든지 해 입혀 주기가 왜 싫겠니?

나는 새 옷을 입으면 여덟 아홉 살 때처럼 좋더라. 그런데 아들딸이 너만이 아닌데 어떻게 너만 새 옷을 입힐 수 있느냐?

헌 옷 해진 옷이라도 먼저 참고 견디는 외에 다른 도리가 없구나.

옷에 대한 좋은 해석이 있다.

이것은 네게는 좀 어려운 생각일까 한다.

옷이라는 것은 좋은 옷 새 옷을 입으면 입을수록 아주 흉한 옷을 역시 입으면 입을수록 사람이 옷에 매어달려 다니는 것처럼 마음의 자유를 얻을 수 없을 것이요 지금 조선에서 보통 많은 가난한 인민들이 최저한도로 입는 옷을 입을 수가 있다면 그것으로 옷이 비로소 사람의 몸에 매어달려 다니는 것이 될까 한다.

옷에서 먼저 한 개의 자유를 획득하는 것이 아니냐?

그런데 이보다 한층 더 높은 옷의 해석이 또 있다.

대체 내가 옷을 입었는지 아니 입었는지 애초부터 관심이 없었다가 우연한 순간에 "아아 내가 옷을 입고 있구나!"하는 기특한 사실을 발견하도록 되면 고만이다.

그다음 순간에 옷이 좋으니 궂으니 하는 세밀한 음미(吟味)는 일체 버리면 그만이다.

그러나 그것은 나와 같이 늙었거나 혹은 완전히 젊은 청춘이면 될 수 있는 노릇이나 너와 같이 소년기에는 좀 무리한 정신 수양일 것이다.

나의 몸서리가 떨리도록 고독하고 가난하던 소년을 사십여 년이 지나서 또 이제 바로 네게서 거울처럼 볼 수 있구나!

올여름 들어 싼거리¹ 미군 군인복 웃저고리 배급품이 하나 생겼구나.

이것을 줄여 입고 로이드 안경에 노타이에 노 헬에 눌은 밥 오그라든 듯한 수염을 붙이고 나섰더니 제일차로 만난 친구가

"미군복을 입었어!"

"이놈아 나를 보구 먼저 인사하고 그다음에 미군복에 향하여 경의를 표하든지 해라. 이것이 신판 '국방복'이라고 하는 것이다."

또 한번은 안경다리가 부러졌기에 이것을 실로 붙들어 매어 걸고 다니노라니 역시 제일착으로 만난 여학생 하나이

"선생님 어디 가세요? 그동안 안녕하셨어요? 얼골이 좋아지셨네. 안경다리가 부러지셨어!"

"오 너는 선생님께 먼저 인사를 한 뒤에 그다음에 선생님 안경

---

1    물건을 싸게 팔거나 사는 일. 또는 그 물건.

에 인사를 하니 순서에 옳다. 선생님 안경에 향하여도 경어를 쓰는 것이 기특하구나."

옷 이야기가 길이 비뚤어져 안경까지 이르렀으나 옷 중에 모닝코트로 옮겨 가자.

평생에 싫은 옷 중에 모닝코트가 하나이다.

그러나 일제 시대에 결혼 주례를 한두 번 선 일이 있었으나 8 · 15 이후 더욱이 작금양년에 남의 결혼 주례를 십여 차 섰으니 상당한 기록이 아니냐?

자기 비용이 드는 일도 아니며 더욱이 남의 청춘을 최고조로 장식하여야만 하는 경우에 그들의 요구를 사양하여 내가 구태여 모닝코트를 아니 입을 수 있느냐 말이다.

최저한도의 인민도 모닝코트를 입어 조금도 부끄릴 배 없는 경우가 이러한 경우이구나.

내가 젊어 신식 연애 약혼 결혼식을 못해 보았거니 이제 한창 꽃다운 청춘을 위하여 모닝을 입고 주례는 커니와 꽃과 촉불과 신랑 신부를 웃기기 위하여 춤인들 못 출까 보냐?

머리가 아직 덜 희어서 숭업지 아주 은실같이 희기가 원통할 것 없구나.

그런데 바로 며칠 전 덕수궁 어떤 결혼식의 주례가 끝나자 바로 버스에 실리어 수원읍내 신랑 집에를 젊은 친구 이십여 명과 함께 갔었다.

버스 안에서부터 모닝에 사발막걸리를 참참이 먹었던 것이다.

영등포를 지난다는 명목으로 사발을 마시고 시흥을 지난다는 구실로 마시고 안양을 지금 통과중이라고 마시고 정말 수원읍을 당도하여 신랑 신부를 곱게 앉히어 놓고 본격적으로 마셨구나.

밤이 들어 이차회라고 모르는 술집에 가서 사오 인이 막걸리를 사천 원어치를 마신 후에 누구 주머니 속에 사천 원이 있었으랴? 세내어 입었던 모닝을 벗어 맡기고 여관 한칸방에 가서 형제간처럼 잠을 잤다.

신랑집 결혼비가 예산에 사천 원이 초과된 결말이 났던 것이나 모닝도 이런 경우에 이렇게 활용될 수도 있지 아니하냐?

이튿날 오전에 다시 모닝으로 위의(威儀)를 정제하고 버스로 서울로 올라와서 시청 앞에서 내린 것이 아니라 버스에서 완전히 내버림을 당한 것이다.

초연히 아스팔트 위에 떨어진 신사는 완전히 돈이 없었다.

문장사(文章社) 삼 층을 찾아 올라와 날이 저물기를 기다리나 요즘 가을날은 왜 그리 길어진 것이드냐?

인제부터 전 관심이 모닝에 애절하게도 집중되는 판이었다.

사정을 K 양에게 말하였더니 별안간 의용을 분발하여

"선생님 영화관 캄캄한 속에 숨으셨다가 어둡거든 합승 택시로 가시면 좋을까 합니다."

영화관에 당도하니 홀리 매트리모니²의 「신성한 결혼」이라는 영화를 「속세를 떠나서」라고 번역하여서 간판에 그리어 붙여 있었다.

"어떻게 저렇게 번역을 했을까?"

극장 안 텅 비고 전기 관계로 저녁 일곱 시까지 기다리면 구경이 될 듯하다는 것이었다.

"아아 어떻게 어디 가 기다리나?"

---

**2** 홀리 매트리모니(Holy Matrimony). 1930~1940년대 미국의 영화감독.

별안간 몸이 코끼리 같은 사투리 쓰는 주정뱅이 놈이 덤벼들더구나. 하는 말이

"이 건국시에 노동자는 아무리 일을 하여도 먹고살 수 없으니 여보 녕감 좀 어러케 하라오! 잔치는 무슨 잔치오?"

다음에 K 양에 찌짜를 붙이더구나. 영화관 종업원 하나이 주정뱅이를 잡아 내두르는 판에 땅바닥 시멘트 위에 보기 좋게 쓰러지더구나.

슬쩍 빠져 관 안 캄캄한 구석에 숨어 버려 창피를 면하여 놓고

"아아 이것도 일종의 계급적 반항 의식이라고 하는 것이로구려." 하였다.

그런데 그 주정뱅이는 정말 일제 시대의 세루 국방복에 미군 장교화를 신고 머릿기름을 빤지르르 바른 어디로 보든지 노동자는 아니더구나.

나는 이렇게 생각하였다. 이런 사람이 대개 주정뱅이가 아니고 시인이나 소설가라면

"일제 시대에 내가 제일 깨끗하게 살았노라."고 할 사람이 아닐까 하였다.

"어떻게 깨끗하게 살았소?" 하면

"일본놈과 조선놈들이 보기 싫어서 절간에 가서 살았노라."고 하지 않을지? 나는 조선 젊은 문학자한테 이런 소리를 몇 번 들은 일이 있어서 말이다. 어느 절간이 그렇게 깨끗한 절간이 있었던고?

대체 무슨 밥을 먹고 살았노? 누구의 옷을 입고 살았노?

가장 일인의 압박이 견디어 오기는 가장 선량한 인민들이었던 것이다. 그들은 가장 깨끗하게 살았노라는 말을 외우지도 아

니한다.

"아들 딸 중에 어떻게 너만 아들이겠느냐? 어떻게 너만 사철 새 옷만 입히란 말이냐?"

— 게재지 미확인

# 대단치 않은
# 이야기

어린이 틈에도 낄 수 없고 늙으신 이 축에도 아직 참례 못하는 나는 나와 같은 나이의 친구나 씩씩한 청년들과 비비대고 싸우고 놀고 하느라고 어린이를 잊어버린 지 한 삼십 년 되었다.

그래도 아들 셋과 막내로 딸 하나의 아비가 되어 있다.

어린이에 대한 글을 쓰라고 하시니 갑자기 나는 소년 적 고독하고 슬프고 원통한 기억이 진저리가 나도록 싫어진다. 다시 예전 소년 시절로 돌아가는 수가 있다면 나는 지금 이대로 늙어 가는 것이 차라리 좋지 예전 나의 소년은 싫다. 조선에서 누가 소년 시절을 행복스럽게 지냈는지 몰라도 나는 소년 적 지난 일을 생각하기도 싫다.

인생에 진실로 기쁨이 있는 때가 있다면 그것은 어린 시절뿐이요 어린이들의 기쁨이란 순수하게 기쁜 것이다.

불행하게도 조선에 태어나서 기쁨을 빼앗긴 어린 시절에 나는 마침내 소년이 없었고 말았으니 청년기도 없었던 것이요 애초에 청춘이 없었으니 말하자면 노년도 없이 우습게 쇠약하여 죽을 것 같다.

어린이를 두들겨 교육하려고 노력할 것이 아니라 어린이가 절로 자라고 잘 되도록 방해를 말아야 할 것이라고 지금 나는 생각한다.

그러니까 늙어 가는 어른들이 자라는 어린이들을 교육할 의무가 있다면 무엇보다도 자기 소년 적 지난 일을 생각하여 자기가 당한 억울하고 부자연하고 옳지 못한 괴롬을 어린이에게 다시 전하여 주지 않는 것만으로도 대단한 사업을 한 노릇으로 알아야 할 것이다.

요즈음 소년들은 어떠한 형편에 있는가? 우선 서울 거리에서 보는 바만 치더라도 무수한 어린이 거지는 고사하고 신문 양담배 팔기에 눈이 뒤집힌 소년 소녀들이 웨 그리 많은고? 지긋지긋한 어른이 되어서 어른한테 조전하는 어른이지 소년이랄 수가 없다. 이런 노릇을 아니할 만한 집에 태어난 어린이일지라도 학교 공부를 하기에 입학 운동금, 기부금, 월사금을 수만 원씩 내야만 하는 남조선 상태가 광복이 무슨 광복이란 말이냐? 국민학교 선생님 여러분 당신네들이 과연 교육자라는 자신이 생깁데까?

스물한 해 동안 교원 노릇을 해 보아도 나는 한 개의 비참한 월급쟁이라는 비탄밖에는 모르겠습디다.

근본적으로 나라를 뜯어고치기 전에는 여러분들 어린이에게 뽐내지 마시오.

—《아동문화》(1948. 11)

# 「창세기(創世記)」와
# 「주남(周南)」, 「소남(召南)」

공자님께서 어느날 뜰에 거닐으실 때 영손(令孫) 백어(伯魚)를 보시고

"너 「주남」, 「소남」을 공부하였느냐?" 물으시었다.

"못하였습니다." 여쭈었다.

며칠 후 다시 뜰에서 백어를 보시고

"너 「주남」, 「소남」 공부가 어찌 되었느냐?" 재차 물으시니

"아직 못하였습니다."

"선비가 「주남」, 「소남」을 모르면 담벼락에 얼굴을 대하고 선 것이니라." 하시었다.

이리하여 한학이 있어 온 이래로 선비가 모두 「주남」, 「소남」을 읽었다.

「주남」, 「소남」은 시에 음악이 따른 것이겠는데 조선 선비가 시는 모두 암송하였겠으나 음악까지 겸한 이가 몇이나 되었던지 내 알 바이 없다.

하여간 오백 년 동안 「주남」, 「소남」을 외워 가지고 모두 담벼락에 코를 붙인 무수한 벽창호가 배출한 것은 공자님께 책임을 돌릴 수야 없다.

그러나 그들은 항시 후진을 대하여 「주남」, 「소남」을 아니하면 담벼락에 얼굴을 대하고 선 것이라.”고 구전하였다.

벽창호가 벽창호를 지도하여 온 것을 “바이블”에는 “장님이 장님을 인도하는 것이라.”고 비유하였다.

한 번은 어떤 문학 지원자가 소설가 이광수(李光洙)를 찾아갔더니 이광수 말이 “소설가가 되려면 구약 「창세기」를 읽어야 합니다.”

그 문학 지원자가 과연 「창세기」를 읽어서 소설가가 되었는지 못되었는지 알 바이 없으나, 이광수의 소설이 과연 「창세기」 문학의 연원을 밟은 것인지 문예평론가 김민철(金民轍)에게 의뢰하여 조사하여 볼 만한 일이다.

조선서는 늙어 갈수록 사람 놈이 나빠 가는 것이라 이것은 벽창호가 벽창호를 장님이 장님을 인도하는 것이라기보담은 나잇살이나 먹은 자가 젊은 놈을 공순하게 위협하는 버릇이 있어서 이런 속임수에 만년 문학청년들이 쩔쩔매고 있는 것이다.

한번은 내가 어느 문예좌담회 석상에서 청년들 앞에서

지금은 ‘문학개론’이나 ‘문학원론’이나 ‘문학사’에서 창작의 동력을 얻는다기보다는 정치 경제사나 내외(內外) 역사의 동향 등을 공부하는 것이 더 절실하다는 뜻으로 의견을 말하였더니 무명 투서로

“나는 선생님의 종교 신자로서의 시인을 존경하였더니 어찌하여 소련의 유물주의에서만 문학이 된다 하십니까?”

젊은 벽창호가 연달아 나오는 판에 나도 할 수 없이 누구보고는

“소설가가 되려면 「창세기」를 읽으라.”

누구보고는 “「주남」, 「소남」을 아니하면 담벼락에 얼굴을 대

하고 선 것이니라."고나 할까?

─ 게재지 미확인

# 한 사람분과
# 열 사람분


"선생님 점심을 굶었더니 배고파 죽겠어요, 좀 사 냅시오."

남자 친구가 술을 사 내라고 하는 것과는 좀 다르다.

남자 노릇이라기보다 남선생 노릇이 이런 경우에 싫지 않은 것이다.

그러니 아무렇거나 남자 친구끼리는 어름어름 하는 동안 남조선에 아직도 술이 흔하게 걸리어들건만(더욱이 지금 시간이 오후 여섯 시임에 말이지.) 여학생 제자를 만날 적마다 웬 셈인지 내게 돈이 없다.

우선 척 들어서는 남자 친구 하나이 있어서

"여보게 자네 돈 좀 취하게."

싱긋이 웃으며 막 쥐어내어 놓는 것이 일금 오백 원.

오백 원으로 여학생 제자 둘과 남선생 하나이면 남조선 상태에서 최저급의 요기가 될 수 있다.

그러나 사정이 만만치 않은 것이 돈을 취해 준 친구를 어쩌면 보기 좋게 따세우는¹ 것일 수 있느냐 말이다.


---

1   따돌려 세우다.

인원 사 명이 일금 오백 원으로는 최저급 이하로 내려갈 이하가 없다.

세상에 대장부가 되어 그렇게 뽐낼 것이 아니라 적어도 남선생이 되어서 요렇게 맹랑한 어느 날 저녁때가 있었던 것이냐?

긴박한 상태에 창의가 없을 수 없다. 무턱대고

"모두들 일어서라! 나가자."

이십일 년 동안 호령으로 늙은 자신이 있어서 여학생쯤에게는 금액과 인원수에 관한 산술적 회의를 가질 여유를 주지 않을 만하다.

삼 층에서 단번에 끌고 내려와 지나가는 택시를 불러 잡아 탔다.

"돈암동으로 운전하시오."

돈암동 C 여사 집이 제일 무관하다.

여학생은 배가 비면 해질 무렵 채송화같이 시들기 쉽다.

눈을 감고 흔들리는 자세가 이것은 미인이 아니라 미인화와 같이 무력하다.

"너는 지금 무엇을 명상하느냐?"

"명상이요?"

"명상이라고 하는 것은 예전에는 한 사람분의 명상이 한 사람의 존재까지 소멸하여 버리기 위한 것이었거니와 그러나 오늘날 명상이라고 하는 것은 한 사람이 적어도 열 사람분의 명상을 해야만 하는 것이다.

말하자면 열 사람분의 명상이 되지 않으면 도통할 수 없는 것이다.

그러함에도 불구하고 너는 지금 한 사람분도 주체하지 못하는 명상에 빠져 눈을 감고 있지 아니하냐?"

점심을 먹은 남선생의 택시 안의 웅변에 별로 갈채가 없다.

C 여사 집 문전까지가 꼭 택시값이 오백 원이었다.

C 여사가 집에 없다.

단행하는 사람만이 승리하는 것이다. 당장에 이 층으로 올라갔다.

C 여사 집의 구조와 가구 배치에 내가 심히 익숙하다.

"우선 내가 레코드를 틀 터이니 너희들은 앉아서 쉬어라."

아메리카 합중국 국가와 불란서 국가 「말세이유」가 번갈아 돌아간다.

나는 기운이 부질없이 난다.

여학생들도 아까 택시 안 상태가 반드시 명상적 상태가 아니었던 모양이다. 저녁에 다시 피는 꽃과 같이 소생한다.

"애들, 내 말만 듣고 내려가 부엌에 가서 있는 대로 뒤져 가지고 올라오너라. 책임은 내가 절대로 진다."

밥이 겨우 두 사발 하고 보니 이것은 이인분이 사인분으로 나눌 수밖에 없다.

"우선 먹어 보고 놓고 볼 일이다."

그러고 나서 「말세이유」 레코드를 C 여사가 오기까지 또 돌리고 또 돌리고 하였다.


— 게재지 미확인

# 장난감 없이
# 자란 어른

소나무로 만든 팽이는 오래 힘차게 돌지 못하기에 박달 방망이를 깎아 만든 팽이를 갖기가 원이었다. 박달 방망이 하나 별러 내려면 어머니께 며칠 졸라야 됐다. 박달 방망이를 들고 다시 목수집으로 아쉬운 소리 하러 가야 한다.

"예라! 연장 상한다."

아버지께 교섭을 얻을려면 그 골 군수한테 청하기만치 무서웠다.

어찌어찌하여 가까스로 박달 팽이가 만들어져 미나리논 얼음 위에 바르르 돌아갈 때처럼 즐겁고 좋던 시절이 다시 오지 않았다.

연을 날리기에는 돈이 많이 들어 못 날리고 말았다.

팽이는 그것이 장난감이라고 하기보담은 하나의 운동 기구인 것이다.

예전 어른들은 운동하는 것을 못된 짓처럼 여기시었다.

지금 어린이들도 장난감 없이 어른이 되어 간다.

그러나 전에 장난감 없이 자란 어른들이 어린이 잡지를 만들어 슬픈 원을 푸는 것이다.

여러분 어린이들은 그래도 우리보다는 행복하십니다.

우리 함께 어른, 어린이 할 것 없이 "어린이 나라"를 즐겁게 즐겁게 읽읍시다.

— 게재지 미확인

2부 『산문』

# 기상 예보와
# 미소공위(美蘇共委)

'경인(京仁) 지방 오늘은 남서풍이 불고 맑으나 때때 높은 구름
이 끼겠다.'는 기상 예보가 발표된 날 새벽부터 남서풍도 불지 않
고 비가 내린다.

만일 '오늘은 비가 올 듯도 하고 아니올 듯도 하다.'고 발표되
었던 아침부터 비가 왔더라면 그날 예보는 '비가 올 듯도 하다.'는
점만은 하여간 비가 오니까 근사하게 맞은 예보일 것이다.

기상 예보에 내가 무슨 적의숙원(敵意宿怨)이 있을 리 있으랴?
비가 오기는 오니까 오늘 예보가 틀리기는 틀렸다. 틀렸으니까 틀
렸다고 할 뿐이다.

기상 예보 여하(如何)로 비가 오고 아니 오는 것이 아니다. 천
도(天道) 섭리로 비가 내리는 것이다. 비가 선인(善人)을 위하여 내
리는 것일지 악인(惡人)을 위하여 내리는 것일지는 구태여 다투지
않겠으나 성경에 쓰인 대로 선인에게도 악인에게도 내리는 조물
주의 은혜인 바에는 제일착으로 은혜를 입기는 맥작(麥作)에 급구
(急救)이 되고 못자리에 물이 잡힐 것만은 분명한 현실이다.

중일(中日)전쟁이 발발하던 그해부터 왜정판도(倭政版圖)에 매
년 한발 흉작이 계속되었던 것이 8·15 이후 조선에 해마다 우순

풍조(雨順風調)하였다. 이런 것을 천도(天道)가 무심치 않다고 하는 것이니 오늘 아침 조선에 다시 좋은 비가 내린다.

그러니까 오늘 기상 예보는 천도 섭리에는 아무 책임이 없는 것이요 과학적 오보(誤報)임에는 틀림없고 '비가 올 듯도 하고 아니 올 듯도 하다.'는 것은 전연 무책임한 상대가 되지 아니하는 예언인 것이니 이러한 사람들이 조선에 제일 많다. 달리 예를 들면 이번 미소공위(美蘇共委)가 성공할 것도 같고 아니 될 것도 같다는 예언자는 조선 자주독립에 별로 관심치 않아도 혼자 살 수 있다는 무책임한 사람일까 한다.

'미소공위가 다시 결렬하리라'는 사람은 비가 확실히 오는 날 아침 기상 예보와 같이 '남서풍이 불고 맑으나 구름이 끼겠다.'는 정도의 오보보다는 더 위험한 예언자가 아닐 수 없다.

'원자탄 폭격기가 김포비행장에서 개성 이북으로 출동한다.'는 것은 예언이 되지 않는 것이냐!

삼상결정(三相決定)을 신판(新版) 을사조약으로 오인하는 나머지에 이러한 선량치 못한 심술이 노출하는 것일까 한다.

언론과 예언은 얼마든지 자유다. 삼상결정과 미소공위에 방해가 되지 아니하기 위하여 조선 자주독립 임시정부 수립을 위하여 더욱이 남조선 단독 정부설과 아울러 삼개정론(三個政論)을 시기상조로 돌려라.

오늘 아침 비는 선인에게도 악인에게도 내리거니와 좌익이나 우익이나 편파적으로 내리는 것은 아니다.

—《경향신문》(1947. 5. 15)

# 플라나간 신부(神父)를
# 맞이하여

플라나간 신부가 조선에도 왔다. 그는 무엇으로 유명한 선교 사인지 그의 명성이 조선에는 그다지 보급되지 않았다.

그러나 그는 국제적으로 명성보다도 존경을 받고 있다.

30년 동안 5,500명의 불행한 소년을 구하였다는 것이 그의 위대한 업적의 간단한 통계다.

불행하고 고독한 소년 소녀일수록 궤도를 벗어난 충동과 욕정이 더 격렬한 것이니 이러한 차라리 한 개의 자연(自然)한 경향을 불량 소년 소녀라는 명목하에 소년 형무소 아니면 소년 심판소에서 취급하여 왔던 것을 이전에 우리는 일본판도(日本版圖) 안에서 보았던 것이다.

30년 전에 청년 플라나간 신부는 이 불행한 아이들을 불량 아동으로 보지 않았던 것이 착목(着目)한 바가 특이하였던 것이다. 겨우 90달러 차금(借金)과 소년 5명으로 시작된 '소년의 거리'가 미주(美洲)의 현재 시민 일천으로 구성된 '소년의 시(市)'가 당당히 존재한 것이다. 시장(市長)이 소년이요, 시회의원(市會議員)이 소년이요, 시민(市民)이 모두 소년뿐이다. 이 '소년의 시'는 고아원이나 소년형무소나 감화원이 절대로 아니다. 사회와 국가 시설에서 불량소년이라고 난화맹(難化氓)으로 도외(道外)에 내쫓긴 불행한 아이들이 이 소년의 시에 입적하고 보면 감시인이나 보초가 없이 한 개의 '굳 시티즌'(선량한 시민)이 되고야 만다.

무슨 방법으로 그리 되는 것이냐?

듣고 나니 의외에 단순하다.

'소년에 죄가 없다.'는 것을 플라나간 신부가 발견한 것이다.

'전비(戰費)와 침략에 막대한 자금을 유지한 정부와 헌금에 광분한 신민(臣民)들의 소년 소녀들이 잘 집이 없고 먹을 빵이 없다는 말이 무슨 말이냐!'는 것이 신부가 패전 일본에 서서 던진 제일시(第一矢)이었던 것이다.

조선에서는 플라나간 신부의 차라리 독시(毒矢)를 각오할 만하다.

'죄 없는 소년'을 매질하여 교활한 성인(成人)을 만들려 하는 조선에는 모리로 축재한 재벌이 있는가 하면 폭탄도 받지 않은 도시에 아이들이 길에서 자고 앓고 하며 작년도 소년 범죄 1,800여 건수와 금년도에 들어서서 지난 29일까지 1,200건이란 대체 무슨 일이냐!

'소년에 죄가 없다.'

'소년으로 하여금 걸려 넘어지게 하느니보담은 제 목에 돌을 매고 바다에 떨어지라.'

—《경향신문》(1947.5.31)

# 남북 '회담'에
# 그치랴?

반탁(反託) 일로(一路)의 결산이 양군 조속 동시 철퇴 이외에 다른 기로(岐路)가 있을 리 없다. 시종일여(始終一如)히 반탁투쟁에 변절 없는 분은 대백범(大白凡) 옹뿐이시다.(자금 이후로 백범 옹께 신문기자들은 최경어(最敬語)를 사용해라. '김구 씨'라는 '씨' 자도 홀하다.)

좌우 중간이라는 차별 칭호도 미소공위 파괴 당시에 생긴 것이다. 민족 광복 대의(大義)하에 민족반역자 친일파 잔당 한간(韓奸)이 고립하게 되었다. 철저히 고립시켜라.

남북회담의 결과가 무엇을 가져오느냐! 남북(南北) 합세(合勢)! 민족의 대분류(大奔流)! 38선을 무찌를 자가 양군이 아니라 진정한 민주주의 민족 진영의 조선 인민층인 것을 3년을 낭비하여 알아지는 것이 아니냐?

조선 민족의 대분류에 ─ 좋은 기회에 ─ 자진(自進) 익사(溺死)를 지원하는 것도 '자유'다.

─ 게재지 미확인

340

# 쌀

지난 전쟁이 끝나기 직전에 일본 관리붙이 놈들이 하루에 일인당 현미 잡곡 이홉 삼작까지를 배급한다고 약속하였던 것이 극악기(極惡期)에 들어서는 일홉 오작이 못되었던 것을 기억하고 있다. 어떻게 살아났는지 내야 잘 모르겠으나 우리 마누라가 잘 알까 한다. 마누라 불쌍한 줄을 전쟁 중에 알았다. 그러던 것이 8·15가 오자 쌀이 홍수처럼 거리에 쏟아져 나왔다. 쌀이란 쌀이 모조리 일본놈 수송선에 실리어 태평양 바다 밑에 쌓이는 줄만 알았더니 일본놈이 빼앗아 가고도 그래도 무척 먹을 것이 사장되었던 줄을 어리석게도 눈으로 보고야 알았던 것이다.

8·15 직후만 하여도 설렁탕, 떡국 한 그릇에 5원이면 고기도 많고 배가 차기에, 몇 해 두고 굶주린 판에 자주 사 먹었다. 바로 물리고 말았다.

미군이 진주한 후로 얼마 아니 가서 다시 쌀이 숨기 시작하였다.

쌀이 점점 숨어 버림에 따라 쌀값이 점점 고등(高騰)하였다.

그때 유식하다는 사람들이 개탄하여 말하기를 농민들이 술에 떡에 엿을 고아 먹어서 쌀이 없다고 하였다.

어떤 미군 장교 한 사람이 말하기를 조선 사람은 쌀만 먹으니까 쌀 걱정뿐이다. 사과를 많이 먹는 것이 좋으리라는 충고이었다.

요즈음 쌀값이 한 말에 1300원 하는 이유를 그 유식한 사람이 무엇이라고 대답할지 묻지 않았거니와 그 미군 장교가 사과로 미식(米食) 대용을 하라고 다시 권고할 것 같지 않다.

내가 생각하기에는 미국은 쌀을 먹지 않는 국민이므로 쌀에 대한 이치는 모를 것이요, 쌀에 대한 정치까지도 모른다고 하기는 전승(戰勝) 미국에 대하여 실례가 될까 한다.

행정 이양기(移讓期) 이후에 과도 임시정부 본토 관리들이 쌀을 모두 밥을 해먹어서 오늘 쌀 꼴이 이 꼴이 되었다고 할 수도 없고 하니, 쌀에 대한 정치는 조선인 관리도 역시 모른다고 하면 남조선은 어쨌든 3년 동안 뒤죽박죽이었다.

뒤져내어 쌀이 썩어 나는 창고가 없다고 하면 쌀 때문에 미칠 노릇이다.

쌀은 대체 어디에 있느냐?

탐관오리 모리배들 일본놈들은 쉬쉬 감추어 길렀던 것을, 미군정은 감출 줄만은 몰라서 여하간 3년 동안 신문에 적발된 것만 하여도 무척 많았다.

쌀의 행방을 탐관오리 모리배만은 알 만한 일이 아닌가?

행정권을 완전 이양한다면 이 많은 탐관오리 모리배를 어디에다가 미군정은 이양하려 하는가?

— 게재지 미확인

342

# 민족 반역자(民族叛逆者)
## 숙청(肅淸)에 대하여

친일파 민족 반역자의 온상이고 또 그들의 최후까지의 보루 (堡壘)이었던 8·15 이전의 그들의 기구(機構) —— 이 기구와 제도를 근본적으로 타도하는 것을 혁명이라 하오.

혁명을 거부하고 친일(親日) 민반도(民叛徒) 숙청(肅淸)을 할 도리 있거든 하여 보소.

—— 게재지 미확인

# 스승과 동무

징병 갔다가 살아 온 이선을(李善乙)이가 신촌 고개를 넘어 찾아왔었다.

병정(兵丁) 구두에 별을 떼 낸 더러운 군복에 행색이 가볍고도 반가웠다.

38선을 다시 넘어왔다고…….

퇴근 시간이 되도록 내가 쓰는 방에 빳빳이 점심을 굶겨 앉혀 두었다.

그때 내 주머니에 돈이 기천 냥 있어서 학교에서 나오는 길에 허름하고 조용한 집을 찾아가서 술과 밥을 사 먹였다.

그만 내가 먼저 폭취했다.

"이놈, 너의 동네에서는 선생님보고 동무라고 한다지! 너도 날 보고 동무라고 할 테냐! 이놈."

내가 주먹을 들고 눈을 부라렸던 모양이다.

"아니올시다! 그럴 수 있습니까? 선생님은 영원히 선생님이지요. 이북에도 그런 법 없습니다."

선을이와 어깨동무를 하여 울며 소리 지르며 집에 와서 쓰러져 잤다.

이튿날 선을이한테서 편지가 오기를 ——

"스승 지용에게

선생님보고 '선생님'이라고 부르기는 이제 속된 말씀이 되었습니다.

이제부터는 '스승'이라 불러 드리겠습니다."

이발소에 가서도 듣는 선생님 소리 정도고 보면, 다음 기회에 돈이 생기면 선을이 놈을 다시 데리고 가서 "동무 선을아!" 하고 주정을 스마트하게 하여 보겠다.

—— 게재지 미확인

# 응원단풍(應援團風)의
# 애교심(愛校心)

8·15 이후 운동경기를 보러 다닐 만한 틈이 없었다. 더구나 학교끼리의 승부 경기를 한 번도 보지 못하였다. 보지 못하였으니 말할 권리가 없을지는 몰라도 신문으로 보고 입으로 전하는 말을 들으면 듣기에 끔찍하고 싫은 사실이 많다.

운동경기라는 것이 싸움이나 전쟁이 아니다. 구태여 저편을 쳐 물리치고 때려누인 후 만세를 불러야만 하는 것이 아닐 것이다. 많이 연습하고 잘 다투어 보기 좋은 기술을 끝까지 발휘하여 이기면 기쁘고 져도 대단한 창피는 아닌 것이다. 진 편을 위하여 위로하고 관중의 박수도 진 편에 더 향하는 것이 문화국민의 아름다운 풍습이 된 것이다.

그러니까 학교끼리의 대항 경기에도 소위 응원단이란 것이 그렇게 필요할 것이 없을까 한다. 경기 상대편을 적군으로 본 것이 틀린 생각이다. 상대편을 적군이나 원수같이 여기는 기풍이 대개 응원단의 열광적 언동에서 나오는 것을 본다. 수업 시간까지 폐하고 학생을 강제로 끌고 나가 응원단장의 부끄러운 줄 모르는 손짓 발짓 미치광이처럼 날뛰는 것을 따라 전교 학생의 노호, 광가, 난무하는 꼴을 보라.

그것이 본래 일본에서 들어온 악풍인 것을 알아야 한다. 심판자에게 위해를 가하는 일이 없나, 선수를 차는 일이 없나, 상대편 학교 학생이나 교원에게까지 구타 모욕하는 일이 없나, 듣자 하니 운동장에서 자기 학교 스승까지 모욕한 일이 있다기도 한다.

응원단풍의 열광이란 것이 그것이 저열한 방종이지 어찌 애교심에서 나온달 수야 있나. 이러한 기풍이 잘못되어 하급생을 경례 아니 한다고 두들기기도 하고 학과 성적은 나쁜 학생이 학과 이외의 무슨 행사 때마다는 가장 뽐내고 부지런한 체하기가 쉽다.

스승의 옳은 지도는 듣지 않고 예를 들면 무슨 학생 자치위원회니 무슨 학생회라 하는 것을 만들어 가지고 옳고 바른 학생을 박해하는 폐가 있지 않을까 한다.

무서운 일을 저지르지 않았을지, 나 혼자의 걱정만에 그쳤으면 다행이겠다. 일본 제국주의의 가장 악질적인 것이 교련 또는 응원단 풍습이 아니었을지 나의 어린 동생네들 생각하여 보세.

—《휘문》20호(1948. 12)

# 학생과 함께

교원 노릇을 18년 하고도 다시 수월(數月)이 되고 보니 길에서 만나는 웬만한 젊은 사람 보고는 그저 어름어름 반말로 인사에 대답하여도 무관하게 되었다.

"선생님 인제 늙으셨습니다."

"글쎄 작년 올로 머리가 버쩍 시이네."

이름은 많이 잊었으나 얼굴은 알아내기 어렵지 않은 사람들이다. 출근 퇴근 시간에 만나는 사람들이 나와 같이 대개 가방을 들었다.

그러나 그들은 이미 학생을 마친 씩씩한 사회인들이 많으나 나는 아직도 학교를 면치 못하였다. 더 능동적 생활이 부르는 곳으로 나가 본다면 나는 이른바 '가두'에서 견디어 내기 어려운 단순히 늙어 괴죄죄 초로(初老) 교사가 되고 말았다.

"선생님 어디 가십니까."

"학교에 가지."

"선생님 어디 갔다 오십니까?"

"학교에서 오네."

간혹

"이즘도 약주 많이 잡수십니까?"

하는 인사 정도로 내게는 물어 얻어 낼 아무 이야깃거리도 없고 죽어서 비명에 쓸 문구도 없을까 보다.

학생 속에서 청춘을 유실하고 청춘 틈에서 나는 산다.

학생과 청춘! 그들은 팔팔하고 싱싱하다. 괴상하고도 기발하다. 우스워서 요절할 적도 있고 화가 나서 역정이 날 때도 있다. 그들은 다만 '청춘'이라는 이유만으로도 '천재'라고 감탄할 만하다.

나는 무수한 학생을 보아 왔고 이제토록 왕성한 학생 삼림 속에서 방황하고 있다. 자식과 제자라는 사이에 인색한 경계선을 긋지 않을 만한 심정의 여유도 가져진다. 이러하여 차차 늙기가 구태여 괴로운 일도 아니려니와 나는 학생 시대에 심히 초조하고 번뇌스러웠다. 청춘을 다분히 낭비하였다.

학생보고 말하면 훈화 비슷한 말이 될지도 모르나 나는 학생 때 쓸데없이 초조하고 흥분하지 않고 좀 더 침착하고 총명하고 부지런하고 건전하였더라면 ── 하는 후회가 없지 않다.

─《경향신문》(1946. 10. 27)

# 여적(餘滴)

만화(漫畫)에 나오는 자산가(資産家)는 대개가 뚱뚱하고 배가 혹은 배때기가 나오고 금시곗줄을 가로 드리우고 여송연을 물고 컵을 들었고 혹은 여자를 끼기도 한다. 자산가의 체질을 반드시 지방질 비만형으로 결정한 것은 무슨 자산가의 본질을 의미하는 '만화의 약속'인가?

이조(李朝)적 양반 지주, 왜정(倭政)적 상놈 지주 그들이 답품(踏品)[1] 추수때 여송연을 반드시 물어야 한 것도 아니었고 흉악한 지방덩이어야만 한 것도 아니다. 영양이 좋았고 정신이 가혹하였을 뿐이다. 당시의 법안(法案)과 함께!

하늘이 높고 말이 살찌고 지주(地主)가 파리할 세대가 왔다.

몸이 파리하여 도리어 경쾌할 수 있다. 경쾌치 못한 지주는 없는가? 아직도 정신에 남아 있는 한 개의 증상일 뿐이다. 지방 축적증을 다만 정신에서 경계하라. 아주 경쾌하여지라.

만화가는 눈이 맑고 눈썹이 고운 지주를 그리되 제(題)하여 왈, '진보적 지주'라 하라.

---

1    논밭에 가서 농작(農作)의 상황을 실지로 조사하던 일. 답험(踏驗).

*

절 아래 여염집에는 능수버들이 늘늘어지고 튀곽 도라지 고사리 염통구이 약주가 있었다. 속인(俗人)은 황혼에 취하여 흩어지고 대사(大師)는 야간에 한하여 내려왔다.

문패는 모소사(某召史)로 씌워 있었고 노소소사(老少召史)들이 청신녀(淸信女)로 환원할 때마다 절간 추수는 이백 석씩 늘어 갔다. 불전 고양에 잡곡을 올릴 수 없어 대사들도 백미만 먹었다. 작인들이 백미를 지고 열을 지어 줄곤 올라가야만 했다.

토지개혁이 해탈 공부에 아무 영향이 있을 리 없다. 속간(俗間) 작인(作人)들이 백미를 지고 입산기구로(入山岐嶇路)를 걷지 않게 되었을 뿐!

*

어린 것은 다 귀엽다. 소학생이나 죽순(竹筍)이나 돼지도 새끼 적에는.

막내보다 더 귀여운 장난감을 파는 만물전(萬物廛)이 있다면 빚을 내고 결근까지 해서 가서 사리라. 새까만 애기가 무슨 죄로 미우랴. 죽순처럼 역시 귀여우리라.

어떤 고아원에는 단군님의 적통(嫡統)이 아닌 검은 애기가 다만 인류애의 호혜(互惠)로 반짝반짝 빛이 나고 누워 있다고 — 낭설이었으면 다행이겠다.

흑인병사군(黑人兵士君)! 귀환할 때 총 메고 애기 업고 가소. 백로(白鷺) 싸우는 골에 가마귀 애기 견디기 어려울까 하노라.

이 여자야! 너의 '검은 저주'가 너의 일평생에 그칠 것이랴? 물 자 결핍과 다정다한에 '약한 자여 네 이름이 여자니라!' 왜 양주 (楊州)까지 또 짚 타고 놀러 가느냐! 마침내 미쳤구나.

\*

결혼식장에서 선량한 주례(主禮), 운동장에 서서 명쾌한 엄파이어,[2] 연단에 서서 장강대하적(長江大河的) 웅변가(雄辯家), 정계 (政界)에 나서서 김규식(金奎植) 박사가 없을 수 없는 일인 만치 우리 여운형(呂運亨) 선생도 없을 수 없는 여운형 씨!

여 씨가 임석하는 곳마다 일진(一陣) 청풍(淸風)이 자래하는 듯! 이리하여 청년 학생 부녀 층에 막대한 지반을 가진 것도 하룻 저녁 무대에서 얻은 인기는 아니리라.

모 관상장(觀相匠)이 평 여 씨 왈, '춘당약어(春塘躍魚)' 좋다! 비어천(飛於天)에 연어약간해(鳶魚躍干海)! 여선생이 한문에도 섭 렵이 있으신 듯하니 모 병원 침상에서 툭툭 털고 일어서서 장음일 소(長吟一嘯)에 거칠 것이 없어라 하실 만도 하지 않소?

8·15 이후 여 씨의 무대가 창해장공(蒼海長空)이 아니고 말았 으니 망둥이는 뛰고 여 씨는 숭어가 될 형편이 못되고 말았다.

귀농설(歸農說) 아니면 행방불명설(行方不明說), 납치설(拉致說) 아니면 입원설(入院說), 산비탈길에서 굴러떨어지지 않으면 졸도, 상해 시대부터 이 양반 얻어맞으시기로 유명하시다. 먼저 여 씨를 선량한 거인으로 추대하기에 인색할 필요는 없다. 다만 항간에서

---

2   umpire(심판원).

도는 말이 주책이 없으시다고도 한다.

무모탈건(無帽脫巾)에 일개표일(一個飄逸)한 지도자. 좋다! 다만 테러단 골목을 이웃집 다니듯 하는 인명재천적(人命在天的) 정치관은 어디에 근거를 두신 것이오?

민중은 3면 기사 이야깃거리에 재미 들이도록 된 형편은 아니니 이제 무용한 이야깃거리를 거두어들이시고 당원(黨員) 중에 실직(實直) 충건(忠健)한 인사가 있으시거든 좀 신변보장에 유의하시오!

　　　　*

화분에 매화 한 그루를 가꾸는 한가로운 이야기 —.

첫 가지가 숭업기에 가위로 잘랐겠다. 자른 첫 가지 때문에 둘째 가지가 얼리지 않았다. 또 삭독 잘랐다. 둘째 가지의 여화(餘禍)가 셋째 가지에 미쳤다. 이리이리하여 사흘을 지나 매화는 등치만 고부장 오뚝하였다. 어느 날 아침에는 홧김에 등치마저 삼팔도적(三八度的) 양단(兩斷)이 났다. 그래도 단념치 않았다. 이제부터 첫 가지가 자라 나오기를 기다리기로 한다. 유유연히 둘째 가지, 셋째 가지를 새로 기다린다. 매화 옛 등걸에 봄철이 드나 풍설이 난분분하니 필동 말동 하여라.

신문 편집과 매화분(梅花盆) 취미와 언론 자유와.

　　　　*

새 옷 입은 사람들이 열을 지어 초조한데 전차는 여간해 오지 않는다. 질서 정연히 철시 태세로 돌입하였다. 점주(店主)가 변명하여 이르기를 이중과세(二重過歲)에는 조금도 마음이 없지만 점원들이 하루 놀기가 원이기에 문을 닫았노라고 ― '메이데이'가 아니라 '점원데이.' 자금(自今) 이후로 음력 정초 하루 날을 '점원데이'로 명칭하되 점주는 곶감 대추 전유어 식혜 약주 앞에서 절하고 정식으로 한번 울고 점원은 자꾸 절하러 다니고 자꾸 취할 만한 일이다. 점주는 배급으로는 살 수 없고 점원도 배급으로는 살 수 없는 시절에 아니 먹고 아니 마시지는 못하리라.

*

할리우드 영화제작가 삼월 골드윈 씨 말에 의하면 당래(當來)할 영화의 입체(立體) 내지 천연색화(天然色化)는 이로부터 약 5개년이 걸린다는 것. 원자탄 완성보다는 훨씬 시일이 늦다. 무기 제작보다는 예술의 구성이 더 어려운 노릇이란 것이 알아진다.

무기 이야기가 났으니 말이지 아무리 비장 무기라도 결국은 문화를 가졌고 싸울 수 있는 힘을 가진 국가는 알아내고야 마는 것을 보아 왔다. 탱크·잠수함·독와사(毒瓦斯)·전파탐지기·화염방사기·로케트탄까지는 2차대전으로 보급된 모양이나 원자병기 대항하기에는 아직까지는 외교전에 있을 뿐인가 한다. ― 다만 한 사실을 알면 족하다. 전쟁 발발에는 외교전이 먼저 패전하는 것을! 제3차대전의 필연성을 운운하는 자는 원자탄 비밀의 스파이 성공자이거나 원자 병기 군수기업자이거나 또는 인류와 문화를 단념하는 자이거나 전쟁 미경험의 소박한 민족이거나! 이러한 사실을.

\*

　쇠고기 값 한 근에 이백오십 원 하는 바람에 미군이 조선 농우를 막 잡아먹는다는 누명을 벗기 위하여 기자들이 인천(仁川) 양륙장(揚陸場)을 시찰을 갔었고 군정청 초대를 받아 미(美) 본토 쇠고기 시식회에 가서 실컷 얻어먹었다. 미군이 조선산 미(米)를 먹어서 조선이 식량 기근에 빠졌다고 하기는 쇠고기 값 폭등을 미군에게 돌리는 것 이상의 억설일 것이다. 다만 이것이 문제다. 왜정시대에 일본으로 가던 쌀, 왜정 공개량(公開量) 일천팔백만 석과 서북선(西北鮮)에 가던 쌀과 조선 거류(居留) 일인 백만을 먹여 살리던 쌀이 전재(戰災) 인구 이백만 때문에 행방불명이 되었다고 할 수도 없고, 엿장수 밀주자에게 책임을 돌리기에도 자신이 없고 해안경비대에게 돌릴 근거도 없고 하고 보니 쌀이 남조선에 있다는 결론밖에는 없다. 그러함에도 불구하고 쌀이 없다!

\*

　8·15 이후 새로 생긴 부자 일억 원대 이상짜리가 십여 인이라는 말도 있고 혹은 삼십여 인이라는 말도 있다. 항간에 돌아다니는 말이 정확한 숫자를 띠우지 못한 것이 유감이나 왜정 패퇴 후에 새 부자가 속출한다면 대체 어떠한 방법으로 그럴 수 있겠는가 고려할 문제다.

　대지주가 소작인 착취로 그럴 수 있을까? 불가능! 대공장이 돌지 못하는데 이윤 착취로? 불가능! 광산개발로? 그렇기나 했으면! 외국 무역으로? 통상 쇄국 상태에서 그도 우스운 소리! 근검

저축 이용후생 박리다매(薄利多賣) 모조리 낙제다.

8·15 이후 1년 유반(有半)에 자본가가 날 수 있다면 반드시 경제 혼란의 장본인 모리배요 민생도탄의 원흉이 아니고 무엇이냐. 민족 반역자의 죄상에 숫자와 통계를 빨리 세워라. 극악에 권선징악 비분강개 우국개세적 사설이 무슨 효력이 있느냐? 늦었구나 빨리 처단하여라.

*

이조, 왜정 시대에 지주 자산가의 기득권 옹호에 대하여 철혈적(鐵血的) 정책과 법률 이외에 갸륵한 '민간전설'과 '유사신화(類似神話)'가 빨고 빨리우는 양(兩) 계급(階級)을 일종 '유사신앙'으로 유도하였던 것이다. '복(福)' '도깨비' '산소(山所) 자리' '업(業) 구렁이' 등등의 조력으로 부자된 사람들이 많았다. 양반 왜놈이 망한 후에는 새로운 '기적(奇績)'이 속출한다. 8·15 이후에 조선에 신흥 금권 귀족이 날 수 있다는 현상을 무엇으로 설명할 것이냐? 물을 붉히어 포도주로 변화시킨 기적일지라도, 8·15 이후에 새 부호를 만드는 데 협력한다면 단연코 '죄악의 기적'일 것이다. 간단치 아니하냐? 부정 일부 은행업자, 악질 관료, 간교(奸巧) 통역자(通譯者), 이자들이 대낮에 나온 모리배의 '도깨비 수호신'인 것이 폭로된 지 오래다. 이자들의 지지 공급을 받는 소위 지도자가 있다면 자명치 아니하냐? 민족 반역자의 괴수!

'군인은 술도 취하지 않고 어찌 훈장을 차고 다니기를 좋아하느냐?' 훈장의 효능을 과신하는 자는 대개 군국주의 침략자들이다. 나폴레옹, 카이제르 빌헬름 2세, 무솔리니, 히틀러, 동조(東條) 등. 훈장 채우기에 인색하지 않은 자들은 금전에 졸렬하지 않은 취한(醉漢)의 아량을 볼 수 있을지도 모르나 훈장 차기 좋아하는 자는 취한(醉漢) 이전의 소아(小兒)에 지나지 아니한다. 전쟁 방지에 군축, 징병제 폐지, 국제경찰군 모두 다소 효력이 있으리라. 그러나 먼저 국민 교육에 지상 신념을 가지라. 소아에게 완구(玩具)를 주되 칼과 훈장을 보이지 말 일! 조숙성(早熟性)의 소아에 한하여 고물전 진열창 앞에 잠시 서게 하라, 아아! 우울한 원자력 관리안(管理案)과 원자력 스파이전과 제2차전의 무수한 훈장과 훈장도찰 여유조차 없을 원자력 전쟁과……

중일(中日) 전쟁 때 서주전(徐州戰)이 얼마나 치열하였던 것인지 기억에 남았다. 이제 다시 국공(國共) 공방전으로 장 주석(蔣主席)이 독전차(督戰次)로 풍전등화(風前燈火) 서주로 향발. 연합국 우군 미소가 중국에 간섭치 않아도 중국은 중국이 해결할 수 있다. 어떠한 방법으로? 국공 결전으로! 장모(蔣毛) 용호상박(龍虎相搏)으로! 서반아적 내란 파멸로! 일국 내에서 정전 교섭으로 특사가 오고 가고 하니 38선은 대중화(大中華)에도 있다. ××× ××정부 수립이 남북통일의 전제라면 미소 양군 동시 철퇴하면 조선 문제는 조선이 해결할 수 있다. 어떠한 방법으로? ××× ×× 정부와 북조선 인위간(人委間) 특파 대사가 오면 가면 하며 "할로! 웰컴!" 하며 연립 조각(組閣)하며 38선은 조선에서 없어지며, 프로그램대로 되지 아니하면 어찌 될 것인고!

*

일제 패퇴(敗退) 전 조선 광공업에 종사한 기술자(채광·야금)가 일인(日人) 만 명 이상이 중요 직장을 점유하고 있었을 때 조선인 기술자는 천 명 미급(未及)의 상태이었다. '황도(皇道) 정치'는 조선의 천재들을 과학과 기술에서 방축하야 '정신'에 몰입시키기에 오의(奧義)가 있었다. 광공(鑛工) 기술자 만 명 이상을 보충하기에 가령 일 년에 천 명을 육성 출진시킬지라도 13년의 연월(年月)이 걸린다. 연산(年産) 천 명을 내일 교육기관이 있을 수 있느냐는 것도 '가령' 말이다.

국대안(國大案) 분쟁 이래 구 광산 전문 퇴진 교수가 전원 이십 인, 서울공과대학 광산과로 개편 이후 신 퇴진 교수가 십이 인, 학장 일 인에 학생이 일천이백 명이 남아 있다. 일천이백 명이 맹휴 상태에 있으니 학원은 학장 일 인이 사수하는 결론에 섰다. 남조선 광공업의 현상이 어떠하뇨? 강원 영월서 석탄을 조곰 캐고 황해 옹진선 동철(銅鐵)이 찌적찌적 정도. 왜놈이 물러간 뒤 '정신'이 이렇게 혼란한 것이냐! 과학은 어디로?

입의(立議) 제15차 본회의에 헬믹 대장의 제의안, 공업 부흥과 기술자 양성을 위하여 일본인 고빙(雇聘)이 어떠냐고. 다수한 일인(日人) 기술자가 갔으니 다수인의 보충이 필요한 것이냐 말할 것 없으나 화제를 잠깐 돌려 서울대학교 이공과 계통의 교수가 국대안(國大案) 이후 다수 퇴진하였으니 이 결원을 어디서 초빙하느냐는 문제는 문제가 되지 않을지? 학도가 교수를 탄원하는 것은 정의(情誼) 이상의 현실의 갈구인 바에야 먼저 전(前) 교수진의 재초책(再招策)을 강구할 수밖에 없다. 국대(國大) 이공 부문에서 일인(日人) 교수 복직 문제 운운을 듣지 못한 바에야 세계적 정 교수는 몰라도 교수가 조선에 있기는 있다. 학생과 함께 불평 중에! 공업 부흥에 있어서도 일본인 기술자에게 학대받던 조선인 기술군이 다수 실직 상태에 있는 것을 알기가 그렇게 어려울 일일까? 먼저 실직 기술자를 초빙하고 부족한 부분은 외빈을 초빙하되 라마(羅馬)의 문화를 위하여 희랍의 학복(學僕)이 필요한 듯하여라.

＊

'형님들을 위하여 맹휴에 참가하노라.'는 모 중학 맹휴 선언의 문구? 아버지를 위하여 맹휴 돌입이라든지 어머니를 위하여 공부 계속한다는 '삐라'는 볼 수 없다. 형제자매간에 정의(情義)가 요원(燎原)의 세(勢)로 비화(飛火) 치열한 모양인데 우리 집안에 부권(父權) 모계(母系)가 잠적한 형편에 있으니 섭섭하다. 하여간 학원은 봉건적 소장지변(蕭牆之變)³으로 심히 소란하다. 학원에 경찰권 간섭은 요구대로 철거된 모양이나 이 가족적 학원 쟁의를 누가 해결하느냐가 문제다. 경찰도 손을 떼었으니 문교 당국에 무엇이든지 무슨 해결을 기대할 수밖에. 학도들을 먼저 교실로 들여앉힐 도리가 없을까? 전신주마다 판장(板墻)마다 '삐라'전(戰)의 난진! 대풍이 불면 신흥 수도 '서울'이 종이쪽에 실려 날으겠구나. 맹휴 삐라와 함께 이웃한 '천하제일(天下第一) 명관상(名觀相) 신수점(身數占) 재수점(財數占) 화재수(火災數) 손재수(損財數) 도난수(盜難數).'

\*

호랑이 새끼를 길러 내다가 발목을 잘리는 격으로, 제1차대전 때 영국이 약한 불국(佛國)을 도와 강한 제국 독일을 쓰러뜨렸다. 불국이 남의 은혜로 부강해짐에 영국은 나폴레옹 대제(大帝)는 반드시 불란서에서만 재기할 줄로 불안하였다. 슬금슬금 히틀러의 뒤를 대어 주다가 히틀러가 자라서 호랑이가 되어 버렸다. 제2차대전의 이면에 이러한 일면이 없지 않았겠다. 영국이 이기기는 이기었으나 할퀴우고 찢기우고 경을 치고 다분히 미국의 병기와 소련의 육군으로 히틀러를 때려잡았다. 패전국을 국방적(國防的) 방파제로 기공시킨다는 것은 마침내 다음 전화(戰禍)를 인류에게 미치게 하고 호랑이를 길러 발을 잘리고야 만다. '일본은 보수를 받고 조선은 벌을 받고 있다.'는 이승만 박사의 말씀에 우리는 불안을 느낀다면 미국에 공포증을 갖게 되는 것이요 시새움을 갖는다

---

3    안에서 일어난 변란. 자중지란(自中之亂).

면 패전도국(敗戰島國) 일본에 대하여 대민족으로서 아녀자적 초조를 보이게 되는 것이다.

*

삼상결정(三相決定)에 대한 교회사격(敎誨師格)으로 양거장(兩巨匠)이 있다. 이남에 '하' 장군과 이북에 '스' 장군.[4] '스' 장군은 조선 인민의 삼상결정의 지식적 소화 여부를 조사할 시간도 가질 필요가 없이 강행시킬 의력적(意力的) 장군이었으나 '하' 장군만은 시종일여히 조선 인민으로 하여금 '트러스티쉽'을 '원조(援助)'로 설명하였고 일국탁치(一國託治)로 들어갈 위험 방지에 가장 유리하게 계몽하였던 것이다. 그러한 점에서 '하' 장군이 교회사로는 더 적격이다.

오늘날 조선은 지역으로 38선으로 이분되어 있고, 이념으로는 찬탁 반탁으로 대치되어 있다. 반탁으로 우익이 규정되어 있고 찬탁으로 좌익이라는 별명을 듣게 되었다. 심한 우익 인사는 찬탁을 모조리 '빨갱이'라는 감투를 벼락으로 씌운다. 찬탁을 '빨갱이'라면 '하' 장군은 '붉은 장군'이랄 수야 없지만은 '빨갱이 심파[5] 장군'으로 화부(華府)[6]에 개선하는 셈이 되었으니, '하' 장군은 어찌하다 봉숭아 빛이 되셨소?

---

4  미국의 하지와 소련의 스탈린을 말함.
5  심퍼사이저(sympathizer). 지지자. 찬동자.
6  미국의 수도 워싱턴.

*

　2차대전에 연합국이 승리하였다는 것은 민주주의가 제국 주의를 꺼꾸러뜨렸다는 이외에 다른 해설이 있을 수 없는 것이니 민주주의 승리의 전리품(戰利品)이 민주주의일 수밖에 없다. 얄타 협정, 삼상결정, 미소공위 5호 성명, 양군사령관 서한 교환, '브라운' 소장의 연속성명 등을 위로 세어 내려오나 아래서 세어 올라가나 모조리 한 줄에 꿴 한 구슬의 여러 개일 뿐이다. 이 여러 개에서 5호 성명을 떼어 낸다면 ── 즉 서명치 아니한다면 민주주의 계열에서 이탈된다는 말이 된다. 삼상결정을 조선 분할의 국제적 음모로 돌린다면 미·영·소는 제국주의 침략 국가로 규정하게 되는 것이니 조선의 반탁 진영은 연합국에 선전(宣戰)하느냐 청절(淸節)을 고수하여 퇴야(退野)하느냐 이외에 다른 길이 없다.


*

　베르사유 조약에 서명하였던 독일인이 전쟁을 단념하였던 것은 아니었다. 미조리 함상(艦上)에서 무조건 항복한 거족개병(擧族皆兵) 일본인은 복수를 도덕으로 숭상하는 이교족(異敎族)이었다. 패전 군국주의의 계열에서는 갱생의 도를 다시 전쟁에 기대하는 사갈(蛇蝎)의 본능이 남아 있다. 그러나 호전벽(好戰癖)의 독소는 패전국민에 한한 것은 아니고 전승국민 중에도 패전국민 중에도 있을 수 있는 군국주의에 한하여 있는 것이다. 인간 도처에 군국주의가 있다. 자유와 평화와 특히 자주독립을 국제전쟁에 의뢰하는 자도 역시 군국주의 계열이 아닐 수 없다. 조선이 일본의 질곡

에서 벗어난 것은 2차대전의 여공(餘功)이다. 이리하여 조선이 38
선에서 광복되기를 3차대전에 기대하는 자가 있다면 8·15적 광
복의 행상을 일본 군국주의자의 패잔에 돌리는 승패 간에 어쨌든
지 간에 군국주의라면 명정(銘酊)할 수 있는 자이다. 이런 자들은
후일 남산에 조선 자주독립의 공로자로 전범자 동조(東條)의 동상
을 계획하자는 의견을 가질는지도 모른다. 대소전쟁(大小戰爭)에
이유와 원인이 어찌 없겠느냐? 3차대전이 필연이라면 그 동인이
조선에 있다. 이 동인을 추진시켜야 하느냐?

    *

한동네 집에 상사(喪事)가 아니요 잔치가 있으리라는 날 다소
흐뭇하고 즐거운 기대가 있을 것이 자연한 일이 아니랴? 첫 제비
와 함께 날아올 삼일절을 앞두고 좌우 테러 접전이 있으리라는
유언(流言)은 나라를 헐어 넘길 수 있듯이 입으로 전쟁을 일으키
고 나라가 망할 수 있는 것이다. 장 총감(張總監)[7]의 긴장이 당연
한 일이다. 가장 장엄한 것이 가장 우스운 일일 수 있음과 같이 장
총감의 긴장이 항간의 해학으로 시정된 최근의 명랑화제 서울 시
민 문호마다의 백묵 낙서의 진상. 자금(自今) 이후로 친해하올 시
민제위! 귀가문전에 백묵낙서 '경(京)' 자 암호 말소 절대불요! P.
S. 장 총감 이대법관(李大法官) 양(兩) 귀하. 귀관 등의 어른 다툼
에 참전할 아량이 있으니 퇴근길에 잠깐 들리시압. '이더 러브 유
아 ── 촤일디쉬 씨' ──! 귀관 양위(兩位)는 다소 아동적이시외다.

---

7    장택상 경찰총감.

만성위병환자가 있었겠다. 그래서? 당대 수일(隨一)의 모 의학 박사가 진찰한 결과 절대 육식 금기를 명하였더니라. 해(該) 위병 환자가 일의(一意) 채식 생활에 전심하였으나 차차 고독을 느끼게 되었겠다. 왜? 도처에 육식이 범람하는데 채식 정진에 따르는 고독 — 자연 그럴 수밖에! 그뿐외라. 해(該) 환자가 자가(自家)의 채식주의를 다소 장엄화하기 위하여 또는 이에 상당한 영예와 사회적 지위가 필요하였겠다. 그래서? 그리하여 '채식주의자동맹'이라는 사회단체를 결성하여 맹원 수천을 획득하였더니라. 그래서 일약 동맹총재 혹은 중앙집행위원장으로 추대되었겠다.

그다음에는? 하루는 피(彼) 의학박사가 해(該) 총재의 건강을 진찰한 후 선언하기를 귀 총재의 병상에 대한 나의 육식금기요법을 철폐하노라. 해(該) 환자 총재 놀라 문왈(問曰) 왜? 현재 아메리카 임상의학계에서 귀 총재의 위병 병상에 관하여는 채식이 도리어 유해하고 육식이 더욱 유리하다는 적정한 학설이 즉 나의 재래 학설이 근본적으로 전복될 만한 참신한 과학적 육식 요법이 발견된 것이니라. 채식주의자 동맹 총재인 해(該) 환자 탄왈(嘆曰), 내가 총재가 되기 전에 그런 말을 전할 것이지! 시기가 이미 늦었도다. 현하 조선 대소정당 난립 중에는 여상(如上)의 채식주의 혹은 해(該) 채식주의자동맹 총재는 없으시오니까!

친일파 민족 반역자에 대한 규정 초안이 입의(立議)에 회부되자 이것이 어떻게 검토될 것인지 어떻게 채택될 것인지 아직 예단(豫斷)할 수 없다. 이에 대하여 사회적으로 물의가 아연 분운(紛紜)한 것도 아니다. 미군정하에서 남부 조선은 '앵글로 삭슨'적 '슬로우 모우숀'을 채득하여 신경과민증을 극복한 결과일 것이다. 그러나 이 혐오할 범인 명칭에 혐오를 실감하여 온 양개 종류의 인물들이 있는 것은 사실이다. 숙청을 주장하여 온 비범인(非犯人)들이요, 숙청 문제에 점진적 혹은 가속도적 전율을 느끼는 진범인들일 것이니 혐오는 혐오로되 혐오의 성질이 쌍방이 다를 것이다. 관용의 덕이 필요하다면 그것은 비범인에 돌아갈 것이요 회오(悔悟)의 책(責)은 진범인이 자담할 것이니 회오의 실적(實績)을 먼저 내이기 위하여 군정 기구에 잠입되었던 분자만은 제1차로 물러나오라. 맥아더 대장의 말을 빌려 그대들도 '필요한 죄악적 존재'이었을지 모르나 툭툭 털고 일어서 초야군현(草野群賢)이 될 때에는 그대들은 '필요하였던 죄악적 존재'로 혹은 관용의 은혜를 기다릴 수 있을까 한다.

물결이 바위를 치니 먼저 친 물결은 내려 떨어지고 다음에 친 물결이 치올라가는 사진인 모양. 내 글을 사진에 맞추어 쓰라 하니 글이 새삼스럽게 사진같이 되기는 장히 어려운 노릇이로구나.


*


물결이 바위를 친다는 것은 바위가 끄떡없다는 말이다.

그러나 다시 생각하면 바위가 물결을 쳐서 내물리친다는 뜻이 된다.

마치 우리가 두터운 벽을 떼민다는 것은 벽이 우리를 완강하게 떼미는 것이 된다.


천하에 쳐서 끄떡없다는 것이 ── 그저 끄떡없다는 것이 있다
면 그것은 암석일지라도 '반동파'로 규정할 수밖에 없다.
바위와 같은 사람과 속수무책적 부동파와.


물결이 치고 바위가 쳐 이 싸움이 우주창조 이후 그침이 없다.
이 싸움이 마침내 어찌 될 것일고?가 생각할 바이다.
결국은 바위가 모시라지고 바셔지고 말 때가 오고야 만다.


이것은 너무도 길구나.


── 《경향신문》 '여적(餘滴)' (1946. 10~1947. 2)

# 오무(五畝) 백무(百畝)

어린아이가 기어 우물에 빠질 지경에 인인(仁人) 아닌 사람이
없다는 것은 추인(鄒人) 맹자(孟子)만이 발견하신 원리가 아니다.
누구에게든지 타고난 성리(性理)가 누구에게든지 통하여 누구에
게든지 일치할 때에 진리는 하나이라는 결론이 선 것이다.

측은지심(惻隱之心)은 인지단야(仁之端也)라고 하였으니 인(仁)
이란 무엇이뇨? 하면, 인자(仁者)는 애지리야(愛之理也)라고 하였
다. 인과 애가 딴것이 아니라는 것으로 동서양이 윤리 도덕에서
일치하고야 만다.

측은지심이 확장될 때 우리는 산하가 모두 발가숭이가 된 우
리 모국이 바야흐로 우물에 기어 떨어지려는 어린아이가 되었다
는 것을 삼천만이 일시에 발견하였다는 것이다. 웅장한 소란이 일
어났다.

삼천만이 애국자로 동원되었다.

애국주의도 마침내 인애설(仁愛說)에서 발원된 것이고 보면 애
국주의자가 맹자의 학도(學徒)에 지나지 못한다는 것도 말할 수
있지 아니한가?

그러나 맹자의 학설이 실천된 국가가 있었다는 것을 본 일이

없다.

맹자의 학설은 왕정과 왕도를 떠나서는 전 체계가 붕괴되고 마는 것인데 왕정 당시에도 실현되지 못한 맹자의 인애 왕도설이 왕과 왕정이 없어진 오늘날 조선에서 맹자를 대체 어떻게 해석하여야 할 것인가가 남아 있다.

가외로 애국설과 애국주의자 문제도 문제대로 남아 있다.

왕정 이조가 제정 일본에 팔리우고 제정 일본이 연합군에 구축(驅逐)되었으니 그러고도 건국도 못되고 정부도 서지 못하였으니 정치와 정권이 어디로 가느냐가 문제다.

그러나 왕과 왕도에 절대 기대하였던 맹자도 실상은 백성을 모르는 인군을 구수(仇讐)같이 여기는 의(義)에 치중하였던 나머지에 백성을 대변하여 인군(人君)에게 오무지전(五畝之田)을 강경히 요청하였던 것을 알아야 한다.

오무(五畝)와 백무(百畝)를 합쳐 오늘날 재산으로 최고 일만 오천 평쯤 되는 것이 아닐지?

맹자가 조선에 재림하신다 하여도 왕도 정치가 마침내 토지 일만 오천 평 위에 선다는 것을 이천 년 일여(一如)히 강조하실 것은 믿어서 틀림없다.

이것을 요새 구호를 빌려 말하면 ─

"토지를 농민에게!"로 된다.

"토지를 농민에게!" 때문에 농업국 조선에 소란이 일어난 것이지 실상은

"공장을 노동자에게!"라는 구호 때문에 일어난 것이 아닌 것을 애국주의에 대한 원칙이 결정되지 못하여 좌우 투쟁이 치열한 것이 아닌 것을 아울러 직각할 수 있다. 극렬할지라도 판단만은

정확히 하여야 한다. 토지 문제에 누가 인색히 줄어 오는 것이며 누가 이를 천연(遷延)시키는 것이며 누가 이를 회피하는 것이며 누가 갈망하는 것인가를 알아보아라.

또 소작제 개량을 토지개혁으로 혼용하는 이가 누구인가를 알아보아라.

요컨대 국토 문제에 대하여는, 회피파와 갈망파 양진영으로 삼천만이 간단히 정리되는 것이다.

회피(回避)에서 애(愛)가 생길 리 없다. 애(愛)는 갈망이다. 그렇다. 애국주의도 막대한 갈망이다.

일제 말기에 들어 한문 교과서에서 맹자를 배제하였던 것을 기억한다.

맹자와 같은 인원이 조선에 무수히 범람한다. 맹자보고도 ××× 이라고 할 터인가.

그러나 아성(亞聖) 맹자도 조선적 현상에서는 가엾은 신세가 되실 것이 왕정을 복구할 도리가 전연 가망이 없고 남은 것은 농민과 인민 대중뿐이고 보니 맹자께서도 무슨 농민당 같은 당에서 이론부 책임자쯤 되실까 한다.

— 만사는 인애(仁愛)에서 발원한다. 다만 이를 실천에 — 토지에 옮기는 이어야만 애국자이다.


— 게재지 미확인

# 알파·오메가

"근고(謹告)·본지(本誌)《문장(文章)》은 금반(今般) 국책에 순응하여 이 제3권 제4호로 폐간합니다. 문장사" △편집(編輯) 여언(餘言) 한마디 없이 폐간호 끝 페이지에 이런 부고 같은 사고(社告)가 실렸다. △창간호를 들추어 보아도 창간사가 없다. 머리도 끝도 없는 것이 아니라 진퇴가 선연(鮮妍)하기가 더욱 마지막이 칙칙하지 않았다.

그 후 어느 날 동소문밖 신흥사에 30여 문단 인사가 춘산(春山)¹을 위로하는 산채와 술과 밥으로 잔치를 열었다. △깡그리 돌려가며 연설을 하였다. △키가 멀쑥하고 마르기 학과 같은 상허(尙虛)²는 연설도 없이 눈이 종일 젖었었다. △취하기보담 주정이 앞서는 객원 누구는 장호(長毫)에 먹을 듬뿍 찍어 '월묵삼초이후원(月黑三宵而後圓)'이라 기념첩(紀念帖)에 예(隷)를 쓰고 비분하였다. △파연(罷宴) 끝에 춘산의 간결한 사사(謝辭) ── 문단 여러분의 애중하심을 저버리고《문장》이 요절하게 되었으니 살아 있을 동안 될 수 있기까지 더 충실치 못하였던 저의 죄를 느낄 뿐 천

---

1  《문장》의 발행인이었던 김연만(金鍊萬)의 호.
2  소설가 상허 이태준.

운(天運)이 돌아오는 대로《문장》이 다시 살아날 때만 기다릴까 합니다. △《문장》이 요절하게 된 곡절이 어떠하였던고 하면 △어떤 날 상허가 일제 총독부에 불리웠다. 가 보았더니《인문평론(人文評論)》의 최 씨³와《신세기(新世紀)》의 곽 씨도 함께 왔던 것이다. △일제 총독부의 말이《문장》《인문평론》《신세기》를 병합하여 하나를 만들되 일어(日語) 반분(半分)에 조선어 반분하여 '황도(皇道) 정신' 양양에 적극 협력하라는 점이었다. △상허는 시종 묵묵히 말이 없었고 최, 곽 양 씨는 생각하여 보고 태도를 보고하겠노라고 하고 나왔다. △곽 씨는 끝까지《신세기》존립운동을 단념키 어려웠고 △최 씨의 공작이 문장사에 옮겨 오기를 양지 병합으로 '국책'에 협력하라는 것이었다. △《문장》측에 어휘가 부족한 것이 아니라 결국 상기 폐간호 말미에 발표된 사고(社告)로 최 씨의 공작전 제안에 대한 실로 간결한 회답이 되고 말았다. △8년 만에《문장》이 다시 살아났으나 다행히도 그때 일을 같이 하던 동인이며 집필자가 몇몇이 죽지 않고 조금 늙었을 뿐 △그동안에 놀랄 만한 새로운 필진이 서지 못한 것은 원래 문학예술이란 것이 하룻저녁에 결성할 수 있는 정당 사회단체와는 성격이 다른 것이었으며 △ 일제를 쫓아보낸 이후 3년 만에 남조선 사태가 이럴 줄은 기대하지 않았던 것이고 보니《문장》이 뜻하지 않았던 사태에서 새로운 인고(忍苦)의 치차(齒車)를 다시 돌려야 하는 것이다. △속간호가 가두에 나서기 전부터 악의 중상을 일삼는, 예를 들면 예전《문장》적에 1년을 이어 투고와 사신(私信)을 보내어 당선될 수 있었던 청년이 있거니와 △ 전(前)《문장》이 폐간 중에 일어 잡문류

3    최재서.

로 무슨 짓거리를 하였는지를 독서인의 무용한 기억력이 3년 동안에 노쇠하기 어려운 것이요 △남조선에 세계적 모함 단체가 있다 할지라도 문학 지망 청년이 이러한 계열에 보루를 얻기에는 낙엽이 사구(砂丘)에 정착을 구하기보담 —— 역사의 계절풍이 자비롭지 않으리라.

—《문장》(1948. 10)

# '여인소극장(女人小劇場)'에 대하여

원래 소극장 운동이란 것은 중상주의적(重商主義的) 흥행에서 타협할 수 없어서 극장과 무대까지 일부러 줄인 것이다. 왜? 무대와 관중의 호흡과 호흡이 서로 부르고 들리고 화협(和協)하여 일치하기 위하여…… 같이 연극하기 위하여…….

여자로만 만들어진 「제복의 처녀」라는 영화가 있었다.

여자끼리만 이루어진 소극장 운동이란 여학교 내 연극 이외에 들은 적이 없다.

애란(愛蘭)과 구주(歐洲)에서 소극장 운동도 남녀 합작일지언정 남자 경원(敬遠)의 순수 처녀 집단의 소극장이란 천만 의외에 조선 서울서 처음 아닌가 싶다.

박노경(朴魯慶) 여사가 지휘하는 단원 20명이 모두 올여름에 이화대학을 마친 스물두세 살짜리 귓밥이 빨간 처녀들이다.

머리도 좋은 편이었으나 말괄량이로도 남만 못할까 봐 선생의 제재에 남녀평등설로 항의하던 패다.

잠시 가만히 있지 못하는 극성스런 기질과 청춘이 마침내 이 대담한 기업에 착수한 모양이다.

학교극에서도 전업배우에서 볼 수 없었던 싱싱하게 귀여운 소질을 보았기에 한 번쯤 공개하여 보았으면 한 생각이 있었다.

여름에 땀을 흘리며 연습한 것이고 보니 보기 좋게 해낼 것 같다. 전에 영화로 본 적이 있는 「고향」이 첫 시험으로는 더욱이 여자가 남자 노릇이란 매우 부담이 과중할까 하나, 문과 교육과 출신들의 극성패는 어쨌던지 해낼까 한다. 하여간 처음 있는 일이다.

그다지 비대하지 못한 박노경 여사가 여름 동안에 바짝 마르셨다.

뒤를 잘 보아주는 것이 이 공연 끝에 사회 인사의 부담이 아닐 수 없을까 한다.

— 게재지 미확인

# 무대(舞臺) 위의 첫 시험(試驗)
## ─ 여인소극장 첫 공연 「고향」을 보고

다방에서 여배우 남궁련(南宮蓮) 씨를 만나

"어저께 여인소극장 연극 보셨습니까?"

"봤어요."

"어떱디까? 잘 ─ 하지요?"

"잘해요 하지만 ─ ."

"잘하면 잘했지 ─ '하지만'이 꼭 붙어야 합니까?"

"하지만 한 10년은 해야 하지 않아요?"

"무어는 그렇찮은 것이 있습니까, 모두 10년은 ─ 그러나 칭찬에 인색할 건 없지 않습니까? 그러니까 썩 잘한 것은 썩 잘했다고 하시지요.

연극은 10년을 한댔자 무슨 수가 있나요?

못하면 10년을 두고도 잘못하지 않습니까?

잘하면 첫 번 첫 무대에서 잘하지요. 그애들이 글은 연극보다 더 잘 짓습니다."

떠들다 보니 조금 지나쳤다.

남궁 씨와 동반하였던 그의 동료인 듯한 두 젊은 여인이 별안간 휭 나가 버렸다.

혼자 남았던 남궁 씨는 천천히 조용히 각근히[1] 인사하고 나 갔다.

그 전날 오후 둘째 번 연극이 끝나자 내가 무대 뒤로 돌아 들어 가 2층으로 올라가는 '슈왈체'의 후처 '와그스테'를 보고

"이번에 참 애들 썼다. 잘하더구나!"

"이번 저의 공연은 조선 연극사상 한 혁명적인 것입니다."

"왜 까부는 것이냐!"

무대 경험이 없어서 그런지 나는 여자와의 '세리프'에 번번히 낙제를 한다.

무대 이외의 여자의 '세리프'란 것은 노소를 막론하고 애초부 터 채점 이하인 것은 말하여 무엇하랴?

무대 생활 10년설을 내가 대수롭지 아니 여기는 이유가 있다.

이번 「고향」에서 볼지라도 애초에 잘한다 소리 듣던 사람은 학 교극에서부터 더 잘 더 못이 없다. 퇴역(退役) 노군인(老軍人) '슈 왈체' 말이다.

'세리프'의 비음악성의 억양은 연출자 박노경 여사가 몹시 애 를 썼어도 낫지 않았다.

위에 한 말과 같이 그 '하지만 —'이란 이런 때 적용되는 것 일까 하는데 기성 배우에서 보는 결점은 10년이 여일한 사람도 있다.

다음에 어떤 사람은 1일 3회 실연(實演)이고 볼 때 첫 번에 우 수한 소질이 소질 이상으로 드러나는가 하면 2회 3회로 점층적으 로 본격을 발휘한다.

---

1 각근(恪勤)하다. 부지런히 힘쓰다.

예를 들면 이번 「고향」에서 '막다'와 '켈레르'가 그러하였다.

연출자 박 여사 말이 연습 중에 제일 속을 썩인 아이가 '막다'라고 한다. 제일 주책이 없어서 기가 막혔다고 한다. 연출자의 지도나 동연(同演) 동무의 월권적 지도나 동시에 따라간다고 한다.

주책단지가 정말 무대에 오르면서 정말 제 연기가 나온 것이다.

애초에 무대가 겁나지 않는 사람이 있다.

예를 들면 '푸란체스카' 아주머니다.

"병복(秉福)이 너 이번 역은 참 적재적임이더구나."

"왜 '막다'를 맡기면 제가 못 해낼까 봐 그러세요!"

'푸란체스카'는 남을 웃기우기는 잘하지만은 다음부터는 무대가 살얼음판인 줄로 인식하기를 바란다.

기를 쓰고 하여서 조금씩 조금씩 나아가는 사람도 있다.

이번 「고향」에 '목사'가 그러하다. '세리프' 운용의 결점은 '슈왈체'와 함께 머지않아 없어질 것.

'마리'는 소녀역으로 마침이다. 다음에는 늙은이를 해 보라.

'와그스테'는 다음에는 조선 화랑역을 맡길 것.

'본클레스 소장'은 학교 때 상상조차 할 수 없었던 유발(有髮) 남자역은 보기 좋게 해냈다.

이러구 보니 무대 생활 10년설은 그다지 전적인 의의가 있는 것이 아니다.

이유가 첫째로 대학 문과의 독서와 교양과 훈련에 있었던 것이다.

'셰익스피어' 시대의 연극을 남자만이 하였던 것을 조선에서 남자역을 전부 이화여대 출신 여자만이 하였다 할지라도 그것이 시대착오란 것이 아니고 말았다.

장치가 어떠니 효과가 어떠니 의상이 어떠니 하는 군소비평은 전문가에 맡기든지 책임을 조선 사회에 돌리든지 해라.

— 게재지 미확인

# 무희(舞姬) 장추화(張秋華)에 관한 것

그는 자주 만나도 늘 소식(小食)이다. 고기와 채소와 과실까지도.

그는 2년 동안에 하루쯤 앓는 것을 내가 보았다.

말은 시골 소녀처럼 단순하고 기교가 없다. 걸음만은 동양 여성에서 보기 드물게 유쾌하다 ─ 아니나 무희에 달를거버.

무대 뒤에서 악사를 향하여 성내는 것을 보았다.

사슴이 분노하면 흡사하려니 생각하였다.

자주 소리 없이 눈물 흘리는 습관이 있는 듯하다.

한 번은 내가 그에게 도전하기를

"최승희(崔承喜)는 낮밤을 가리지 않고 춤춘다는 소문이 있고 조택원(趙澤元)은 몸으로 못 추면 입으로 춤을 쉬지 않고 당신은 몸으로도 입으로도 춤을 태업하는 것은 무슨 까닭이오?"

그는 동양식 형용으로 말하면 그의 이름과 같이 가을 흰꽃처럼 쓸쓸히 웃으며

"내게 무대를 주시오." 하였다.

몇 사람 조선 무용가 중에서 내가 좋아하기는 세 사람이다.

하나는 8·15 직후 이북으로 가고 하나는 남자인 까닭인지 여

자를 심히 존경하는 미주(美洲)에 건너간 뒤 1년을 지나도 큰 소식이 없다.

하나 ─ 장추화만이 이남에서 춤춘다. 춤이 훨씬 비창하여 간다.

인도인의 인도춤을 보지 못하였으나 장추화의 인도춤은 바로 조선춤이다.

─ 게재지 미확인

# 정훈모(鄭勳謨) 여사(女史)에의 재기대(再期待)
── 제7회 독창회를 앞두고

정훈모 여사의 노래를 들은 적이 거진 10년에 가깝다. 그러나 악단에서 정 여사가 아주 잊어지도록 늙은 것도 아니요, 없어진 것도 아니다. 조선 문화인은 그렇게 건망증에 걸린 것도 아니요, 또 그다지 몰인정한 것도 아니었다. 전쟁 중에 여사는 황해도에서 아들 딸 팔 남매를 기르느라고 그의 애청자들은 근로 봉사와 방공 연습에 끌려 다니노라고 노래를 즐길 기회가 항시 유회(流會)되었던 것이다.

독일풍 리이드 가창(歌唱)으로는, 조선에서 최초 개척자요 아직도 현역을 사양할 수 없는 엄연한 선배적 존재다. 슈베르트곡 「어여쁜 물레방아집 처녀」 전곡을 연구하기 9년 전부터이라 한다.

꾀꼬리는 우는 철이 따로 있다. 그동안 기후를 바꾸었을 뿐이요 우리는 그 소리를 아니 들은 지 좀 길었을 뿐이었다. 꾀꼬리가 울기는 항시 우는 것이었다.

남조선에 꾀꼬리가 울 때가 되어서 정 여사의 노래도 따라온 것이다.

10년 만에 정 여사가 늙어 버렸는지 늙었다고 예술이 쇠퇴하는 것일지 나이를 먹을수록 예술이 얼마나 깊어지고 굵어지는 것인지를 정 여사를 무대에 올려놓고 실험하여 보라.

—《경향신문》(1947. 5. 1)

# 조택원(趙澤元) 무용에 관한 것
## —— 그의 도미 공연(渡美公演)을 계기로

택원이가 휘문중학 3학년 때 나는 5학년이었다. 그러고도 한 집에서 한방을 썼고 한상의 밥을 먹었다. 택원이는 정구 전위(前衛) 선수로 날리었고 나는 인도 타고르의 시에 미쳤던 것이다.

성미가 맞아서가 아니라 한 번도 싸우지 않고 이때까지 밉지 않은 친구다.

펜글씨가 달필이었고 남도(南道) 소리로 전교(全校)의 애교를 샀었다. 슬금슬금 연애편지를 쓰는 위태한 습관을 가지려는 소년이었다.

시베리아에서 귀환하였던 백계(白系) 조선 동포 세·든·박에게 '러시아 파아머 댄스'를 훔쳐 배운 것이 이 소년의 외도(外道) 길이 트이기 시작한 것이었다.

석정막(石井漠)을 사사(師事)하여 서양 무용으로 생각하고 공부한 것이 서양 무용이 아닌 것을 수년 후에 알아내었던 모양, 조선으로 다시 돌아와서 한성준(韓成俊) 씨를 인연하여 조선 무용과 조선 음악에 생리(生理)와 혈행(血行)이 소생하기 시작한 것이 이 사람의 일대 전기(轉機)가 된 것이다. 이때에 이 사람이 왕가아악부(王家雅樂部)에 입소하여 굳어 버린 것이 아니라, 툭툭 털고 단신으로 파리로 갔다.

파리에 가서 조선 무용에 신국면을 용감하게 타개하였다. 말하자면 석정막을 통하여 서양 무용의 문법을 졸업하고 한성준을 통하여 조선 무용을 탈피하고 파리에서 조선의 새로운 무용을 구성하였던 것이다.

이리하여 예술이라는 것이 항시 가변(可變)의 대법칙하에 항시 발전해야만 한다는 것을 미학자가 아닌 조택원이 저서로써가 아니라 체구(體軀)로써 조형해 나가는 것이다. 불행하나마 조선에 조선 무용이 있다. 택원의 춤이 제일이라는 것은 아니다. 그러나 그 많던 무용 지망자들이 지금 어디 가 있느냐? 결국은 남자로는 택원 하나뿐이고 여자로는 평양에 가 있는 최승희뿐이다. 유명한 최승희도 택원이 추는 택원의 춤은 못 출까 한다. 택원과 택원의 춤을 아끼는 이유가 이에 있다.

하여간 좋은 때가 오기는 오는 것이다. 승희는 이북에서 광복을 기다리고 택원은 이남에서 광복을 찾고 있다. 둘이 함께 조선서 비약하는 날 조선 무용이 국제화하는 날이다.

택원! 인도의 대 샹카의 영예는 마침내 네게로 돌아와야 한다. 잘 다녀오라! 봉 보야지!

—《경향신문》(1947. 6. 26)

# 관극소기(觀劇小記)
## ──'고협(高協)' 제1회 공연「정어리」에 대한 것

　　사람이 사는 곳이고 보면 어데든지 있을 만한 사실이오, 누구
든지 지껄일 수 있는 언어와 흉내 낼 수 있는 동작이 무대에 실리
고 보니까 관중은 흔히 무대에 향하여 경의를 표할 줄을 모르게
된다. 그리하여 관중이 모조리 각자기일가견(各自己一家見)을 가질
수 있는 가장 자연한 추세로 결국 비평가로서 총동원하게 되는 세
음이 된다. 막간에 전개되는 소란한 여론을 귀담아 보지! 유루(流
漏) 없이 속기할 수 있을 양이면 정히 극평(劇評)의 집대성임에 틀
림없으리라.

　　관객석처럼 용이한 세이프리 존이 어디 있나? 무대가 바로 전
차로 되었을지라도 수고롭게 올라갈 까닭이 없음이다. 무대에서
가장 절박한 태세가 가장 데스퍼리트하게 진행되는 것에 동정하
지 못하는 관중처럼 무대가 심히 위험한 살얼음판인 것을 모르는
이는 없을 것이다. 무대인도 화학자와 함께 일개 전문가가 아닐
수 없다. 화학자는 아무나 할 수 없는 것을 하는 전문가이나 무대
인은 누구나 할 수 있는 것이나 실상 아무나 될 수 없는 것을 해내
는 전문가다. 이리하여 무대인은 화학자보다도 만만해 보이기도
하고 욕도 칭찬도 흠뻑 듣게 된다. 여론의 중심이 화학자를 떠나

마침내 배우한테 돌아가는 것은 흥미 있는 현상이다. 그러나 무대인이 관중의 소인적 경향을 경모(輕侮)할 수가 조금도 없다. 이 무대적 전문가가 만장소인(滿場素人)을 상대로 하지 않고, 대체 누구를 불러다가 앉힐 작정이란 말인가, 깡그리 '비평가'가 부민관 위아래 층을 입추의 여지도 없이 좌정하신 직전에서 가장 근신히 감행하는 극단은 반드시 번영하리라 이쯤 위혁(威嚇)하여 놓고, 나의 조그만 관극소감(觀劇小感)을 진술하되 극히 간소한 인상적인 것으로 하리라.

극단 '고협(高協)'은 양양(洋洋)하다.

「정어리」박영호 (朴英鎬) 작, 쾌작이다. 이만한 작품이었더면 먼저 잡지에 발표하여 대중으로 하여금 먼저 대본을 기억시킬 만하였던 것이 아닐까. 작품을 읽고 연극을 보는 것은 즐거움이 실상 배가 된다. 좋은 소재 문학에 착안한 점이 조선 신극에 대하여 우월감을 가질 만하다. 생산 경제 태세의 3단 급커브로 기인하는 희비극 — 실상 정어리는 비늘 한 개 보이지 않았으나 리알의 선혈이 비린내가 싱싱하다. 끝까지 비판 정신에 고집한다. 시대와 변혁의 동태가 운명처럼 강력한 것일지라도 문학은 가장 평범한 쇄말(瑣末)까지에라도 '비판'을 누실(漏失)할 수 없음을 작자는 주장한다. 정의는 의외에 을종(乙種) 기생의 새파란 입술로 선언된다. 대사에 대한 지방어(地方語) 채집이 상당히 풍요하다. 남북 중부 방언의 대조적 몽타주가 자미(滋味)롭고 항시 웃음을 제공한다. 자연과 인간의 투쟁적 교향악에 팔도 사투리가 활용되는 이유가 있다. 제3막 최창도(崔昌道)가 몰락하는 이유를 중유(重油) 통제나 조선질소 합동유지 등의 대재벌의 등장에서 오는 경제 체계의

급변혁에 강조하지 못하고 춘자(春子) 일지매(一枝梅)를 해결 방법으로 취립(聚立)시킨 것이 「정어리」로 하여금 소위 대중극으로 내려앉힌 것이니 동정할 수도 있는 유감이다.

　　무대의 호방한 나열과 소박한 장식이 대극장에 적당한 고안을 볼 수 있다. 섬세복잡한 조명을 얻을 수 없는 바에야 무대장치도 절로 신개지적(新開地的) 지방색을 주로 할 수밖에 없을 것이다. 유방(乳房)의 과장, 꼭두선이[1] 속적삼, 생돼지 뒷다리를 치어들고 나옴과 정말 어린아이를 업고 나오는 등 리알과 감각의 교착으로 인하여 연출자의 해학이 약동한다. 효과반의 세밀한 용의를 엿볼 수 있다. 그러나 2막 1장에 슈프레히 코올(작업 효과)을 주로 삼고 정어리의 운반 풍경 등을 시각 범위에서 말소시킨 것은 효과상 주객이 전도된 것이나 아닐지? 장치를 화려치도 못한 양실(洋室)보다는 몰락 가정의 분위기를 양조(釀造)하기 위하여 차라리 조선식 옥실의 양식을 취할 만하였던 것이요, 제3막은 2층 방이라는 것을 인할 조건이야 없다. 해항(海港) 생산 지대적 어시장 사무실다운 데를 보지 못하였다. 연기는 다분히 지방색적 호담성이 특색이다. 유쾌한 노름노리의 여유를 잃지 않고 보니 조선적 연기는 절로 선이 굵을 수밖에 없다. 그러나 종시 모를 일은 긴착한 대화가 오고 가고 하다가 새침해 가지고 긴장된 독백을 고성영탄(高聲咏嘆)하는 것은 무슨 효과를 위함인지 알 수가 없다. 이 시음적(詩吟的) 방백으로 인하여 대화미에서 오는 무음율의 '평범한 미묘'가 무참히 부서지는 것을 수습할 수 없다. 조선 신극단의 통폐가 아닐 수 없

---

[1]　꼭두서니. 꼭두서닛과의 여러해살이 덩굴풀. 가을에 노란 꽃이 핌. 뿌리에서 물감을 뽑고 어린잎은 식용함. 천초(茜草). 여기에서는 꼭두서니의 뿌리에서 뽑아내는 '빨강색'을 말함.

다. 제1막 네거리에서 행하여지는 잡답(雜沓)한 사상이 제각기 놀고 들어간 것이 있다. '혼란의 조화'가 어그러지고 구성이 분산된 감이 없지 않다.

전주부(錢主薄): 박창환 분(朴昌煥扮)

비탈길을 넘어가는 하차(荷車) 바퀴처럼 덜거덕거리는 연기에 따르는 슬픔이 깊다. 침투되는 감성력보다도 한치 한치 파드는 계산력이 무겁다. 코끼리의 보법(步法)을 배우는 이 배우는 넘어지지 않으리라.

최창도(崔昌道): 김동규 분(金東圭扮)

목소리와 연기가 어딘지 컬컬한 맛이 좋다. 충합(沖合)(서월영 분)의 연기가 베테란의 능청스럽게 노숙한 것을 볼 수 있다면 이 사람은 일부러 크라이시스를 제조하지 않는 수월하고 풋되지 않은 오입쟁이!

전영국(全英國): 주인규 분(朱仁奎扮)

무대에 서는 얼굴이 좋다. 고삽(苦澁)한 풍모에 드러나는 육체적 조건이 연기력을 서파스[2]한다. 아직 버릇이 붙지 않은 점에 혹은 성격 배우로서의 앞날을 볼까?

땅바람: 심영 분(沈影扮)

무대 유일의 열혈청년형! 항시 '정의파'에 입역(立役)하여 성공하리라. 박력적이며 선동적인 것이 혹은 경향적인 것에 맹렬한

[2] surpass. 능가하다.

388

성능을 발휘할 수 있을까 기대된다.(한참 열연 중에 박수로 소동하는 그러한 팬을 경원할 필요가 있다.)

일지매(一枝梅): 김연실 분(金蓮實扮)

암비둘기처럼 알뜰히도 길이 든 연기. 무대가 완전히 자기 것이 되어서 조금도 겁이 없다. 소리와 몸짓을 고갱이[3]만 뽑아 쓸 줄 알아서 깜찍하게도 상량(爽凉)하다.

독일 병정: 강보금 분(姜寶金扮)

마구다지 덤비는 역에서 도리혀 일사분란한 연기를 즐길 수 있는 것은 실로 창일한 연습력을 엿볼 수 있다. 습지적(濕地的) 인간미를 발휘하여 여지가 없다.

수탉 갈보: 유성애 분(柳誠愛扮)

경상도 기풍의 무대적 재현으로서 본격적이다. 와일드한 제스츄어에서 미묘한 기술을 아니 볼 수 없다. '독일 병정'의 촉촉한 인간미에 '수탉 갈보'의 분방한 성격을 호대조(好對照)로 하여 연출자의 의도가 생동한다.

—《문장》13호(1940. 2)

---

**3**  고갱이. 초목의 줄기 한가운데의 연한 심. 알심. 수(髓). 사물의 핵심.

# 「어머니」소인상(小印象)
## 부기(附記)

단편소설계의 경기병(輕騎兵) 이태준(李泰俊)의 「어머니」를 위하여 극장이 너무도 컸다. 1막물(幕物)의 화원이란 아무래도 소극장일까 한다. 장치적 소도구가 너무도 희소하여 생활이 있는 집 같지 않다. 60촉 전등처럼 편편한 이 집에서 뻐근히 슬픈 이 '대화소설'을 듣기에 친절한 구석이 없다. 외삼촌의 계덕(戒德)이 너무 길어서 체흡적 대사미(臺詞美)를 위하여 리드미컬한 분할이 없었다.

—《문장》13호(1940.2)

# 시집(詩集) 『종(鐘)』에 대한 것

시인 설정식(薛貞植)과 내가 이제 역기(力技)로 인생을 고쳐 보자고 한다면 대체 얼마마한 중량까지를 들어 올릴 수 있을까?

어느 정도까지의 체력이 전연 없을 수야 없으나 어느 정도 이상의 중량을 어느 정도의 용기로 들 수 있는 것일지 용기와 체력을 혼동하는 시폐(時弊)가 없지도 않다. 나는 그만두고 설정식은 용기에도 체력에도 지극히 평범한 사람이다. 그러고도 시인일 수밖에 없다.

아메리카 유학생으로는 출세도 혁혁한 편이 못되고, 이 사람 영어 발음에는 함경도 굵은 토착음이 섞여 나온다. 만나서 말이 적고 말을 발하면 차라리 무하유향(無何有鄉)에 대한 짖는 소리를 토한다.

잔을 들어 취하지 못하고 말세와 행실로 남을 상하고 해할 수 없는 사람, 시집 "종(鐘)"을 열어 읽어 보면 아메리카에서 난해서(難解書)일 것이겠고 서북선(西北鮮)에서는 대오락후(隊伍落後)에 속할 것이나 시가 반드시 용기와 체력의 소산이 아니라면 이 시집이 8·15 이후에 있을 수 있는 조선 유일의 문예서인 것만은 불초 지용이 인정한다.

용기로는 임화가 제일이고 체력으로는 기림이 달리는 편인데 인내와 비장도 덕에 속한다면 정식의 시는 차등(此等) 덕종(德種) 2목(目)에서 기원한 것이다.

독자 제군 내가 이제 정식을 칭찬하랴 하오. 그날 밤 출판기념회 적에 우리가 태백(太白)을 기울이면서도 인색하게들 굴기에 물고(物故) 지사(志士) 모(某) 선생의 영애(令愛) R 양의 고운 손을 빌어 시인 정식의 옷깃을 초화(草花)로 장식게 하여 최고도의 사치의 정신을 발휘한 것은 지용의 책임이외다.

크고 두터운 아내여
태양(太陽)이 닮았는데
젖에 얹은 손을 떼어라

태양에 불이
해바라기 불이 붙었다

가까이 이리 가까이
그리고 따에 흐르는
젖을 근심하지 말아

—《경향신문》(1947. 3. 9)

# 『포도(葡萄)』에
## 대하여

조선에 장편소설가라는 자— 있어 스스로 이르기를, 조선의 새 소설은 일본 문학의 영향을 입은 것이 아니라 노서아 문학 — 혁명 전기(前期) — 에서 직접 이식한 것이로라고 사랑하던 기억이 내게 남아 있다.

말하자면 톨스토이나 도스토옙스키의 영향을 입으면 입었지 미기홍엽(尾崎紅葉)이나 덕부로화(德富蘆花)를 모방한 것이 아니로라는 것이었다.

그러나 식자(識者)는 조선의 장편소설이라는 것이 있었다면 노일전쟁 후 노문학을 무역한 일본적 신소설을 다시 흉내 내어 본 것이 춘원류의 장편소설이었던 것이요 시도 역시 그러한 것이 육당(六堂)이 시작하였던 시가(詩歌) 유사의 구절이란 실상은 일본의 7·5조 신체시의 조백(粗粕)이었던 것이다.

이와는 뚝 — 떨어져 내려와 일정 말기 소위 재등실(齊藤 實)의 문화정책 시기에 들어서서 조선 문단에 카프파를 도당(徒黨)으로 한 '프롤레타리아' 문학이라는 것이 있었으니 이것은 역시 일본의 노동운동의 인테리층 문예에 흥분하였던 것이다.

8·15 대명절을 당하여 무대가 급각도로 회전하였으니 시가 위

선 급속도로 족출(簇出)하였다.

내가 말하려 하는 것이 소설이 아니라 시다.

8·15 이후의 조선 시는 완전히 외래 문학의 영향에서 전연 메별(袂別)한 것이요 말하자면 에세닌이나 중야중치(中野重治)의 영향이 천만에 아니요 진실로 진실로 조선에 탄생한 것이다.

결코 소위 '프롤레타리아' 시가 아니다. 조곰도 무서워할 것도 아니요 전율할 시도 아님에도 불구하고 왜 일부 귀골들은 송충이보다도 싫어하느냐?

8·15 직후 지까다비에 병정구두에 신발도 똑똑히 신지 못한, 징용에서 풀린, 감옥에서 나온, 징병, 학병에서 탈주하였던 젊은 놈들이 튀어나와 기(旗)를 받고 시를 썼다.

이때 미주(美洲) 유학생 설정식(薛貞植)이도 한몫 끼었더니라. 정식이가 영어를 할 줄 알고 유식하였기에 국장을 얻어 하였고 시를 쓸 신기(神機)를 얻었던 것이다. 길게 누릴 국장, 비서장이 못되었기에 해를 넘기지 못하여 시집을 두 권을 얻고 직을 떠났다.

정식이가 어찌 프롤레타리아 시인일 수 있으랴? 하물며 '빨갱이' 시인일 수 있겠느냐? 불시(不啻) 설정식이라, 누구든지 문학인이면, 시인이면 불시 시인이라 문화인이고 보면 가진 별명쯤은 피할 도리가 없는 것이다.

'우익 시인' 설정식을 조선시단에 수용할 수밖에 없이 되었으니 중(重) 값을 들여 영문학 공부를 한 설정식이가 이런 별명을 듣는다면, 공부는 꽤 한 것에 틀림없다. '프롤레타리아' 시인이 아닌, 과격파가 아닌, '우익 시인' 설정식이나, 혹은 그와 유사한 시인들을 위하여 이러한 시가 있을 수 있다.

어찌할 수 다시 어찌할 수 없는

길이 '로마'에 아니라도

똑바른 길에 통하였구나.

시도 이에 따라

거칠게 우들우들 아름답지 않아도 그럴 수밖에 없이

거짓말 못하여 덤비지 못하여, 어찌하랴?

─ 지용

시집 "포도(葡萄)"가 시집 "종(鐘)"보다 훨씬 불가피로 깊어졌고 유식하다.

제까짓 '장편소설의 일절'이란 내 읽지 않았으니 내가 말하자는 것은 다만 시인 설정식의 시뿐이다.

조선의 새로운 민족 문학, 혹은 새로운 민족시는 대개 이렇게 하여 뚫고 나가기가 너무도 억울한 것은 그의 시에 역연(亦然)하다. 아직도 신세가 편한 시인들이 있어서 물이여 달이여 구름이여 꽃이여 하느냐?

남북통일을 위하여 어찌 3천리에 장거리 추도(墜道)만을 뚫어야 한다는 말이냐? 무슨 까닭으로 말장한 선비를 유지(遺址)에 없는 '카다콤부쓰' 안으로 몰아넣어야 하는 것이냐.

이러한 내정으로 말미암아 조선시는 "포도"처럼 절로 울분하고 질식하고 탄원일 수밖에 없다. '혁명시인'이란 어느 국가의 여유 있던 사치더냐?

조선에는 이렇게 애절(哀絶), 비절(悲絶), 참절(慘絶)한 시가 있을 뿐이다.

그러자 어두워지는 천상(天上)에
대풍이전(大風以前)의 정식(靜息)이 가로놓인다.


등(燈)불이 잠시 꺼졌다.
우연(偶然)히 이렇게 태허(太虛)에 필적(匹敵)할 수 있느냐.


신천(山川)이 의구(依舊)한들 미숙(未熟)한 포도(葡萄)
오늘밤에 과연(果然) 안전(安全)할까


우두커니 앉았음은
방막(尨莫)한 땅이냐 슬퍼하는 것이냐


오호(嗚呼) 내일 아침 태양은
그여히 암흑(暗黑)의 기원(紀元)이 되고 마는 것이냐.
　　　──「무심(無心) 여운형(呂運亨) 선생(先生) 작고(作故)하신 날」


──게재지 미확인

# 서(序) 대신
— 시인(詩人) 수형(琇馨)께 편지로

이제 쓰지 쓰지 한 것이 이날 저날 미루다가 대체 몇 달이 넘었는지 시집은 인쇄가 끝이 나고 내 글 때문에 제본이 다시 늦어야 하니 미안하기보담도 마음이 초조하야 의무보다 부채가 늘어 가는 것 같소이다.

대체 시간이 있어야지! — 이러한 변명은 내게 변명도 되지 않습니다.

일하지 못하고 빼앗기는 시간, 무실(無實)한 바쁨 때문에 허덕허덕 피로한 시간, 시간이 웨 없겠습니까마는 요즈음 가을 하늘처럼 청명한 시간이 내게 올지라도 나는 이 시간을 무슨 방법으로 맞아야 할지 모르겠습니다.

요컨대 생활이 없이 시간이 있지 않은 것인가 봅니다.

생활이 없는 사람에게 허무한 답쌓임 — 내게 대체 이 치다꺼리가 언제 끝이 나는 것입니까?

이 답쌓임에 눌리워 거저 죽어야 할지 혹은 마른 조개껍질처럼 한 개의 생활이 아니라 한 개의 존재로서 역사의 물결에 마쇄(磨碎)되어 버릴 것인지 또는 내려 누르는 담천(曇天)을 떠받아 헐이고 치오르는 그 많은 독수리 떼의 하나이어야 할지 — 내가 회의자로 회피하기까지 갈 것이 아닌 줄을 구태여 모르는 바이 아닌 것은 현실과 사태가 8·15와 38선으로 하여금 바짝 들이몰아다 육박하였음으로 우리는 회의도 회피도 다소 시적 향락이 있을 수 있었던 허무에의 스페이스도 있지 않아 나는 다만 허덕지덕할 때 역사는 그 자신이 한 개의 천재이었음을 노현(露顯)한 것입니다.

먼저 8·15 이후에 수일(秀逸)한 시인이 족출한 것을 보았습니다.

한 사람의 천재가 무인지경(無人之境)을 백 년을 두고 달려야 한다면 만인이 그를 혜성으로 우러러보아야만 하는 것이 시와 문화의 암흑시대가 아닐 수 없을 것입니다.

역사는 이것을 허용하지 않게 되었습니다. 무수한 개성이 영광스런 고립을 박차 버리고 한 개의 거대한 공동체에 대한 감각이 발랄할 때 막대한 인민에서 시와 시인이 범람하게 될 것인가 합니다.

수형은 이러한 의의에서 시인인 것이 당연하다 합니다.

분시(分時)를 다투어야 할 단일 민족 통일 건국기에 있어서 투쟁 없이 어찌 생활이라 하겠습니까.

생활을 유실하고 투쟁 앞에 전율하는 나는 시인 수형의 투쟁 기록을 펴고 경탄할 뿐입니다.

보나파르트 나폴레옹이 대구라파를 석권하던 어느 날 고요한 전원생활을 부러워하여 탄식하였다는 일화가 있습니다마는 대개 독재적 정복자는 마침내 사변(四邊)의 유구한 무사(無事)를 동경하는 것인가 봅니다. 이러한 제왕 약탈적 체계에 끼인 시인도 역시 유구한 무사에서 경인구(驚人句)가 나왔었던지 모르겠으나, 이제 조선에 시인이 있으면 무사(無事)한 시간이 있을 수 없고 줄기

찬 불면불후(不眠不休)의 진격만이 시간일 수밖에 없습니다.

이러한 시간에서 수형은 시까지 썼으니 무슨 시니 아니니 고리삭진하게[1] 못되게 굴 것이 없으며 또 그러한 시가 아직도 존재할 수 있다면 먼저 두들겨 부숴 놓고 그리고 다시 시를 의논해야 합니다.

수형의 시는 먼저 시를 두들겨 부숴 놓고 다시 시를 구축하기까지의 당래할 조선시의 제 1기적 시인 것입니다.


..................
썩었던 쇠뭉치까지라도
녹여서 시뻘건 불물이
사태 흐르는
새 역사(歷史)의 한복판에
뛰어들어서
하여튼
덮쳐서래두
버둥거려 흐르고만 싶었던
철창(鐵窓)에서 공장(工場)에서 토굴(土窟)에서 가두(街頭)에서
짚북데기 속에서
삐뚜러진 모가지
턱주가리를 쳐들고서
파릿한 허구리뼈를 저벅저벅 끄을고서
여기서두 저기서두


---

1  고리삭다. 젊은이의 성미나 언행이 풀이 없어 늙은이 같다.


399                                              2부 『산문』

버둥질 치며 돌아오는

영웅(英雄)들

　　　　　　　　　——「지도자(指導者)」일절


　　　　　　　　　　　　—— 게재지 미확인(1948. 8. 30)

# 윤동주(尹東柱) 시집(詩集)
## 서(序)

서(序)랄 것이 아니라 내가 무엇이고 정성껏 몇 마디 써야만 할 의무를 가졌건만 붓을 잡기가 죽기보담 싫은 날 나는 천의를 뒤집 어쓰고 차라리 병 아닌 신음을 하고 있다.

무엇이라고 써야 하나?

재조(才操)도 탕진하고 용기도 상실하고 8·15 이후에 나는 부당하게도 늙어 간다.

누가 있어서 "너는 일편(一片)의 정성까지도 잃었느냐?" 질타한다면 소허(少許) 항론(抗論)이 없이 앉음을 고쳐 무릎을 꿇으리라.

아직 무릎을 꿇을 만한 기력이 남았기에 나는 이 붓을 들어 시인 윤동주의 유고(遺稿)에 분향하노라.

겨우 30여 편 되는 유시(遺詩) 이외에 윤동주와 그의 시인됨에 관한 아무 목증(目證)한바 재료를 나는 갖지 않았다.

'호사유피(虎死留皮)'라는 말이 있겠다. 범이 죽어 가죽이 남았다면 그의 호문(虎紋)을 감정하여 수남(壽男)이라고 하랴? 복동(福童)이라고 하랴? 범이란 범이 모조리 이름이 없었던 것이다.

내가 시인 윤동주를 몰랐기로소니 윤동주의 시가 바로 '시'고 보면, 그만 아니냐?

호피(虎皮)는 마침내 호피에 지나지 못하고 말 것이나 그의 '시'로써 그의 '시인'됨을 알기는 어렵지 않은 일이다.

나도 모를 아픔을 오래 참다 처음으로 이곳에 찾아왔다. 그러나 나의 늙은 의사는 젊은이의 병을 모른다. 나한테는 병이 없다고 한다. 이 지나친 시련(試鍊), 이 지나친 피로, 나는 성내서는 안 된다.
— 그의 유서 「병원(病院)」 일절

그의 다음 동생 일주(一柱) 군과 나의 문답 —
"형님이 살았으면 몇 살인고?"
"서른한 살입니다."
"죽기는 스물아홉에요 — ."
"간도에는 언제 가셨던고?"
"할아버지 때요."
"지나시기는 어떠했던고?"
"할아버지가 개척하여 소지주 정도였습니다."
"아버지는 무얼 하시노?"
"장사도 하시고 회사에도 다시니고 했지요."
"아아, 간도에 시와 애수와 같은 것이 발효하기 비롯하다면 윤동주와 같은 세대에서부텀이었고나!" 나는 감상하였다.

봄이 오면
죄(罪)를 짓고
눈이
밝아

이브가 해산하는 수고를 다하면


무화과(無花果) 잎사귀로 부끄런 데를 가리고


나는 이마에 땀을 흘려야겠다 ―

　　　　　　　　　　　　　― 「또 태초(太初)의 아침」 일절


다시 일주군과 나와의 문답 ―

"연전(延專)을 마치고 동지사(同志社)에 가기는 몇 살이었던고?"

"스물여섯 적입니다."

"무슨 연애 같은 것이나 있었나?"

"하도 말이 없어서 모릅니다."

"술은?"

"먹는 것 못 보았습니다."

"담배는?"

"집에 와서는 어른들 때문에 피우는 것 못 보았습니다."

"인색하진 않았나?"

"누가 달라면 책이나 샤쓰나 거저 줍데다."

"공부는?"

"책을 보다가도 집에서나 남이 원하면 시간까지도 아끼지 않읍데다."

"심술은?"

"순하디순하였습니다."

"몸은?"

"중학때 축구선수였습니다."

"주책은?"

"남이 하자는 대로 하다가도 함부로 속을 주지는 않읍데다."


코카사쓰 산중(山中)에서 도망해 온 토끼처럼

둘러리를 빙빙 돌며 간(肝)을 지키자


내가 오래 기르는 여윈 독수리야!

와서 뜯어 먹어라 시름 없이


너는 살지고 나는 여위어야지 그러나

—「간(肝)」 일절


    노자(老子) 오천언(五千言)에 "허기심(虛其心) 실기복(實其腹) 약기지(弱其志) 강기골(强其骨)"이라는 구(句)가 있다.

    청년 윤동주는 의지가 약하였을 것이다. 그렇기에 서정시에 우수한 것이겠고, 그러나 뼈가 강하였던 것이리라. 그렇기에 일적(日賊)에게 살을 내던지고 뼈를 차지한 것이 아니었던가?

    무시무시한 고독에서 죽었고나! 29세가 되도록 시도 발표하여 본 적도 없이!

    일제 시대에 날뛰던 부일문사(附日文士) 놈들의 글이 다시 보아 침을 배알을 것뿐이나, 무명(無名) 윤동주가 부끄럽지 않고 슬프고 아름답기 한이 없는 시를 남기지 않았나?

    시와 시인은 원래 이러한 것이다.

행복(幸福)한 예수 그리스도에게처럼
십자가(十字架)가 허락(許諾)된다면

모가지를 드리우고
꽃처럼 피어나는 피를
어두어가는 하늘 밑에
조용히 흘리겠습니다.

　　　　　　　　　　　—「십자가(十字架)」일절


　일제 헌병은 동(冬)섣달에도 꽃과 같은 어름 아래 다시 한 마리
이어(鯉魚)와 같은 조선 청년 시인을 죽이고 제 나라를 망치었다.

　뼈가 강한 죄로 죽은 윤동주의 백골(白骨)은 이제 고토(故土) 간
도(間島)에 누워 있다.

고향(故鄉)에 돌아온 날 밤에
내 백골이 따라와 한방에 누웠다

어둔 방(房)은 우주(宇宙)로 통(通)하고
하늘에선가 소리처럼 바람이 불어온다

어둠속에 곱게 풍화작용(風化作用)하는
백골을 들여다 보며

눈물 짓는 것이 내가 우는 것이냐

아름다운 혼(魂)이 우는 것이냐

지조(志操) 높은 개는
밤을 새워 어둠을 짖는다
어둠을 짖는 개는
나를 쫓는 것일 게다

가자 가자
쫓기우는 사람처럼 가자
백골 몰래
아름다운 또 다른 고향(故鄕)에 가자

　　　　　　　　　　　　　　　　—「또 다른 고향」


　만일 윤동주가 이제 살아 있다고 하면 그의 시가 어떻게 진전
하겠느냐는 문제 —
　그의 친우 김삼불(金三不) 씨의 추도사와 같이 아무렴! 또다시
다른 길로 분연매진(奮然邁進)할 것이다.

　　　　　　　　　　—『하늘과 바람과 별과 시』(정음사, 1948. 1. 30)

# 윤석중(尹石重) 동요집(童謠集)
# 『초생달』

　'동요' 하면 '윤석중' 하게 되었으니 내가 새삼스럽게 "초생달" 응원을 해야만 윤석중의 유명에 가편(加鞭)이 될 리가 없다. 하도 붓을 잡아 본 적이 오래 되었으니 심심풀이로 "초생달"이나 읽고 평하여 보자.

　영보빌딩 3층에서 (아아 지긋지긋한 전차 자동차 소리!) 신경 쇠약이 아니 된다는 것은 대개 조풍연(趙豊衍) 같은 인사일 것이겠는데 여기서 버티고 동요를 지어내는 주간 윤석중도 역시 못지않게 신경이 굵고 또한 교묘하다고 차탄할 수밖에 없다.

　어린이라는 것은 척주를 잡아 늘구어 놓은 — 80이 되어도 — 어린아이밖에 다른 것이 아니겠는데 시를 쓰고 동요를 쓰는 어린이 그러한 어린아이다.

　내가 보아하니 윤석중이도 항시 어린아이다.

아이가 잠드는 걸
보고 가려고
아빠는 머리맡에
앉아 계시고

**407**　　　　　　　　　　　　　　2부 『산문』

아빠가 가시는 걸

보고 가려고

아기는 말똥말똥

잠을 안 자고

—「먼길」

가령 흉악무쌍한 사람이 있어 이 동요를 읽을 기회가 있다 하면 40년 동안 지은 죄를 뉘우치고 "다섯 살만 하과저 다섯 살만 하과저" 할 만도 하지 아니한가!

길가에 방공호가 하나 남아 있었다

집 없는 사람들이 그 속에서

거적을 쓰고 살고 있었다

그 속에서 아이 하나가

제비 새끼처럼 내다보며

지나가는 사람에게 물었다

"독립은 언제 되나요?"

—「독립」

시와 시인이 따로 있는 줄 아는 시골뜨기 고답파들은 먼저 서울 와서 살아라.

서울서 자란 사람이라야만 감정과 이지(理智)를 교묘히 농락할 수 있는 기회를 발휘할 수 있는 것이다. 석중(石重) 동요에 나오는 아이들은 대개 서울 아이들이요, 무대가 번번이 서울이다.

방공호 나머지도 슬픈 유목장이 될 수 있고 거미줄 서리듯 한 전선 전주를 보고도 호개(好個) 자유시인이 될 수 있고 고속도 교통 기관을 용이한 장난감으로 볼 수 있는 것도 모두 서울 아이다. 약고 재빠르고 쾌활한 서울 아이들이 어른의 세계를 넉넉히 꾀집어 까짜를 올릴 수도 있는 것이다. 도회 아동도 조선 서울 아이들은 특수한 비애가 있다.

>  ......................
>  서울 장안을 뒤덮은
>  태극기 우리 기
>  소경들이 구경을 나왔다가
>  서로 얼싸안고 울었다.
>
>  ──「광복의 날」부분

8·15 이후의 석중은 점점 본격적 아동 문학자가 되어 간다.
아동에 대하여 건국적 사상의 영도권을 상실한 아동 문학자를 업수이 여겨라.

>  소도 말도 바둑이고
>  앞으로 앞으로
>  잠자리도 나비도
>  앞으로 앞으로
>  해도 달도 구름도 앞으로 앞으로
>
>  ──「앞으로 앞으로」

38선이 철폐되기도 이 아이들이 자라기까지 기다려야 할까!

초생달도 둥글기까지는 시일 문제려니와 금년 8·15날에는 석중에게 기를 높이 들리우고 우리 어린이를 나팔 불리고 북 치우고 당당한 국제적 시위운동을 시켜야 하겠다.

—《현대일보》(1946. 8. 26)

# 『가람시조집(嘉藍時調集)』에

청기와로 지붕을 이우고 파아란 하늘과 시새움하며 살았으며
골고루 갖춘 값진 자기(磁器)에 담기는 맛진 음식이 철철이 달랐
으리라고 생각된다. 공예미가 이렇게 초절(超絶)하고서 생활이 그
만치 호사스럽지 않았을 이가 없으리라. 이제 시조 예술의 기원과
발육도 청기와와 자기에 역사상 별로 어그러지지 아니할 줄로 안
다. 그러나 시조와 공예의 기구한 양개 운동을 비교하여 볼 때 도
자기류의 맥박은 통히 끊어지고 말았다. 이에 근사한 기술과 원료
의 발견까지에도 절망치 않을 수 없는 상황이 노방(路傍)의 와력
(瓦礫)과 다를 바이 없으나 시조 삼장의 정형시가는 칼을 씌워 가
두어 둘지라도 골동으로 주저앉지 않고 견디었으니 이유는 바로
알 수 있다. 시조야 자기(磁器)가 참례(參例)할 수 없는 언어미술에
가담하였던 까닭이다. 장인(匠人)의 비전(秘傳)에서 민멸(泯滅)에
그친 것과 인류의 유산으로 공증된 것이 같을 이가 있느냐 말이
다. 언어는 유전하여 멈추지 않는다. 모든 생활한 예술의 과정이
전통에 디디고 새로이 비약함에 있음과 같이 시조야말로 이러한
조건에서 감시받고 기대되는 것이 차라리 운명적일 것이다. 강경
하게도 전통적이고 열렬히도 참신해야 할 것이 시조 예술의 당위

성이 아닐 수 없다. 이러한 약속의 구현을 시조 사상의 거인 가람 (嘉藍) 이병기(李秉岐) 씨와 그의 예술에서 볼 수 있는 것은 시가가 공예미술과 세기를 메별하고 항시 생명예술로서 진군하는 필연 의 문제로 감탄할 수밖에 없다. 세기에 부조된 시조시인의 자세 는 고봉(高峰)과 같이 수려하였다. 면앙정(俛仰亭)·송강·진이 같 은 이들! 당대 수일(隨一)의 가람 같은 이!

—《삼천리》(1940. 7)

# 『가람시조집』
## 발(跋)

    귀한 시조집을 꾸미어 놓고 다시 보니 하도 정(精)하고 조촐하고 품(品)이 높기를 향기가 풍기는 듯하여 무슨 말이고 덧붙이기가 송구하기까지 하다. 어느 부문의 예술이고 그것이 완벽에까지 이른 것이고 보면 조금도 변명다운 말이 맞득지 않다. 시가를 들어 볼지라도 그것이 잘되었고 못되었고를 고누기보다는 그것이 진정 시가로 태어나온 것이냐 흐지부지 조잔히 만들어진 것이냐라는 것이 결정적으로 드러날 것이 아닌가. 눈을 바로 갖춘 사람은 진짜를 알아낸다. 안다고 하는 것도 층층이지마는 알 만한 이는 알고 모르는 사람은 모르고 말 것이니 시가를 아는 이께 맡기고 기쁨을 사는 외에 무슨 도리가 있겠는가. 아는 것도 타고난 복이라 이래서 가람이 시조 원고만 내맡기고 말씀 한마디 없는 것인지 나로서는 궁거워 몇 마디 아니 붙일 수 없는 노릇이다.

    우리 문단의 나이가 30년이라고 보면 가람 시조 나이도 이와 못지않게 연부(年富)한 편이다.

    시조를 사적(史的)으로 추구한 이, 이론으로 분석한 이, 비평에 기준을 세운 정녕(丁寧)한 주석가(註釋家)요 계몽적으로 보급시킨 이가 바로 가람이다. 시조학이 설 수가 있는 것이고 보면 가람으로서부터 비로소다.

시조 제작에 있어서 양과 질로써 가람의 오른편에 앉을 이가 아직 없다. 천성의 시인으로서 넘치는 정력을 타고난 것이 더욱이 가람과 맞서기 어려울 점인가 하노니 한참 드날리던 시조인들의 행방조차 알 길이 아득한 이즈음 가람의 걸음은 바야흐로 밀림을 헤쳐 나온 코끼리의 보법이 아닐 수 없다. 예전 어른을 들어 비교할 것은 홀한 노릇일지 모르겠으나 송강 이후에 가람이 솟아오른 것이 아닐까 한다. 송강의 패기를 당할 이 고금에 없겠으나 가람의 치밀섬세한 점이 아직 어떤 이가 그만한지를 모를 일이다. 송강은 얼마쯤 지으신 시조(時調) 수(首)도 많으신 편이시요 수수(首首)마다 천고에 빛날 만한 천재적인 것이기는 하나 혹은 한학(漢學)의 부업으로 취여(醉餘)에 (송강 가사를 그렇게 뵈일 수는 도저히 없는 일이나) 일기가성(一氣呵成)으로 된 것이 다분(多分)인 것으로 살필 수 있고 전하는 것이 칠팔십 수에 지나지 않고 보니 송강께서도 시조에 구태여 심혈을 다하여 정진하셨다고는 생각되지 않는다. 시조문학의 최고수일(最高秀逸)이신 송강이 이러하셨거니 그 외에 역대로 사도(斯道)에 손을 대다가 말은 수백을 헤일 수 있는 분들이야 그야말로 문학의 의기(意氣)와 예술의 혼담(魂膽)으로써 시조에 대하였다고 할 분이 누구실고! 인생의 의기(義氣)와 부세(浮世)의 허망을 느낀 나머지에 이를 가형삼장(歌形三章)에 의탁서회(託意叙懷)한 것이 대부분이겠으나 일률(一律)로 한시조(漢時調)에 토를 단 것이 아니면 거리가 당치도 않은 요순(堯舜) 문무(文武)의 회고취미나 강호풍월의 당황한 영탄벽 이외에 보잘것이 실상 없다. 간혹 아기자기한 인생 정한의 실마리를 시조로 감고 풀고 하여 조선적 리리시즘을 후세 사람으로 따서 쓸 것이 과연 없지 아니하니 면앙정(俛仰亭) 같으신 어른이나 진이 외에 유명무명의 규수가인들의 끼치고 간 노래가 이것이다. 그러나 모조리 옮아 놓아야 집대성되기에 너무도 하잔하다. 요컨대 예전 어른들은 시를 달리하느라고 시를 시조로 하기에 별로 성의를 베풀지 않았던 것이 사실이 아닐 수 없었던 것이다. 그러나 순수 조선적 포에지를 담기에 가장 맞가룹고 읊을 수 있고 부를 수 있는 정형시로서 악기로 치면 단소와 같이 신묘한 시형(詩形)이 시조 삼장 외에 없었던 것이다.

문단에 새로운 문학이 발흥되기 비롯한 30년래로 몇몇 유지한 분들이 다시 이 시형의 새로운 가치를 알아 시작하여 보았으나 마침내 새로운 시가 담기어야 할 말이 아닌가, 시랄 것이 없었다. 진부한 상투적인 것 천연한 성정의 유로(流露)가 아닌 무리한 시형의 허구에다 군색한 글자 채움에 급급하였을 뿐이다. 시조가 자수(字數) 장수(章數)에 제한이 있어서 무슨 장정적(章程的)인 가치가 있는 것이 아니라 시형의 제약적 부자유를 통하여 시의 절조적(節調的) 자유를 추구할 수 있는 유구한 기악적(器樂的) 성능을 갖춘 것이 특색일 것이다. 모든 정형시의 미덕이 조선에서는 삼장 시조형으로 현양(顯揚)된 것이니 조선적 정형시는 아직까지 시조시 이외에 타당한 시형이 발견되지 않은 것이니 전통적 시형을 추존(追尊)하여 이에 시의 기식(氣息)을 불어넣기란 원래 시인의 대업이 아닐 수 없었던 것을 시인이 아닌 문필가가 맡는댔자 제 소리가 날 리가 없었다. 발발한 시적 지원자들이 시조를 경원하고 돌아서는 것은 시조에서 시를 얻을 수 없었던 것이 한 가지 이유가 아닐 수 없었던 것이다. 새로운 세대가 진부한 상투에서 더욱이 고전이란 존대한 명목하에 고행할 의무가 없는 것이 아닌가. 이리하여 시조가 극도의 빈혈적 존재를 계속하던 것이 마침내 위기에 직면한 것이니 마치 서도(書道)가 추사(秋史) 전후에 아주 엄엄(奄奄)한¹ 상태에 빠졌던 것과 다를 게 없었던 것이다.

온전히 기울어진 사직(社稷)을 일개 명상(名相)으로서 북돋아 일으킬 수야 없지마는 예도(藝道)의 명맥은 일개 천재만으로서 혈행을 이을 수 있는 것이니 이제 시조문학사상의 가람의 위치를 조증(助證)하기에 우리는 인색히 굴 필요가 없이 되었다.

마침내 시조 틀이 시인을 만나서 시인한테로 돌아오게 되었다. 비로소 감성의 섬세와 신경의 예리와 관조의 총혜를 갖춘 천성의 시인을 만나서 시조가 제 소리를 낳게 된 것이니 가람 시조가 성공한 것은 시인 가람으로서 성공한 것이라 결론을 빨리 하면 시인으로 태어나지 않았던들 아이예 시조 한 수쯤이야 하는 부당한 자신을 가질 수 없었던 것이다.

더욱이 확호(確乎)한 어학적 토대와 고가요의 조예가 가람으로 하여금 시조 제작에 힘과 빛을 아울러 얻게 한 것이니 그의 시조는 경건하고 진실함이 이를 읽는 이가 평생 교과로 삼을 만한 것이요 전래시조에서 찾기 어려운 자연과 리얼리티에 철저한 점으로서는 차라리 근대적 시정신으로써 시조 재건의 열렬한 의도에 경복(敬服)게 하는 바가 있다. 이리하여 가람이 전통에서 출발하여 그와 몌별하고 다시 시류에 초월한 시조 중흥의 영예로운 위치에 선 것이다.

— 『가람시조집』(문장사, 1939. 8. 15)

1    숨이 곧 끊어지려고 하다.

# 시집 수록 산문

3

# 1

『정지용 시집(鄭芝溶詩集)』

(詩文學社, 1935)

# 밤

　우리 서재(書齋)에는 좀 고전(古典)스런 양장책이 있음만치보다는 더 많이 있다고 —— 그렇게 여기시기를.

　그리고 키를 꼭꼭 맞춰 줄을 지어 엄숙하게 들어 끼어 있어 누구든지 꺼내어 보기에 조심성스런 손을 몇 번씩 들여다보도록 서재의 품위를 우리는 유지합니다. 값진 도기(陶器)는 꼭 음식을 담아야 하나요? 마찬가지로 귀한 책은 몸에 병을 지니듯이 암기(暗記)하고 있어야 할 이유도 없습니다. 성화(聖畵)와 함께 멀리 떼워 놓고 생각만 하여도 좋고 엷은 황혼이 차차 짙어 갈 제 서적의 밀집부대(密集部隊) 앞에 등을 향하고 고요히 앉았기만 함도 교양의 심각한 표정이 됩니다. 나는 나대로 좋은 생각을 마주 대할 때 페이지 속에 문자(文字)는 문자끼리 좋은 이야기를 이어 나가게 합니다. 숨은 별빛이 얼키설키듯이 빛나는 문자끼리의 이야기……이 귀중한 인간의 유산을 금자(金字)로 표장(表裝)하여야 합니다.

　레오 톨스토이가 (그 사람 말을 잡아 피를 마신 가슴앓이!) 주름살 잡힌 인생관을 페이지 속에서 설교하거든 그러한 책은 잡초를 뽑아내듯 합니다.

책이 뽑히어 나온 부인[1] 곳 그러한 곳은 그렇게 적막한 공동(空洞)이 아닙니다. 가여운 계절의 다변자(多辯者) 귀또리 한 마리가 밤샐 자리로 주어도 좋습니다.

우리의 교양에도 가끔 이러한 문자가 뽑히어 나간 공동(空洞) 안의 부인 하늘이 열리어야 합니다.

어느 겨를에 밤이 함폭 들어와 차지하고 있습니다. "밤이 온다." ── 이러한 우리가 거리에서 쓰는 말로 이를지면 밤은 반드시 딴 곳에서 오는 손님이외다. 겸허한 그는 우리의 앉은 자리를 조금도 다치지 않고 소란치 않고 거룩한 신부의 옷자락 소리 없는 걸음으로 옵니다. 그러나 큰 독에 물과 같이 충실히 차고 넘칩니다.

그러나 어쩐지 적막한 손님이외다. 이야말로 거대한 문자(文字)가 뽑히어 나간 공동(空洞)에 임하는 상장(喪章)이외다.

나의 걸음을 따르는 그림자를 볼 때 나의 비극을 생각합니다. 가늘고 긴 희랍적 슬픈 목아지에 팔굽이를 감아 봅니다. 밤은 지구(地球)를 따르는 비극이외다. 이 청징(淸澄)하고 무한(無限)한 밤의 목아지는 어드메쯤 되는지 아무도 안아 본 이가 없습니다.

비극은 반드시 울어야 하지 않고 사연하거나 흐느껴야 하는 것이 아닙니다. 실로 비극은 묵(黙)합니다.

그러므로 밤은 울기 전의 울음의 향수(鄕愁)요 움직이기 전의 몸짓의 삼림(森林)이요 입술을 열기 전 말의 풍부한 곳집[2]이외다.

나는 나의 서재에서 이 묵극(黙劇)을 감격하기에 조금도 괴롭지 않습니다. 검은 잎새 밑에 오롯이 눌리우기만 하면 그만임으

---

1 빈.
2 곳간으로 쓰려고 지은 집. 창고. 곳간.

로. 나의 영혼의 윤곽이 올빼미 눈자위처럼 똥그래질 때입니다. 나무 끝 보금자리에 안긴 독수리의 흰 알도 무한(無限)한 명일(明日)을 향하여 신비론 생명을 옴치며 돌리며 합니다.

설령 반가운 그대의 붉은 손이 이 서재에 조화로운 고풍스런 램프 불을 보름달 만하게 안고 골방에서 옮겨 올 때에도 밤은 그대 불의(不意)의 틈입자(闖入者)에게 조금도 황당해 하지 않습니다. 남과 사귈성³이 찬란한 밤의 성격은 순간에 화원(花園)과 같은 얼굴을 바로 돌립니다.

—《가톨닉청년》4호(1933. 9), 60~61쪽, 원제는 '소묘(素描) 4'

---

3   '참다'에서 나온 '참을성'처럼 '사귀다'에서 나온 말. 사교적인 성격.

# 램프

    램프에 불을 밝혀 오시오. 어쩐지 램프에 불을 보고 싶은 밤이외다.

    하이한 갓이 연(蓮)잎처럼 알로[1] 수그러지고 다칠세 —— 끼어 세운 호야[2] 하며 가지가지 맨듬새[3]가 모두 지금은 고풍(古風)스럽게 된 램프는 걸려 있는 이보다 앉힌 모양이 좋습니다.

    램프는 두 손으로 받쳐 안고 오는 양이 아담합니다. 그대 얼굴을 농담(濃淡)이 아주 강한 옮겨 오는 회화(繪畫)로 감상할 수 있음이외다. 세 — 딴 말씀이오나 그대와 같은 미(美)한 성(性)의 얼굴에 순수한 회화를 재현함도 그리스도교적 예술의 자유이외다.

    그 흉칙하기가 송충이 같은 석유(石油)를 달아올려 조희ㅅ빛[4]보다도 고운 불이 피는 양이 누에가 뽕을 먹어 고운 비단을 낳음과 같은 좋은 교훈이외다.

    흔히 먼 산모루[5]를 도는 밤 기적(汽笛)이 목이 쉴 때 램프불은

1   아래로.
2   등피.
3   만듦새. 만든 솜씨나 모양.
4   종이빛.
5   산모퉁이.

적은 무리[6]를 들어 쓰기도 합니다. 가련한 코스모스 위에 다음 날 찬비가 뿌리리라고 합니다.

마을에서 늦게 돌아올 때 램프는 수고롭지 아니한 고요한 정열과 같이 자리를 옮기지 않고 있습데다.

마을을 찾아 나가는 까닭은 막연한 향수에 끌리워 나감이나 돌아올 때는 가벼운 탄식을 지고 오는 것이 나의 일지(日誌)이외다. 그러나 램프는 역시 누구 얼굴에 향한 정열이 아닌 것을 보았습니다.

다만 흰 조희 한 겹으로 이 큰 밤을 막고 있는 나의 보금자리에 램프는 매우 자신 있는 얼굴이옵데다.

전등은 불의 조화(造化)이외다. 적어도 등불의 원시적 정열을 잊어버린 가설(架設)이외다. 그는 위로 치오르는 불의 혀모상[7]이 없습니다.

그야 이 심야에 태양과 같이 밝은 기공(技工)이 이제로 나오겠지요. 그러나 삼림(森林)에서 찍어 온 듯 싱싱한 불꽃이 아니면 나의 성정은 그다지 반가울 리 없습니다.

성정이란 반드시 실용(實用)에만 기울어지는 것이 아닌 연고외다.

그러므로 예전에 아시시의 성 프란체스코는 위로 오르는 종달새나 알로 흐르는 물까지라도 자애로 불러 사랑하였으나 그 중에도 불의 자매를 더욱 사랑하였습니다. 그의 낡은 망토 자락에 옮겨붙는 불꽃을 그는 사양치 않았습니다. 비상(非常)히 사랑하는 사랑의 표상인 불에게 헌 베 조각을 아끼기가 너무도 인색하다고

---

6 해, 달의 주위에 때때로 보이는 둥근 테. 햇무리.
7 '형상'의 오식.

하였습니다.

이것은 성인의 행적이라기보다도 그리스도교적 포에지(poesie)의 출발이외다.

램프 그늘에서는 계절의 소란(騷亂)을 듣기가 좋습니다. 먼 우레와 같이 부서지는 바다며 별같이 소란한 귀또리 울음이며 나무와 잎새가 떠는 계절의 전차(戰車)가 달려옵니다.

창을 사납게 치는가 하면 저으기 부르는 소리가 있습니다. 귀를 간조롱이 하여 이 괴한 소리를 가리어 들으렵니다.

역시 부르는 소리외다. 램프 불은 줄어지고 벽시계는 금시에 황당하게 중얼거립니다. 이상도 하게 나의 몸은 마른 잎새같이 가벼워집니다.

창을 넘어다보나 등불에 익은 눈은 어둠 속을 분별키 어렵습니다.

그러나 역시 부르는 소리외다.

램프를 줄이고 내어다보면 눈자위도 분별키 어려운 검은 손님이 서 있습니다.

"누구를 찾으십니까?"

만일 검은 망토를 두른 촉루(髑髏)가 서서 부르더라고 하면 그대는 이러한 불길한 이야기는 기피하시리다.

덧문은 굳이 닫으면서 나의 양식(良識)은 이렇게 해설하였습니다.

— 죽음을 보았다는 것은 한 착각이다 —

그러나 '죽음'이란 벌써부터 나의 청각 안에서 자라는 한 항구(恒久)한 흑점이외다. 그리고 나의 반성(反省)의 정확한 위치에서 내려다보면 램프 그늘에 채곡 접혀 있는 나의 육체가 목이 심히 말라 하며 기도하는 것이 반드시 정신적인 것보다는 어떤 때는 순수히 미각적(味覺的)인 수도 있어서 쓰디쓰고도 달디단 이상한 입맛을 다십니다.

"천주(天主)의 성모(聖母) 마리아는 이제와 우리 죽을 때에 우리 죄인을 위하여 비르소서. 아멘."

—《가톨닉청년》4호(1933. 9), 61~63쪽, 원제는 '소묘 5'

3부 시집 수록 산문

# 2

『백록담(白鹿潭)』

(文章社, 1941)

# 이목구비 (耳目口鼻)

　　사나운 짐승일수록 코로 맡는 힘이 날카로워 우리가 아무런 냄새도 찾아내지 못할 적에도 셰퍼드란 놈은 별안간 씩씩거리며 제 꼬리를 제가 물고 뺑뺑이를 치다시피 하며 땅을 후비어 파며 짖으며 달리며 하는 꼴을 보면 워낙 길들인 짐승일지라도 지겹고 무서운 생각이 든다. 이상스럽게는 눈에 보이지 아니하는 도적을 맡아 내는 것이다. 설령 도적이기로서니 도적놈 냄새가 따로 있을 게야 있는 말이다. 딴 골목에서 제 홀로 꼬리를 치는 암놈의 냄새를 만나도 보기 전에 맡아 내며 설레고 낑낑거린다면 그것은 혹시 몰라 그럴싸한 일이니 견주어 말하기에 예(禮)답지 못하나마 사람끼리에도 그만한 후각(嗅覺)은 설명할 수 있지 아니한가. 도적이나 범죄자의 냄새란 대체 어떠한 것일까. 사람이 죄로 인하여 육신이 영향을 입는다는 것은 체온이나 혈압이나 혹은 신경 작용이나 심리현상으로 세밀한 의논을 할 수 있을 것이나 직접 농후한 악취를 발한대서야 견딜 수 있는 일이냐 말이다. 예전 성인의 말씀에 죄악을 범한 자의 영혼은 문둥병자의 육체와 같이 부패하여 있다 하였으니 만일 영혼을 직접 냄새로 맡을 수만 있다면 그야말로 견디어 내지 못할 별별 악취가 다 있을 것이니 이쯤 이야기하여 오는 동안에도 어쩐지 몸이 군시럽고 징그러워진다. 다행히 후각이란 그렇게 예민한 것으로 되지 않았기에 서로 연애나 약혼도 할 수 있고 예를 갖추어 현구고(見舅姑)[1]도 할 수 있고 자신하여 손님 노릇 하러 가서 융숭한 대접도 받을 수 있고 러시아워 전차 속에서도 그저 견딜 만하고 중대한 의사(議事)를 끝까지 진행하게 되는 것이 아니었던가. 더욱이 다행한 일은 약간의 경찰범 이외에는 셰퍼드란 놈에게 쫓길 리 없이 대개는 물리어 죽지 않고 지나온 것이다. 그러나 사람으로 말하면 그의 후각의 불완전함으로 인하여 고식지계(姑息之計)를 이어 나가거니와 순수 영혼으로만 존재한 천사로 말하면 헌 누더기 같은 육체를 갖지 않고 초자연적 영각(靈覺)과 지혜를 갖추었기에 사람의 영혼 상태를 꿰뚫어 간섭하기를 햇빛이 유리를 지나듯 할 것이다. 위태한 호수가로 달리는 어린아이 뒤에 바로 천사가 따라 보호하는 바에야 죄악의 절벽으로 달리는 우리 영혼 뒤에 어찌 천사가 애타고 슬퍼하지 않겠는가. 물고기는 부패하려는 즉시부터 벌써 냄새가 다르다. 영혼이 죄악을 계획하는 순간에 천사는 코를 막고 찡그릴 것이 분명하다. 세상에 셰퍼드를 경계할 만한 인사는 모름지기 천사를 두려워하고 사랑할 것이니 그대가 이 세상에 떨어지자 하늘에 별이 하나 새로 솟았다는 신화(神話)를 그대는 무슨 이유로 믿을 수 있을 것이냐. 그러나 그대를 항시 보호하고 일깨우기 위하여 천사를 따른다는 신앙을 그대는 무슨 이론으로 거부할 것인가. 천사의 후각이 햇빛처럼 섬세하고 또 신속하기에 우리의 것은 훨씬 무디고 거칠기에 우리는 도리어 천사가 아니었던 행복을 누릴 수 있는 것이었

1    신부가 예물을 가지고 처음으로 시부모를 뵘.

428

으니 이 세상에 거룩한 향내와 깨끗한 냄새를 다리어 맡을 수 있는 것이니 오월(五月)달에도 목련화 아래 설 때 우리의 오관(五官)을 얼마나 황홀히 조절할 수 있으며 장미의 진수(眞髓)를 뽑아 몸에 지닐 만하지 아니한가. 셰퍼드란 놈은 목련의 향기를 감촉하는 것 같지도 아니하니 목련화 아래서 그놈의 아무런 표정도 없는 것을 보아도 짐작할 것이다. 대개 경찰범이나 암놈이나 고깃덩어리에 날카로울 뿐인 것이 분명하니 또 그리고 그러한 등속의 냄새를 찾아낼 때 그놈의 소란한 동작과 황당한 얼굴짓을 보기에 우리는 저으기 괴로움을 느낄 수밖에 없다. 사람도 혹시는 부지중 그러한 세련되지 못한 표정을 숨기지 못할 적이 없으란 법도 없으니 불시로 침입하는 냄새가 그렇게 요염한 때이다. 그렇기에 인류의 얼굴을 다소 장중(壯重)히 보존하여 불시로 초조히 흐트러짐을 항시 경계할 것이요 이목구비를 고르고 삼갈 것이로다.

—《조선일보》(1937.6.8). 원제는 '수수어'

# 예양(禮讓)

전차(電車)에서 내리어 바로 버스로 연락되는 거리인데 약 15분 걸린다고 할지요. 밤이 이윽해서 돌아갈 때에 대개 이 버스 안에 몸을 실리게 되니 별안간 폭취(暴醉)를 느끼게 되어 얼굴에서 우그럭우그럭 하는 무슨 음향(音響)이 일던 것을 가까스로 견디며 쭈그리고 앉아 있거나 그렇지 못한 때는 갑자기 헌 솜같이 피로해진 것을 깨달을 수 있는 것이 이 버스 안에서 차지하는 잠시 동안의 일입니다. 이즘은 어쩐지 밤이 늦어 문붕(文朋)과 중인(衆人)을 떠나서 온전히 제 홀로 된 때 취기와 피로가 삽시간에 급습하여 오는 것을 깨닫게 되니 이것도 체질로 인해서 그런 것이 아닐지요. 버스로 옮기기에 견딜 수 없이 취했거나 삐친 까닭입니다. 오르고 보면 번번이 만원인데도 다행히 비집어 앉을 만한 자리가 하나 있지 않았겠습니까. 손바닥을 살짝 내밀거나 혹은 머리를 잠깐 굽히든지 하여서 남의 사이에 끼일 수 있는 약소한 예의를 베풀고 앉게 됩니다. 그러나 나의 피로를 잊을 만하게 그렇게 편편한 자리가 아닌 것을 알았습니다. 양옆에 완강한 젊은 골격이 버티고 있어서 그 틈에 끼워 있으려니까 물론 편편치 못한 이유 외에 무엇이었습니까마는 서서 쓰러지는 이보다는 끼워서 흔

430

들거리는 것이 차라리 안전한 노릇이 아니겠습니까. 만원 버스 안에 누가 약속하고 비어 놓은 듯한 한 자리가 대개는 사양할 수 없는 행복같이 반가운 것이었습니다. 일상생활이란 이런 대수롭지 않은 일이 되이풀이하는 것이 거의 전부이겠는데 이런 하치 못한 시민을 위하여 버스 안에 비인 자리가 있다는 것은 말하자면 '아무것도 없다는 것보담은 겨우 있다는 것이 더 나은 것이다.'라는 원리로 돌릴 만한 일이 아니겠습니까. 그래도 종시 몸짓이 불편한 것을 그래도 견디어야만 하는 것이니 불편이란 말이 잘못 표현된 말입니다. 그 자리가 내게 꼭 적합하지 않았던 것을 나중에야 알았습니다. 말하자면 동그란 구녁¹에 네모난 것이 끼웠다거나 네모난 구녁에 동그란 것이 걸렸을 적에 느낄 수 있는 대개 그러한 저어감(齟齬感)에 다소 초조하였던 것입니다. 그렇기로서니 한 15분 동안의 일이 그다지 대단한 노역(勞役)이랄 것이야 있습니까. 마침내 몸을 가벼이 솟치어² 빠져나와 집까지의 어둔 골목길을 더덕더덕 걷게 되는 것이었습니다. 그 이튿날 밤에도 그때쯤 하여 버스에 오르면 그 자리가 역시 비어 있었습니다. 만원 버스 안에 자리 하나가 반드시 비어 있다는 것이나 또는 그 자리가 무슨 지정을 받은 듯이나 반드시 같은 자리요 반드시 나를 기다렸다가 앉히는 것이 이상한 일이 아닙니까. 그도 하루이틀이 아니요 여러 밤을 두고 한결로 그러하니 그 자리가 나의 무슨 미신에 가까운 숙연(宿緣)으로서나 혹은 무슨 불측(不測)한 고장으로 누가 급격히 낙명(落名)한³ 자리거나 혹은 양복 궁둥이를 더럽힐 만한 무슨 오

---

1　구멍.
2　솟치다.
3　명성이나 명예가 떨어지다.

점(汚點)이 있어서거나 그렇게 의심쩍게 생각되는데 아무리 들여다보아야 무슨 실큿한[4] 혈액(血液) 같은 것도 붙지 않았습니다. 하도 여러 날 밤 같은 현상을 되풀이하기에 인제는 버스에 오르자 꺼어멓게 비어 있는 그 자리가 내가 끌리지 아니치 못할 무슨 검은 운명과 같이 보이어 실큿한 대로 그대로 끌리게 되었습니다. 그러나 여러 밤을 연해 앉고 보니 자연히 자리가 몸에 맞아지며 도리어 일종의 안이감(安易感)을 얻게 된 것입니다. 그러나 더욱 괴상한 노릇은 바로 좌우에 앉은 두 사람이 밤마다 같은 사람들이었습니다. 나이가 실상 20 안팎밖에 아니 되는 청춘남녀 한 쌍인데 나는 어느 쪽으로도 씰릴 수 없는 꽃과 같은 남녀이었습니다. 이야기가 차차 괴담(怪談)에 가까워 갑니다마는 그들의 의상도 무슨 환영(幻影)처럼 현란(絢爛)한 것이었습니다. 혹은 내가 청춘과 유행에 대한 예리한 판별력을 상실한 나이가 되어 그럴지는 모르겠으나 밤마다 나타나는 그들 청춘 한 쌍을 꼭 한사람들로 여길 수밖에 없습니다. 이 괴담과 같은 버스 안에 이국인(異國人) 같은 청춘남녀와 말을 바꿀 일이 없었고 말았습니다. 그러나 그 자리가 종시 불편하였던 원인을 추세(追勢)하여 보면 아래같이 생각되기도 합니다.

1. 나의 양옆에 그들은 너무도 젊고 어여뻤던 것임이 아니었던가.
2. 그들의 극상품(極上品)의 비누 냄새 같은 청춘의 체취에 내가 견딜 수 없었던 것이 아닐지?
3. 실상인즉 그들 사이가 내가 쪼기고 앉을 자리가 아이예 아니었던 것이나 아닌지?

4  실큼하다. 마음에 싫은 생각이 있다.

432

대개 이렇게 생각되기는 하나 그러나 사람의 앉을 자리는 어디를 가든지 정하여지는 것도 사실이지요. 늙은 사람이 결국 아랫목에 앉게 되는 것이니 그러면 그들 청춘남녀 한 쌍은 나를 위하여 버스 안에다 밤마다 아랫목을 비워 놓은 것이 아니었을지요? 지금 거울 앞에서 아침 넥타이를 매며 역시 오늘밤에도 비어 있을 꺼어먼 자리를 보고 섰습니다.

—《동아일보》(1939. 4. 14). 원제는 '야간(夜間)버스 안의 기담(奇談)'

3부 시집 수록 산문

# 아스팔트

걸을 양이면 아스팔트를 밟기로 한다. 서울 거리에서 흙을 밟을 맛이 무엇이랴.

아스팔트는 고무 밑창보담 징 한 개 박지 않은 우피 그대로 사뿃사뿃 밟아야 쫀득쫀득 받치우는 맛을 알게 된다. 발은 차라리 다이야[1]처럼 굴러간다. 발이 한사코 돌아다니자기에 나는 자꾸 끌리운다. 발이 있어서 나는 고독지 않다.

가로수 이팔마다[2] 발발하기 물고기 같고 6월 초승 하늘 아래 밋밋한 고층 건축들은 삼(杉)나무 냄새를 풍긴다. 나의 파나마[3]는 새파랗듯 젊을 수밖에. 가견(家犬), 양산(洋傘), 단장(短杖) 그러한 것은 한아(閑雅)한 교양이 있어야 하기에 연애는 시간을 심히 낭비하기 때문에 나는 그러한 것들을 길들일 수 없다. 나는 심히 유창한 프롤레타리아트! 고무볼처럼 퐁퐁 튀기어지며 간다. 오후 4시 오피스의 피로가 나로 하여금 궤도 일체를 밟을 수 없게 한다. 장난감 기관차처럼 장난하고 싶고나. 풀포기가 없어도 종달새가

---

1 타이어.
2 이파리마다.
3 파나마모자.

내려오지 않아도 좋은, 푹신하고 판판하고 만만한 나의 유목장 아스팔트! 흑인종은 파인애플을 통째로 쪼기어 새빨간 입술로 쪽쪽 들이켠다. 나는 아스팔트에서 조금 빗겨 들어서면 된다.

탁! 탁! 튀는 생맥주가 폭포처럼 황혼의 서울은 갑자기 팽창한다. 불을 켠다.

—《조선일보》(1936. 6. 19). 원제는 '수수어'

# 노인(老人)과
# 꽃

노인이 꽃나무를 심으시면 무슨 보람을 위하심이오니까. 등이 곱으시고 숨이 차신데도 그래도 꽃을 가꾸시는 양을 뵈오니, 손수 공들이신 가지에 붉고 빛나는 꽃이 맺으리라고 생각하오니, 희고 희신 나룻이나 주름살이 도리어 꽃답도소이다.

나이 이순(耳順)[1]을 넘어 오히려 여색(女色)을 기르는 이도 있거니 실로 누(陋)하기 그지없는 일이옵니다. 빛깔에 취할 수 있음은 빛이 어느 빛일는지 청춘에 맡길 것일는지도 모르겠으나 쇠년(衰年)에 오로지 꽃을 사랑하심을 뵈오니 거룩하시게도 정정하시옵니다.

봄비를 맞으시며 심으신 것이 언제 바람과 햇빛이 더워 오면 고운 꽃봉오리가 촉(燭)불 혀듯 할 것을 보실 것이매 그만치 노래(老來)의 한 계절이 헛되이 지나지 않은 것이옵니다.

노인의 고담(枯淡)한 그늘에 어린 자손이 희희(戲戲)하며 꽃이 피고 나무와 벌이 날며 닝닝거린다는 것은 여년(餘年)과 해골을 장식하기에 이렇듯 화려한 일이 없을 듯하옵니다.

해마다 꽃은 한 꽃이로되 사람은 해마다 다르도다. 만일 노인

---

1   나이 예순을 일컬음.

백 세 후에 기거하시던 창호(窓戶)가 닫히고 뜰 앞에 손수 심으신 꽃이 난만할 때 우리는 거기서 슬퍼하겠나이다. 그 꽃을 어찌 즐길 수가 있으리까. 꽃과 주검을 실로 슬퍼할 자는 청춘이요 노년의 것이 아닐까 합니다. 분방히 끓는 정염이 식고 호화롭고도 홧홧한 부끄럼과 건질 수 없는 괴롬으로 수놓은 청춘의 웃옷을 벗은 뒤에 오는 청수(淸秀)하고 고고하고 유한하고 완강하기 학(鶴)과 같은 노년의 덕으로서 어찌 주검과 꽃을 슬퍼하겠습니까. 그러기에 꽃이 아름다움을 실로 볼 수 있기는 노경(老境)에서일까 합니다.

멀리멀리 나 — 땅끝으로서 오기는 초뢰사(初瀨寺)의 백목단(白牧丹)이 그중 일점(一點) 담홍빛을 보기 위하야.

의젓한 시인 포올 클로델은 모란 한 떨기 만나기 위하여 이렇듯 멀리 왔더라니, 제자 위에 붉은 한 송이 꽃이 심성(心性)의 천진과 서로 의지하며 즐기기에는 바다를 몇 씩 건너온다느니보담 미옥(美玉)과 같이 연마된 춘추를 지니어야 할까 합니다.

실상 청춘은 꽃을 그다지 사랑할 배도 없을 것이며 다만 하늘의 별 물속의 진주 마음속에 사람을 표정(表情)하기 위하여 꽃을 꺾고 꽂고 선사하고 찢고 하였을 뿐이 아니었습니까. 이도 또한 노년의 지혜와 법열을 위하여 청춘이 지나지 아니치 못할 연옥과 시련이기도 하였습니다.

오호(嗚呼) 노년과 꽃이 서로 비추고 밝은 그 어느 날 나의 나룻도 눈과 같이 희어지이다 하노니 나머지 청춘에 다시 설레나이다.

—《조선일보》(1936. 6. 21). 원제는 '수수어'

3부 시집 수록 산문

# 꾀꼬리와
## 국화(菊花)

물오른 봄버들 가지를 꺾어 들고 들어가도 문안 사람들은 부러워하는데 나는 서울서 꾀꼬리 소리를 들으며 살게 되었다.

새문 밖 감영 앞에서 전차를 내려 한 십 분쯤 걷는 터에 꾀꼬리가 우는 동네가 있다니깐 별로 놀라워하지 않을 뿐외라 치하하는 이도 적다.

바로 이 동네 인사들도 매(毎) 간(間)에 시세가 얼마며 한 평에 얼마 오르고 내린 것이 큰 관심거리지 나의 꾀꼬리 이야기에 어울리는 이가 적다.

이삿짐 옮겨다 놓고 한밤 자고 난 바로 이튿날 햇살 바른 아침, 자리에서 일기도 전에 기왓골이 옥(玉)인 듯 짜르르짜르르 울리는 신기한 소리에 놀랐다.

꾀꼬리가 바로 앞 나무에서 우는 것이었다.

나는 뛰어나갔다.

적어도 우리집 사람쯤은 부주깽이[1]를 놓고 나오든지 든 채로 황황히 나오든지 해야 꾀꼬리가 바로 앞 나무에서 운 보람이 설

---

1  부지깽이.

것이겠는데 세상에 사람들이 이렇듯이도 무딜 줄이 있으랴.

저녁때 한가한 틈을 타서 마을 둘레를 거니노라니 꾀꼬리뿐이 아니라 까투리가 풀섶에서 푸드득 날라갔다 했더니 장끼가 산이 찌르렁 하도록 우는 것이다.

산비둘기도 모이를 찾아 마을 어구까지 내려오고, 시어머니 진짓상 나수어다 놓고선 몰래 동산 밤나무 가지에 목을 매어 죽었다는 며느리의 넋이 새가 되었다는 며느리새도 울고 하는 것이었다.

며느리새는 외진 곳에서 숨어서 운다. 밤나무꽃이 눈같이 흴 무렵. 아침저녁 밥상 받을 때 유심히도 극성스럽게 우는 새다. 실 컷하게도² 슬픈 울음에 정말 목을 매는 소리로 끝을 맺는다.

며느리새의 내력을 알기는 내가 열세 살 적이었다.

지금도 그 소리를 들으면 열세 살 적 외롬과 슬픔과 무섬탐³이 다시 일기에 며느리새가 우는 외진 곳에 가다가 발길을 돌이킨다.

나라 세력으로 자란 솔들이라 고스란히 서 있을 수밖에 없으려니와 바람에 솔소리처럼 아늑하고 서럽고 즐겁고 편한 소리는 없다. 오롯이 패잔(敗殘)한 후에 고요히 오는 위안 그러한 것을 느끼기에 족한 솔소리, 솔소리로만 하더라도 문밖으로 나온 값은 칠 수밖에 없다.

동저고리 바람을 누가 탓할 이도 없으려니와 동저고리 바람에 따르는 훗훗하고 가볍고 자연과 사람에 향하여 아양 떨고 싶기까지 한 야릇한 정서 그러한 것을 나는 비로소 알아내었다.

팔을 걷기도 한다. 그러나 주먹은 잔뜩 쥐고 있어야 할 이유가

---

2  실큼하다. 마음에 싫은 생각이 있다.
3  '무서움 타다.'의 명사형.

하나도 없고, 그 많이도 흥을 잡히는 일을 벌이는 버릇도 동저고리 바람엔 조금 벌려 두는 것이 한층 편하고 수월하기도 하다.

무릎을 세우고 안으로 깍지를 끼고 그대로 아무 데라도 앉을 수 있다. 그대로 한나절 앉았기로소니 나의 게으른 탓이 될 수 없다. 머리 우에 구름이 절로 피명 지명 하고 골에 약물이 사철 솟아 주지 아니하는가.

뻐꿈채꽃, 엉겅퀴송이, 그러한 것이 모두 내게는 끔직한 것이다. 그 밑에 앉고 보면 나의 몸동아리, 마음, 얼, 할 것 없이 호탕하게도 꾸미어지는 것이다.

사치스럽게 꾸민 방에 들 맛도 없으려니와, 나이 서른이 넘어 애인이 없을 사람도 뻐꿈채 자주꽃 피는 데면 내가 실컷 살겠다.

바람이 자면 노오란 보리밭이 후끈하고, 송진이 고여 오르고, 뻐꾸기가 서로 불렀다.

아침 이슬을 흩으며 언덕에 오를 때 대수롭지 않이 흔한 닭이풀꽃이라도 하나 업수이 여길 수 없는 것을 보았다. 이렇게 적고 푸르고 이쁜 꽃이었던가. 새삼스럽게 놀라웠다.

요렇게 푸를 수가 있는 것일까.

손끝으로 으깨어 보면 아깝게도 곱게 푸른 물이 들지 않던가. 밤에는 반딧불이 불을 켜고 푸른 꽃잎에 오물어 붙는 것이었다.

한번은 닭이풀꽃을 모아 잉크를 만들어 가지고 친구들한테 편지를 염서(艶書)같이 써 붙이었다. 무엇보다도 꾀꼬리가 바로 앞 낡에서 운다는 말을 알리었더니 안악(安岳) 친구는 굉장한 치하 편지를 보냈고 장성(長城) 벗은 겸사겸사 멀리도 집아리⁴를 올라

---

4   집알이. 남이 이사했을 때에 집 구경 겸 인사로 찾아보는 일.

왔었던 것이다.

그날사 말고 새침하고 꾀꼬리가 울지 않았다. 맥주 거품도 꾀꼬리 울음을 기다리는 듯 고요히 이는데 장성 벗은 웃기만 하였다.

붓대를 희롱하는 사람은 가끔 이러한 섭섭한 노릇을 당한다.

멀리 연기와 진애를 걸러 오는 사이렌 소리가 싫지 않게 곱게 와 사라지는 것이었다.

꾀꼬리는 우는 제철이 있다.

이제 계절이 아주 바뀌고 보니 꾀꼬리는커니와 며느리새도 울지 않고 산비둘기만 극성스러워진다.

꽃도 잎도 이울고 지고 산국화도 마지막 슬어지니 솔소리가 억세어 간다.

꾀꼬리가 우는 철이 다시 오고 보면 장성 벗을 다시 부르겠거니와 아주 이우러진 이 계절을 무엇으로 기울 것인가.

동저고리 바람에 마고자를 포기어 입고 은단추를 달리라.

꽃도 조선 황국(黃菊)은 그것이 꽃 중에는 새 틈에 꾀꼬리와 같은 것이다. 내가 이제로 황국을 보고 취하리로다.

—《삼천리문학》(1호(1938. 1)

# 비둘기

하루갈이쯤 되는 텃밭 이랑에 손이 곱게 돌아가 있다.

갈고 흙덩이 고르고 잔돌 줍고 한 것이나 풀포기 한 잎 거친 것 없는 것이나 갓골을 거뜬히 돌아친 것이나 이랑에 흙이 다복다복 북돋우인 것이라든지가 바지런하고 일솜씨 미끈한 사람의 할 일 이로구나 하였다. 논밭 일은 못하였을망정 잘하고 못한 것이야 모를 게 있으랴.

갈보리를 벌써 뿌리었다기는 일고 김장 무배추로는 엄청 늦고 가랑파 씨를 뿌린 성싶다.

참새 떼가 까맣게 날아와 안기에 황겁히 활개를 치며 "우여어!"소리를 질렀더니 그만 휘잉! 휘잉! 소리를 내며 쫓기어 간다.

그도 그럴 적뿐이요 새도 눈치코치를 보고 오는 셈인지 어느 겨를에 또 날라와 짓바수는 것이다.

밭 임자의 품팔이꾼이 아닌 이상에야 한두 번이지 한나절 위한하고 새를 보아 줄 수도 없는 일이다.

이번에는 난데없는 비둘기 떼가 한 오십 마리 날아오더니 이것은 네브카드네살의 군대들이나 되는구나.

이렇게 한바탕 치르고 나도 남을 것이 있는 것인가 하도 딱하

442

기에 밭 임자인 듯한 이를 멀리 불러 물어 보았다.

"씨갑씨 뿌려 둔 것은 비둘기 밥 대주라고 한 게요?"

"그 어떡합니까. 악을 쓰고 쫓아도 하는 수 없으니."

"이 근처엔 비둘기가 그리 많소?"

"원한경 원목사집 비둘긴데 하도 파먹기에 한번은 가서 사설을 했더니 자기네도 할 수 없다는 겁디다. 몇 마리 사랑 탐으로 기른 것이 남의 집 비둘기까지 달고 들어와 북새를 노니 거두어 먹이지도 않는 바에야 우정 쫓아낼 수도 없다는 겁니다."

"비둘기도 양옥집 그늘이 좋은 게지요."

"총으로 쏘든지 잡어 죽이든지 맘대로 하라곤 하나 할 수 있는 일입니까. 내버려두지요."

농사 끝이란 희한한 것이 아닌가. 새한테 먹히고, 벌레도 한몫 태우고 풍재(風災) 수재(水災) 한재(旱災)를 겪고 도지 되고 짐수 치르고 비둘기한테 짓바시우고 그래도 남는다는 것은 그래도 농사 끝밖에 없다는 것인가.

밭 임자는 남의 일 이야기하듯 하고 간 후에 열두어 살 전후쯤 된, 남매간인 듯한 아이들 둘이 깨여진 남비쪽 생철쪽을 들고 나와 밭머리에 진을 치는 것이다.

이건 곡하는 것인지 노래 부르는 것인지 야릇하게도 서러운 푸념이나 애원이 아닌가.

날김생[1]에게도 애원은 통한다.

유유히 날아가는 것이로구나.

날김생도 워낙 억세고 보면 사람도 쇠를 치며 우는 수밖에 없

---

1  날짐승.

으렷다.

농가 아이들을 괴임성스럽게 볼 수가 없다.

첫째 그들은 사나이니까 머리를 깎았고 계집아이니까 머리가 있을 뿐이요 몸에 걸친 것이 그저 구별과 이름이 부를 수는 있다. 그들의 치레와 치장이란 이에 그치고 만다.

허수아비는 이보다 더 허름한 옷을 입었다. 그래서 날김생들에게 영(令)이 서지 않는다.

그들은 철없어 복스런 웃음을 웃을 줄 모르고 웃음이 절로 어여뻐지는 옴식옴식 패이고 펴고 하는 볼이 없다.

그들은 씩씩한 물기와 이글거리는 핏빛이 없고 흙빛과 함께 검고 푸르다.

팔과 다리는 파리하고 으실 뿐이다.

그들은 영양이 없이도 앓지 않는다.

눈도 아모 날래고 사나온 열기가 없다. 슬프지도 아니한 눈이다.

좀처럼 울지도 아니한다 — 노래와 춤은커니와.

그들은 이 가난하고 꾀죄죄한 자연에 나면서부터 견디고 관습이 익어 왔다.

주리고 헐벗은 고독함에서 사람이란 인내와 단련이 필요한 것이 되겠으나 그들은 새삼스럽게 노력을 드리지 아니하여도 된다.

그들은 괴롭지도 아니하다.

그들은 세상에도 슬프게 생긴 무덤과 이웃하여 산다.

그들은 흙과 돌로 얽고 다시 흙으로 칠한 방 안에서 흙냄새가 맡아지지 아니한다.

그들은 어버이와 수척한 가축과 서로서로 숨소리와 잠꼬대를 하며 잔다.

그들의 어머니는 명절날이면 횟배가 아프다.

그들의 아버지는 명절날에 취하고 운다.

남부 이태리보담 푸르고 곱다는 하늘도 어쩐지 영원히 딴 데로만 향하여 한눈파는 듯하여 구름도 꽃도 아무 장식이 될 수 없다.

—《조선일보》(1937. 11. 11). 원제는 '수수어'

3부 시집 수록 산문

# 육체(肉體)

　　몽끼라면 아시겠습니까. 몽끼, 이름조차 맛대가리 없는 이 연장은 집터 다지는 데 쓰는 몇 천 근이나 될지 엄청나게 크고 무거운 저울추 모양으로 된 그 쇳덩이를 몽끼라고 이릅데다. 표준어에서 무엇이라고 제정하였는지 마침 몰라도 일터에서 일꾼들이 몽끼라고 하니깐 그런 줄로 알 밖에 없습니다.

　　몽치란 말이 잘못 되어 몽끼가 되었는지 혹은 원래 몽끼가 옳은데 몽치로 그릇된 것인지 어원에 밝지 못한 소치로 재삼 그것을 가리려고는 아니하나 쇠몽치 중에 하도 육중한 놈이 되어서 생김새 등치를 보아 몽치보담은 몽끼로 대접하는 것이 좋다고 나도 보았습니다.

　　크낙한 양옥을 세울 터전에 이 몽끼를 쓰는데 굵고 크기가 전신주만큼이나 되는 장나무를 여러 개 훨석 웃등을 실한 쇠줄로 묶고 아랫등은 벌리어 세워 놓고 다시 가운데 철봉을 세워 그 철봉이 몽끼를 꿰뚫게 되어 몽끼가 그 철봉에 꽂힌 대로 오르고 나리게 되었으니 몽끼가 내려질리는 밑바닥이 바로 굵은 나무 기둥의 대구리가 되어 있습니다. 이 나무 기둥이 바로 땅속으로 모조리 들어가게 된 것이니 기럭지가 보통 와가집 기둥만큼 되고 몽끼는 땅바닥에서 이층집 꼭두만치는 올라가야만 되는 것입니다. 그 거리를 몽끼가 기여오르는 꼴이 볼만하니 좌우로 한편에 일곱 사람씩 늘어서고 보면 도합 열네 사람에 각기 잡아다릴 굵은 참밧줄이 열네 가닥, 이 열네 가닥이 잡아다리는 힘으로 그 육중한 몽끼가 기어 올라가게 되는 것입니다. 단번에 올라가는 수가 없어서 한 절반에서 삽시 다른 장목으로 고이었다가 일꾼 열네 사람들이 힘찬 호흡을 잠깐 돌리었다가 다시 와락 잡아다리면 꼭두 끝까지 기어 올라갔다가 나려질 때는 한숨에 나려박치게 되니 쿵웅 소리와 함께 기둥이 땅속으로 문찍문찍 들어가게 되어 근처 행길까지 들석들석 울리며 꺼져드는 것 같습니다. 그러나 노릇을 기둥이 모두 땅속으로 들어가기까지 줄곧 해야만 하므로 장정 열네 사람이 힘이 여간 키이는 것이 아닙니다. 그리하여 한 사람은 초성 좋고 장고 잘 치고 신명과 넉살 좋은 사람으로 옆에서 지경 닦는 소리를 멕이게 됩니다. 하나가 멕이면 열네 사람이 받고 하는 맛으로 일터가 흥성스러워지며 일이 실하게 부쩍부쩍 늘어 갑니다. 그렇기에 멕이는 사람은 점점 흥이 나고 신이 솟아서 노래ㅅ사연이 별별 신기한 것이 연달아 나오게 됩니다. 애초에 누가 이런 민요를 지어냈는지는 구절이 용하기는 용하나 좀 듣기에 면고한 데가 있습니다. 대개 큰애기, 총각, 과부에 관계된 것, 혹은 신작로, 하이칼라, 상투, 머리꼬리, 가락지 등에 관련된 것을 노래로 부르게 됩니다. 그리고 에헬렐레 상사도로 리프레인이 계속됩니다. 구경꾼도 여자는 잠깐이라도 머뭇거릴 수가 없게 되니 아무리 노동꾼이기로 또 노래를 불러야 일이 쉴하고 불고 하기로 듣기에 얼굴이 부끄러 와락와락 하도록 그런 소리를 할 것이야 무엇 있습니까. 그 소리로 무슨 그렇게 신이 나서 할 것이 있는지 야비한 얼골

짓에 허리아래ㅅ등과 어깨를 으씩으씩 하여 가며 하는 꼴이 그다지 애교로 사 주기에는 너무도 나의 신경이 가늘고 약한가 봅니다. 그러나 육체노동자로서의 독특한 비판과 풍자가 있기는 하니 그것을 그대로 듣기에 좀 찔리기도 하고 무엇인지 생각게도 합니다. 이것도 육체로 산다기보다 다분히 신경으로 사는 까닭인가 봅니다. 그런데 몽끼가 이 자리에서 기둥을 다 박고 저 자리로 옮기려면 불가불 일꾼의 어깨를 빌리게 됩니다. 실한 장정들이 어깨에 목도로 옮기는데 사람의 쇄골이란 이렇게 빳잘긴 것입니까. 다리가 휘청거리어 쓰러질까 싶게 갠신갠신히 옮기게 되는데 쇄골이 부러지지 않고 백이는 것이 희한한 일이 아닙니까. 이번에는 그런 입에 올리지 못할 소리는커녕 영치기영치기 소리가 지기영 지기영 지기영 지기지기영으로 변하고 불과 몇 걸음 못 옮기어서 흑흑하며 땀이 물 솟듯 합데다. 짓궂인 몽끼는 그 꼴에 매달려 가는 맛이 호숩은지 둥치가 그만해가지고 어쩌면 하루 품팔이로 살아가는 삯군 어깨에 늘어져 근드렁근드렁거리는 것입니까. 숫제 침통한 웃음을 견딜 수 없었습니다. 그 사람네는 이마에 땀을 내어 밥을 먹는다기보담은 시뻘건 살뎅이를 몇 점씩 뚝뚝 잡어떼어 내고 그리고 그 자리를 밥으로 때우어야만 사는가 싶도록 격렬한 노동에 견디는 것이니 설령 외설하고 음풍(淫風)에 가까운 노래를 부를지라도 그것을 입시울에 그치고 말 것이요 몸동아리까지에 옮겨 갈 여유도 없을까 합니다.

—《조선일보》(1937. 6. 10). 원제는 '수수어'

부록

# 『문학독본』과 『산문』의 글
## ── 시정신과 산문적 글쓰기

1

정지용의 첫 산문집은 1948년 2월 박문출판사에서 펴낸『문학
독본(文學讀本)』이다. 흔히 '지용 문학독본'이라고 불리기도 한다.
이 책의 글들은 대부분 광복 이전에 발표한 것들인데, 책의 서두
에서 정지용은 이렇게 적고 있다.

학생(學生) 때부터 장래 작가(作家)가 되고 싶던 것이 이내 기회가 돌
아오지 아니한다.

학교를 마치고 잘못 교원 노릇으로 나선 것이 더욱이 전쟁(戰爭)과 빈
한(貧寒) 때문에 일평생(一平生)에 좋은 때는 모조리 빼앗기고 말았다.

그동안에 시집(詩集) 두 권을 내었다.

남들이 시인(詩人), 시인 하는 말이 너는 못난이 못난이 하는 소리같이
좋지 않았다. 나도 산문을 쓰면 쓴다. 태준(泰俊)만치 쓰면 쓴다는 변명으로
산문 쓰기 연습으로 시험(試驗)한 것이 책(冊)으로 한 권은 된다. 대개 '수수
어(愁誰語)'라는 이름 아래 신문(新聞) 잡지(雜誌)에 발표되었던 것들이다.

─「몇 마디 말씀」

앞의 글에서 밝힌 대로 『문학독본』의 글은 일제 강점기에 발표한 글들이 중심을 이룬다. 책의 전반부에 수록한 「사시안의 불행」, 「공동 제작」, 「신앙과 결혼」, 「C 양과 나의 소개장」 등이 광복 이후의 작품이다. 이 네 편을 제외하고 보면 정지용이 '수수어(愁誰語)'라는 제목으로 발표했던 수필들과 여러 고장을 여행하면서 쓴 일종의 '기행 수필'이 대부분이다.

원래 '수수어'라는 말은 '이 시름을 누구와 더불어 이야기할까?'라는 의미를 가진 한문 구절이다. 조선 시대 유명한 한시에 자주 등장한다. 여기에서는 물론 소사한 일상사에서 느끼는 이런저런 생각을 말한다는 수필 본래의 목적을 염두에 두고 쓴 것이 아닌가 생각된다. '수수어'라는 제목으로 발표한 글 가운데 일부는 책에 수록하면서 제목을 바꾼 것들도 있다.

정지용의 기행 수필은 '화문점철' 또는 '화문행각'이라는 말 그대로 화가와의 동행길에서 쓴 글들이기 때문에 글과 그림이 함께한다. 화가 길진섭과 함께했던 관서 지방 여행기인 '화문행각'은 풍물 기행으로서의 성격이 강한데, 평안도 지방의 고유한 풍속과 언어에 대한 시인 자신의 관심이 잘 드러나고 있다. 시인 김영랑과 함께 한 남도 기행의 경우에도 남도의 풍물과 자연에 대한 깊은 사랑을 담고 있다. 「내금강 소묘」의 경우는 시인 박용철과 함께했던 금강산 기행을 바탕으로 쓴 것인데 비슷한 시기에 발표한 시 「비로봉」, 「옥류동」 등의 작품과 그 텍스트의 상호 관련성이 주목된다. 자기 체험의 내용을 감각적인 산문으로 기술하고 있는 이 글의 내용이 어떤 방식으로 시적 형상성을 획득하고 있는지 살펴보는 것도 흥미로운 일이다.

이 책의 후반부에 수록한 「시의 위의」, 「시와 발표」, 「시의 옹호」등은 정지용의 본격적인 시론에 해당한다. 잡지《문장》에 발표했던 이 글들은 1930년대 한국 현대시를 대표했던 시인 정지용의 시에 대한 인식과 시적 태도 등을 확인할 수 있는 중요한 자료가 된다. 특히 정지용이 그의 시를 통해 보여 주고 있는 예리하고도 섬세한 언어 감각이 한국어의 시적 언어로서의 가능성에 대한 깊은 인식에서 비롯되었다는 것을 확인해 볼 수 있다. 더구나 시정신의 인식 문제는 그가 모더니즘적 경향의 순수시의 위상을 어떻게 이해하고 있었는지를 말해 주는 중요한 논거라 할 수 있다.

이 책의 글 가운데 「서왕록」은 1938년 요절한 박용철의 삶의 마지막 장면을 절절한 심정으로 그려 놓고 있다. '시문학' 동인으로 함께 활동했던 박용철에 대한 우정과 함께 절친한 문우를 먼저 보내는 애절한 심정이 잘 그려져 있다.

2

정지용의 두 번째 산문집은 1949년 3월 출판사 동지사에서 펴낸 『산문(散文)』이다. 이 책을 엮으면서 정지용은 다음과 같이 서문을 썼다.

교원 노릇을 버리면 글이 실컷 써질까 한 것이 글이 아니 써지는 것이 아니라 괴상하게도 쓰지 못하게 되는 것이다.

그래도 조심조심 가까스로 써 모은 것이 책 한 권이 되어 이를 『산문(散文)』이라 이름하다. 이 『산문』은 스마트한 출판사 동지사(同志社)가 아니었더면 도저히 나올 수 없었던 것이다. 아들놈 장가 들인 비용은 이리하여 된 것이다. 진정 고맙다.

—「머리에 몇 마디만」 부분

　이 책의 내용은 모두 5부로 구분되어 있다. 이 가운데 1부는 광복 직후 신문, 잡지에 발표하였던 시평과 수필이 대부분이고 2부는 광복 전후 잡지《문장》에 발표했던 글과 신문 잡지에 발표한 글을 포함하고 있다. 3부는《경향신문》 주필로 근무하면서 썼던 시평적 성격의 글만을 모아 놓은 것이다. 4부는 광복 전후에 쓴 서평, 관극평, 무용평 등의 단평과 시집 발문이 포함되어 있다. 5부는 휘트먼의 시를 번역 소개한 것들이다. 산문은 아니지만 휘트먼의 시적 정서를 통해 광복 직후의 자신의 심경을 빗대어 표현하고 있다.

　『산문』의 글들은 그야말로 '산문적'인 것이 대부분이다. 1946년 10월 천주교 서울 교구에서《경향신문》을 발간하게 되자 정지용이 이 신문의 주간으로 약 1년간 활동하면서 현실 사회에 대해 발언한다. 특히 이 신문의 고정 칼럼으로 오랫동안 성격을 분명히 했던 '여적(餘滴)'난에 정지용의 글이 자주 올랐던 것을 확인할 수 있는데, 『산문』의 글 가운데 주로 시사적 문제를 논급하고 있는 것들은 모두 여기에 발표했던 것들이다. 언론인으로서의 시인 정지용의 자세를 엿볼 수 있다.

　『산문』에는 광복 직후 시인 정지용의 문단적 위상을 가늠해 볼 수 있는「산문」,「조선시의 반성」과 같은 중요한 글이 포함되어 있다.

　『백록담(白鹿潭)』을 내놓은 시절이 내가 가장 정신이나 육체로 피폐한 때다. 여러 가지로 남이나 내가 내 자신의 피폐한 원인을 지적할 수 있 었겠으나 결국은 환경과 생활 때문에 그렇게 된 것이었다.

그러나 모든 것을 환경과 생활에 책임을 돌리고 돌아앉는 것을 나는 고사하고 누가 동정하랴? 생활과 환경도 어느 정도로 극복할 수 있는 것 이겠는데 친일도 배일도 못한 나는 산수(山水)에 숨지 못하고 들에서 호 미도 잡지 못하였다. 그래도 버릴 수 없어 시를 이어 온 것인데 이 이상은 소위 '국민문학(國民文學)'에 협력하든지 그렇지 않고서는 조선시를 쓴다 는 것만으로도 신변의 협위를 당하게 된 것이었다.

일제 경찰은 고사하고 문인협회에 모였던 조선인 문사배(文士輩)에 게 협박과 곤욕을 받았던 것이니 끝까지 버티어 보려고 한 것은 그래도 소수 비정치성의 예술파뿐이요 프롤레타리아 예술파는 그 이전에 탄압 으로 잠적하여 버린 것이니 당시의 비정치적 예술파를 자본주의의 무슨 보호나 받아 온 것처럼 비난한 것은 심히 부당한 일이었다.

위축된 정신이나마 정신이 조선의 자연 풍토와 조선인적 정서 감정 과 최후로 언어 문자를 고수하였던 것이요, 정치 감각과 투쟁 의욕을 시 에 집중시키기에는 일경(日警)의 총검을 대항하여야 하였고 또 예술인 그 자신도 무력한 인텔리 소시민층이었던 까닭이다.

그러니까 당시 비정치성의 예술파가 적극적으로 무슨 크고 놀라운 일을 한 것이 아니라 소극적이나마 어찌할 수 없는 위축된 업적을 남긴 것이니 문학사에서 이것을 수용하기에 구태여 인색히 굴 까닭은 없을까 한다.

그러나 그것이 조선시의 유원(悠遠)한 기준이 되어야 한다든지 신축 성 없는 시적 모형을 다음 세대에까지 유습시켜야 하는 것은 아니다. 그 래야 한다면 그것은 일제 중압하의 조선시의 상속일 뿐이요, 조선시의 선수권은 언제든지 소시민층이 보유한다는 것이 된다.

지금 송강(松江), 진이(眞伊)의 시조에 육박할 만한 시조가 새로 나온다고 하자. 그것이 봉건 이조(李朝) 문학 유산의 모조가 아닐 수 없음과 같은 것이다.

정치성 없는 예술까지도 일제 극악기에 이르러 고갈하여 버리고 일부 절조(節操) 상실자들이 자진하여 '국민문학파'적 강권에 협력함에 따라 조선시는 압살되고 말았던 것이다. 시를 쓸 수 없는 정세하에 무위칩거(無爲蟄居)한 것을 고고의 덕으로 돌린다는 것을 안연(晏然)히 받아들일 무슨 면목이 있었던 것이냐? 시를 버림으로 달리 무엇에 노력하고 구상한 것이 있었더냐 하면 무엇이라 답변할 것이냐? 속수무책 이외에 아무것도 없었다. 정치성 없는 예술이란 말하자면 생활과 사상성이 박약한 예술인 것이므로 정신적 국면타개에도 방책이 없었던 것이다.

—「조선시의 반성」


이 글은 광복 이후 정지용의 시적 전환을 스스로 고백하고 있는 문제성을 지닌다. 식민지 시대 최대의 시적 성과로 평가되고 있는 『백록담』의 시를 시인 자신은 "위축된 정신이나마 정신이 조선의 자연 풍토와 조선인적 정서 감정과 최후로 언어 문자를 고수하였던 것"이라고 밝히고 있다. 식민지 현실 상황에 대한 소극적 태도와 그 정신적 위축의 산물에 불과하다는 그의 견해는 새롭게 음미해야 할 대목이다. 그 이유는 정지용 스스로 광복 이후 "정치성 없는 예술이란 말하자면 생활과 사상성이 박약한 예술"이라는 판단과 함께 현실 정치의 한복판에 뛰어들었기 때문이다. 이러한 새로운 선택으로 인하여 정지용은 시적 실천의 길에서 멀어지기는 했지만 '시와 정치'라는 논쟁적 주제를 광복 공간의 문단에 제기하게 되었던 것이다. 물론 이 문제는 좌우 이념의 대립 과정에서 현실 정치에 휩쓸려 버렸지만, 정지용이 왜 휘트먼의 시 번역에 매달렸는지, 그가 휘트먼에게서 무엇을 찾았는지를 검토해 보면 어느 정도 납득할 수 있는 일이다.

『산문』에는 신간 서평을 비롯하여 관극평, 무용평과 같은 단평들이 포함되어 있다. 이 가운데 가람 이병기의 시조집에 대한 발문과 서평이 주목된다. 자유시에 매달렸던 시인이 한국의 전통 시가인 시조의 형태적 완결성에 대해 가졌던 미적 관심이 유별나기 때문이다. 이것은 정지용의 시가 결코 서구적 기법이나 정신에만 의존하고 있는 것이 아니라 동양적인 것, 한국적인 것의 전통을 중시하는 가운데에서 그 특이한 균형을 찾아냈음을 말해 주는 것이라고 할 수 있다.

3

정지용의 두 권의 산문집 『문학독본』과 『산문』은 단순한 수필집은 아니다. 이 두 권의 글들은 정지용의 시와 함께 그 시정신의 지향을 가늠해 볼 수 있는 일종의 창작론을 겸한 시론의 성격을 갖추고 있다. 이것은 그의 산문적 글쓰기가 결코 시 창작과 분리되는 것이 아님을 말해 준다. 시적 형태의 간결성과 응축에 비한다면 그의 산문은 풀어쓰기의 묘미를 곁들인 시적 산문으로서의 의미를 지닌다. 정지용 특유의 감각과 위트와 기지를 그의 산문에서 발견할 수 있기 때문이다.

# 정지용 산문 연보

| 연도 | 작품명 | 발표지 |
|------|--------|--------|
| 1919년 12월 | 三人 | 《曙光》창간호 |
| 1923년  1월 | 퍼-스포니와 수선화 | 《徽文》창간호 |
|  | 黎明의 女神 오로라 | 《徽文》창간호 |
| 1925년 12월 | 詩·犬·同人 | 《自由詩人》1호(일본어) |
| 1926년  4월 | 停車場 | 《自由詩人》4호(일본어) |
|  | 退屈さと黑眼鏡 | 《自由詩人》4호(일본어) |
|  | 日本の蒲團は重い | 《自由詩人》4호(일본어) |
| 1927년  3월 | 時調寸感 | 《신민新民》23호 |
|  4월 | 春三月の作文 | 《近代風景》2권 4호 (일본어) |
| 1933년  6월 | 직히는 밤 이애기 | 《每日申報》(6. 8) |
|  | 素描 1 | 《가톨닉靑年》1호 |
|  7월 | 素描 2 | 《가톨닉靑年》2호 |
|  8월 | 素描 3 | 《가톨닉靑年》3호 |
|  | 한 개의 反駁 | 《朝鮮日報》(8. 26) |
|  9월 | 素描 4 | 《가톨닉靑年》4호 |
|  | 素描 5 | 《가톨닉靑年》4호 |

| 연도 | 작품명 | 발표지 |
|---|---|---|
| 1936년 4월 | 女像四題 | 《女性》창간호 |
| | 詩畫巡禮 | 《中央》32호 |
| 6월 | 設問答 | 《作品》1호 |
| | 愁誰語 1 | 《朝鮮日報》(6. 18) |
| | 愁誰語 2 아스팔트 | 《朝鮮日報》(6. 19) |
| | 愁誰語 3 | 《朝鮮日報》(6. 20) |
| | 愁誰語 4 老人과 꽃 | 《朝鮮日報》(6. 21) |
| 1937년 2월 | 愁誰語 1 | 《朝鮮日報》(2. 10) |
| | 愁誰語 2 | 《朝鮮日報》(2. 11) |
| | 愁誰語 3(내금강 소묘 1) | 《朝鮮日報》(2. 14) |
| | 愁誰語 4(내금강 소묘 2) | 《朝鮮日報》(2. 16) |
| 6월 | 愁誰語 1 耳目口鼻 | 《朝鮮日報》(6. 8) |
| | 愁誰語 2 | 《朝鮮日報》(6. 9) |
| | 愁誰語 3 肉體 | 《朝鮮日報》(6. 10) |
| | 愁誰語 4 | 《朝鮮日報》(6. 11) |
| | 愁誰語 5 | 《朝鮮日報》(6. 12) |
| | 옛글 새로운 정 上 | 《朝鮮日報》(6. 10) |
| | 옛글 새로운 정 下 | 《朝鮮日報》(6. 11) |
| 11월 | 愁誰語 1 비 | 《朝鮮日報》(11. 6) |
| | 愁誰語 2 비 | 《朝鮮日報》(11. 7) |
| | 愁誰語 3 비 | 《朝鮮日報》(11. 9) |
| | 愁誰語 4 비둘기 | 《朝鮮日報》(11. 11) |
| | 愁誰語 5 鴨川上流 上 | 《朝鮮日報》(11. 13) |
| | 愁誰語 6 鴨川上流 下 | 《朝鮮日報》(11. 14) |
| 12월 | 별똥이 떨어진 곳 | 《少年》(1-6) |
| 1938년 1월 | 校正室 | 《朝光》27호 |
| | 春正月의 美文體 | 《女性》22호 |

정지용 산문 연보

| 연도 | 작품명 | 발표지 |
|------|--------|--------|
| | 꾀꼬리와 菊花 | 《三千里文學》창간호 |
| | 더 좋은 데 가서 | 《少年》2권 1호 |
| | 詩文學에 대對하야 | 《朝鮮日報》(1. 1) |
| 2월 | 날은 풀리며 벗은 앓으며 | 《朝鮮日報》(2. 17) |
| 3월 | 南病舍 七號室의 봄 | 《東亞日報》(3. 3) |
| 5월 | 茶房 ROBIN 안에 연지 찍은 색씨들 | 《三千里》96호 |
| | 人定閣 | 《朝鮮日報》(5. 13) |
| | 綠陰 愛誦詩 | 《朝鮮日報》(5. 21) |
| | 구름 | 《東亞日報》(6. 5) |
| 6월 | 逝往錄 上 | 《朝鮮日報》(6. 5) |
| | 逝往錄 下 | 《朝鮮日報》(6. 7) |
| 7월 | 紛紛說話 | 《朝鮮日報》(7. 3) |
| 8월 | 多島海記 歸去來 | 《朝鮮日報》(8. 29) |
| | 多島海記 失籍島 | 《朝鮮日報》(8. 27) |
| | 多島海記 離家樂 | 《朝鮮日報》(8. 23) |
| | 多島海記 一片樂土 | 《朝鮮日報》(8. 28) |
| | 多島海記 海峽病 1 | 《朝鮮日報》(8. 24) |
| | 多島海記 海峽病 2 | 《朝鮮日報》(8. 25) |
| | 旅窓短信 1 꾀꼬리 | 《東亞日報》(8. 6) |
| | 旅窓短信 2 石榴, 甘柿, 柚子 | 《朝鮮日報》(8. 7) |
| | 旅窓短信 3 烏竹. 孟宗竹 | 《東亞日報》(8. 9) |
| | 旅窓短信 4 棟花 | 《東亞日報》(8. 17) |
| | 旅窓短信 5 때까치 | 《東亞日報》(8. 19) |
| | 旅窓短信 6 동백나무 | 《東亞日報》(8. 23) |
| | 詩와 鑑賞 上 — 永郎과 그의 詩 | 《女性》29호 |
| 9월 | 詩와 鑑賞 下 — 永郎과 그의 詩 | 《女性》30호 |

| 연도 | | 작품명 | 발표지 |
|---|---|---|---|
| | | 우통을 벗었구나<br>— 스승에게서 받은 말 | 《女性》30호 |
| | 10월 | 뿍레뷰: 임학수 저<br>『八道風物詩集』 | 《東亞日報》(10. 28) |
| | 12월 | 月灘 朴鍾和 역사소설<br>『錦衫의 피』 | 《朝鮮日報》(12. 18) |
| | | 무용인 趙澤元論 上<br>— 生命의 噴水 | 《東亞日報》(12. 1) |
| | | 무용인 趙澤元論 下<br>— 斬新한 東洋人 | 《東亞日報》(12. 3) |
| 1939년 | 1월 | 新建할 조선 문학의 성격 | 《東亞日報》(1. 1~1. 4) |
| | 4월 | 詩選後 | 《文章》(1939. 4~1940. 9) |
| | | 夜間 버스 안의 奇談 | 《東亞日報》(4. 14) |
| | | 雨傘 | 《東亞日報》(4. 16) |
| | | 合宿 | 《東亞日報》(4. 20) |
| | 5월 | 衣服 一家見 | 《東亞日報》(5. 1) |
| | | 詩의 擁護 | 《文章》5호 |
| | 6월 | 文人과 愚問賢答(設問答) | 《作品》창간호 |
| | 10월 | 詩와 發表 | 《文章》9호 |
| | 11월 | 詩의 위威儀 | 《文章》10호 |
| | 12월 | 詩와 言語 | 《文章》11호 |
| 1940년 | 1월 | 天主堂 | 《太陽》1호 |
| | | 畵文行脚 | 《女性》5권 1호 |
| | | 元旦 畵文點綴 | 《東亞日報》(1. 10) |
| | | 畵文行脚 宣川 1 | 《東亞日報》(1. 28) |
| | | 畵文行脚 宣川 2 | 《東亞日報》(1. 30) |
| | 2월 | 畵文行脚 宣川 3 | 《東亞日報》(2. 1) |

| 연도 | 작품명 | 발표지 |
| --- | --- | --- |
| | 畵文行脚 義州 1 | 《東亞日報》(2. 2) |
| | 畵文行脚 義州 2 | 《東亞日報》(2. 3) |
| | 畵文行脚 義州 3 | 《東亞日報》(2. 4) |
| | 畵文行脚 平壤 1 | 《東亞日報》(2. 6) |
| | 畵文行脚 平壤 2 | 《東亞日報》(2. 8) |
| | 畵文行脚 平壤 3 | 《東亞日報》(2. 9) |
| | 畵文行脚 五龍背 1 | 《東亞日報》(2. 11) |
| | 畵文行脚 五龍背 2 | 《東亞日報》(2. 14) |
| | 畵文行脚 五龍背 3 | 《東亞日報》(2. 15) |
| | 愁誰語 平壤 | 《文章》13호 |
| | 觀劇小記 — 고협(高協) 제1회 | 《文章》13호 |
| | '정어리'에 대한 것 | |
| 4월 | 愁誰語 봄 | 《文章》15호 |
| 7월 | 嘉藍時調集에 | 《三千里》134호 |
| 1941년 1월 | 문학의 諸問題 | 《文章》22호 |
| 4월 | 胡娘街 — 安東縣의 二人行脚 | 《春秋》 |
| 1942년 4월 | 「無序錄」 읽고 나서 | 《매일신보》(4. 18) |
| 1946년 8월 | 尹石重 童謠集『초생달』 | 《現代日報》(8. 26) |
| 10월 | 學生과 함께 | 《京鄕新聞》(10. 27) |
| | 餘滴 | 《京鄕新聞》(10. 6부터 연재) |
| 1947년 2월 | 共同製作 | 《京鄕新聞》(2. 16) |
| 3월 | C娘과 나의 紹介狀 | 《京鄕新聞》(3. 6) |
| | 斜視眼의 不幸 | 《京鄕新聞》(3. 9) |
| 4월 | 繪畵敎育의 新意圖 | 《京鄕新聞》(4. 13) |
| 5월 | 鄭勳謨 女史에의 再期待 | 《京鄕新聞》(5. 1) |
| | 氣象通報와 美蘇共委 | 《京鄕新聞》(5. 15) |
| | 플라나간 神父를 맞이하며 | 《京鄕新聞》(5. 31) |

| 연도 | 작품명 | 발표지 |
|---|---|---|
| 6월 | 詩集 〈鐘〉에 對한 것 | 《京鄉新聞》(6. 22) |
| | 趙澤元 舞踊에 關한 것 | 《京鄉新聞》(6. 26) |
| 1948년 1월 | 『尹東柱 詩集』序 | 시집『하늘과 바람과 별과 詩』(정음사) |
| 4월 | 散文 1 | 《文學》7호 |
| | 散文 2 | 《文學》8호 |
| 10월 | 알파 오메가 | 《文章》27호 |
| | 朝鮮詩의 反省 | 《文章》27호 |
| | 새옷 | 《주간서울》(10. 18) 愁誰語 |
| 11월 | 대단치 않은 이야기 | 《兒童文化》창간호 |
| | 紙錢 | 《주간서울》(11. 15) 愁誰語 |
| | 穴居逐放 | 《주간서울》(11. 29) 愁誰語 |
| 12월 | 應援團風의 愛校心 | 《휘문》20호 |
| | 좀 더 두고 보자 | 《조광》125호 |
| 1949년 2월 | 소와 코 홀적이 | 《새한민보》 |
| | 부르조아의 人間像과 金東錫 | 《자유신문》(2. 20) |
| | 새책평 — 安應烈 역 『뀌리 夫人』 | 《서울신문》(2. 23) |
| 3월 | 弱한 사람들의 强한 노래 | 《새한민보》 |
| | 사교춤과 훈장 | 《新女苑》창간호 |
| 5월 | 어린이와 돈 | 《소학생》 |
| 1950년 1월 | 小說家 李泰俊 군 | 《以北通信》5권 1호 |
| | 조국의 '서울'로 돌아오라 | |
| 2월 | 作家를 志望하는 學生에게 | 《學生月報》2권 2호 |
| 4월 | 月坡와 詩集 『望鄉』 | 《國都新聞》(4. 15) |
| 5월 | 南海五月點綴 1 汽車 | 《國都新聞》(5. 7) |
| | 南海五月點綴 2 보리 | 《國都新聞》(5. 11) |
| | 南海五月點綴 3 釜山 1 | 《國都新聞》(5. 12) |

정지용 산문 연보

| 연도 | 작품명 | 발표지 |
|------|--------|--------|
| | 南海五月點綴 4 釜山 2 | 《國都新聞》(5. 13) |
| | 南海五月點綴 5 釜山 3 | 《國都新聞》(5. 16) |
| | 南海五月點綴 6 釜山 4 | 《國都新聞》(5. 24) |
| | 南海五月點綴 7 釜山 5 | 《國都新聞》(5. 25) |
| | 南海五月點綴 8 統營 1 | 《國都新聞》(5. 26) |
| | 南海五月點綴 9 統營 2 | 《國都新聞》(5. 27) |
| 6월 | 南海五月點綴 10 統營 3 | 《國都新聞》(6. 9) |
| | 南海五月點綴 11 統營 4 | 《國都新聞》(6. 10) |
| | 南海五月點綴 12 統營 5 | 《國都新聞》(6. 11) |
| | 南海五月點綴 13 統營 6 | 《國都新聞》(6. 14) |
| | 南海五月點綴 14 晋州 1 | 《國都新聞》(6. 20) |
| | 南海五月點綴 15 晋州 2 | 《國都新聞》(6. 22) |
| | 南海五月點綴 16 晋州 3 | 《國都新聞》(6. 24) |
| | 南海五月點綴 17 晋州 4 | 《國都新聞》(6. 25) |
| | 南海五月點綴 18 晋州 5 | 《國都新聞》(6. 28) |

## 게재지 미확인 산문

가장 시원한 이야기

눈물

달과 自由

도야지가 獅子 되기까지

東京大震災餘話

毛允淑 女史에게 보내는 편지

舞臺 위의 첫 試驗

舞姬 張秋華에 關한 것

民族 反逆者 肅淸에 대하여

民族解放과 公式主義

民主主義와 民主主義 싸움

序 대신 詩人 琇馨에게

스승과 동무

詩가 滅亡을 하다니 그게 누구의 말이요

信仰과 結婚

쌀

五畝 百畝

장난감 없이 자란 어른

趙芝薰에게 보내는 편지

平和日報 記者와 一問一答

한 사람 분과 열 사람 분

'南北會談에' 그치랴

'어머니' 小印象 附記

'女人小劇場'에 대하여

'創世記'와 '周南' '召南'

'葡萄'에 對하여

'헨리 월레스'와 鷄卵과 '토마토'와

# 정지용 연보

**1902년**

6월 20일(음력 5월 15일), 충청북도(忠淸北道) 옥천군(沃川郡) 옥천면(沃
川面) 하계리(下桂里) 40번지에서 아버지 연일(延日) 정(鄭)씨 태국(泰國)
과 어머니 하동(河東) 정(鄭)씨 미하(美河) 사이의 장남으로 태어났다. 부친
은 옥천에서 한약종상(韓藥種商)을 운영했고 비교적 여유 있는 생활을 했다.
정지용의 아명(兒名)은 지용(池龍)이었고, 지용(芝溶)이 본명이다. 문필 활
동을 하면서 국문으로 '지용'이라는 필명을 자주 썼다. 일제 강점기 말 창씨
개명을 강요당하자 대궁수(大弓修)라고 고쳤다. 천주교의 세례명은 방지거
〔方濟各, 方濟角〕('프란시스코'의 중국어식 표기)이다.

**1910년(9세)**

4월, 충북 옥천공립보통학교(현재 죽향초등학교)에 입학하여 1914년에 졸
업했다.

**1913년(12세)**

고향에서 충북 영동군(永同郡) 심천면(心川面) 초강리(草江里) 은진(恩津)
송(宋)씨 명헌(明憲)의 딸 송재숙(宋在淑) 씨와 결혼했다.

**1918년(17세)**

옥천공립보통학교를 졸업(1914. 3)한 후 향리에서 한문을 수학하다가 상경
하여 1918년 4월, 휘문고등보통학교에 입학했다. 재학 당시 교우로는 같은
학교 3년 선배인 노작(露雀) 홍사용(洪思容), 2년 선배인 월탄(月灘) 박종
화(朴鍾和), 1년 선배인 영랑(永郞) 김윤식(金允植), 동급생인 이선근(李瑄
根), 박제찬(朴濟瓚), 1년 후배인 이태준(李泰俊) 등이 있다.
휘문학교 재학 중 박팔양(朴八陽) 등과 동인을 구성하여 동인지《요람(搖

籃)》을 프린트판으로 발간했다고 하지만 전하지 않는다.

1919년(18세)
12월,《서광(曙光)》지 창간호에 단편 소설「삼인(三人)」을 발표했다.

1922년(21세)
3월, 휘문고보 4학년을 수료했지만 이해부터 학제가 개편되어 5년제 고등 보통학교가 되면서 다시 5학년으로 진입했다.

1923년(22세)
대정(大正) 12년 3월, 휘문고등보통학교 5년을 졸업했다. 학적부에 따르면 각 학년별 석차는 1학년 1/88, 2학년 3/62, 3학년 6/61, 4학년 4/61, 졸업 성적은 8/51이다.
휘문고보의 재학생과 졸업생이 함께하는 문우회의 학예부장을 맡아《휘문(徽文)》 창간호의 편집위원이 되었다. 당시 학예부는 일본인 교사 新垣永男과 김도태(金道泰) 선생의 지도 아래 정지용과 함께 박제찬, 이길풍(李吉風), 김양현(金亮鉉), 전형필(全鎣弼), 지창하(池昌夏), 이경호(李璟鎬), 민경식(閔慶植), 이규정(李圭貞), 한상호(韓相浩), 남천국(南天國) 등이 부원으로 참여했다.《휘문》 창간호를 보면 정지용이 번역 소개한 타고르의 시「기탄잘리」의 일부와 희랍 신화「黎明의 女神 오로라」,「퍼스포니와 水仙花」 등이 수록되어 있다.
4월, 휘문고보 동창인 박제찬과 함께 일본 교토의 도시샤 대학교에 입학했다.

1925년(24세)
3월, 도시샤 대학교 재학생들이 주도했던 시 전문 동인지《가(街)》에 참여하여 일본어 시「新羅の柘榴」(《街》, 1925. 3)를 발표했다. 7월에도 일본어 시「草の上」와「まひる」를《街》(1925. 7)에 발표했다.《동지사대학예과학생회지(同志社大學豫科學生會誌)》 제4호(1925. 11)에「カフツエー・フランス」를 비롯하여「仁川港の或る追憶」 등을 발표했으며,《街》의 동인들이 주축이 되어 새로 구성한 동인지《자유시인(自由詩人)》 창간호(1925. 12)에

「シグナルの燈り」,「はちゆう類動物」 등을 발표했다.

1926년(25세)
6월, 일본 교토의 조선인 유학생 잡지《학조(學潮)》창간호에 「카예 – 쯰란스」 등 9편의 시를 발표한 것을 위시하여《신민(新民)》,《문예시대(文藝時代)》에 「Dahlia」, 「紅椿」 등 3편의 시를 발표하면서 본격적인 창작 활동을 시작했다.《동지사대학예과학생회지》와《자유시인》에 일본어 시를 꾸준히 발표하면서 이해 12월, 일본의 시인 키타하라 하쿠슈우(北原白秋)가 주재하던 시 전문지《근대풍경(近代風景)》(1권 2호)에 일본어로 쓴 시 「かつふえふらんす」를 투고 발표했다.

1927년(26세)
이해 1월부터 「甲板 우」, 「鄕愁」 등 30여 편의 시를《신민》,《문예시대》,《조선지광(朝鮮之光)》,《신소년(新少年)》,《학조》 등에 잇달아 발표했다. 일본어 시 「金ほたんの愛唱」, 「甲板の上」 등을 비롯한 20여 편을《근대풍경》에 발표했다. 정지용의 생애에서 이해에 가장 많은 시를 발표했다.

1928년(27세)
음력 2월, 옥천면 하계리 자택에서 장남 구관(求寬)이 출생했다. 일본어 시 「馬 1·2」를《동지사문학(同志社文學)》3월호에 발표했다.

1929년(28세)
3월, 도시샤 대학교 영문학과를 졸업한 후 귀국해 9월, 모교인 사립 휘문고등보통학교 영어과 교사로 취임했다. 서울 종로구 효자동으로 부인과 장남을 솔거하여 이사했다. 당시 휘문고보 교사로는 이일(李一), 이헌구(李軒求), 이병기(李秉岐) 등이 있었다.
12월, 시 「琉璃窓」을 발표했다.

1930년(29세)
3월, 용아(龍兒) 박용철(朴龍喆), 영랑 김윤식, 연포(蓮圃) 이하윤(異河潤)

등과 함께《시문학》동인에 가담했다.

《조선지광》,《시문학》,《대조(大潮)》,《신소설》,《학생》등에 「겨울」,「琉璃窓」
등 20여 편의 시와 역시(譯詩) 「小曲」 등 3편(블레이크 시)을 발표했다.


1931년(30세)

12월, 서울 종로구 낙원동 22번지에서 차남 구익(求翼)이 출생했다.

《신생(新生)》,《시문학》,《신여성》,《문예월간》등에 「琉璃窓 2」 등 7편의 시
를 발표했다.


1932년(32세)

「故鄕」,「汽車」 등 10편의 시를《문예월간》,《신생》,《동방평론》등에 발표
했다.


1933년(32세)

7월, 서울 종로구 낙원동 22번지에서 삼남 구인(求寅)이 출생했다. 삼남 구
인은 한국전쟁 당시 인민군으로 끌려갔다가 북한에서 살았다.

8월, 반카프적 입장에서 순수 문학의 옹호를 취지로 이종명(李鍾鳴), 김유
영(金幽影)이 발기하여 결성한 구인회(九人會)에 이태준(李泰俊), 이무영
(李無影), 유치진(柳致眞), 김기림(金起林), 조용만(趙容萬) 등과 함께 가담
하여 활동했다.

6월에 창간된《가톨닉청년(靑年)》지의 편집을 돕는 한편 그 잡지에 「海峽
의 午前 二時」 등 8편의 시와 산문 「素描 1·2·3」을 발표했다.


1934년(33세)

서울 종로구 재동 45번지의 4호로 이사했다.

12월, 재동에서 장녀 구원(求薗)이 출생했다.

《가톨릭청년》에 「다른 한울」,「또하나 다른 太陽」 등 4편의 시를 발표했다.


1935년(34세)

10월, 시문학사에서 첫 시집 『정지용 시집』이 간행되었다. 총 수록 시편은

89편이다.

「紅疫」,「悲劇」 등 8편의 시를 《가톨닉청년》,《시원(詩苑)》,《조선문단》 등에 발표했다.

1936년(35세)

3월, 구인회 동인지 《시와 소설》 창간호에 시 「流線哀傷」을 발표했다.

「明眸」,「瀑布」 등의 시를 《중앙》,《조광(朝光)》 지에 발표했다.

1937년(36세)

서울 서대문구 북아현동 1번지 64호로 이사했다.

음력 3월, 북아현동 자택에서 부친이 사망했다. 묘지는 옥천면 수북리 선영.

「玉流洞」,「별똥이 떨어진 곳」을 《조광》,《소년》 지에 발표했다.

1938년(37세)

「꾀꼬리와 菊花」,「슬픈 偶像」,「毘盧峰」 등과 「詩와 鑑賞」,「逝往綠」 등의 산문을 《동아일보》,《조선일보》,《삼천리문학》,《여성》,《조광》,《소년》,《삼천리》,《청색지》 등에 두루 발했다.

블레이크와 휘트먼의 시를 번역하여 최재서(崔載瑞) 편의 『해외서정시집』에 수록했다.

천주교에서 주간하는 《경향잡지》의 편집을 도왔다.

1939년(38세)

2월에 창간된 《문장》 지에 이태준과 함께 참여하여 이태준은 소설 부문, 정지용은 시 부문의 고선위원(考選委員)이 되었다. 박두진(朴斗鎭), 박목월(朴木月), 조지훈(趙芝薰) 등 청록파 시인과 이한직(李漢稷), 박남수(朴南秀), 김종한(金鍾漢) 등 많은 신인을 추천했다.

「長壽山 1·2」,「白鹿潭」 등 7편의 시와 「시의 옹호」,「시와 언어」 등 5편의 평론과 시선후평 및 수필 등 20여 편을 《동아일보》,《박문(博文)》,《문장》,《학우구락부》,《휘문》 지에 발표했다.

1940년(39세)

「畵文行脚」 등 기행문과 서평 및 시선후평과 수필, 시 「天主堂」 등을 《여성》, 《태양》, 《문장》, 《동아일보》, 《삼천리》에 발표했다.

1941년(40세)

1월, 「朝餐」, 「진달레」 등 10편의 시를 《문장》 22호 특집 「신작 정지용 시집」으로 발표했다.

9월, 문장사에서 제2시집 『백록담』을 간행했다. 총 수록 시편은 「長壽山 1」과 「白鹿潭」 등 33편이다.

1942년(41세)

1월, 시 「窓」과 「異土」를 《춘추(春秋)》 12호와 《국민문학》 2월호에 발표했다.

1944년(43세)

제2차 세계 대전 말기에 이르러 일본이 열세해지면서 폭격에 대비하여 내린 서울 소개령으로 부천군 소사읍 소사리로 이사했다.

1945년(44세)

8·15 광복과 함께 휘문중학교 교사직을 사임하고 10월에 이화여자전문학교(현재 이화여자대학교) 교수로 옮겨 문과 과장이 되었다.

1946년(45세)

서울 성북구 돈암동 산11번지로 이사했다.

2월, 좌익계 문인 단체 조선문학가동맹 아동분과위원장을 맡았다.

6월, 을유문화사에서 손수 가려 뽑아 엮은 『지용 시선』이 나왔다. 총 수록 시편은 「琉璃窓」 등 25편인데, 모두 『정지용 시집』과 『백록담』에서 뽑은 것들이다.

신작시 「愛國의 노래」와 「그대들은 돌아오시다」를 《대조》와 《혁명》지에 발표했다.

10월, 경향신문사 주간을 겸했다.

1947년(46세)
경향신문사의 주간직을 사임했다.
서울대학교 문리과대학 강사로 출강하여 「詩經」을 강의했다.
《경향신문》에 「靑春과 老年」 등 7편의 역시(휘트먼 시)와 「斜視眼의 不幸」
등 시문과 수필을 발표했다.

1948년(47세)
2월, 이화여자대학교를 사임하고 녹번리 초당(현재 은평구 녹번동 소재)에
서 서예 등으로 소일했다.
2월, 박문출판사에서 『문학독본』을 간행했다. 「斜視眼의 不幸」 등 37편의
시문과 수필 및 기행문이 수록되어 있다.
「散文 1·2」, 「朝鮮詩의 反省」 등의 평론과 수필을 《문학》, 《문장》, 《아동문
화》, 《조광》, 《휘문》지에 발표했다.

1949년(48세)
3월, 동지사에서 산문집 『산문』이 나왔다. 총 55편이 실려 있는바, 시문, 수
필, 역시(휘트먼 시) 등으로 엮여 있다.

1950년(49세)
2월, 《문예》지에 「曲馬團」, 「四四調五首」를 발표했다.
한국전쟁 당시 녹번리 초당에서 좌익계 인사들에 의해 연행되었다.
서울 수복 직전 인민군에 의해 북으로 끌려가다가 경기도 포천 근처에서 포
격으로 사망한 것으로 알려졌다.

1971년
3월 20일, 부인 송재숙(세례명, 프란시스카)이 서울 은평구 역촌동 자택에서
별세했다.

1982년
6월, 장남 구관이 주선하고 문단 원로 조경희, 송지영, 이병도, 모윤숙, 김동

리, 김춘수, 정비석, 김정옥, 방용구, 한갑수, 박화성, 최정희, 박두진, 조풍연, 윤석중, 백철, 구상, 이희승, 양명문, 서정주, 피천득, 이봉구, 이헌구, 김팔봉 등 많은 문인이 적극 참여하여 그동안 묶여 있었던 정지용 저작들에 대한 복간 운동을 했지만 불허되었다.

1988년
월북 문인 해금 조치와 함께 모든 작품이 공개되었다.

엮은이
**권영민**

충남 보령에서 태어났다. 서울대학교 국문과를 졸업하고 동 대학원에서 박사 학위를 받았다. 서울대학교 국문학과 교수로 재직했고, 하버드 대학교 객원교수, 버클리 대학교 한국 문학 초빙교수, 도쿄 대학교 한국 문학 객원교수 등을 역임했으며, 현재 서울대학교 명예 교수, 단국대학교 석좌 교수로 활동 중이다. 주요 저서로 『한국 현대문학사』, 『우리 문장 강의』, 『서사 양식과 담론의 근대성』, 『한국 계급문학 운동 연구』, 『한국 민족문학론 연구』, 『한국 현대문학의 이해』, 『이상 문학의 비밀 13』, 『오감도의 탄생』, 『정지용 시 126편 다시 읽기』, 『문학사와 문학비평』 등이 있다. 현대문학상, 김환태평론문학상, 만해대상 학술상, 서울문화예술상 등을 수상했다.

정지용 전집
2 산문

1판 1쇄 찍음    2016년 10월 28일
1판 1쇄 펴냄    2016년 11월  4일

엮은이    권영민
발행인    박근섭, 박상준
펴낸곳    (주) 민음사

출판등록    1966. 5. 19. 제16-490호
주소    서울시 강남구 도산대로1길 62(신사동)
        강남출판문화센터 5층 (우편번호 06027)
대표전화    515-2000 | 팩시밀리 515-2007
홈페이지    www.minumsa.com

© 권영민, 2016. Printed in Seoul, Korea

ISBN 978-89-374-3355-9 (04810)
ISBN 978-89-374-3353-5 (세트)